民国

武侠小说
典藏文库

泗水渔隐卷

民国
武侠小说
典藏文库

泗水渔隐卷

血昆仑

第二部

泗水渔隐 著

中国文史出版社

目　　录

1

2

3

第一回

学诸葛史老借东风
焚契券花姑脱北里

话说钱光武、时公宝二人来白马胡同周府书馆里会了史崇俦，入内坐定，二人告明来意，并说香雪如何输金成全的话。

史崇俦连声赞道："难得难得，不道风尘中竟有慷慨女子，自古所说红拂红线，实不虚传。既是香雪尚有此等义气，老夫自当一力帮忙，不用多说，趁时候尚早，咱们就去便了。"

二人道："老伯如有公事未了，何妨明日？这不是要紧的事。"

史崇俦道："应做之事早做，我也没什么事务。新近有几个遥从弟子作了几篇文章来，要我润饰润饰，我也落得与他们歪缠，有什么抄写的东西，都叫拿去誊正了。这些不打紧的玩意儿，搁几天不碍事的。"

说着，吩咐书童几句话，把两个小学生放了，穿上一件马褂，登时与二人出周府来，直至春浓院花小凤起坐处坐下。李妈妈、陈八都来请安，花小凤、香雪忙得照料一切，大家说些闲话坐定。

史崇俦叫过李妈妈，开言道："这小凤，咱先前不知道，如今说起来，她的老子花树人太爷还是咱的朋友，不想她家道中落，竟至这般地步。小凤为了安葬老子，卖身入院，虽是败坏门风，却是个纯孝的，咱如何眼看她流落在此？现已收为义女，许配这位钱光武少老爷了。她在你这儿过了多时，也破费你好些衣饰。目今咱要领她出院，你端的要多少赔补，你自己说。"

钱、时、香、凤四人听得如此说，都喜出望外。花小凤却被说得感恩

1

涕泣，早已泪不可仰。

李妈妈心里大吃一惊，面上不慌不忙，答道："回老大人的话，咱听得陈八说，早知道花府上是赫赫有名的，为的花小姐在苏州张婆那里吃苦不过，因此陈八一路服侍她来京，都把老太爷、老太太做了法事道场。如今遇了老大人，一发是与花府上相熟的，皆是花小姐的造化，任凭老大人吩咐一句，难道贫婆子敢有第二句的话？"

史崇俦道："不然，你是做这行买卖的，也是将本就利，更兼你的院子里排场也不小，凡事都要两相情愿，你尽管说不妨。"

李妈妈道："任凭老大人赏赐，咱都情愿。贫婆子在这儿吃口饭，也就是大人老爷们赐的。如今老大人要领了花小姐去，便是咱孝敬一回，也是该的。"

李妈妈说来说去，始终不肯说价。

史崇俦道："既这样，你且把原契拿来咱看。"

李妈妈应一声，忙返身，立刻取了原契并张婆转卖文据，都呈与史崇俦。

史崇俦看了道："你既不肯说，咱又不知你在花小姐身上破费了的，如今笼统说一句，咱与你一千两银子作为赔补，你嫌少吗？"

李妈妈忙谢恩道："老大人赏赐，别说一千两，便是一百两，也着实瞧得起咱了，怎敢嫌少呢？老大人一千两银子就抵得人家一千两金子，难道贫婆子连这点也不知？"说着，又连声谢恩。

史崇俦笑道："好了，你既情愿，就此说定。后天过付，这契据你收了去。"

李妈妈道："老大人一句话是了，还把这个还咱做什么？"

史崇俦道："也好。"就把两张卖身契都收了，又与李妈妈道，"后天申刻，你与咱备好十席酒筵，要上好的，都放在大厅上，两边各放五桌，并叫陈八多备几个男用人在抱厦厅及大厅上伺候。咱未刻就来。"

李妈妈诺诺应是，余人都不解其故。史崇俦说完了话，便转过脸与钱、时二人谈笑，李妈妈就退出去了。只见花小凤走近史崇俦跟前，扑翻身拜倒在地，接着钱光武也过来磕头。

史崇俦道："未拜三星先拜我，老夫太便宜了。"

一面扶起钱光武，回个半礼。花小凤整整拜了四拜。

史崇俦道："好了，姐儿起来吧。"

时公宝在旁笑道："理所应当。"

史崇俦哈哈大笑，去身边取出两张笔据，交与花小凤道："你自家收好了，一应之事，俱待后天晚上再说。"

钱、时二人便问："后天老伯请客，可有别事？"

史崇俦笑道："后天自知，现在不必说它，你二位帮我做主人。"

二人应道："自然听呼唤，也不再问。"

说毕，史崇俦起身告辞，二人款留不住，送出门外，再回入来。

香雪笑道："如何？可不是史太爷一句话？再没有什么啰唆了，你们还不谢我呢。"

花小凤道："便谢也谢你不尽，来生犬马图报。"

香雪笑道："且慢，我等不了来生，你便趁这儿大家都在，做与我一只狗看看。"说得大家都笑起来。

香雪又悄声儿道："妈妈作乖得很咧，死也不肯说价，若由她自己说来，还不到这个数目呢。"

时公宝道："从今又长了一点儿知识，你家妈妈果然名不虚传，不愧为曲院勾栏老主母，令人佩服。"

香雪又说："史太爷后天请客，不知是什么意思呢。既然他老大人吩咐了后天晚上再说，那我们就等着他，还是先把这一千两打点了。"

花小凤道："不忙，自然是等后天再说。"

大家说笑一会儿，吃了晚饭，钱、时二人自回去了。

次日无话。又次日，便是史崇俦请客的早上，李妈妈吩咐院内小厮们将大厅打扫了，安放十张红木八仙桌并椅儿，都一色绣花衣围，又把抱厦厅也装点了。早去大酒馆里订下了十桌上等筵席，叫陈八添雇了十几个男用人，派在各处伺候照料，都一一安排了。

午后，钱光武、时公宝早来花小凤房内，与香、凤二人说笑。未初时分，只听得外面都道史大人来了，钱、时、香、凤四人忙出来迎接，相偕入内坐下。

史崇俦笑道："常听说诸葛借东风，是个稀有的，咱今儿也少不得学一学。"

道犹未了，李妈妈便入来回事，说怎样的酒席，哪样的排布。

史崇俦道："咱来瞧瞧。"

史崇俦起身，与钱光武、时公宝随同李妈妈来大厅上，打量一会儿，点头称好。回至抱厦厅，见随处都有人站班，很是整肃。

史崇俦回顾李妈妈道："咱知你是个晓事的，别的院子就不行了。"

李妈妈赔笑道："老大人褒奖了，瞧得起小人，好说呢。"

三人至抱厦厅，史崇俦道："咱们就在这里坐了一会儿，客来了便好招接。"吩咐李妈妈，"但有客来，都请入厅来拜茶。"

李妈妈应一声，就传话去了。这里史、钱、时三人说些闲话，没一顿饭时，只听得外面道某大人某大人来了，接着又是某太爷到，又是某某少大人来，又是某老大人有事，派了某老爷来。如此接二连三地来个不断。史崇俦一一至阶下相迎，延入厅内献茶。钱、时二人在旁接待。

只见都是些年老的人，穿得极是阔绰，入来都笑问："老先生如何有此兴致？"

史崇俦笑道："晚生偶然有些事，少刻禀白，皆请入厅内坐下。"

来客也多有相熟的，互相招呼，无非略叙寒暄，闲评风月，一时欢笑声喧。自申至酉，唱客之声不绝，早已黑压压地坐了一厅，足有六七十人。各带有贴身长随，至少两名，都在厅前站了，登时这春浓院门前车水马龙，热闹如市。自胡同南口起，至北口止，紧紧实实挤了一胡同，连行人都住了步了，休得通过。院子内自大门起，至二门上，里里外外骤增了二百多人，到处都站得麻林一般，却是咳嗽声也不闻，都轻来轻往的。只听得抱厦厅内欢笑如雷，谈吐生风。李妈妈、陈八都看得呆了。

原来别人不知，李妈妈、陈八是明白的，这请来的客人差不多都是六部以内的官员，都是四品以上的官衔，内中只有两三个是因自家有事，派清客相公来应酬的，也是多有名气的人。李妈妈虽说是见惯世面，却从来不曾见有许多官府齐集一处，不由得着了慌，生怕部署了不周，刻刻小心谨意服侍着。心里尤是高兴，争了这大的体面，端的是自家院子里的风光，便不住地踅来踅去，悄声儿吩咐厮们，这样那样地打点。一会儿，客已到齐，即命张筵。史崇俦相让众宾客，鱼贯走至大厅，依次分两旁入席，一一相邀。移时坐定，钱光武、时公宝都陪坐了。

酒行数巡，食供两套，史崇俦开言道："今日劳诸公枉驾，欣幸无已。晚生偶在此间，遇这同乡钱秀才，邀来这春浓院闲逛，不想遇了姐儿花小凤，问起乃是故人花树人之女，为家贫葬父，卖身入院，几次欲图自尽，经人救苏。晚生因她纯孝，流落到此，情殊可悯，已收为义女，许配与这钱秀才。今日为她出院之日，因此敢劳诸公大驾，到此小叙，亦是晚生在都门数十年来第一回之事。"

众宾客听说，尽皆诧异。史崇俦即命花小凤出来拜见。采文扶出花小凤，团团拜罢。史崇俦重将花小凤来历略说一遍，众宾客惊叹不已。

数内一个老者道："如此韵事，千古罕有，况是史老先生在客边偶然之事，吾侪焉可无贺？"

众人听说，都道极是。大家离席道贺，于是欢笑满望，酬酢不迭。

众宾客私下商量一会儿，各呼贴身长随，取出银两，都道："匆匆不及置办表礼，权将些许之数作为奁资。"

也有一百两的，也有五十两的，也有三十两的，只三位清客相公各人十两。登时堆银积金，纷纷陈陈，都放在史崇俦面前，却哪里放得下，便移至当中画桌上放了，共有三千两之谱。

史崇俦寻思："太多了些。"拱手道："诸公亲劳玉趾，已属厚幸，何敢再叨厚贶？既然如此，却之不恭，晚生权受一半，万不敢全领。"

众宾客哪里肯依，都道："老先生成人之美，全人之贞，圆满人之婚姻，戋戋之数，权为花粉之需，也值得挂齿吗？"

史崇俦立意不肯，吩咐陈八，只收下一半，将余数一一发还了，按次交与各人的长随收受。一面请众宾客照旧入席，叫花小凤重又拜谢已，方命上菜，巨觥劝饮。饮酒中间，只听得一阵管弦之声，李妈妈带了全院姑娘徐徐入来，各道个万福，即在筵前转珠喉，施娇态，缓歌曼舞，同时并作。只见一地襄花飞柳闪，满堂上灯红酒绿，洋洋盈耳，袅袅似仙，不知此是烟花里，几疑身在广寒宫。众宾客酒酣耳热，无不乐甚，各呼长随，都有赏赐，多时方已。

李妈妈带众姑娘称谢退出，先有几个老者起身告辞，史崇俦送出门外，上轿而去。接着，又是三四个、五六个陆续告别。

客散收席，已是夜阑人静。史崇俦方与钱、时二人入至花小凤房内，笑道："还算不虚，假诸葛借得真东风已到，不使李妈妈落了空了。"

钱光武、花小凤都感谢不尽。

时公宝道："东风尚在其次，如此盛会，良不易得，足见老伯傲王侯而友野老，真有处士之风。"

史崇俦道："我在京多年，虽与他们有些交情，因平生疏懒，每少亲迎，这回只得借重他们。当真要香姐儿输了罗汉，也不是的。这叫作借东风救罗汉。"

大家都含笑点头。史崇俦便叫了李妈妈来，将整的一千两银子先过付了，将酒席的钱都算了，还余下一百多两，也都赏了院子里的人，无一个不面现喜色，谢恩祝福地闹了半晌。

花小凤方取出两纸契据，把火焚化了，自此脱了这烟花籍。

史崇俦见诸事已了，与钱光武道："你明儿就好把小凤接出去了，打算住哪里呢？"

钱光武道："一时间哪里去找房屋，况且小侄也就要回去的，只得暂在会馆里住一下。前日赵兄在这里时，曾与管事说过了的，东边内侧厢有三间空屋，另有门户可以关闭，就借了他的，也够住了。"

史崇俦道："也说得是，你们两口儿商量商量，我要走了。公宝与我一路走吧。"

时公宝会意，忙接口道："小侄陪送。"

钱光武道："理当我陪送，哪有丢了我的？"

史崇俦笑道："将来丢你的日子多呢，今日不丢你，还待何日？"

时公宝也笑道："你不要管，我陪去是了。"

钱光武只得叫采文传话备轿。这边史崇俦与时公宝道："你真的要送我去，只在我的书斋里歇了。这时候，会馆的门又关了，何必撞它去？"

时公宝道："也好。"

一时采文报说轿已在厅上，二人起身上轿，回周府书馆去了。这里钱光武与花小凤入房内坐下，心内喜悦不尽，一手携住花小凤的手，一手便欲接她。

花小凤低声道："放郑重些，一忽儿采文来了，你便规规矩矩坐着，我们谈心吧。"

钱光武忽然想起香雪，为什么不见？

花小凤道："她么，说不得起，也难怪她。"

不知花小凤说出香雪什么事来，且听二回分解。

前回言香雪输金，阅者无不信为实矣。此回忽转出史老做东，顷刻之间，脱小凤之籍，李妈妈焉得不五体投地？

史崇俦在京多年，其平日守己待人，因为众所折服，而酬酢之久，亦非一日，故众宾客踊跃输将，刹那立集，不然，官情薄于纸，又岂得慷慨如此？况为一老惹先生，初无足重轻者也，写众宾客之慷慨，即所以反衬史老之不凡也。

收尾说到香雪不见，一似有难言之痛，真设身处地之文，读者是掩卷思之，果何为哉？

第二回

痴香雪移居扬州馆
癞光慈假称血昆仑

话说花小凤听钱光武查问香雪，说了难怪她，钱光武忙问何故。

花小凤道："她自头痛，不好过，先去睡了。"

钱光武迟疑道："头痛也是常有之事，说什么'说不得起，难怪她'？"

花小凤道："你不知，她的心事只有我知，说与你听，便不差了。"

原来香雪当夜见史崇俦与花小凤赎身，便想起赵友亮，如果迟走几日，也在这个当儿脱了籍，一同出院，岂不干净？他偏急着先走了。再则自己落在烟花，多少年不曾遇一个知己的，轻易遇得了赵友亮，又是如此多磨。再则花小凤一出院，里面这些姊妹们都不是说得上话的，越发有苦无处诉。纵然赵友亮去了就来，千里迢迢，又在严父跟前，不知何时候可以再见面，想想都是自己的苦命所遭，后来正不知如何结局。眼见花小凤是自己撮成了的，倒团圆了，虽则替她欢喜，一想到自己身上，便越是触动了伤心，再也强颜为笑不得，只推说头痛，早去睡了。趁众人忙杂的时候，却睡了床上，蒙着被头，放声大哭一场。

花小凤放心不下，走来看她，见房门关了，房里的小丫头回说："姑娘早睡了呢。"

花小凤道："只怕未必。"说着，以指啄门，低声唤道，"香姐，我来了，你开一开门吧！"

香雪听得是花小凤，只得披衣起来开门。花小凤早打量香雪两眼哭得红肿，忙叫她坐被窝里，休要冻坏了。一面说道："姐姐别要伤心，一等

8

我出了这地狱门，好歹要接姐姐出来。赵老爷是就要来的。"

香雪道："我也一时间想不过来，心里作痛，如今好了。你快不要在这儿闲谈，多少客人在外面，倘有史太爷要唤你时，找不到你了，不是笑话？快快出去，若被妈妈知道了，又说我在这里闹了。"

花小凤少不得劝慰些话。

香雪道："我知道了，明儿再说吧。"

香雪一连催着花小凤出来，仍拽上房门睡了。花小凤见香雪如此情状，知道她心里搁着的事，不胜感叹。当下钱光武问起，花小凤便把这几层意思告知了。

钱光武也叹道："难怪，承她的情，一心与我们成全，如今我们已过了这一关，难道便丢了她的？明儿接你出院，就仔细与她打算了，要怎么样时，理当帮助。"

花小凤道："自然是这样。你还不知咧，她本来与我说定了，就是把那金罗汉兑了银子，再拼凑些，原想她与我一同出院，横竖赵老爷临走时候也有话说了的。"

钱光武道："如今可不更是容易？等我们把会馆的房屋收拾了，留一间与她住是了。一面我自写信去通知友亮，叫他早早来京。你明儿与她说，就这样吧。"

花小凤点头道："好。"又问，"会馆的房屋究竟怎样呢？"

钱光武便如此这般说了一会儿。正说着，李妈妈来了，满面笑容，对着二人道："钱老爷好歇歇了，姑娘也乏了，时候不早哩。钱老爷如今新府打算在哪里呢？"

钱光武道："我不久也要回南边去的，暂时就向会馆里借几间房屋住是了。"

李妈妈道："最好。钱老爷一时房屋没收拾好，请姑娘在这里多住几天何妨呢？咱们娘儿们一场，将来钱老爷升了官，老远地上任去了，还不是见面难了吗？也要给咱们娘儿们多聚几天。"说着便笑。

钱光武少不得也说些感谢的话。李妈妈又与花小凤道："咱没什么值钱的东西给你，这两间屋子里的家生，你都带了去，省得钱老爷再去置办。你拣中意的，只顾拿去。"

花小凤道："妈妈赏给我的多了，还得赏赐这个吗？"

李妈妈笑道："这个算什么？只要你日后做了官太太，咱这贫婆子到你们钱府里来叫花时，你不叫底下人撵咱出去就好了。"

说得花小凤飞红了脸，答道："妈妈倒会说笑话呢！"

钱光武也在旁笑着。李妈妈又叫早好安置了，辛苦了一天了，也好歇歇了，明儿迟些起来，不要紧的。一面又吩咐采文："你把姑娘的茶、晚上要用的东西都拣好了，也好去睡了，老在这里坐着干什么？"一壁说，一壁笑着去了。

采文把灯引路，送了李妈妈出月亮门，回来念道："半夜三更说长说短的，却不是官路当人情。前会子何必叫两个乞婆窗呀门呀贼一般地做呢？"

花小凤啐道："小蹄子昏了呢，仔细打你的嘴！"

采文也不理会，拽上房门自去睡了。花小凤望着钱光武笑了一笑。

钱光武挨近身，低声道："我把你裙带儿解，纽扣儿松。"说着，便搂在怀中。

花小凤含羞笑笑地俯着头，一边推，一边说道："你这会子怎么来不及了？不是史太爷时，看你怎样呢！"

钱光武也不打话，只一拖，拖到床上，认真与她解带弛衣。

花小凤推开手道："谁叫你来？"

扭转身慌脚慌手脱了衣裳，忙钻入被窝里躲了。钱光武哧地一笑，随即解衣登床，揭开绣被入睡时，只觉一阵暖香扑鼻醉，万般旖旎到眼迷，一似狂蜂乱蝶入花丛，却不知如何是好，登时颠鸾倒凤，极尽缠绵。从此爱入骨髓，情到肺腑，半晌喘吁方定，重诉私衷，早听得鸡声报晓，两个你痴我爱，情不自禁，重复一度，方睡一了睡。待醒来时，已是红日高起，隔院卖花声喧。花小凤不觉慌了，连忙起身，拽开房门，叫采文舀水梳洗。

钱光武也匆匆盥漱毕，回至会馆，只见时公宝在窗下阅书，相见不觉一笑，略说些闲话。钱光武便叫当差的请了管事的来，叫将东边侧厢内三间房屋打扫了，当日雇了人来裱糊。门前一带天井，茁着乱草，都锄净了，一面着人搬动花小凤房内各物。

原来李妈妈自那日见了史崇侍如此手面，当夜众宾客赏赐的钱不在少数，因此格外讨好，竟大开方便之门，尽将房内桌椅床几各物都与了花小凤作为妆奁，正好三间屋子陈设之用。两三日都已安顿完毕，就近雇了婆子使用。

花小凤拜别李妈妈起身，陈八照料轿子，香雪、采文都打轿送至新房。钱光武早命备下酒席管待，至晚送回。会馆里的人也都有表礼赠贺，史崇侍、时公宝自不必说。连日闹新房，饮酒取乐。花小凤感激史崇侍成全之恩，几次与钱光武说了，认真拜作了义女，又是一番喜事，免不得宴饮欢聚。

如此五六日，都在热闹之中，便把香雪的事搁了。花小凤好生心里不安。这日，正待着人去通个信，可巧香雪来了，也不带什么人，只独自坐了轿来。

花小凤请入里面房内坐下，叫婆子倒茶，一面说道："我每日记挂你，今儿正待打发人去接你，早上还与我们二爷说呢。你的事，我也与他商量了，何妨先出了院子。一面叫我们二爷写信与赵大爷，也好叫他快些动身，对面一间房就是留了与你的，时三爷也说是很好的。"

原来花小凤新近知道赵、钱、时三人早结了异姓弟兄，赵友亮最大，钱光武居次，时公宝最小，因此改口称了。

香雪听了道："你真真知得我的心，我便为此事而来。妈妈这里，我已探了口气，光景是没多大担待的。"

花小凤道："且住，索性叫了我们二爷来，他在三爷这边呢，一并请了时三爷，大家商量商量。"说着，就叫婆子去请，只说香姑娘来了，请他们都过来。

婆子答应着，走至天井尽处，来墙边对着花窗叫了几声。原来钱光武与时公宝旧日下榻处只隔一座花墙，墙上砌着一式冰梅亮窗，攀了窗榶，就望得见那边门窗，若要过去，须绕经甬道，也有一段路。这婆子懒惰，隔窗叫了几声，钱光武听得叫，便出来问什么。

婆子回说："香姑娘来了，奶奶请二爷与时三爷都过去呢。"

钱光武听说，返身邀了时公宝绕前面过来。目今花小凤嫁了钱光武，便是嫂子的了，时公宝不便走入内房去，只在中间坐下。钱光武便叫婆子请小凤、香雪出来。

花小凤道："不如对面房内坐吧。"

于是四人都来左边房内坐下。

香雪又道："我探妈妈的口气，出来是不难的了。但如果说是我的主见，她必然有话推延，少不得说要等赵老爷回来，又把这事耽搁了。兼且她是个多心的，还道我在哪一个客人手里发了横财，又有几日唠念了。不如请钱老爷、时老爷过去说一句，只说赵老爷有信来，赎我出院，横竖一应用度我都知道的，只要请你二位过一过手就得了。"

二人道："这有什么不可？"

香雪便教怎样说法，大家又商量了一会儿，香雪回去。

次日，钱光武、时公宝便来春浓院找李妈妈说话，都照香雪之意而行，一面香雪自去与李妈妈请商。这李妈妈自从史崇俦请了一次客，如今见了钱、时二人，大加青眼，恭维自不必说了，便是钱财上面倒也肯打退步。又因香雪在院多年，着实发了利市的，并不怎么计较，一应皆如香雪之意，一说便成。

香雪早便打点了用途，暗下都交与二人，去李妈妈前过付。不消一个时辰，都清结了，就此香雪也脱了烟花籍。当晚收拾箱笼，整叠衣饰，先将值钱的都运至花小凤这边藏了。拣了一个好日，拜别李妈妈出院，随身应有的物件都搬了过来。花小凤即命备了酒席接风，一面由钱光武写一封书，通知赵友亮，将香、凤二人如何出院，如何在会馆内居住情形，并香雪如何盼望的话都述了备细，即日寄发正定府去了。自此二人就在会馆里住起家来，都是经了风波的人，也须知稼穑艰难，百样都从省做家。二人本会得针黹，也会烹调，在家造饭，调羹做汤，甚是可口，倒省了钱光武、时公宝东餐西喝的，稳便不少。每日有说有笑，自是安乐。

花小凤道："也罢了，早晚赵大爷到来，也是欢喜，只有一个采文，服侍我一场，这小丫头也可怜，我却没力量安置她。"

12

香雪道："可不是呢，你出来这一天，这丫头哭了一夜，如今把她放在娟娟房中。那个小太监叫什么小麟台的，还不是天天在那里闹，再没在你跟前时的舒服了。"

花小凤摇头道："可怜可怜！"然亦无法，只得一叹而罢。

容易春光，匆匆过了一个多月，香雪每日盼望赵友亮来信，只是不到，心中便有些着急起来。钱光武自家默忖："在此坐吃山空，也不是道理。"思量回家去，携些钱来使用，另图个事业立身。叵耐这温柔乡中，正好情长味永，哪里便舍得走开，只是一天天地延下，各人免不得都有心事。

这日，正在踌躇间，只见时公宝陪同史崇俦入来，钱光武忙迎入里面坐下。

史崇俦道："友亮昨日来了信，因恐你们移至别处，把信寄在我这里。"说着，取出信来。

香雪听得友亮来信，忙出来问怎样。花小凤也就跟至外面听消息。

史崇俦道："就要来的。"

钱光武取信来看，也没什么话，只是个平安信，无非说禀明家父之后，仍当来京。香雪知道这里发去的信不见得便有回信，这是到正定府衙门以后发的，听说就要来，心内也松了一半。大家闲说一会儿也罢。

史崇俦便道："昨儿还有一桩新鲜事体，据说血昆仑和尚在这里收徒弟，你道稀奇不稀奇？"

别人听说不打紧，钱光武便跳将起来道："老伯，这个消息哪里来的？可真有其事？"

史崇俦道："话倒是真，也有人去过的了。"

钱光武不待言毕，便道："正合我的心意，我们便去瞧瞧。"

史崇俦道："本来我也想去的，只是说话的人不大靠得住。"

众人便问谁说的话。

史崇俦道："我听得周家大少爷说，是宫中老太监的寄儿子小太监，叫什么小麟台的，是他说出来的。廷玉也跟着他去过了。"

众人听得是小麟台，都倒抽一口气。

钱光武道："不管他，我来京城，正为找这样的人，如今就在眼前，如何不去？"

时公宝道："这倒奇了，俺在信阳州听得鲁教师说，血昆仑祖师早已圆寂的了，哪来的这个和尚？"

史崇俦道："不然，听说血昆仑祖师圆寂已久，这和尚便是传了他的衣钵，如今已有八九十岁，是个善知识的。"

时公宝道："这样说时，俺们合该去拜会拜会。"

看官听说，这血昆仑和尚不是别人，便是癞头和尚光慈，因窃得血昆仑剑，从在扬州豹子山王独眼出事后，便逃来京城居住，假称为血昆仑嫡派徒弟，专事结纳亲王大臣、富豪巨室。人家见他形状奇特，年纪老迈，果有一般本领，无不信他，以此亲贵巨富争去投见。小麟台也是听了老太监秋钿说，便引了周廷玉去参见，周廷玉方讲与史崇俦听了。

当下钱光武、时公宝听得说，立刻就想去投谒。

史崇俦道："且住，不是这么容易的，其中还有好些规矩呢。"

二人忙问如何规矩，史崇俦不慌不忙说出来。欲知何事，且听三回分解。

香雪以历年缠头所积，自赎其身，念念不忘于赵生，所谓情之所钟，固无可如何者矣。此回命题，大书香雪移居扬州馆者，盖花小凤为依于钱光武而来，而香雪则自主者也，重在香雪。

自癞光慈有诡托血昆仑之事，后之以伪乱真者迭出，至今牛鬼蛇神，惊为剑侠，固无怪世人之不明也。

癞光慈欲以诡托眩世，不得不结纳亲贵巨富，亲贵巨富者，皆鄙人也，岂复能明辨之？然光慈尚为陀罗寺僧人，其于精一大师尚有因缘可说，后之诡托者，徒见其捕风捉影而已。

第三回

老僧炫技惊书生
六郎适馆晤台吉

话说史崇侔传说血昆仑和尚与二人道："要见他时，也不是立刻使得。听说有一个规矩，先要开了姓名年甲，托引荐人递了上去，准了方好见，不准时再也见不着他。这引荐人又必是十分可靠的。"

原来癫光慈恐防有昆仑派下的人找到，以此定下这规例，十分防范，只拣是富贵子弟，情知与江湖上不通声气的，最易投见。若是江湖上人，或有武艺的，那就被阻挡了。

时公宝听了，笑道："这个和尚倒有点儿官派，直如此谨严，却是什么意思呢？"

史崇侔道："说来也是不差，他是为济世而来，生怕有心术不好的人混了进去，坏了声名，所以先要考察。"

时公宝道："即使考察，也要见了面方才知道，开了姓名年甲，单凭引荐人说话，也不见得一定是可靠的了。"

史崇侔道："所以呢，一来是为他要这样做作，二来像小麟台那些人都进了去，似乎不见得如何考究，因此我也懒得去。"

钱光武道："不管他，好歹去报一个名，我定要瞧瞧。"

史崇侔道："既是老侄如此有兴，自然陪同一路去，明儿我先叫廷玉开了名字递了，等他准了，再来相邀。"

当下说定，史崇侔回周府，等了三日，不见回音。钱光武心内着急，同时公宝来周府问史崇侔。

史崇俦道："名帖前天便递去了，要等明日听回话。"

二人只得回来。

次日午后，史崇俦来会馆说道："都准了。初时，老和尚见了名帖，对光武有些话，后来问得都是念书的人，也就准了，叫我们后天一早去。"

钱光武道："如此，后天清早，我们来老伯处动身，谅必仍要周家大少爷同去吧？"

史崇俦道："已经说定了，不必他陪去，只叫我们一直去顺治门外紫金街老和尚下处就是，他都与我备细讲了，还是我来这里，一同起身便当。"

二人道："恁地说时，我们在此备轿伺候。"

三人说定，史崇俦自回。

次日晚上，钱、时二人叫会馆里当差的去雇好三乘轿子，叫明日一早来前伺候。当夜早就安歇，待五更天色，起来盥漱。

少时，史崇俦便到，轿子也打来了。三人起身，按着地点，投顺治门外来。至紫金街下轿，依言寻至老和尚下处。只见是一所老旧院子，门墙都剥落了，估量这屋宇少说也有一两百年，合是前朝官府私宅。三人入来，檐前一个汉子站着，问是找谁。三人告明来意，那汉子要了名帖，入至庭心，叫了一声，屏门后转出一个大汉，说些话，把名帖带进去了。多时叫请，另是一个年轻的瘦汉来引路，将三人一引，弯弯曲曲，穿门入户，走过好些屋子，一处处都有人守着，正似营里放哨一般。入至最深处，只见三间正屋，一崭齐门帘下垂，一阵阵檀香透出帘外。那瘦汉轻轻揭起帘子，回了一句话，里面走出一位先生，含笑点头，请三人入来。只见正中一座佛阁，黄色帷幕里，高高坐着一个老和尚，身披袈裟，看他瘦得非凡，面上都起了深刻的皱纹，脑门上一搭搭的癞疮，倒像罗汉头上的舍利子，约莫也有八十多岁，只是没多少须髭，也不见白，端正闭目趺坐，动也不动。两旁站着行童，异样装束，也似泥塑木雕一般，一动不动。三人不觉肃然起敬。这先生就递过三支香来，每人一支在手，参拜罢，将香插在案上铜香炉内，依次站在右边。这先生方按着三人姓名，走近阁下禀白。只见老和尚张开眼睛打量三人一会儿，这目光便似剑锋一般，激射将来，不由令人打寒噤。

老和尚方问道："你们来做什么？"

史崇俦回道："信士等久仰昆仑大师法术无边，如今人心不古，诈伪百出，安得朱郭之徒，扶正义以行天下，信士等为特前来参拜。这钱光武，尤且有杀父之仇，久未得报，欲仰仁慈，指示迷津。"

史崇俦说完，钱光武便上前禀道："小人扬州人氏，素日在家攻书，习知礼仪。不料变出非常，小人生父某某被人害死，查系凶手王小明所为，小人浪迹江湖，一年以来，未能寻仇雪恨，欲仰大师慈悲，指示愚昧。"说着，将父亲被害情形也略诉一番。

老和尚道："汝等三人都有根基，史某品节高超，只缘素性孤傲，自多吃苦；时某磊落亢爽，将后前程无量，只是要谨慎处世；钱某亦颇有得意之日，如今皆在厄运，尚非其时。至钱光武所说父仇，应知汝父生前待人自有不是之处，万里仇家，独来寻到，岂非无故？冤冤相报不已。汝今便除了仇人，后世子孙亦留后患，此是生灭之道，须以退让为宗。"

说罢，仍闭目入定。三人相向而视，没做道理。

只听得那先生道："师父去也，且请居士外厢拜茶。"

三人抬头看时，只见阁儿空空，但剩得一个蒲团，哪里还有什么老和尚？刹那之间，也不知从哪里去的，都惊得呆了半晌。只见旁边行童把黄帏放下，也就退去。三人只得辞出。

那先生送出门外，仍有人引路，请外厢拜茶。来至外面看时，一处处有人候着，都是来参见老和尚的，也有好多妇女们来问休咎的，前庭后院，人都满了。三人吃了茶，把钱赏了当差的，就起身出门，打轿自回会馆，各各惊疑不定，不知这老和尚究有怎样本事，听他言语，也是有理。大家议论一会儿，也就罢了。

只是钱光武心中念念不忘。过后一连去了三五次，谁知都不曾见到，只听门上回说："大师朝山去了，不曾回来。"末了更去一趟，哪知大门都关锁了，访问近邻，说道："前日子都移走了，据说是往昆仑山去的了。"只得怏怏而回。

原来癫光慈在京闹了好久，名声闹响了，生怕惹动昆仑派的人前来查访，听得有些风惊草动，便乘间移至别处躲避了。但凡亲贵巨室，依旧暗中结纳，邀揽财利，暂且按下慢表。

单说钱光武，在京日久，等等赵友亮又不来，每日闲坐无事，思量前后，亦自焦灼，只得回家走一遭了。当日告明花小凤与香雪、时公宝，又去周府里辞别了史崇俦，把香、凤二人托了史、时两位照管，不免置酒饯行，约定来期，随即打叠行装，动身出都门，取路投向扬州去了。香、凤二人等着赵郎不来，却见钱郎又去，心中感慨，自不必说。尤其是时公宝，自钱光武走了后，越觉寂寞无聊，思念家中，闷闷不已。

这日傍晚，正是焦灼，坐在窗前，不由长叹数声，回头忽见一人走将入来，已在跟前，原来却是史崇俦。

时光宝忙起身笑道："老伯驾到，小侄竟一点儿不知，有失迎迓。"

史崇俦道："好说，老侄为何喟然长叹？"

时公宝微笑道："也没什么，自赵兄、钱兄一走，颇觉寂寞些。"说着让座，去茶桶里倒了一杯茶。

史崇俦道："大约足下颇有也秋风乍起，一叶扁舟之想。"

时公宝正色道："不瞒老伯说，家道贫寒，老母自操井臼，小侄出外，匆匆差近一年，大好光阴，付诸流水，焉得不有感慨？"

史崇俦点头道："我也早知足下抱负，颇欲一做曹丘，只因人微言轻，不能如我心意，且如寻常去处，或有非吾道中人，又不敢使足下明珠暗投，以此迟延至今，未得偿愿。如今有一个门馆，乃是老朽的旧东包台吉之子包发銮，现袭父爵，仍为台吉。此人虽是个满洲贵族，亦颇识得礼仪，更能谦恭下士，膝下有两个儿子，教读汉文。比先曾请一位老先生，因年事太高，有些耳聋，辞馆走了。昨日包台吉亲自来我书斋里，托我荐举一人，我想足下这个馆地还可去得，因此已允了他，约这两三日内做回信，不知尊意如何？"

时公宝听说，大喜道："承老伯如此看觑，真是小侄之幸，只怕小侄浅陋，罔知大礼，有负老伯推毂之至意。"

史崇俦道："这个你也不必客气，我虽与足下相处未久，论观人，我在燕南冀北这多年，自然多识几个，也看得各人有各人的性情脾气，约略

18

都知道了。如足下志气品格，少年老成，友亮、光武皆所不及，学问更不必说了。这包府上两位少爷都在髫龄，有什么难处？只有一件，我们至交，不妨明说。这位台吉大人品貌魁梧奇伟，谈吐也极雄壮，本心也很好的，倒有一桩毛病，却是惧内，若还得罪了台吉夫人，那就非同小可。比先那位老先生就是为此辞了馆的，入国问禁，我就不能不告知老侄台。"

时公宝道："也奇，夫人自在上房，西席自在书院，两不相干，抑又何关？"

史崇俦道："你不知，到了那里，自然明白了。我只把话告知你，你是解人，随机应变是了。"

时公宝点头，也不多问。

史崇俦又道："我明儿就去作回信，叫他送关书来。"

时公宝称谢应允。史崇俦去后，时公宝思忖："虽得他老先生与我这般留心，末路逢人，深深可感，只是说的那东家夫人权重，不知是怎样的形景。若还不讲理起来，倒也是一件难事。"

当下空想了一会儿，也就罢了。隔了两日，史崇俦果然拿了关书来，说道："台吉很是欢喜，说今天是个黄道吉日，就要足下今天进馆，我已答应他了，告明了这里的地址，午后便派人来接的。"

时公宝道："一唯老伯之命是听。小侄初出茅庐，有不知高低处，务要老伯随时指教。"

史崇俦道："午后我自陪你去，别的没什么讲究，只有他府里中堂上供奉的圣旨，你见了就要叩首。"

时公宝点头，便道："既是如此，容小侄告明香姐、凤姐，与老伯去市上去吃酒饭。"

史崇俦道："我也要去瞧瞧他两个，怎么友亮还没回信来呢？"

时公宝道："可不是！香姐这几日急得了不得，只是卜课算命。"

史崇俦摇头道："也可怜。"

二人说着，走过侧厢来，婆子入报，香、凤二人出来，在中间客房坐下。

时公宝便说："史老伯与我荐了一个馆地，今儿就要进馆去了。你二

19

位在此，好生居住，我日间有暇便来探看。若有要事，可着这里当差的来叫我。"

二人听说，也是欢喜。

香雪便道："我报一个时辰，史太爷与我掐一个课看，究竟赵大爷有没有动身？"

香雪随口报了个寅字，史崇俦只得掐了一课，说道："快要动身了。"

香雪道："这样说来，还不曾动身哪，究竟有没有主心来呢？"

史崇俦道："要来的。"

香雪只是呆呆地看。史崇俦看她可怜又可笑，只得把话安慰她。

时公宝也道："香姐只管放心，友亮临走的时候，怎样说的？难道一转背就忘了吗？果微迟些，也许因事耽搁了是有的。"

香雪瞪着眼道："但愿如三爷的话，要么是因事耽搁了，不会不来的吧？"

史崇俦、时公宝都道："绝不会的，一定要来。"

二人劝慰些话出来，史崇俦道："友亮作了孽了。"

时公宝失惊道："当真他就不来了吗？"

史崇俦道："要想来也不成，他的老太爷是最谨严的，说不出的苦。"

时公宝道："如此奈何？"

史崇俦道："也只得看事行事了。"

二人说着，出来市上吃酒饭。饭毕回馆，不多时，台吉府里已打了轿子来接先生了，亲随持了拜帖入来，请过安，禀明主人言语。史崇俦忙叫馆里当差的也雇了轿子相送。时公宝只随身衣服，也不带什么，吩咐当差的将房内行李收拾了，移至香、凤那边安放。二人随即起行，亲随领前，两乘轿径向台吉府来。少时已到，亲随入内通报，二人下轿，走入大门。刚至正厅前，包发銮已来阶下相迎，先叙一礼，让入正厅略坐。献茶毕，只见中间屏门忽开，包发銮起身，让二人入至中堂，堂上高悬御赐匾额"为国勤劳"四字，下面装置一朱红绣阁，知是供奉圣旨所在。史崇俦、时公宝都近前叩首毕，方告了坐，略叙寒暄。果见这包发銮生得七尺身材，方面大耳，甚是魁伟。少时，包发銮命两个儿子出来拜见，大的十二岁，小的十岁，一一近前参见。时公宝不卑不亢，受了半礼，礼毕，方请入后堂饮酒。时公宝居中坐定，史崇俦左边相陪，主人对席相陪。一时歌乐齐作，自后堂阶下起，直至大门，两旁站班伺候的人不知其数，却是鸟雀无声，静荡荡只见洞门叠户，绣椽雕梁，果然富贵门第，不同寻常。

酒罢乐止，请入书院献茶。史崇俦起身告辞，包发銮送至门外，入来与时公宝重叙礼陪坐，说道："咱两个小顽最是胡闹不过，拜烦先生从严督率为幸。"

时公宝道："大人放心，但凡孩童，过严了磨没天真，放纵了不拘教仪，侍生自理会得。"

包发銮听言大喜，豪谈多时，方告辞而去。派下五人在书院里伺候听差，十分优礼相待。

次日，学生入学，先叫温理旧课，然后依次教授。两学生倒也并不娇懒，宾主甚是相安。

忽一日清早，时公宝起来，听得书院外送酥酪的人在那里与当差们说话，说："与台吉大人并师老爷请安，小人这奶皮子是亲手制的，如今越发好了。"听那人的言语，却是夹着些本乡口音。

时公宝便踱出门来，看了一看，不觉失声叫将起来。

欲知这送酥酪的是何人，且听四回分解。

癞光慈倚老卖老，而其为技，仅足以惊书生，益深言其不足取也。

时六郎一入台吉府，宾主既得，可以无事矣，而偏有送酥酪者其人，此何人欤？不独六郎所未料，抑亦阅者意中所不及也。

史崇俦初见时六郎于酒馆之顷，已知其为人，其推毂之也，匪伊朝夕，写名士好友，贤者荐贤，令人向往。

第四回

时卓泉挟嫌漫挑唆
包发銮怜才转推荐

话说时公宝踱出书院门来，见那送酥酪的人，不觉失声要叫起来。当差的一见时公宝，都拢来请安。那送酥酪的人也慌忙过来，打个千，直起头来看时，不觉呆了。原来这人便是时公宝的族兄时卓泉，上回书中时母所说老二房龙大伯伯的儿子便是。这人在外漂流多年，专会伺候大门大户的老管家，出入府中，娶的一个妻子就是台吉府里老管家的一个丫鬟，也是个刁钻的婆娘，夫妻两个拍上使下，倒是挣扎得好些钱。如今就在正阳门外住家，做这奶皮子生意，专送富贵之家，不计价昂，到时收钱，甚好出息。不想遇了这时公宝，原是宗族兄弟，比先时卓泉说在外如何做官得意，回乡时候，与时公宝曾见过一面，两下都有些面熟，当下时卓泉请安起来，羞愧满面，两个都呆了一呆。

时公宝道："你便是俺家卓泉哥哥吗？"

时卓泉道："正是，你是公宝了？"

时公宝大喜道："早听得哥哥在京，不知住在何处，无从走访。今日有缘相见，且请里面坐了畅谈。"

时卓泉向日与当差们称兄道弟惯的，如何忽然敢入书院里告坐？又只怕时公宝见笑，如何说得这话？便推故道："咱这会儿还有些要事，不能陪话，兄弟有暇，可到咱们家畅谈。"随即报了个地点。

时公宝道："既如此，小弟课后便来拜访。"

时卓泉道："好，咱在家里等你。"

时卓泉慌忙别了时公宝出来。当差厮们见了纳罕，追上前来问道："时老泉，倒看你不透，你还是咱们师老爷的兄长呢！"

时卓泉冷笑道："咱道是什么师老爷，原来是这么一个东西。"

当差的失惊道："什么闲话？难道你们同族的兄弟不对吗？"

时卓泉道："你们再也不知，他是咱族里太公撵了出来的，在家安身不得，流落在这里。亏你们台吉大人大度大量的，也是蒙了眼睛，看错了人，真真说得来路和尚好念经。你们哪里知道？"

当差的听了，益发诧异。内中有一个乖刁的小厮笑道："时胡子别要把自己心火推在人家头里，咱看这个先生倒是个正派的。"

时卓泉瞪着眼道："你不信吗？现有咱的叔叔时仲凡的信，他是咱们老乡里最公正的绅士，知道这个小子混到京城里来，生怕撞到咱家里，天地元黄地诈骗咱的钱，早有信来通知了。"

原来时仲凡记了那次阮小五闹事之仇，眼看时公宝出门，闻知是投北方去的，后来在时母处得了消息，知道到北京了，以此写信嘱咐时卓泉，千万不要收留他。又怕他一朝得意起来，说上许多败坏的话。时卓泉一来自家在这里做了奴才的奴才，今被时公宝知道了，已经恼羞成怒；二来看他是个方才出道的，居然做起师老爷来了，益发气恼不安；三来又有时仲凡的来信通知，因此上一力要辱没他。谁知那些当差有的真然信了，有的还是不信他的话。

那乖刁的小厮又道："你说他撞骗，终不见撞骗了你，何便强煞？可是与咱们一样，到底是个奴才，他便坏煞，到底做了老夫子。你还不知他进来的时候，咱们大人多少的管待呢，特地吩咐了府里的家乐，在退堂里歌唱，陪他吃酒作乐，真好威风。你便一辈子也享不了这个福，除非是投了娘身了呢。到底是念书人高贵，你休说。"

时卓泉听了，一肚子的气没出处，哪敢多说，只得忍受了冷笑，说声："好了，咱有要紧事，没工夫与你嚼嘴了。"

说着，相别当差们，一溜烟窜出台吉府来。于路寻思道："这厮不知去哪里钻了这条门路，竟被他弄了这个饭碗，不除了他时，咱嘴这条门路也难走了。"

回到家中，闷闷不乐。

老婆问道："你今儿做什么烦恼？可是收不了账吗？"

时卓泉道："哪里是？"

老婆又道："不是为银钱上面，好好儿烦恼做什么？"

时卓泉道："今日遇了一个对头星，好没意思。"

老婆问是遇了什么了，时卓泉把在包台吉府里送酥酪，遇了时公宝，如此长短，讲了一遍。

老婆笑道："稀奇故事，从来也不曾听见，你的兄弟做了师老爷，却不是你做哥的威风，颠倒说没意思。"

时卓泉怒道："放你娘的屁，什么兄弟不兄弟！"

老婆也怒道："你动不动就骂人，认真要降伏老娘起来。你道如今有了钱奢遮了，进得大门大户了吗？不是老娘抬举你时，你这厮还不是沿街叫花，谁认得你时老泉来？目今穿了几件鲜明衣服，像个人了，倒是爬到阁儿上来了，当老娘什么看？谁知道你的狗兄狗弟有七世冤家八世仇的？却怪到咱身上来。你这厮不是作死！"

老婆便骂猪骂狗闹将起来。时卓泉见老婆当真动怒，便慌了手脚，连忙赔笑道："好了，也骂得够了，咱便是心中烦恼，错口儿说一句，也是有的。菩萨也有错处呢，你也好平气了。"

老婆哪里肯息，把时卓泉的行径都骂了出来，吓得时卓泉左作揖，右打躬，赔笑赔话，搅了半晌，他的浑家方才气平。

时卓泉道："你不知，这时公宝虽说是本家兄弟，一来祖上早有积气；二来咱是要回族去的，被这厮看穿了，丢了咱的颜面；三来咱在台吉府里进出，有这厮在里面，那厮们都把咱来开玩笑，再没兴儿的了。"

老婆道："混沌魈魖，他滚蛋还不容易？只凭我一句话就得了。"

时卓泉大喜道："正经你出个主意，依你怎么说？"

老婆冷笑道："要什么主意？便去台吉娘娘面前撺掇几句就完了。"

时卓泉道："你怎么见得到娘娘呢？"

老婆道："比先在府里时，哪一天不在娘娘跟前？你见得多少世面呢？明儿这酥酪咱自送与娘娘去，且看老娘的手段。"

时卓泉大喜。两口儿商量些话，傍晚时分，婆子报说，有一位本家少爷前来拜会。

时卓泉道："便是公宝这厮来也。"

老婆在旁说道："既你叫咱进府里去说，待见他做什么？回话他出去好了。"

时卓泉道："说得是。"

吩咐婆子回了话。时公宝只得怏怏而回。

次日，时卓泉的浑家将了酥酪进台吉府，自后花园入来，府里的人都是相识的，自然放她进门。见这婆娘打扮得妖妖娆娆，便有年轻的厮们一路与她打诨，问她这一时怎么不来，问她肚皮怎么大了，敢是有身孕了？也有问她要牛奶吃的，也有动手动脚摸一把、捏一捏的。这婆娘眉花眼笑，一路走，一路骂，一路指指说说。那厮们清一阵混一阵的，跟在后面调笑过来。走到照墙门边，方才住了步。

这婆娘跨入门来，返身笑道："你们这些耗子，还敢进来吗？进来便打折你的狗腿！"

那厮们对着傻笑，只把两个指叠着做手势。这婆娘便啐了一口，回身入来，走过穿堂，至下房管家婆处，叫声干娘，入内坐下，攀谈些话，方问起："娘娘可在院子里？咱特地拣了这顶好的奶皮子孝敬娘娘，也有些话想面禀。今日可见得到见不到？"

管家婆道："大嫂，娘娘正在斗牌哩，今天一天没空了呢，你有什么话，尽管对我说。"

这婆娘低头一想："不妨托了她，倒是稳便。"不消说，便如此这般胡诌了一篇，无非是中伤时公宝的话，也就许了好些愿心。管家婆一一都领了。这婆娘把话说妥，便方才回去。自此隔一日或两日来听消息，也有几个俊俏的小厮向来与这婆娘有来往的，不免偷鸡摸狗，趁便尽兴，暂且不在话下。

却说时公宝，自见时卓泉后，一连几次去他家拜候，始终不曾见面，心内疑惑："难道怪我到京已久，不曾前去探看，以此拒不见面？"想想也无此理，回思当日老母嘱咐，其中或有别故，也就不去了，只在台吉府书院里专心教授两位公子。

前后过了一个多月，忽一日，派在书院里服侍的五个人倒有四个调开了，只剩了一个老的。午后，两个学生便不来了，酒食也换了样子了，连茶水也不周全了。时公宝想道："果然有这一天，人无千日好，花无百日红，只是太快些了。"反躬自省，不曾有失行检处，也不知是哪里得罪了。原来富贵门第是如此的，无怪陶靖节挂冠归来，少有品气的人，怎能受此？亏得史老先生有话在前，不然还是在鼓里呢。当下也一笑而罢。

次日早起，将出关书，写了几句话告辞，嘱咐老当差呈与主人，横竖自家行李都在会馆里，说走就走。即待起行，老当差把信与关书依言呈上包发銮。包发銮看了大惊，忙趱过书院来，只见前日派下的人一个也不在，自己两个儿子也不到馆，知道是夫人做下的事，只得闷不作声，走入书院，便拱手道："先生为何忽然走了？纵然兄弟有不周到之处，或咱两个豚儿有开罪先生之处，且觑薄面，暂容委屈，务祈留驾。"

时公宝道："小子不学无术，蒙史老先生谬举，本来暂时承乏。今因出外已久，寒家老母挂念，欲要返里一趟，因此告辞。大人厚意，日后再有机缘，自当图报。"

包发銮再三婉言，苦留不住，只得说道："既是先生去志已决，不能攀留，也不必忙在一时。且请小坐，有话告说，暂容失陪。"

说着，返身入内，来见夫人，埋怨道："好容易请了这个先生来，你又把他撵走了！"

夫人道："你做梦咧，你道他是个什么样人？他原是一个破落户子弟，是贩牛奶的奴才时卓泉的兄弟。你瞎了眼睛，还把他当宝呢！"

包发銮道："英雄不怕出身低，这个何妨？"

夫人道："他是被族里撵了出来的，说不得犯了罪，安身不得，逃来这京城里游荡，你如何可收留他？"

包发銮道："你怎知道？"

夫人道："嘿！他的亲嫂子时卓泉家的告知管家婆，管家婆说与咱知道的，还有错的吗？"

包发銮道："虽说如此，他须在咱们这儿十分之好，品学兼优，言行都佳，端的是个少年老成的人。教咱们两个儿子又很专心，并无坏处。"

夫人道："请了先生，就是教孩儿们学好，这样时，咱须放心不得。便是好煞，终是奴才的兄弟，也给人家笑话。你要他，咱不要他。"

包发銮道："你放心，他也再不肯在这里了，兀自苦留他，终是不成。今是咱们的不是，既送他走，也要好好儿的，仍叫咱们小孩儿出去见了，不可失礼。"

夫人也不言语。包发銮即命备酒钱行，叫两个儿子都出来相陪。一时酒罢，命取出全年的束脩相赠。

时公宝谢道："大人恩德，晚生心领，分外之财，晚生不敢。理所应得，归以养母。"

时公宝坚不肯收，包发銮只得暂且搁下，也不理会，一面说道："先生坚意欲行，咱直无计攀留。咱有一个亲戚，也是同乡，姓和，名珅，表字致斋，乃是正黄旗满洲官学生，现充銮仪卫，选异御轿。此人生得一表出众，磊落非凡，如今虽是名位不高，终在天子跟前，久后必然腾达，也是个能说能为的汉子。前日来咱府里，称说先生，很是佩服，欲要咱与他请一位教授，办理文件，讲解圣贤之书，一时哪有如此相合之人？若得先生肯去，正是求之不得，咱便与你修一封书，暂在他家委屈一时，再有机缘，自当答报。不知尊意如何？"

时公宝听包发銮如此至意，内心十分感激，方知史崇俦的话句句是实。原是有义气的人，也不以台吉自大，可惜被河东君降服了，美中不足。

时公宝道："早听得史老先生说，台吉爷谦恭下士，慷慨好义，目今看来，果然话不虚传。小子别母远游，来此帝京，上无伯叔，终鲜兄弟，身为草莽之士，初不敢有非分之想，若得忝交海内英雄，固所心愿。承台吉厚意提擎，正当感激不尽，怎说得委屈的话？"

包发銮大喜道："如此咱便修一封书与先生将去，他是咱们家至亲，不拘常礼。本当叫他前来拜请，因在天子眼前服侍，不便轻离，尚需原谅。"

说罢，叫左右取过文房四宝，随手写了一封荐信，交与时公宝。时公宝拜别起身，自有府里的轿夫伺候，送至扬州会馆。时公宝入来，与香、凤二人略说几句，不及细谈，便来周府会史崇俦。史崇俦请入书斋内坐下，时公宝遂将自家辞馆，及包台吉荐去别处的话说了一遍。

史崇俦道："可仕则仕，可止则止，合则留，不合则去，如此便好。老侄进退已有余矣，不是我早说吗？这位包台吉就是犯了这个毛病，所以他府里安不得好人，不但是西席呢，便是家人，何尝不如此……"

说言未已，只听得书童报说，包台吉府里打发人来，有信面呈师老爷。

欲知何事，且听五回分解。

时卓泉与公宝为族中兄弟，纵无手足之情，亦岂不念为乃祖同根而生，何至以驱除为深快？既谤毁之于众仆之前不足，则引其妻以为虐，卒之公宝辞馆而去，写小人之心，真不可测。其不近人情之处，匪夷所思。然而公宝去矣，其妻再四入府，而为素所狎昵者，以遂其淫亵之甚，亦时卓泉有以致之也。然龌龊儿又岂以此为芥蒂哉？盖不可训矣。

包台吉之推荐公宝也，曰无计攀留，慑于河东君之威，而不敢发也，顾其言一若为时公宝云然者，语妙双关。

和珅如此出场，似春云旋卷，淡淡而来，焉知后日者为势倾中外，古今罕有之权相乎？

第五回

和珅延纳时公宝
李氏妒逼钱秀才

话说史崇俦听得报说，包发銮打发人来，有书信面呈，即命唤将入来。拆看书信，原来为的时公宝不受束脩，特地差人送与史崇俦来，托他转交，并说上许多抱歉的话。史崇俦也不与时公宝商量，将送来的薪敬如数收了，回了一封信，交与原人带回自去。

时公宝道："老伯如何都收了？这不是小侄应得的。"

史崇俦道："你不知，他既送到我这儿来，足见他诚意得很，再不收他，须于面子不好看。亦且这人的脾气我是知道的，你谦逊，他便越发小心；你托大，他倒摆出架子来了，也不可拗他的。"

时公宝笑了不语，旋即说起赵友亮，如何至今信息全无。

史崇俦道："正是这话呢！香雪迭次差人来，要我写信催他去，我想这信只好请你执笔。"

时公宝点头道："光武也没信来。"

史崇俦道："他倒还早哩，已成了局面的，没有什么的了。就是友亮的话，不即不离的，未免惹人烦恼。"

二人说了一会儿，时公宝自回下处，便走香、凤这边来。正踏到门前，闻得哭声，只是婆子忙叫道："三爷来了！"

花小凤早迎将出来，香雪跟在后面，一边哭着，也走出房外，已哭得泪人儿一般。

花小凤道："赵大爷的信倒来了，这些话可不是出人意料！三爷你瞧瞧。"

　　说着让座，递过信来。时公宝接取看时，原来是复钱光武前日催询一信的，上面无非说钱、花二人如今珠联璧合，一番祝贺的话。中间便说香雪相继出院，情殊可感，唯自身处境太难，家父面前难以禀白，实属力不从心，只得望二位贤弟婉言劝慰，嘱其自作主张，能有一日通达如愿，决不负情。末后又说，来信幸有当值的袖呈，不被家父所见，以后尚祈二位贤弟谅情，保全云云。

　　时公宝看罢，大不为然，连说："岂有此理！皆是他一人之言，出尔反尔，如此岂可立身行事？不且使吾辈交友都寒心耶？"

　　花小凤便说："请了义父来商量。"

　　时公宝知道史崇俦不肯多这个嘴，说道："请他老先生来也无非多淘气，如今由我再写信去责问，大约友亮在老太爷跟前拘于严谨，不敢说话，情有可原，绝不至于如此的。香姐休要过分悲伤，万一他果真背信负盟，俺们也不肯放过他。好在钱二兄也快来了，自然有个商量，绝不使香姐遭难。"

　　花小凤道："三爷出言如金玉，姐姐且宽怀则个。"

　　香雪见时公宝也愤愤不平，既说得如此爽利，只得忍悲收泪。时公宝忙叫取过笔砚来，立即提笔作书，把赵友亮大大责备了一顿。从在北京相识起，当初如何游泳池院，如何与香雪定情，如何她为你受诸般苦，临走如何订我，如何她自己赎身出来，目今如何又说这等言语。既知无言对庭训，何以不早计及？既知自身无力量，何故逗留情场？今到如此地步，岂得以一纸书信便可了结？最后又表白自己心迹，从来不敢误入情场，就是为此。今写此信，不独为香雪，亦是为交友之道，承以都门相聚，视同手足，不得不倾情相告。从头至尾，凡千余言，句句刺入赵友亮心中。

　　花小凤看了，一连点头称赞，说："前日我们二爷的信太软弱也，除非如此，方使赵大爷回心转意。"

　　香雪听了，也是安慰。时公宝写罢，即着人投驿站，飞速寄将去了，一面自把话劝慰香雪。时公宝因感得处世之难，连日心内不快，也不即将包台吉的信投去和府，只在会馆里闲住了五七日。

30

这日史崇俦特来探看，说道："包台吉差人来问候去了不曾，和致斋已接得台吉通知，只在等你。"

时公宝道："台吉直如此系念，令人心感，为是近日身体不安，不曾即去，明儿自去拜会。"

当下史崇俦诉说赵友亮之事。

史崇俦道："你也不必耿耿在心，万事皆有定数，尔我今日在此叙谈，过多少时，又不知如何模样呢。"

时公宝道："正是这话呢，香雪不幸为落溷之花，识得赵友亮，亦是风尘中知己，甘受辛苦，单身出院。今友亮如此相待，虽则庭训綦严，亦未免太辜负了她。如小侄在外投人，正与香雪同一模样，若遇个不淑的，还不是一片真诚付流水，岂不令人可叹？"

史崇俦笑道："你若这样说，我们不如她们多了。第一，在外入幕做官，就要卖笑，我们可能够吗？看不得的，连话也懒回说，再不然，只得歧路一哭，何从笑起呢？我在外数十年，就是笑不得哭不得的日子最多。"

二人畅谈入夜，史崇俦自回书斋去了。次日，时公宝收拾行李，仍叫婆子拿去香、凤这边放了。却待起身投和珅家去，只见当差的来说："和府打发轿来接先生，并有书信。"时公宝叫取信来看时，原是和珅得到包发銮通知，特赍书面聘请，无非是恭维敦聘的话。时公宝随即起身，坐轿来至和府，由管家恭身迎接入内。请安献茶毕，至书斋无歇，只不见主人。备问缘故，原来和珅应役銮仪卫，每日寅初，须至寝宫外侍驾。乾隆帝每日上午四点钟起来，入后宫与妃嫔等谈笑，进茶点，然后早朝，召见阁臣。退朝后，或批阅奏章，或进宫游逛，至下午七点钟就寝，以此为常。那时西洋输入的钟表在民间尚少，在亲贵大臣都备有时表，以准时刻。御殿上置有八音时辰钟，每届一点钟，奏乐一曲，共有十二曲，都是西乐，如 *Black Toke Lillibulero* 之类。四周镶以透明五色的宝石，不同寻常，原系英国进贡之物，为伦敦理敦赫尔街乔治克拉克钟表店所造。乾隆帝以此钟准时刻，文武百官都要早上三四点钟起来，六点钟以前齐集朝房静候。

这和珅是御驾侍卫，便益发要早的了，以此不在家中，只吩咐管家接待时公宝。直至酉初时分，和珅回来，动问先生，入至书斋拜见，一一如仪。时公宝持量这和珅时，生得面如冠玉，目似流星，亭亭天表，奕奕丰神，果然好一个英挺少年，不是寻常贵胄子弟模样，亦且口齿清利，声音洪大，言语流周，倜傥不凡。论年，和珅比时公宝尚长几岁，因少失所学，欲就夜间侍驾回来，听讲古圣贤之书，兼以一应亲贵往来文件，委请办理，因此师事时公宝，颇申敬意。当下和珅换了家常衣服，即命管家张筵接风，重叙宾主之礼，席间畅谈古今，细话身世，皆极合契。酒罢安歇。

次日天色未明，和珅自去宫门应卯，至暮方回，在家晚餐，饭后入书斋听讲。日间时公宝自与和珅安排了应答应发文件，余时亦自读书消遣，倒是安闲，即将会馆里的行李都取了过来，定心定意，只在和家住下。看官记明，自此时公宝遭际在和珅家中，暂且不在话下。

却说钱光武离京回扬州，于路无非夜宿晓行，不止一日，来到家门。只见门庭颓败，一片荒凉，厅上桌椅灰尘满盈，天井内满处野草乱苗，台阶边都生了绿苔，倒像冷庙一般。钱光武不觉连声叹气，走入屏门后，迎面只见一个婆子在廊下洗衣，却认得是郑通之母郑婆子，方才想起泰山李延泰的信来，郑婆子原住在自家做事。那郑婆子见了钱光武，呆了半晌，方叫得钱少爷一句，忙忙入告李氏。少时，李氏出来，夫妻相见，无话可说，只得入后堂坐下。

郑婆子便问："我儿打大少爷去，见了没有？"

钱光武道："我早离了信阳州，为此不曾见。"

郑婆子闻言，便眼泪汪汪地道："难道半路里闯了祸，怎么信息全无？"

钱光武一时心乱如麻，无从说起，只是默然呆坐。

李氏道："你便烧茶去，少爷吃了，却再说话。"

郑婆子拭泪自去，家下新雇的小厮，正在后门吊井水。钱光武吩咐去市船上取了行李来，小厮答应着去了。

李氏道："丈夫出门快两年了，可曾报得仇来？"

钱光武道："便为觅不到仇人，因此漂泊在外。"

李氏道："既然找不到仇人，也早好回来，为甚漂流在外？只怕不是寻仇人吧！"

钱光武道："何以见得？"

李氏冷笑道："早知道你在外面被娼妇迷住了，再也不想回来。"

钱光武吃了一惊。

李氏又道："正经事不干，倒干这些邪事，一年多没有信来，为了小娼妇赎身，倒来信了。"

钱光武也不理睬。一时郑婆子泡茶来，吃了茶，小厮取了行李回来。钱光武吩咐把书房收拾了，安顿行李，晚上自好歇歇。

小厮回道："书房里堆了柴了，今日也收拾不清。"

钱光武道："胡说！"

小厮道："奶奶叫我堆着咧！"

钱光武顾李氏道："有的是柴房，为什么却把柴堆在书房里？"

李氏道："可不是这话呢！正好比你一样，有的是家，为什么却宿在娼妇家？"

钱光武一连摇头叹气，也不言语。吩咐小厮将行李安顿在外厢房，起身便出家门，走向兴源当来。肚里寻思："如今妻了李氏竟这般撒泼，不知自哪里听了话来，与前大不相同。"心中闷闷，不觉行到兴源当前，入门拜见泰山。

李延泰笑道："贤婿你今日也回来了吗？"

请入后堂，又拜见了丈母，只不见李炳。钱光武便动问："炳兄在家吗？"

李延泰两老道："休说起，贤婿辛苦风霜，且坐说话。"一面置酒管待。

李延泰道："贤婿自你去后，我老夫妇日夜望你，又差孔元霸、郑通去，又没音信。如今可曾会了他两个？"

钱光武道："便是不曾相遇，多累岳父、岳母挂心。"

李延泰道："不是我老昏，说句不中听的话，贤婿你自年轻，前程无量。那京城里一片繁华，尽是王公大官抛金掷银之场，妓院里有什么好人，还不是眼前作乐？无非是骗得几个作乐钱就完了。这等肮脏地方，再也休去。"

李婆子也插言道："姑爷满口说要替亲家老爷报仇，目今报得仇也未？眼见得丧服未除，却去嫖娼，这可是正经事儿吗？"

钱光武方被李氏抢白出来，又听得这话，吃了两杯酒，心头火起，酒涌上来，不由变色答道："岳父、岳母在上，小婿忤逆不孝，不必说了。若论宿娼狎妓，此是朋友偶然相与之事，在外亦属常有，与岳母什么相干？如果以小婿不可教训，尽请将令爱另行择配，逼叫小婿出立休书，也就使得，何故出此恶言？"

李婆子听说，大怒道："饶你是个秀才，说出话来，好狗屁不值的。你父子骗了我的女儿去，看她貌丑，却把她落在冷房，你兀自去外面，一两年不回来，只是在外宿娼嫖妓。如今一回来，便想休了我的女儿。须知我的女儿是大门大户明媒正娶的，曾做了什么歹事，你得休她？就使你一两年不回来，抛弃了她，她自在家里吃素念佛，便雄苍蝇也飞不入来，可有什么把柄，你好休她？"

钱光武道："都是岳母嫌长嫌短的话，我方有此言，不是要害了你家小姐。"

李延泰皱眉道："这样不是道理，贤婿你听我说，你前会子差来的蒋兴，原是我们扬州人，都把话告知我了。你做的事我都知道了，原是那赵友亮不成材的小子领了你去的，搅得你昏了，你的岳母也是为好劝你呢。"

正说着，只听得说："姑奶奶来了！"

遂见李氏气喘喘地走入门来，对着李延泰老夫妇道："爹爹、妈妈与我配了这等人家，叫我死不死、活不活的，如今只凭娘老子说句话，毕竟叫我怎的！"说着，便排天排地价哭将起来。

李婆子也连哭带嚷道："我们娘儿们快去死了，好叫小娼妇来做家，你自不会花言巧语，前门进道士，后门进和尚，那就有人爱了。如今还要休了你呢！"

娘儿两个哭哭啼啼，满口娼妇长、娼妇短，戳千人、嫖万人地乱骂。正闹得不得开交，忽见腰门开处，一人跳将出来，上身赤着膊，一条绳子十字儿绑着，下面系一条黑裤子，扣在肚脐下，满面扑着铅粉，似小丑一般。钱光武转眼看时，方认得是妻舅李炳，不觉呆了。

这李炳傻头傻脑跑至钱光武跟前，一把拉住道："妹夫得了一个好娇娘，怎么不带来，也与我嫖一嫖？端的好快乐！我的妹子怪怕的，像个什么东西，我也不要她。你的舅嫂如今也不中用了，小肚都干瘪了。"

钱光武听得只发怔，吓得忙向后退。

李婆子大叫道："谁放这畜生出来？快捉他进去！"

李延泰忙赶过身来抓李炳。李炳拔出拳头，正对李延泰胸腔，只一拳，把老爹打倒在地，抽身就逃。李婆子打横来拦时，李炳又去一脚，把娘也踢翻在地。

李炳大笑道："好好，你们尽这么无用。"说着，一脚跳出门外，飞也似的去了。

店里朝奉伙计都慌忙来拦时，哪里拦得住，早被李炳推翻了两三个，闪出门外走了。

欲知李炳闹的何事，且听六回分解。

　　和珅应役銮仪卫，尚于夜间余暇孜孜读书，可见其胸中大有城府，后之入阁为权相也，岂偶然哉？

　　时公宝入台吉府，不即以行李取去，入和珅家，则即安置行李，似欲久住者，皆写和珅之能延纳人才，有宾至如归之感也。

　　李氏在前无一言，在今日则大放其刁，诚不解其心将何为。写妇人处心积虑，止此而已。有其女，有其母，有其子，李氏一家殆矣。

第六回

兴源当李炳发花痴
飞凤店郑通遇旧识

话说李炳推开众人，闪出店外，店里伙计生怕闯祸，拼命追将出来，只见李炳大笑大跳，拖着背上绳索，在街上开逛。但见有年轻妇女路过，或立在自家门前，李炳便嘻嘻地脱下自己裤子，就要求欢，吓得妇女都藏之不迭，关门叠户，家家惊慌。李炳一壁走，嘴里乱骂，一壁提着裤子，到处寻女娘。回头见有伙计追来，李炳大吼一声，拔开脚步便奔。众人哪敢近他，都蹑手蹑脚不敢拢来。有知道的，早远远地躲了。

原来李炳自从上回倪二娘被王道人挖去心肝而死，眼见她那等娇艳如玉、一丝不挂的光景，想得最是出神，心中老是不能去念，早害了心病。后来又在本城遇了一个说大书的女儿，李炳看中在意，又想下手，却被她老子管得紧，家中又有父母两老督率，几次偷香不遂，即说书的老儿，不久便携了女儿走了。李炳一想两想，走了迷阵，把心糊了，因此上发了花痴。初还是傻头傻脑呆笑，后来便越厉害，竟动起武来，不如意时，别管好歹，乱拳乱脚便打，也不知是哪里来的气力。病前并没有什么手劲的，一害了疯癫，却比水牛般力量，无人得想近他。一见了粉头，不论是好是坏，便什么也做将出来，为此已害了半个多月。李延泰急得没法，看看忒不像了，因此把他关禁在家，把绳索缚了，锁在堂后屋子里，三餐茶饭送与他吃。远近多少郎中，哪一个不请来诊视，都医不好来。也有什么治疯草震心丹，好容易办了来，只是吃下一日两日，好像是瘥些，过后便一般无二地发了。李延泰、李婆子愁眉不展，只有这一个儿子，害了如此怪病，有一个女儿嫁了钱府，又是个不得其道的，怎不伤心流泪？没奈何，只得求神拜佛，祷告祖宗，即有甚效验。

这日，李氏娘儿两个怪嚷起来，李炳在内，听得啼哭，并安身不得，便活撞活跌，拼命挣扎得脱身。闲常听得房内有响动，大家便前去查看了，这当儿又忙得嚷闹，没人理会他，因此李炳打开门户，跳将出来，当下将李延泰打倒，李婆子踢翻在地，冲出了店门。

钱光武大惊，连忙扶起李延泰时，脊梁上已跌得碗面大小一块青。这边李氏扶起李婆子来，腰部也跌损了。两老相向下泪，叫苦不迭，只得各扶去床上安歇。店里人上上下下出去追拿李炳，满街兜转，闹到昏晚，方把他抓了回来。正是初秋天气，个个身上淋汗，这李炳圆睁两眼，嘴里挖不出地乱骂。众人前拉后拉，把他牵入屋内，依旧缚了，锁上门户，方才安心。这边又请了郎中也李氏两老瞧伤，忙了一黄昏。

钱光武只得宿在岳家，胡乱歇了一夜，次日早起，看两老伤处，李婆子倒不妨了，只是李延泰较重，胸腔有些肿痛，又发气喘。郎中嘱咐静养，偏是这李老儿放不下店务，生怕有店里人做手脚，勉强起来点看了一会儿，实在坐不住，只得睡了。钱光武见两老都睡倒，李炳关在屋子里，李家弄到如此田地，如何看得过？心内又念着花小凤，再坐不住了，未及晌午，起身告辞。

李氏见丈夫回家，也就叫人打轿赶回，夫妻两口儿到得家中，并无多就，李氏缠嘴缠舌地无非说北京娼妇的话。钱光武只得听她说去，一概不理。本意回来撩摸些银钱就返京城，谁知向日所有的存款，与庄户人家解来的田租地银，以及契书户册之类，李氏都拿去娘家藏了，家中只留些零星余钱，用完了时，但向兴源当里支取。钱光武心中好生不然，看看岳家两老都被伤在床，也就不说。

过了六七日，钱光武委实急不过，只得来兴源当里与丈人说话。彼时李延泰也已起床，李婆子也将息好了。

钱光武入至后堂，与丈人开言道："小婿在京，诸事未了，不日就待起身，望岳父与我备银一千两，我自要京中谋事。"

李延泰道："我劝你不必去了，府上不是无产业，在家着实可以享福，何必奔波？还是什么事未了，便打发一个人去也何妨？"

钱光武道："不行，小婿在此，安居不得。"

李延泰笑道："我知道了，你要讨一个小的，这里尽有，我与你拣一个是了。你若抛不下那北京人，便着人去接了来也好，何必贤婿风霜辛苦？"

钱光武道："不是说什么小大的，我与朋友约定，本待在京中谋差，正当壮年，岂可老死牖下？"

李延泰道："虽说如此，你也过半年一年去，不孝有三，无后为大，你也生个一男两女，走了远处，方是道理。目今我的炳儿犯了这样的病，眼见得死得快了，老夫名下就只是你这个半子，你又这般不安心，如何得了？"说着，连声叹气。

钱光武道："我不是去了不来，岳父休得伤心。倘得日后能有进展，就拜岳父之赐。"

李延泰道："你既要去，何消得这许多银子？若把钱去外面使用，那就冰雪垫井，白费无益。"

钱光武道："我自有这样的用处，亦是与朋友约定了。"

李延泰道："却再商量。"

李延泰暗下使人接了女儿来，通知了李婆子，娘儿两个又与钱光武闹起来，无非说他丢了妻子，去外面淫荡。钱光武忍着一口气，没做理会，只得回家。

过了五六日，又来与丈人李延泰说话。李延泰只是敷衍搪塞，有心阻止，不肯放行。如此三番五次告说，李延泰始终不拿出钱来。

转眼已过了一个多月，钱光武急得日夜不安，争似落了十八重地狱，急待超度。

这日又来与李延泰说话。李延泰面上十分客气，一口只说过了秋天再行未迟。

钱光武愤愤地道："你老人家留我在这里，不知还是要我死要我活？如今我家的契书户册都在你老人家手里，明知我不得动弹，却这般留难我，不知是何意思？便是我亲生的父母，也不至于此。"

钱光武言语便有些不好听起来。李延泰假作不知，连忙道："府上的契书户册在我家里，那我不知道，从来也不曾见得。要么是姑奶奶交与她娘的，也未可知。"

钱光武道："不管她交与谁，你老人家与我备了这盘缠，能得走了便罢，不能走时，只得把产业抵押去，便当官也要卖去，有什么了不得？"

李延泰听这样说，倒有些慌起来了，笑道："贤婿，不是我刁难你，一来我家比不得从前，虽说开着个当铺，目今世上穷人多，只见来当的，不见来赎的，已经灭了的当头，发在提庄里，又卖不出去，有些金银铜铁锡虽然发卖了，只够做本，以此也直不过来，哪有多的银子？二来贤婿出门已久，家里也要团聚团聚，原是我的一番好意。既然你如此心急，明儿我去收了账来，凑一凑看，能得如数时最好，不能如数时，只得稍缓一步。"

岳、婿二人说定了话，次日，钱光武又来找李延泰。

李延泰道："委实不能从命，勉强只凑得二百两，你且拿去，若要齐数，只得过两三个月再说。"

钱光武知道生意人的脾气，与他多缠无益，连声叹气道："不想我命中如此驳难，到处都是剥削的。也罢，没有祖上的产业，难道不做人吗？"

当下收了银子，拜别起行。李延泰听说，青了眼睛。李婆子也就出来，不由得又说了许多冷嘲热讽的话。钱光武头也不抬，慌忙作别出门，回至家中，收拾行李。李氏又大哭大闹了一顿。钱光武都不在意，作速离了家门，即日起程，昼夜趱行。

有话即长，无话即短。这日到了京城，直至扬州会馆，入内见了花小凤，不由相抱痛哭。

花小凤问明缘故，劝道："李家尊翁不肯与钱，也是他的好意，留得青山在，不怕没柴烧。丈夫何必为此感伤？既是来了，就好了。"

钱光武道："你不知，我在家中一个多月，真真度日如年，比前在罗山县监牢里着实难受。"

花小凤道："我也知道的。"

说着，香雪过来，钱光武便问："友亮还不来吗？"

香雪惨然道："休说起。"

花小凤便取出信来与钱光武看了。

钱光武道："岂有此理？"看罢，又道，"也难怪他，如我是无父无母的人，尚且做不得主来，他自然有老太爷在前，益发难了。"

遂又问起时公宝，知就了馆地，也颇为高兴。当时与花小凤细叙别情，依依难尽，即日便去周府拜会史崇俦，去和府拜会时公宝。次日，二人都来会馆相聚，免不得饮酒欢谈，不在话下。

如今且说赵友亮，自别香雪回正定府衙门，哪敢在严父面前走漏一句，几次欲言，话在口边，只不敢说。更兼衙门内事务匆忙，每日只帮助父亲办理文件，益发无间禀白。及钱光武信来，通知香雪已出院子，赵友亮前后思量，有心无力，只得把话直接回复了。哪知时公宝长篇大页来信责问，这信不早不迟，恰恰落在赵沧海手中。赵沧海前次见友亮逗留都门，不即前来，也有些猜疑，这信递到手边，不由得拆开从头一看，吃了一惊。信内写得明明白白，如何来因去果，亦且揆情度理，振振有词。

赵沧海大怒，着人唤友亮过来，喝道："你瞧！这是什么勾当？也配得你做吗？"说着，把信掷在面前。

赵友亮取信来看时，直吓得面如土色，不知高低，只得回道："儿子已写信去，早回复了，并不敢再去。"

赵沧海越发震怒，骂道："畜生，害人匪浅！你在京城逗引了光武与这时萧一同嫖院，这时萧比你还年轻，他如何知道守身如玉，不敢荒唐？你却害了人，又抛弃了人。如今光武又被你带累了，娶了那个姓花的，眼见得魔缠不清，你平白地去一封信，就完了事吗？"

赵友亮不知父亲之意何属，再也说不上话，只有应是的份儿。

赵沧海重把信来看了，骂道："你这寡情无义的畜生！如今方定了亲事，倘被冯家得知，如何是好？这香雪既然如此出院，万一寻死觅活，便是你丧了阴骘，可是作死。"

赵友亮道："儿子当日早与她说了，并不叫她出院，是她自己不肯。"

赵沧海道："放屁！你逛院子，也是她叫你去的？如何不缠在时萧身上？可见你荒唐已极！"

赵友亮道："儿子当初原是不合误入勾栏，后来都把话告知香雪了，便是父亲的来信与冯府亲事，她都知道的，我没半言半语谎她。便是她自己一心情愿，立誓吐咒地只是缠绕不清，光武与公宝都知道的。"

赵沧海道："呸！你不害人，她会缠绕你？你既害了她，始乱终弃，好没廉耻的，还亏你说得嘴响。如今你不了清这冤孽，看你如何做得事来？"

赵友亮听父亲如此说，心中暗喜，乘间说道："儿子欲待去京城走一遭，只是父亲这边事忙，如何走得？"

赵沧海也不言语，叹气道："一事无成，先遭了魔缠，我也管不得你。只你自己想想，如何对得住人？你这一来，要害了多少人？"

赵友亮默然不知所答，父子相向无语。

次日，赵沧海吩咐儿子友亮去京料理，一面写了一封信与史崇俦，另由飞马传递而去。赵友亮大喜，肚里寻思："倒是因祸得福。"当日拜别严父起程，取路指望京都而来。不则一日，早来到保定府境界，看看向晚，赶上宿头，至一村店下宿，地名唤作飞凤店。赵友亮行至市梢头，投下客店，卸了行装。安排未已，只见一后生蹲在旁边，只把眼睃着赵友亮。赵友亮看这后生时，也好生面善，只一时再也想不起来。当下叫过店小二，舀了面汤来洗。

这后生站在门外，忽然问道："你不是赵友亮少爷吗？"

赵友亮道："在下便是，敢问足下姓名？"

这后生大喜，即去隔房叫了一声，只见一筹大汉趑趄过来。赵友亮再欲问时，这后生笑道："'踏破铁鞋无觅处，得来全不费功夫。'好了，小人郑通的便是。这位孔大哥，表字元霸的。"

赵友亮听说，方记起这郑通，原是钱光武家中向日所用的小厮，忙叫二人入来房内坐地。郑通方一情一节备细说了。原来孔、郑二人投信阳州会钱光武不遇，后在虎爪关除了王道士，与吕大器在岭下别散，一直投至天津府衙门，寻问赵友亮。谁知那衙门中人见二人状貌粗鄙，不肯实告，只说已去北京代馆。二人转至北京，哪有寻处，延留多日，看看不济，二人商量，投至朝阳庄会吕大器。却值吕大器挈了新娘尹三姐已去南边闲游，家中除万氏父女外，有尹老娘、尹超在那里，认得二人。尹老娘深感前情，款留在家，不肯放行。二人再三告辞，尹老娘命尹超取出盘缠相赠，正出得朝阳庄。因郑通思念老母，欲回扬州探看，在这飞凤店投宿，不期而遇赵友亮，真个喜从天降，千言万语顿难尽。

欲知三人有何话说，且听七回分解。

李延泰吝于财，李炳贪于色，李婆长于闹，李女善于妒，一家而有此四人，则吉凶可不问矣。然李女之妒，实李婆有以使之也，李炳之发花痴，实李老有以成之也，观于前后可知。

孔、郑二人由此接入，省却许多闲文，虽寥寥数语，而在京城处留多日，盖可知矣。由此可想见吕大器之迎亲，与钱光武之纳花小凤，亦前后事也。

第七回

话剑客真假别昆仑
入酒家依稀认皇甫

话说孔元霸、郑通在飞凤店巧遇赵友亮，三人细诉情由，各自喜慰不尽。

赵友亮便邀二人同去京城，说道："我出京时，光武与公宝都在会馆居住，现在光武已娶了家小，公宝来信，说他去扬州，便自返京，目今必然已到京了。我们同去，自得相会。"

孔元霸道："说得是，兄弟你但到京会了钱少爷，便知你老娘好歹，咱们同去也是。"

三人说定，次早一路进京，路中皆由郑通上下照顾，各诉说心中未尽之事，便不觉行旅寂寞之苦。匆匆行程，早来到繁华帝京，赵友亮引二人直至扬州会馆。

孔元霸道："咱们上次在京多少日，却不曾来这个鸟会馆里，早来便早得相会了。"

郑通道："可不是这话？我是扬州人，也想不到这个会馆，老是去茶店酒馆打听，有什么用处？"

二人说着，早入至会馆。当差的把行李接进，说钱老爷也才到几天哩。三人听说大喜，走入东边侧厢内，早见钱光武笑将出来，说道："昨晚上史老伯在这里说呢，知道你快到了……"

道犹未了，一见赵友亮背后随着孔、郑二人，不觉呆了半晌。郑通上前施礼罢，钱光武拉住孔元霸的手，半晌不放，说道："皇甫庄一别，孔大哥一向安好，你们如何在一处？"

　　香雪、小凤听有生客一路来，都不便出见。钱、赵、孔、郑四人相让坐下，略谈片刻。赵友亮入内，探视香雪，相见泪下。

　　赵友亮道："适才听光武说，史老伯在这里说我快到了，他如何知道？"

　　香雪道："你还问我哩！你这人无信无情无义，不是时三爷写信与你，不是那信接在你老太爷手里，不是那老太爷叫你来，你再也不回来呢！你老太爷自有信写给史太爷，史太爷昨儿方来说的。"

　　赵友亮道："信中说甚言语？"

　　香雪道："这个我也不知，要问你自己呢。"

　　赵友亮倒觉莫名其妙，便问公宝去哪里了。香雪告知一切。

　　赵友亮道："那便很好。"

　　花小凤在旁笑道："亏得三爷一封信，不然，赵大爷再不见得来了。我们与你留了这一间房子，什么也不要你费心了，却是左右望你不到。"

　　赵友亮道："深谢大姐，天知地知我知，委实有苦难诉，一言难尽。"

　　二人见赵友亮急极之状，都笑起来。外面钱光武陪着孔、郑二人说话，诉说别后多少颠沛之状。

　　郑通便道："小人之母在少爷府上，近来不知身体如何？"

　　钱光武道："很好，只是牵挂你不安，我与你写一封信去，你回家也没什么事，就在这里住了，却再理会。"

　　一面吩咐婆子，叫当差的入来，只说赵大爷来了，都请来这里吃饭。

　　钱光武又问孔元霸道："孔大哥如何与郑小郎在一处？"

　　孔元霸便说起："别后投至昆山，承米宗风老丈荐与甘凤池师父处学技，因收租至扬州，遇了独眼金刚王道士……"

　　话未说完，只见时公宝入来，三人起身相迎。

　　赵友亮随即出来，一连拱手称谢道："多得老弟指教，方得禀明家父。"一边孔、郑二人都与时公宝相见罢。坐谈移时，史崇俦也到。

　　赵友亮忙上前请安问好，大家叙礼毕，钱光武便叫当差的去就近酒馆里点了酒菜，一面让座。

郑通不肯坐，钱光武拖住道："出门来这里，都是朋友，何分彼此？况且你如今是孔大哥的小兄弟了，史老伯也是自家人，不致见怪。"

众人都说不必拘谨，郑通只得告了坐，在下首坐了。钱光武重问孔元霸讲说扬州收租之事。

史崇俦听说甘凤池的话，忙问："昆仑派剑客原有个甘凤池，可是他不是？"

孔元霸道："便是咱的师父。"

史崇俦拱手道："原来孔兄是昆仑嫡派子弟，敢问有一个和尚，年已八旬之上，头上好像是癞痢一般，据说是传血昆仑衣钵的徒弟。此人叫甚名字？"

孔元霸迟疑道："咱师父一辈的人，不见有做和尚的，便是上辈，也没为僧做道的人，只有师娘削发修行是有的。这是兀谁？老先生哪里见来？"

史崇俦便把那日在紫金街参见血昆仑老僧的话讲了一遍。

孔元霸猛可省悟，跳起身来道："这是癞头和尚，名唤光慈的。这厮胆敢混称大师名目在这里胡闹，这厮是个不成材的窃贼，咱们师父正待找他，这厮却逃来这里骗诈。"

众人听说，忙问何故。孔元霸方把癞光慈在镇江金焦客店偷剑一事，及自家与独眼金刚王道士厮打一节，王道士杀死倪二娘，李炳着郑通至甘家相邀一节，并以后如何至信阳州会鲁教师，如何在落马驿相遇，如何在虎爪岭下遇了尹超，如何在福禄店遇了剑侠吕大器，除了王道士，如何与吕大器、尹三娘做了媒，如何至天津府衙门投寻，如何转至朝阳庄访寻吕剑客，如何在飞凤店与赵友亮相遇，都细细说了。

史崇俦等四人听了，个个惊惶赞叹。

钱光武道："如今有了孔大哥，不难问津，我一心想入这门路，只是没荐引的。前日也是我要去，方去见了那老和尚，过后又去几次，不曾入门，倒说移了别处去了，原来是个假的。"

孔元霸道："果真是昆仑派时，哪肯与亲王打伙，做出这等没廉耻勾当。"

史崇俦点头道："说得是。"

钱光武道："别说这老和尚，倒也有一般本领呢，分明坐在上头，一忽儿就不见了。"

孔元霸道："这厮与王道士原是同门师兄弟，都有能耐的，不这般时，如何敢偷咱昆仑派的神剑？"

说话间，当差的已领了酒保，端了酒菜来，满满摆了一桌。六人依次入席。

酒行数巡，史崇俦取出赵沧海来信，与赵友亮道："令尊此信最是公道，可算得慈父，你瞧瞧仔细，我好与你回信去。"

赵友亮起身接过信来看时，起头说得客套，接着便说时公宝的来信深入情理，自认教子无方，有此荒唐不羁之子，多得良友规劝，极为感激，托史崇俦转致时公宝再三道谢，以后尚希时时教导的话。说到香雪一面的事，说："既有此肝胆女子，自拔于落溷之中，亦甚难得，可惜看错了人。如果明白我家家道，始终不悔，我亦何苦强令离散？但须审慎千万，要知一失足成千古恨，不可以眼前之见，料将后之事。"临了又提起冯家婚事，并自家家道艰难的话，请史崇俦就近训诲，代为做主云云。

赵友亮看了大喜，传与时公宝、钱光武看了，都称说："如此仁慈的长上，近来少有，皆是友亮兄几生修到，分明是准了，还有何说？"

史崇俦笑道："你们不知，他的尊大人从来是极严的，这回有两个缘故：一来香雪的决心已见，可知不是寻常勾栏中人；二来公宝的信写得十分彻透，因此大开方便之门，倒便宜了友亮。早若是说了这话，十有九是不行的。"

赵友亮道："如何，史老伯是知道的，不是我没良心嘛！"

钱光武笑道："谁说你没良心呢？你既这般说了，我倒要问你一句话。当初你与香雪姐怎么说的？分明说是回去苦谏令尊，必然早早来京。既知令尊谨严，为何敢说这话？既说这话，为何回府之后，一字不提？这会子如了心愿，倒像说谁说错了话似的，还不肯认账呢……"

道犹未了，只听得里面娇声道："编派得极是。"

原来香雪与花小凤在屏后匿听，香雪不觉冲口而出，满堂都大笑起来。

赵友亮忙道："好好，两位老弟，都是我的不是。"一面抢过壶来斟酒。

孔元霸道："你们说什么？"

钱光武笑道："孔大哥不知吗？赵兄此来，原为的一桩喜事呢。"

遂将赵友亮、香雪的事略说一遍。郑通只笑不语。

孔元霸便跳将起来道："赵大爷岂有此理？一路上只推说有事，原来为这个，怎么不给咱们吃喜酒？"

赵友亮道："孔兄别怪，先前不知家父有信与史老伯咧！"

大家你说一句，我说一句，畅谈快饮，尽兴而散。

当日留下孔、郑二人，即在前时公宝住的屋子歇下。史、时二人各回书馆，赵友亮、香雪久别重逢，亲密自不必说。

次日，是赵友亮请客，诸人俱到，香雪出来拜见，香、凤二人都与孔、郑相见了。

又次日，是时公宝东道，与赵、孔、郑三人接风，连日只是宴饮取乐。史崇俦便写了回信与赵沧海。钱光武也写信与家中，通知了郑老娘，早是分头寄出，不在话下。

且说孔元霸、郑通在扬州会馆住了多日，每日饱食无事，心中沉闷。

孔元霸与郑通道："赵大爷、钱二爷主心在这里住家了，不想回去也罢，咱与你干鸟吗？却去哪里投个职事做也好，这般时，闷死了人！"

郑通道："前日子听得我们二爷说了，正待托人与我们作荐去，大哥且耐性住一时，便是投别处，也没去处。"

孔元霸道："兄弟，咱与你去外面逛逛，老坐在这里，闷慌得很。"

郑通道："也好。"

二人起身，锁了门户，郑通去隔墙吩咐了婆子，说："咱们出去了。"把话知照了爷们儿，二人大踏步出会馆来，不问东南西北，随便踅来，无非眼看闹市，耳听喧哗。走了一早晨，走得热了，口中发渴。

孔元霸道："兄弟，哪里吃茶去？"

郑通指着道："兀的前面不是茶肆？"

孔元霸抬头，果见一家茶店，门前好多人坐着，走近看时，也还宽敞，二人径入里面，拣个清净座头坐下，沏两碗泡茶。茶博士递过手巾，擦了脸，孔元霸脱去小衫，周身一抹，借了一把芭蕉扇，下力扇了一会儿，坐下吃茶，半日方解渴收汗。

孔元霸道："你肚子饿吗？"

郑通便道："大哥要吃酒时，对面就是酒店，也必有饭菜。"

孔元霸道："正是这话哩，咱倒不想吃大米饭，与你吃麻麻去。"

郑通道："最好。"

郑通叫过茶博士，会了茶钱，二人起身，走出门来，穿街入至酒店。孔元霸把小衫搭在肩膊上，裤子扣在脐下，露出一身紫黑筋肉，大踏步入店。只见柜上坐着一个半老妇人，满头花草，满面铅粉，穿一件淡绿纱衫，对着孔元霸只笑。

孔元霸笑道："笑他娘的，这婆娘眼见得也是个不良的。"

说着，入至阁儿，靠窗座头坐下。酒保跟入来，孔元霸叫先打两角酒来，时鲜水果下酒，切一大盘牛肉，炖一个蹄子，蒸四十个大馒头，来一碗酸辣汤，不够时再添。酒保答应着，按次叫下，不一会儿，都端上来，放了满桌。

二人正吃喝间，只见柜上那妇人打从窗下过，嘴里骂道："娼妇养的不知好歹的小贱虫，老娘与你打叠得好了，你只是哭哭啼啼的，在你娘老子手里，再没有这个日子。"一边说，一边大声儿叫门。

二人立起身，探头向窗外看时，只见那妇人打开侧面的小门，抓出一个小姑娘来，浑身穿着素服，头上白头绳扎个髻儿，脚下白粗布蒙的鞋子，满面泪痕，欲哭不敢哭的模样。约莫也有十四五岁，却生得细体白净，眉清目秀，不像是那妇人的女儿。只见那妇人一把挽了那姑娘，火杂杂地打从窗下过来，抬头见二人厮望，越发飞风地拉着去了。

孔元霸道："作怪，做什么这般凶？"

郑通道："只怕是养女，不知多早晚买了来的。"

孔元霸便叫了酒保来问。

酒保道："这个姑娘新近没了老子，比先父女两口曾在咱们店里安身，

48

因来京城里投寻亲戚不遇，流落在此。那老儿没法奈何，每日只去市上卖唱度生。有一天遇了一个好人，也在这茶店门前济拨了老儿父女两口有十来两银子，叫他们回乡。偏生这老儿命运不好，次日就害起病来。咱们店里的老板娘子看他可怜，留得来店安身，一病就病了两三个月。前个月初上，到底伸伸脚见阎王去了。多亏咱们的老板娘子与他料理身后，去宣武门外义冢上安葬了，现把这个姑娘许配了胡教师，就在这几日要过门的。偏生性子不好，不肯听话，只说要满了孝呢，又说要与老子做道场呢，都是不相干的事。光是一个人，要靠要家吃饭的，哪来的力量去做这些玩意儿？因此咱们的老板娘子在这里训她呢。"

郑通道："适才把她拉至哪里去了？"

酒保道："也不去哪里，就叫在柜上照管照管，别叫在房里啼哭是了。"

孔元霸道："你这厮胡言乱道，她自死了老子，有什么不伤心的？怎叫她不哭？"

酒保道："客官不知，咱们开店立业，是要吉利的，又有客官上下吃酒，都不是闹了人的。"

孔元霸喝道："你这厮死了爹娘，兀自不哭？"

酒保微笑道："这个客官，吃醉了也。"说着，返身便走。

郑通叫住道："再有话问你，你说了半天，到底这女娘是哪里人氏，姓甚名谁？"

酒保道："据说是河南人，这个姓也是少见的，是个双姓，叫作皇甫，小名唤作细儿。她老子没名字，人都叫他皇甫老儿。"

孔元霸听说，自念道："又是一个皇甫庄里人。"

酒保接着道："不差不差，正是皇甫庄上人氏。"

郑通忙问："孔大哥如何知道？"

孔元霸道："不是上年在皇甫庄与钱二爷相识的吗？也是为一个姑娘，险些被高大郎害了。"

孔元霸便叫酒保把她唤来问一问。酒保答应着去了。

欲知这皇甫细儿究是何人，且听八回分解。

癞光慈不幸而遇孔元霸，一提其人，即和盘托出，世间以假为真，毕竟无可遁饰。史崇俦辈只知有假名士，而不知更有假英雄也。其荒唐为尤甚，其卑鄙为尤可耻。

孔、郑居于会馆，稍有余闲，即如坐针毡，闷闷不知所之，以视赵、钱之狎香、凤为乐者，盖有天渊之别，甚矣。英雄之不堪闲居也。

第八回

孔郎怒闹方家店
何贵嬲结施九娘

话说孔元霸叫酒保去唤皇甫细儿，半日酒保来道："小人去告老板娘子，说道：'这毛丫头见不得场面，不肯来。'"

孔元霸喝道："胡说！咱不是劫了她去，怎么不来？"

郑通道："大哥，她既不来，也罢了，我们休管闲事。"

孔元霸哪里肯依，便要闹起来。郑通只得与酒保道："你去请了她来，咱们问一问，是不是相熟的，并没甚事。你只告说老板娘子放心是了。"

酒保答应出去，多时，只见那妇人领了皇甫小女入来，郑通起身让座。

那妇人笑道："客官有何话说？"

孔元霸瞪着眼，只往皇甫小女打量，问道："你是皇甫庄上人？"

答道："是的。"

"你那庄上有一个关帝庙吗？"

答道："有的。"

"上年关帝庙里做戏的夜里，有一个老儿欠邻村高大郎的钱，把女儿抵了，赎不得身，咱的朋友与她付了银子，赎了身的。这个姑娘，你可知道？"

皇甫细儿听说，呆了半晌，答道："奴家便是。"

孔元霸跳起身来道："真的倒是你吗？竟这么长大了？"一面与郑通道，"你看吧，你说别要问，我便有些疑心，只是模样儿生得出挑了，却认不得了。"

只听细儿道："那夜里把银子赎奴家的老爷姓钱，名叫光武，这位老爷现在哪里？"

郑通听说，也失惊道："果真有这等巧事？"

孔元霸便问道："你因何来这里？"

细儿道："自从那一次赎了回家，高大郎频频差人来与咱老子说话，要奴家卖与他，咱老子只不肯。高大郎心内怀恨，不时间纠了人来，打门扰户，借着由儿寻事。咱老子安身不得，因有一个朋友也是皇甫庄上人，一向出外做买卖，与咱老子从小要好，听说近来在保定府很是得意，因此投奔他。谁知咱们父女两口儿投到保定府问时，但说道来这京城里开了铺子了。好容易到得京城，哪知这个朋友去年年底里已死了，铺子也盘与人了。原有一房家小，据说是回河南去了，也就不知去向。因此父女两个完了盘缠，流落在此，咱老子没奈何，每日只是带咱去市上卖唱度生。几个月前，在这条街上又遇了一个好人，赍发咱们十来两银子，叫好生回乡。不幸咱老子害起病来，亏得这里的妈妈收留咱们父女在店里，苦度了多日，因没钱请大夫瞧病，可怜迁延两个多月，前个月初上死了，只落得单身在这里。不知两位客官因何问起，不敢拜问尊姓大名？"说罢，泪如雨下。

郑通听细儿说得头头是道，口齿又很清楚，并不是什么淘气的人，猜想店里那妇人必另有缘故。

郑通便问那妇人道："娘子贵姓？请坐说话。"

那妇人也不坐，笑道："咱娘家姓施，掌柜的姓方，早去世了。人家都称咱作施九娘的。"

孔元霸见郑通与老板娘子搭话，便止住道："兄弟你听我说，这女娘也是可怜的，方才酒保说什么许配了胡教师，是谁做的主？可是你老子许下的不是？"

细儿但摇头不说话。

孔元霸道："你情愿不情愿？"

细儿仍是摇头，望着施九娘，又似不敢说话。

孔元霸道："你若是不情愿时，咱领你出去。"

细儿听说，托地翻身便拜。施九娘登时变了脸，一把拖起细儿，一边强声儿道："客官，这是什么闲话？"

孔元霸瞪着眼道："什么闲话？就是这个话。"

施九娘冷笑道："人家的女儿，许配了人，你便要领了去，天底下也没这个歪话。"

孔元霸喝道："是你的女儿，她是你生的，咱便领不得？"

施九娘道："虽不是咱亲生的，咱与她安葬了老子，在这里多少日子安身下来。如今与她明媒正娶，许了人家，理所应当，与你什么相干？"

孔元霸大喝道："泼妇，眼见得你妖头怪脑的，不是好人！人家死了老子，你却不准她伤心。人家自在房里躲了，你便拉拉扯扯的，多少言语屈骂她。人家不情愿嫁人，你便逼了她硬嫁。老爷不说这话便罢，既说到这话，今日定叫你做不成！"

施九娘大怒道："老娘在这天子跟前开酒店多少年了，大官大府，上上下下，什么世面不见过？倒怕你这泼贼？今日却看你怎生奈何我？"

孔元霸并不打话，大吼一声，一脚踢翻桌子，只听得暴雷价响，那桌板劈破两爿，桌上盘碗杯碟一阵势荡空飞起，落了满地的碎瓷。

施九娘忙向后退，一把拉开细儿，大叫道："反了，你们快来！"

一声叫时，四下里飞也似的脚步，登时阁儿外黑压压地挤满了。

郑通生怕闹大，与众人道："我这位朋友醉了，并没什么，有话但说。"

一面来劝孔元霸。孔元霸推开郑通，喝道："不要命的都来，休使老爷性起！"

施九娘大叫道："你们快把这野猫拿下送官去，不怕他三头六臂的……"

道犹未了，果然两个不晓事的汉子，原是店里的伙计，托地抢将入来，欲抓孔元霸。孔元霸飞起右腿只一扫，那两人便似排门一般，齐齐倒在地上。孔元霸踏上一步，抢着醋钵儿大小拳头，即待扎下。

郑通忙拦住道："却使不得！"

那两人趁着空儿，没命也似逃出阁外。众人哪里还敢近身。

施九娘慌忙拉了细儿窜将出来，嘴里说道："快叫掌柜的来……"

一言未已，只听得众人道："掌柜的来也。"

遂见众人都转过头去说话，只听得掌柜的大声道："什么大惊小怪的，谁敢在这里胡闹？"

施九娘便指指说说地急急诉苦。那掌柜的大怒，劈开众人抢入来，一见孔元霸、郑通两个，不觉呆了半晌，手脚都软了。

原来这掌柜的不是别人，便是扬州泼皮在帮横行的两头蛇何贵。这厮从那次王独眼杀了倪二娘，恐怕祸及于己，与教师胡飞虎商量，带了浑家避了远处，把房屋退了租，一应动用家生，有的没的都变卖了，打算换一个地面，并去结帮逞强。

胡飞虎便说："在这江南地方，都是些乖刁的，打不了伙，不如去北方那些混沌粗朴地方做些事业。"

何贵也深以为然，因此何贵夫妻两口与胡飞虎一同北上。那日到了山东济南府，投在客店下宿，闲住了七八日，哪知何贵的浑家比先原是扬州城内的私门儿，也是缘法，无端遇了一个老客人，也在这客店里宿歇。那客人场面阔绰，手头宽裕，光景是在北边做买卖赚了钱来的，异乡遇故知，亲昵非常，瞒着何贵，两下便做起把戏来。这何贵浑家眼看何贵走投无路，当初跟了他，也是软骗硬做了的，目今扬州的租田都弃了，家下的细软粗硬都没了，有些帮里的弟兄见了落势，也都散了，此后且不知如何结局，正在肚里另打主意，被那客人火热地一搅，哪有不动？两个暗下私约，何贵浑家便稳住了何贵，趁五更天色未明，跟着那客人一溜烟逃走了。待何贵觉来，已是去了两个多时辰，看看也追不及了，知道那客人是如此阔绰的，说不定还有脚路，也不敢追他。

店主人不管客人的闲事，死也不肯多嘴。何贵人生地疏，有法难施。胡飞虎说长说短，从旁劝住，只得叹口气罢了。何贵在济南府送了一个浑家，心中负气，哪里还住得下，一连催着胡飞虎动身，因此二人背了包裹，直上京城。到京以后，何贵便去拜会京城里在帮的人，谁知那时吏治严明，官府禁止流氓结帮搅扰，便有在帮的人也不敢出面，但推说是良民，概不打伙。何贵拜寻多时，都不理睬，两个在客店里歇脚，早完了盘缠。胡飞虎便拿出看家本领，去各处荒地上掣枪使棒，兼卖膏药。这花拳绣腿，北京人倒看得乐意，也有一流人与他喝彩捧场，倒是每日开支有余，何贵便跟了一同去照料。两个一搭一档，甚是得劲，变了把戏下来，即去各茶店酒馆，借端设言，宣扬名气。如此不止一日，市井上不成材的闲汉也相熟的多了。

这日来到方家酒店，正值施九娘新寡之后，春心闹动，这何贵便百般调侃，万分作态，日来日近，日亲日密。胡飞虎又从旁吹嘘，不由得搅作一对儿。二人情知这方家店是施九娘做的主，是个赚钱的铺子，正好做一个下处，因此一力钻营。当日好事已成，施九娘就叫何贵做了本店掌柜的，胡飞虎也随同入赘，二人取了包裹，回了客店，就此在方家店歇脚。

这施九娘，有名是个雌老虎，手下多少闲汉都听好指使，谁敢说句二话？不久便与何贵双宿双飞，做了夫妻。胡飞虎落得镶边趁快活，却是眼见何贵得一安乐窝，心内也自打算怎样弄个粉头才好。好巧这时皇甫老儿带了女儿沿街卖唱无投处，胡飞虎早便看中了细儿，没做道理兜她，却值老儿害起病来，胡飞虎便一力怂恿何贵，何贵便一力撺掇施九娘，为此施九娘把他父女留入店来。胡飞虎言高语低，时时调戏细儿，细儿只是不睬。施九娘又露口风，与皇甫老儿说，老儿只是不应。胡飞虎正没奈何，天幸老儿一病不起，撒手归阴。施九娘安葬了老儿，收了细儿为女，不管她允不允，就许配与胡飞虎，正待择日并亲，叵耐细儿抵死不肯。施九娘每日说好说歹，软硬做作，还未成熟，不料半空里来了孔、郑二人，声言要把细儿领去，如何不暴跳似雷？只道何贵入来，把两个拖了出去，就没事了。哪知何贵一见孔元霸，又认得一个是郑通，先自认软了。

孔、郑二人蓦然见是何贵，也呆了一呆。

孔元霸道："吓！咱道是什么掌柜的，原来是你这厮，怪得没好事做出来，今日又撞在老爷手里！"

何贵寻思："这姓孔的魔头杀人不怕血腥气，兼且前日吃了老道士的亏，又有积气，这个郑通，也是个硬汉，手里有的是气力，哪里是他两个的对手？况且胡教师在宣武门外卖技，又不在这里，这厮们只好软取，不好硬对。"

何贵想定，立刻变了笑脸，拱手道："原不知是孔爷，好难得，幸会幸会！小郎几时与孔爷来这里？"

郑通道："万想不到是何贵哥来这里掌柜，前会子听得人说，何贵哥与胡教师离了扬州，不知去向，原来却在这里，果真难得。"

何贵笑道："可不是！咱们是亲同乡，有什么话不好说？"

一面与众人道："没有事，没有事，原是咱的朋友，你们各去各的，休得多管。"挥开众人都散了。

施九娘气黄了脸，青了眼睛，趁何贵与众人说话时，拉着袖子道："是什么样人？果真是你的朋友吗？"

何贵使个眼色，略摇了摇头。施九娘会意，挈了细儿退去。何贵忙叫酒保，快把地来打扫了，换一张干净的桌子，叫把碎碗都收拾了。酒保应一声，三四个人齐下手，一忽儿收拾干净。

何贵赔笑道："二位息怒，且请宽坐。娘们儿没见识，多有开罪，小人赔话。"

郑通道："何贵哥如何与这酒店相熟？多早晚来这里掌柜？"

何贵道："这店主人本是小人的亲戚，小人也有些本钱放在店里。自从离了扬州，就在这里勾当。"

郑通道："胡教师也在这里吗？"

何贵尚未回答，孔元霸道："兄弟，与他多说些什么？咱只把这姑娘领了去完了。"

何贵笑道："孔爷还是这般性急的。"一面与郑通道，"胡教师也在这里，早上便出去了。"

郑通又道："适才听老板娘子说，把这皇甫小姑娘许配了胡教师，可就是这胡教师吗？"

何贵道："也是这店里九娘子一片好心，因她新近没了老子，流落在这京城里，一无靠傍，为此许了与胡教师，原是前在扬州小人家中的胡飞虎教师。"

孔元霸听说，骂道："咱道是什么胡教师，原来是这厮，狗一般的人，年纪也死得快了，却把人家的闺女来作践，与他做了女儿也嫌小，倒说许配了他，都是你们这些贼男女做的勾当。老爷不带了她走，眼见得这姑娘白白丢了性命。"

何贵听得骂，只是苦笑，哪敢作声。

郑通也笑道："何贵哥，难道胡教师这样的年纪，还不娶亲吗？委实年纪相差太远了。"

何贵道："都是细儿自己情愿的，她老子在时，也说过这话。胡教师人是见老些，其实也不到四十岁。"

孔元霸道："呸！"

郑通又道："说起何贵哥，你那大嫂子呢？也一路出来的吗？如今可也在这里？"

何贵低头一想道："承小郎存问，我的浑家没福，到了北京就死了。"

郑通道："端的是贤惠的嫂子，不幸也去世了。"

何贵道："可不是这话？小人时运不济。"

孔元霸听他们二人尽说不相干的话，跳起身来道："兄弟，你有兴儿与这厮说话，咱只要带了那个姑娘去了，说什么闲话？"说着，便向外走。

何贵忙拦住道："孔爷且坐，听小人一言。"

不知何贵尚有何说，且听九回分解。

何贵、胡飞虎离扬州而至京，又逞其所欲而为，写小人无处不安身，其所能者，盖不知廉耻为何事也。观于大方家店，可以知之矣。

郑通之于何贵，絮絮不已者，意在探其在店做何事，与方大娘有何关系耳，若孔元霸一心只在挈带皇甫细儿，他事所不问也，二人各有意境。

此等文字，读之令人增长义气，今世尚有孔元霸其人乎？

57

第九回

挈孤女安居维扬馆
赚义士引逗大罗庵

话说何贵拦住孔元霸，说道："孔爷且坐，小人近来在京城里托左右官人的照顾，着实趁些利市。二位今来，甚是难得。适才又被闹了，敢未吃得畅快，小人且叫安排酒食来赔罪。孔爷也休记前日之仇，暂恕小人则个。"

说着，起身至阁儿前叫酒保。郑通当着何贵背后，与孔元霸做手势，叫勿吃酒。孔元霸点头会意。

郑通忙拦住道："何贵哥，我们亲同乡，何必客气？刚才吃得好酒肉，今日时候不早了，过日却再打扰。"

何贵哪里肯依。孔元霸疾转身，一把拉过何贵，酒后手势重了，险些把何贵栽倒，不由吓得面如土色。

孔元霸指着何贵道："你也不必多礼，咱这当儿也吃不下什么酒食，便是吃得时，也不吃你的。老实说，河南河北、江东江西，咱哪里不去过？你们开酒店的，少不得暗底下备了麻醉药，多少过往的，都害在这酒里。你纵然好意待人，咱便是这个心肠，你好罢休，早早把那个姑娘交咱带去，休得三心两意。不这般时，老爷认得你是何贵，拳头却认不得你是什么。"

说得何贵满面通红，诺诺连声，哪敢道半个不字？孔元霸一手抓住何贵，说声走，火杂杂地拉将出来，一似鹞鹰抓小鸡一般，吓得何贵面无人色。郑通在后跟着，兀自好笑。三个直至柜上，早见施九娘皱着眉头，嘅着嘴，坐在柜上，却不见细儿。

孔元霸放下何贵道："快把人来带走！"

何贵只得与施九娘道："这位孔爷与郑小郎原是我的朋友，你把细儿交与他们带去也罢。"

施九娘怒道："好没分晓的糊涂虫！谅你是咱店里的伙计，细儿是咱的女儿，现下许配了人家，你怎生做得主，却把咱的女儿送了与人？谁知这厮们是做甚的？"

施九娘说罢，起身待走。

孔元霸大怒，喝一声："泼妇休走！"兀地伸过手，揸开五指，去施九娘头上扭住发髻，只一提，提出柜外。这施九娘身体又胖，头发不多，被他一提，却似母鸡撮了领峰毛，满头痛得似揭去了皮一般，便杀猪也似叫将起来。

孔元霸喝道："你撒野！"便又要提起来。

何贵吓得忙央告道："孔爷爷息怒，有话好说好说。"

孔元霸道："你敢不肯？再回嘴时，老爷立刻扭断你这脖子，抵住坐十年八年牢，你道老爷是做甚的？"

何贵打地作揖，接连求告，一面叫店里人快请大姑娘来，孔元霸方才放了手。

这施九娘便坐在地上，号天号地哭将起来。左右四邻、对面茶肆里吃茶的都赶来探看，满满挤了一街。

施九娘一面哭，一面诉苦道："四邻伯叔都在这里，咱好心留了唱街的叫花老儿，养了他的女儿，与他送死，你们都知道的。如今咱把他女儿许了人家，不知哪里来的两个强人，却要把这姑娘劫去了。你们看着，日后与咱做对证。"

孔元霸道："好刁钻的泼妇，你会说，咱有的是拳头脚头。"说着，趁手撩着一张板桌，提在手中，对着施九娘虚晃一晃。

何贵慌忙抱住，一面叫道："我的娘，你就不要说吧！"

孔元霸掉过头来，看看店门前那众人骂道："这厮们拿在高山看放火，干他娘的屁事，这般撒撒不开的？"

擎着板桌，劈对众人晃来。众人吓得屁滚尿流，逃之不迭，登时门前一空，都远远地站着望了。

孔元霸把这板桌撒开了，把桌脚都扳断了，却似撮葱管儿一般，刹那间变成一堆木柴，丢在脚边，一面叫道："快把人来带走！"

众人都看得吐了舌头，作声不得。店里人只得唯唯诺诺，去里面房内领了皇甫细儿来。孔元霸回顾郑通道："兄弟走吧！"

两个带了细儿出店，走到街心。孔元霸立住脚，看了众人道："好叫你们得知，咱孔元霸住在京城扬州会馆，这小姑娘的老子原是与咱相熟，流落在这酒店里，被店里贼男女逼了她，嫁一个不成材的老泼皮。因此咱挈带了去，须要当官来领，方才放手。你们休得大惊小怪。"

说着，一前一后，引着细儿，大踏步去了。众人听说，也有赞好的，也有批削的。

有晓得施九娘、何贵的人暗下叹道："强中自有强中手，着实做得畅快。"

大家又走过来，站在门前闲看，只见何贵抱起施九娘，纳在椅子上坐了，一面问她头顶痛得怎样。施九娘一把眼泪一把鼻涕，对众人告苦。酒保都拢来服侍，倒茶递手巾地上下忙着，彼时吃酒的人都吓散了，大家无非嚷着这一件事。

正闹着，只听得有人叫道："胡教师回来了！"

众人回头看时，胡飞虎已挑了枪棒膏药担子走上门来，踏入店内，问："怎么了？"

何贵埋怨道："你怎么到这时才来？我着人叫你去呢，你难道不见？"

胡飞虎道："我今日换了地面，不在宣武门外了，怪得不见。"

何贵道："害臊害臊！"

胡飞虎放下担子望着施九娘，看看地上劈破的板桌，问："怎么闹到这个样子？"

何贵道："闹得翻天了，这个还是小事呢，里面说话。"

何贵、胡飞虎直入里面房内，施九娘也就跟了来。门前闲看的众人渐都散了。三人入至房内坐定，施九娘头顶酸痛，便靠在桌上。

何贵道："你道是谁来了？便是在扬州时候收租的山东佬孔元霸那厮来了！"

胡飞虎急地道："这厮如何知道我们在这里，却寻了来？"

何贵道："哪里是知道我们所在？原是撞了来的。还有一人，你也知道的，便是赌场孝子郑小郎郑通，与那孔元霸作一路。"说着，便把这事哩哩啰啰讲了一会儿。

胡飞虎听说细儿已被抢去，登时两眼暴突，鼻孔朝天，大怒道："这厮们如此妄为，胆敢白日劫人！何贵兄，你也忒善了，难道睁着眼睛听他去？虽说不是你自己的事，亦是你的面子，难道不好叫邻近左右挡一挡？"

何贵道："你哪里知道？"

施九娘道："再要叫四邻时，咱这个脖子也要扭断了。你瞧瞧咱这头顶心，连毛孔都出血了，不揭了这层头皮，还是幸气的呢！你不见门前这条板桌吗？变了毛柴了，这野猫也不知有多少的力气。老是等你又不来，谁吃得他住？"

胡飞虎道："谁叫你们与他说硬的？难道便说不得软话，稳住了他吗？"

何贵道："嘻嘻！何消得你说，着实比你乖些。我一见是他两个魔头，立刻打了主意，一味低头说苦话，再要软时，除非与他擦屁股了，什么也顺了他了。这边我与九娘丢了眼色，早在外面打算放麻醉药，只要他们肯上嘴，立即可以见分晓了。哪知这厮们刁滑不过，不但不肯吃，简直把话说穿了，只要带了细儿走。我等等你又不来，又没法子俄延他，便是你来了，这野猫也只有王道士降伏他，你也没奈何。"

胡飞虎一连叹气，又道："你怎么不打发人跟了他去，看他住在哪里？"

何贵道："这个倒用不着你费心，他自己早在街上说了，就住在扬州会馆。"

胡飞虎道："只怕是故意这般说吧。"

何贵道："这你又多心了，这厮虽是个野种，言语倒是实在，有一句说一句，不见得是做假的。"

胡飞虎道："如此说时，还有法子，只怕这厮劫了细儿去，当夜强奸了，如何是好？"

何贵听得笑将起来道："这有什么法子？他吃了头汁，你便吃二汁，也是命里注定的。"

胡飞虎怒道："人家在火里，你在水里。"

何贵道："哎呀呀！我在水里，也到了海底了，险些变了溺死鬼，此刻方才透过一口气来。"

施九娘道："你们正经商量商量，咱头痛不过，要去睡了。"

何贵道："你去歇歇吧。"

施九娘立起身，捧着头至隔房睡去了。

胡飞虎也立起来，便在房中踱来踱去，半晌坐立不安，忽然说道："有了，你便差一个人去，只说是皇甫庄上的太公差来的，要细儿回去，把她骗出扬州会馆来，那就妥了。"

何贵道："偏你是个乖的，人家都是呆的？他们父女两口儿出来多少时，不曾有个本家相熟的，偏生这会子有了太公了，谁又信来？况且孔元霸那厮当众说了，须要当官领去，方肯放手。"

胡飞虎低头想了一会儿，又道："恁地说时，便央了媒人，补了喜帖，只说她老子许配的，现被孔元霸劫去，当官投状告他。"

何贵摇头道："也不妥，到底细儿是个活的，她须有嘴要说话。况且如今有了靠傍，不怕你恼的话，委实年纪也不当了。若是与你做媳妇儿，倒还说得。"

胡飞虎又羞又急，半日没做理会。

何贵笑道："闲常见你与人做事，左一个主意，右一个主意，逢到自身却这般没计较。"

胡飞虎道："端的无计奈何，你想想看。"

何贵道："依我之见，不如算了吧。天下有的是娇娘，哪里没讨处？你又敌她不得。"

胡飞虎气喘喘地道："什么闲话？人家的姑娘平白地抢了去，却不追她，天底下也没这样的情理。况且九娘与她安葬了老子，养了她几个月，难道也白送了吗？岂有此理！"

何贵道："你又没有好的法儿。"

胡飞虎道："且住，等了九娘起来，却再计议。"

不说何贵、胡飞虎如何商量，却说孔元霸、郑通带了皇甫细儿一直来至扬州会馆，径入里面，告知赵、钱二人。刚值时公宝也在那里闲话，细儿一见钱光武，翻身便拜。钱光武吃了一惊，细儿起身，对着时公宝又拜，大家不解其故。时公宝忽然想起，原来那日逛春浓院时候，时公宝出去天桥左右处买书，把银两赏发茶店前卖唱的，便是细儿父女两个。孔元霸、郑通诉说来由，大家都诧异不迭，叹道："百事皆有定数，不是偶然。"

里面香、凤二人听说，都跑将出来，细儿一一拜见罢。众人打量这细儿，虽皮色略紫，而面目俊俏，一望便知是聪明非凡，亦且耐人可怜模样。香、凤二人便拉着细儿的手问："今年几岁了？多早晚来京城？家下还有甚人？"

细儿一一对答。二人便拉了入内说话，问起身世，花小凤尤是同病相怜，体恤正如姊妹。箱内本有几件素衣，取出来与细儿换了。香雪又与她梳了头，问要吃什么，一似家人般看待。细儿到了这个所在，争如出地狱，入天堂，又喜又感，但有香、凤二人事务，便赶前去做。就在屏后退堂里收拾了一间房，与细儿宿歇。

赵友亮等诸人商议道："这细儿是个经了世故的，好生幽静，不如与孔大哥成了婚姻，亦是理所应当。"

孔元霸道："什么闲话，谅咱是个粗鲁汉子，也不配这等姑娘。即使强配得，却不是咱夺了胡飞虎的，做了自家的，还不是一般不成材？再也休说这话。若有人说时，不是朋友。"

赵、钱等自此绝口不言。

郑通道："小人思量起来，虽则带了大姑娘来这里，那胡飞虎、何贵怎肯甘休？早晚须防他则个。"

孔元霸道："怕他甚鸟？这厮们见了独眼道士作恶，却逃得无影无踪，谅他有甚胆量，敢来这里！"

诸人听说，虽觉担心，恃有孔、郑二人在前，也不惧怕。

过了多日，果然不见动静，俱不在意。

忽一日清早，当差的来说道："外面有一个山东老乡，要会孔大爷说话。"

孔元霸道："作怪，咱这里又没相熟，却是兀谁？且叫请进来。"

当差的答应出去，移时，引了一人入来，却不认得。只见是四十多岁一个瘦汉，做生意人模样，问明乃是山东济南府人氏，名唤郁昌平，说一口济南府土话，带着些京音，见了孔元霸便拜。回头见郑通在旁，通了姓名又拜。

孔元霸道："老乡找咱做什么？有话但说，为何这般多礼？"

郑通便转身让座。

郁昌平坐下道："小人在这里贩茶为业，上月初上，办货来京城，因小人一向与此间茶商往来，只在一次交清，单身一人，但住在正阳门外大罗庵中。不想近来那庵旁有一个泼皮，名唤冯七，诨名唤作多脚蝎，这厮勒令小人要茶捐，不出捐时，便不许做买卖，前日尽将小人的茶担取去了。小人异乡做客，无依无靠，与他争论不得，颇知孔爷是个仗义扶弱的好汉、光明磊落的大丈夫，又是咱们的老乡，欲想启动大驾，与小人说句话，不知孔爷肯也不肯？"

孔元霸道："你怎知道咱在这里？谁叫你投来？"

郁昌平道："小人前日在天桥茶店里吃茶，对面方家店里一伙泼皮拐了人家的闺女，亏煞孔爷救了出来。如今那街上有谁不知？当日听得孔爷说，住在扬州会馆，又听得是咱们山东口音，以此小人牢记在心，冒昧投来。"

孔元霸笑道："原来如此，你也是个有心的人。"

郑通听说，低头不语。

孔元霸又道："你要咱去什么地方说句话？"

郁昌平道："小人大胆，欲想孔爷去大罗庵中，小人请了那冯七来，求孔爷与咱说句公话。那厮不过仗着三分气力，见了孔爷，必然不敢多嘴，小人便受赐多多，不知孔爷肯去也否？"

孔元霸道："这有什么不可？果真是那冯七有亏待你去，休说是老乡，咱便要与人打不平，有什么不去？"与郑通道："兄弟，咱们一路走吧。"

郁昌平听说，大喜道："却是好也，能得郑爷大驾同行，益发长了小人的面子。端的孔爷名不虚传！"

郑通道："大哥，且待明日去，小弟还有些事。"

孔元霸道："要去便立刻去，说什么明日不明日？你有什么鸟事？"

孔元霸催着郑通便走。郁昌平慌忙走前，去市上雇了车辆，三人一同上车，走了不少的路，已来至荒僻处，果见一所尼庵，山门外横额写道"大罗庵"。三人下车，郁昌平引二人直入庵中深处，却不见一人。二人心疑。

不知郁昌平毕竟为的何事，且听十回分解。

此回为承上文字，中间作一小结，引起下文。郁昌平之来，在孔元霸为慕名投访，不独无疑，亦且喜之。而郑通初则低头无语，继则推说明日，写郑通自较细心，然不能阻孔之行者，益见孔之勇于为义，不可拂也，所谓君子可欺以其方。

第十回

妙因尼九嫁使恶计
斗姥阁两义陷地牢

话说郁昌平引孔元霸、郑通直入大罗庵深处，不见一人，只见这座庵，殿宇不旧，门窗倒都破了，两面走廊只剩得一道废基，一堆堆断砖乱瓦，到处叠着，都起了黑霉。正殿上匾额"大雄宝殿"四字只剩中间两字，旁边都烧焦了。殿内三世佛七倒八歪，都剥了金身。走入后面看时，三零五落的屋宇都发了焦黑，不知多早晚被火烧了的，只有后进深处孤零零一座高阁，依然完好。抬头看时，上面横额写道"斗姥阁"。郁昌平引二人入阁内，只见中间雕花泥金佛座都蒙了尘埃，佛尘座关香案掇在中间权当了桌子，两旁放着三条板凳，一条却断了脚的。

二人看了，心下纳罕，哪里像人住的地方？

郁昌平指着楼上道："小人本住在楼上，这里原有一个管庵的道人，咱们进来，又不见他，定是买酒去了，却把楼门锁了，怠慢二位，只得暂等一等。"

郑通叹道："这庵也荒废得很了，不知是遭了火灾呢还是什么？"

郁昌平道："正是这话。从前这里有六七百间房屋，尽都被火烧了，如今只剩得这座斗姥阁。小人贩茶以来，一向在这庵中歇脚，也多年了。上年还有一个老尼在这里，今年春间又圆寂了，因此只有一个火工道人在内居住，管庵种菜。小人看不得这般荒凉，巴望把事了结，也要移了别处住了。"

郁昌平说着，走至佛座旁，靠板壁把手一推，原有一头小门，忽然开

66

了。郁昌平自念道："这门倒不曾拽上。"探头向内看了一看，笑道，"这里略好些，二位请里面坐吧，实实怠慢得很。"

二人近前来看时，只见方丈大小一间屋子，下面铺着地板，靠墙开着两扇天窗，窗下放着一张炕，中间近板壁处，一张半桌，旁边两把椅子。此外一无所有，也还干净，亦且明亮。

孔元霸看了道："这里好！"

便一脚跨进来，郑通也随后跟入。孔元霸只走得一步，叫声哎呀，脚下地板猛一晃，打个转身，扑通一响，兀自陷下。郑通慌忙向前时，也正踏着活动地板，再站不住。后面郁昌平猛力一推，兀地往下落坑。两个声不响，气不透，都陷在地牢里。这地板依旧转了个身，平放了。

郁昌平望着哈哈大笑，仍把板门拽上了，转过阁后，来至菜园里，叫声刘驼子。只见桑树下柴堆旁边，泥墙角里钻出一个驼子来，便是管庵的火工道人刘驼。

郁昌平笑道："倒好见识！"

刘驼道："完了吗？"

郁昌平道："完了，不费吹灰之力，九娘真是识得透见得透的。"

刘驼道："还在这里做什么？走吧。"

二人开了后门便走。

看官听说，原来这郁昌平、刘驼都是何贵、胡飞虎一路的人，当日何、胡二人商量对付孔元霸之事，无计安排，次日便与施九娘计议。

施九娘道："咱这口冤气也不消，你们又敌他不过，如何是好？"

三人穷思极虑，想了两三日，施九娘忽然想起，从小在南桃园大罗庵出家，记得那庵中斗姥阁下有一座地牢子，深有二丈余尺，宽广不记，当时着实陷死了好多人，也曾亲眼见来，只是年月已久，也就记不清在哪里了。因这施九娘当初落在庵中时候，不过十三四岁，法名唤作妙因。那时大罗庵香火极盛，游客不断，庵中有六七个小尼姑，房屋既多，用人又杂。这施九娘自小便好拈花惹草，十六岁上，便与大殿上管油的香火搭上了，两个在净房之内舍肉身，做功德，不止一次，你恋我爱，早结了姻缘。毕竟在这佛门之内，撞钟念经，早夜要做功德，如何行得畅快？两下商量，一不做，二不休，索性干干净净，一溜烟逃将出来。

大罗庵老尼见香火带了小尼姑逃走，那是极大的罪过，非同小可，有关佛门清规、十方观听，如何肯声张出来？只得把这事掩没了，一字不提，自然也不查究。

施九娘就此蓄发还俗，嫁了香火，改了他业。谁知不到一年，这香火体弱，成了劳损，一病身亡。施九娘无奈，大哭一场，只好改嫁，嫁了一个裁缝。那裁缝见她头发不长，又嫌她一身肥肉，倒不喜欢，常有口角。她便与一个戏子在京里唱小旦的，因来裁缝铺子做行头，眉来眼去看中了，假看戏为由，却与这唱小旦的做了一对儿。渐被裁缝发觉，闹得动刀使枪，中间人出来打圆，叫小旦拿出钱来，贴还裁缝的财礼。施九娘便嫁了那小旦。谁知那小旦原有一个家小，非常厉害，而且本身唱戏下来，又要服侍大爷们，爱什么，闹什么，因此上辜负了九娘春情，长使独宿无伴。施九娘便有些不耐起来，与邻居一个徽州朝奉又结了缘。两个暗去明来，结了半年多，那小旦也知道了，也不理会，却是从此便不送养家钱来了。施九娘只得靠了朝奉。不到两个月，这朝奉的老子逝世，回徽州治丧去了，一去半年不回头。施九娘无奈，只得另寻门路，央隔壁收生的王老娘做媒，嫁与一个丐头。这丐头说说是个最下流的，却是阔得非凡，手下有着几千的花子，盖着一座大庄院，养着四房家小，娶这施九娘却是第五房的小老婆了，走来看了一看，还嫌她身体太胖。王老娘便夸奖她会做人家，会说话，品性好，床功好，丐头方答应了，做了一个外宅，只睡了五七夜，便一去不来了。

施九娘好生气愤，每夜里捻胭搽粉，十分难熬，便与步军统领衙门辕前打更的更夫厮熟了，留得家来解闷，渐渐白日里也是走动。丐头得知了，并不在意，倒把施九娘送与了那更夫，只叫他领去，不要一钱。那更夫自是欢喜不迭，打更打出老婆来了，能有几个？却是施九娘过了不到两个月，心中不自在起来。一则丐头虽不来度宿，日常吃用无亏，更夫没那般进款，免不得要委屈些了；二则更夫夜里值事，日间高卧，日夜倒置，有失夫妇之道。施九娘心中自作主张，正好对门居的是一个古董店的老板，也是见好爱好的人，每日早出晚归，只见施九娘打扮得花朵儿似的站在门口，或瞟一眼，或笑一笑，后来攀谈了，趁更夫不在时，进了房中，吃酒耍笑，行了方便。这古董老板一挨上了施九娘的身，赛如睡在绵上，乐不可支，浑身瘫软，便如心肝般看待。施九娘方才遇了一个知音，自心下寻思："毕竟也有识货的。"当凭一夜之乐，定了终身之情。

次日，施九娘便与更夫说话，要他出休书。更夫本来不花什么，如今求去，何能阻挡？只得叹口气，依言而行。就此施九娘嫁与古董老板，一时间搅得火一般热，差不多与当初香火一样风情。哪知两个月来，古董老板发了厌性了，左说她衣不整，右说她粉不匀，早说她汗酸，晚说她脚臭，到第三个月，绝脚不上门来了。施九娘叹道："如今方知道汉子是没心肝的，也罢，老娘却少你的宝。只见个丑郎沿街走，不曾见丑女站笆头，哪里没嫁处？"施九娘仍央前日做媒的收生王老娘，必要拣单夫独妻，能吃得饭的。

王老娘笑道："现成一段姻缘在这里，你来得正好。开酒店的方大死了老婆，要娶个续弦。他开了酒店，不怕没饭吃，新近没了堂客，又不曾有半男一女，却不是单夫独妻？这一段姻缘如何？"

施九娘大喜道："如此拜托老娘。"

王老娘去方家店，一说便成。当下择日迎娶，进得门来，夫妻很是乐意。施九娘又会得上下照顾，坐柜算账都来，且喜成家立业，后望正长。不料天不从愿，方大发了酒毒，中风而死。施九娘只得守寡，权且掌柜，依旧做买卖。谁知道几千里路，赶来一个何贵，又合了施九娘心意，上门做了新婿，更是一个模样。

自施九娘出大罗庵以来，及今姘得何贵，正好九嫁，因此阅历一番世故，多年下来，浑忘了大罗庵中之事。又因那庵遭了天火，不知这地牢毁了没有，寻思不定，与何、胡二人道："咱有一条计，百发百中，可惜这个所在记不清了，须要问一个人，不知他可能知道也未。"

二人忙问何故，施九娘说出这地牢来。

胡飞虎拍掌道："果然好个所在，且问谁能知道？"

施九娘便说出管庵的刘驼子来。

胡飞虎道："原来是他，咱也相熟，即去探一探是了。"

当下何贵、胡飞虎二人直去大罗庵，告明来意。

刘驼道："别人再也不敢说，这屋子早封锁了，如今还有谁知道？你们既有用处，咱如何不帮忙？"

刘驼打开门户，指与二人看了。二人大喜，请刘驼同到店中商议。

施九娘道："好便好了，却是你们三个都不得出面，务必要找到这一个人来，方才济事。"

三人问是兀谁。

施九娘道："务必要找到郁昌平，他是山东佬，只消如此如彼行去，必然上钩。"

三人大喜道："好一条计，但不知郁昌平肯去也否？"

施九娘道："他是做茶生意的，与多脚蝎冯七是一路的人，要咱们帮忙的地方也多着，老娘对他说，怕他不肯？"

胡飞虎立即叫人去请了来，一时郁昌平来到。五人商议，都由施九娘出的主见，如何说话，如何动作，叫把那屋子收拾了，到时不必有人，免得起疑。因此郁昌平投扬州会馆，赚孔、郑二人到庵。刘驼先已避去，推说没人开楼门，无处可坐，方引入地牢，都是预先安排下的。

原来这地牢造得灵敏非常，还是康熙年间，禛贝勒亲统血滴子时候，有队长云飞燕会的削器，因他娘雪桃花所授，当年在万年客店内曾设置了的。云飞燕把削器教了血滴子队员，队员通了尼姑，方造这个地牢，原为便于奸盗诈伪，容易入手，陷死仇人，不留痕迹，因此造得有机关。那地板暗分两种，横的是浮的，直的是实的，横直相交，编成花纹。门户也分两种，有生门死门，都有关键可以启闭，就是暗结在佛座背后，一当两用，凭是当面拨动，也是勘不破的。地牢里面，除上为地板，其余东南西北下五方都用石块砌成，真是铜墙铁壁，有死无生之处。

当时郁昌平把孔、郑二人推下，与刘驼出后门，一径来方家店，走入里面房内。何贵、胡飞虎、施九娘都跟入来，忙问消息。

郁昌平道："百事如意，不费吹灰之力。"

施九娘晃着脑袋道："嘻嘻！老娘算定他，就只有这些寿命。这厮前日抓了老娘头发，如今痛得梳篦不得，且叫你做个地藏鬼，一辈子不得翻身。"

郁昌平道："险些不济事了。那个郑通本不肯去，推说只待明日，便是有些猜疑了，却是这厮硬拉了去。"

施九娘道："咱知道这厮的脾气，只软哄他，无有不成。"

胡飞虎道："好了，九娘再想个法子，如何赚了细儿出来？"

施九娘道："这还待说吗？咱与你拔去了这地头鬼，万事皆休，你们便直去扬州会馆里，抓了那小娼妇来是了，还有什么干碍？"

胡飞虎道："不然，前日子何贵哥着人去道听，据说会馆里还有好几个扬州人，与那厮作一处的。目今那厮落了地狱，去得无影无踪，免不得有人来查访。我们又去会馆里一劫，分明是为细儿起因。不是我怕事，倒是九娘在这里开酒店的不好。"

何贵道："说得是。"

施九娘听说，与郁昌平道："到底里面住的是哪些什么人？你也看见那小娼妇吗？"

郁昌平道："咱都探听得明白了，与那厮们一路的，有两个人在内居住，一个是做师爷的，一个是秀才，两个各娶了春浓院的姐儿，在里面住家。那细儿就在他们跟前，一直在会馆里面，咱问得实了，却是不曾见。"

施九娘低头一想，自念道："两个都娶了春浓院的姑娘，你听谁说来？"

郁昌平道："会馆里当差的哪个不说？没一个不知道的。"

施九娘道："果然是春浓院的姑娘，倒有一条路。咱想起来，这春浓院的老板娘子李妈妈，她的盖老陈八都是与收生外婆王老娘要好的，只要从王老娘身上打个主意便是。"

胡飞虎忙道："九娘再使些手段。"

何贵、郁昌平、刘驼也都说道："找了王老娘来，商量商量。"

施九娘道："你们不知，王老娘是最算小的，空手去说话，一定不肯，须要点恋点恋，咱自家走一遭。"

胡飞虎忙道："就请九娘劳驾，我去买了送货来，立刻请动身，不知要买些什么？"

施九娘——吩咐了，胡飞虎忙至市上，依言买了来，交与施九娘。施九娘换了一套衣服，将了人情，当下起身，来找收生婆子王老娘。何贵、胡飞虎自陪着郁、刘二人在店吃酒，听候消息。

不知施九娘会得王老娘如何打算，且听十一回分解。

　　施九娘九嫁而遇何贵，叙来路路难却，一似九娘不得不有九嫁者然。中间因丧香火一哭，丧方家店主两哭，其余哭笑都有，曰雌老虎，以其泼野则可，以其好淫而善嫁，则不足当虎也。

　　写九娘陷孔、郑，则用突笔，劫细儿则用平叙，皆得其妙。

　　自香火起，至泼皮何贵，中经裁缝、小旦、朝奉、丐头、更夫、古董老板、酒家，凡九行，至于古董老板弃而不收，则九娘之为古董也可知矣。

　　一路写泼皮，只用诡计暗算，无一非奸盗诈伪。大书雍正流祸，以明当时社会之黑暗、亲贵之奸邪，延迄于今，变本加厉，痛乎言之。

第十一回

九娘掠女说同谋
稳婆贪利做间谍

话说施九娘将了礼物，来至王老娘家中，王老娘含笑相迎，肚里思忖："九娘忽然到来，料定有事，难道又托我做媒？"一边让座，叫倒茶，说道："难得大娘子远来，好久不见，一向生意兴隆？"

施九娘道："托老娘洪福，也还度得过去，早想来瞧瞧老娘，只是没空。这些不成意思的，老娘夜来念佛消闲。"

王老娘道："哎哟哟，大娘子，你又来破费了，尽是吃你的，咱不曾买些还敬你，怎好意思？大娘带去自己受用吧。"

施九娘道："老娘也值得这般说，有什么好的孝敬老娘。"

二人吃茶，说些闲话，施九娘待得话已入港，便道："老娘与春浓院李妈妈相熟？"

王老娘道："说起她，倒是老伙伴了，还是近来少走动。"

施九娘道："近来她的院子里有两个姑娘嫁与扬州人的，老娘可知道吗？"

王老娘道："倒不在意。"忽然一想，又道，"啊，你说的可是那姓花的吗？不差不差，那会子有个姓史的老儿，看来只是个平常得很，衣服也穿得极是褴褛，谁知他是个一等有手面的。有一天，咱听得陈八哥说，这位老先生请起客来，一忽儿轿呀马呀，结结实实挤满了胡同，都是红顶子、暗蓝顶子的大官府，上上下下几百人，便是为一个姑娘赎身，一霎时送礼的有四五千银子。这个老儿据说是扬州人，你说的就是他了？"

施九娘听得莫名其妙，只得含糊答道："要么就是他，真可了不得。"

王老娘道："你道是他自己讨小老婆吗？还不是的。说也奇怪，这个姑娘姓花，名唤小凤，上代也是做官的，多敢是做官的时候作了孽，把这个女儿落在院子里。说起来，这个姑娘的老子还是那位姓史的老儿的朋友，却是个世交，目今眼看她在烟花里，为何不着急？因此请了客，与她赎身，配了一个姓钱的，只在扬州会馆住。"

施九娘初听王老娘所说，啰里啰唆的话，并不在意，只是顺口儿答应。及听得在扬州会馆住，便大吃其紧，不由得着急问道："老娘可认得那姓花的姑娘与这个姓钱的吗？"

王老娘并不听见，只管自己往下说道："大娘子，你晓得咱怎么知道的？便是陈八哥来咱这里，他的院子里有一个姑娘，名唤小谢的，不知怎么不当心，也不知是哪一个客人的，有了孕了，已经有了三个多月了。陈八哥再三来央求，要咱与她打了下来。阿弥陀佛，咱如今上了年纪，怎么肯做这罪过的事体？陈老八牵缠得要死，李妈妈又自己来说，咱实实撇不过情面，为此去他那里走了好几趟。大娘子，还有一桩新鲜笑话呢，从来也不曾听见过，他那里有一个姑娘，与大娘子是一姓的，名唤娟娟，不上不落，接了一个太监，你道奇怪不奇怪？"

施九娘也忙道："哪有此事？"

王老娘道："大娘子，告诉你真真罪过。那天李妈妈也叫咱瞧了，那下身还有好肉吗？"

王老娘装作手势，这样那样低着声儿说。

施九娘只是咄咄地道："哎哟，真的？"

王老娘道："什么难产都承手，稀奇古怪的东西都见过，却见不得这个。你道他用的什么？真是笑话儿。"说着，又凑近耳边叽咕了几句。

施九娘皱着眉头只摇头，又问道："为什么倒叫你瞧了？"

王老娘道："哎呀呀，两边都是牙齿啮了似的，不要烂了开来吗？李妈妈为此不放心，叫咱瞧瞧，这真是活落地狱。还有一个姑娘，也是少见的，李妈妈花了不少的钱买了来，哪知是个石女，有一块横骨，近不得汉子。比先一个客人住了一夜，送了命了。"

施九娘听得越发稀奇，追根挖底地问王老娘，王老娘说出许多闻所未闻的话来。

施九娘道："何不就叫这个姑娘接了太监，倒是两全其美。"

王老娘道："大娘倒说得出，大爷们到了院子里，花了钱，爱谁便是谁，由得你做主？越是生得俏丽的，越是撞着那些有钱的丑汉，叫作哭笑不得。"

施九娘听王老娘的话着实有味，倒把本来的意思忘了，见王老娘话已松懈，方才插口道："老娘说的那姓花的姑娘与那姓钱的，住在扬州会馆里，也曾相识吗？"

王老娘道："花小凤前在院子里的时候，也见过的，这人生得俏丽得很，后来忍受了那姓钱的，就不知了。大娘子问这话，敢是有什么交际？"

施九娘道："不瞒老娘说，无事不到三宝殿，咱今儿来老娘这里，也有些事相烦。老娘是知道的，不是咱前会子留得那唱街的老儿父女两口吗？不是那老儿已死了吗？如今咱把他的女儿养在家中，许了与胡教师。前月间无端来了一个山东人，把这女的带了逃走了，据说就在扬州会馆里躲了，说不定便是与这花小凤住在一起。欲烦老娘探一探。"

王老娘道："岂有此理！人家的姑娘，如何劫了去？难道你店里多少闲汉们，听凭他做的？"

施九娘道："老娘不知，这个山东佬，是个野猫，杀人不怕血腥的。众人休得近他，眼看着被他劫了。"

王老娘道："那么大娘子不好告到官司，捉了这厮，如此说时，王法也没有了？"

施九娘道："为此呀，不知那厮曾把咱的细儿藏在扬州会馆也无，须要探听实在，欲烦老娘想个法子。"

王老娘低头想了片时，说道："这个倒难，咱又不认得那姓钱的，便是这花小凤，先在院子里，虽曾见面，如今已嫁了人，即使李妈妈要找她去，也不是容易。出了院子的姑娘，是老爷们的人了，如何得见她？"

施九娘道："不拘老娘想个什么法子，查实了咱的细儿在那里吗，能得把她引了出来，那就好了。"

王老娘道："我的娘，走也走不进去，怎生引得她出来？这个万难。"

施九娘见王老娘不肯承手，说道："老娘有所未知，咱丢了一个养女，还是小事。便是胡教师整夜地睡不得觉，必要把咱的细儿查了回来，千托万托，要咱求恳老娘成全成全。教师交下五两银子在这里，权与老娘吃碗茶，若还查实了，能得引了她出来，另当重重酬谢。教师说一句是一句的。"说着，去怀里掏出银子，放在王老娘面前。

王老娘望着银子，听将来还有重谢，登时面上起了笑纹，说道："要什么茶钱酒钱的？大娘的事还不是咱的事一样？只怕这事难办，因此不敢冒昧答应。既这么说，咱与你往李妈妈那儿探一探看，做得到时果然好，做不到时休怪。"

施九娘笑道："老娘答应下来，有什么办不了？谁不知道老娘是最把细的，咱就专等回音。"

王老娘道："咱既答应了，好歹定与你去，明儿听回信。"

施九娘见王老娘已承手了，便说些恭维的话，起身告辞，回至自家店中。何、胡、郁、刘四人早已酒罢，只在等听消息。施九娘把王老娘言语告知四人，郁昌平、刘驼也就走了。郁昌平自回下处，刘驼仍回大罗庵去了。

次日午后，施九娘正在挂念王老娘，不知消息如何，只见王老娘走上门来。施九娘大喜，忙请入里面。何贵、胡飞虎也跟入来，大家相见坐地。

王老娘笑道："还算不负嘱咐，也是大娘子造化，咱清早便至李妈妈那儿去了。原来她院子里从良的两个姐儿，一个便是花小凤，嫁一个姓钱的秀才，就是史老头子赎了身的；一个名叫香雪，嫁一个姓赵的，是做师爷的，两个都在扬州会馆住。咱打听得实了。那香雪，是个多年在烟花里的人了，从前有一次害了暗病，曾托咱去观音庙里烧香、许愿心，后来病好，也是咱去还愿的。这人也很和气，与咱倒是相熟得很，有了她在那里，便不怕没进身的路吗？因此便来告知大娘。"

施九娘等听说大喜，忙安排酒来，与王老娘吃。一面何、胡二人商量，怎生把细儿带了出来。

王老娘道："法子倒有一个。这香雪却喜烧香拜佛，目今从了良，咱又不曾见过面，只是当是去贺喜，但说道，早上在李妈妈那里玩，听说姑娘出阁了，嫁得好郎君，怎不叫老身吃杯喜酒？她必然请咱入内吃茶，咱便坐了，瞧瞧你们那细儿在也不在。如果在那里时，咱便说道：'观音庙里近日香火益发兴了，听说要装金身了，姑娘烧香去也未？若是姑娘愿去，老身陪去。'她若说道：'近日老爷在家，不便出门了。'这事便休了。她若应了咱的话，只说道：'难得老娘好意，前日不曾亲自还愿，如今跟了老娘去，正好烧炷满堂香。'咱便拣一个日子，一发拉了那细儿说道：'这个姑娘也是命宫驳杂，一时里遭了磨难，何不叫她也去观音娘娘前许个愿心？'她若撇下细儿不许去，便休了，她若带了细儿一路出门，咱便先通个信与你们，你们却在路上，或在庙里，兀自看了手脚好动手，须不关咱们烧香之事。这样地安排如何？"

胡、何二人大喜道："好一条计，亏得老娘想得周到。"

施九娘道："好却是好，只是要快。"

王老娘道："说定了，咱便去行事，趁这时去了来，明日就见分晓。"

施九娘道："却是劳动了老娘，也只有老娘做得到，除了老娘，更没别人的。"

大家拍着王老娘欢心，王老娘吃了几杯酒，当下起身，往扬州会馆去了。

这里施九娘与二人道："大罗庵的事千万说不得与王老娘知道，她这人做事好，口子不紧，须防拖泥带水的。再则她见咱们不去报官，未免有些纳罕，须把话来混了。"

二人都道："极是。"

三个私下商议，等待王老娘消息，不在话下。

却说赵友亮、钱光武当日早上在会馆里听得有一个山东人来访孔元霸，正待体问，只见不多时，孔元霸、郑通都与那人出去了，只道是同乡素熟的，免不得各有朋友交往，也不在意。及到晚上，看看二人不回来，有些诧异起来。等到半夜，仍不见来，二人猜疑道："难道孔大哥使了性子，在外闯了祸了？"想想郑通是个细心的，也不会有意外。及至次日早上，二人叫了会馆里看门的来问时，说道："一个山东客人雇了车子，一路去的。"二人寻思："难道离了京城，去村野游逛了？"又不见言语交代下，好生奇怪。又等了一早晨，只不见来。二人急了，便去左右街坊道听，哪里有什么消息？午后依旧不见回来。

正是纳闷，只听得当差的来说道："有一位老太太来会香姑娘。"

香雪猜不透是谁，忙叫请进来。出门看时，却是收生婆子王老娘。

香雪叫道："哎呀，老娘怎么寻到这儿来？好难得！"

便挽扶了王老娘走入屋内让座。赵友亮、钱光武都出来探看。

王老娘笑道："姑娘恭喜，哪一位是赵老爷？"忙与二人道个万福。

香雪便道："这位王老娘，我在院子里时候，多得她与我拜佛求神，是个好心肠的。"

王老娘笑道："阿弥陀佛，姑娘好抬举，咱今儿也是有缘，便是早上去你妈妈那里玩，听说道姑娘出了阁了，嫁得一位好老爷，目今暂在会馆里住，咱顺便过来道喜，瞧瞧姑娘。姑娘可是忘了老身，怎不叫咱给杯喜酒吃啊？"说着，哈哈大笑。

香雪也笑道："只怕老娘不肯来，今来了，理当恭请。"

花小凤在厨下听得说笑，出来看时，认得是王老娘。王老娘忙定神道："可不是花大姑娘？哎哟哟，原来你们就在一处，怪得李妈妈说了，你们好姊妹呢。"

赵、钱二人心中有事，见这王老娘没甚要紧，走出门外去了。

花小凤道："老娘多久不见，一向康健？"

王老娘笑道："姑娘，穷人贱骨头，就是吃得睡得，没什么用的了。"

花小凤笑道："老娘好说。"

香雪便道："老娘里面坐。"

二人扶了王老娘，走入香雪房内坐下。细儿正在房内折锡箔，欲与老子坟上烧化的，见三人入来，起身相迎。王老娘看在眼里，默忖："果在这里。"故意动问："这位姑娘？"

香雪接口道："这位细妹子，也就在这儿住，便是我、凤妹妹、她三人作一处住，也是外乡人，初到京城的。"

王老娘再不往下问，便与花小凤道："那位就是钱老爷？"

花小凤点头。

王老娘道："你们两位好福气，陈八哥前日子来咱家，说起那位史太爷，从来不曾见有那样手面的爷们，真可难得。如今上上下下，哪个不知道？"

花小凤听说，明知王老娘是讨好的话，但提起春浓院的事，心内便是难受，只略笑一笑，抽空出去了。

王老娘独在打算细儿，也不在意，但与香雪道："姑娘可知道？那观音庙里的香火越兴了，听说又要装金了，姑娘烧香去也未？"

香雪道："我也想去，只是没伴儿。"

王老娘道："若是姑娘要去时，老身陪去。"

香雪道："多承老娘的情，过几日我来请老娘一同去。"

王老娘道："便是这几天，咱倒有空。姑娘若愿去时，老身明儿起个早，便来伺候。"

香雪道："不忙，过几日我来恭请，迟早都不妨。"

王老娘见话不入港，再不说下，肚里寻思："这娼妇说要去，却又推延，眼看一块肉落在嘴边，又舔不着，回去也给他们笑话，怎显得老娘手段？"王老娘便转了一个念头。

不知王老娘再有什么话来，且听十二回分解。

九娘既定孔、郑于万劫不复之地，又欲掠细儿以归，妇人之毒，真不可以常理测。写九娘，即所以指斥何、胡为狗彘不食之人，所谓结帮横行者，类如此矣。

有九娘，而后有王老娘，王老娘与李妈妈为老伴伙，可以知其概矣。物以类聚，无恶不备，借王老娘口中，叙史崇俦救拔小凤，小麟台凌辱娟娟，及其他勾栏亵闻，为王老娘生色不少，亦文章捷径也。

第十二回

多脚蝎窝藏娇女
猛孔大生啖毒蛇

话说王老娘见香雪言语，急切不能入彀，便不再往下说，只声声道好，一面对着细儿欲答未答。

香雪便道："她新近没了爷，便要与爷安坟祀土去的。"

王老娘道："阿弥陀佛，这样的年纪，已是老太爷去世了，可怜可怜。"

细儿听说，也动了容。

王老娘又道："天下奇怪的事体也多，咱有一个过房女儿，家里着实丰富，从小没了娘，就是一个老子。前月初上，去亲戚家吃喜酒回来，路中遇了一位算命先生，说她十天之内要毙人口，她看这先生生得模样儿猥獕，只道是个江湖上混饭的，也不睬他。谁知回到家中，不到八天，她的老子也没病痛，也没什么，发了急痧，一昼夜死了。方才相信那先生是个神而明之的，悔得当时不问明他的所在，如今哪里找去？哪知咱的过房女儿正在应值丧事时候，这先生却上门来了，连忙请他入来，拜问一切，再三求告，方与她批了一命。说起从前的事来，无一句不应，真是少有的灵验，因此也邀了咱去，求他算了一算。自从咱未出嫁以前，直到如今，一年年地说来，直比咱自己还明白，真个活神仙在世。他说咱还有五年的寿命，能逃得这五年的关口便好，一生衣食倒是无亏的。"

香、细二人听说，都呆呆望着。香雪便问："这位先生，如今在哪里？"

80

王老娘看二人神情，已知着了道儿，便益发胡诌起来，说得天花乱坠，随口捏了一个地名。香雪正是为自家境地设想，眼见赵友亮好日已近，便要回去并亲，不知后来如何结局。细儿越是心中有事，肚里焦灼不定，却都中了二人心病。

香雪道："既有这个先生，细妹子，我与你也去问一问休咎到底怎样，求老娘与我们做个引荐。"

王老娘道："姑娘听说，这个先生，一不卖钱，二不欺人，只拣有缘的推算，倒要先去问明了，方才可引姑娘们去。若还他应允了，老身明日一早就来，若还不肯，只得罢休。"

香、细二人道："老娘与我们好生说话则个，好歹求他算一算。"

王老娘默忖："这会子到了老娘的掌心里来了，再逃不了哪里去。"便不即不离地说了些话，看得是个模样了，起身告辞。

一出会馆，直至方家店，尽把言语告知了九娘、何、胡三人，打算次早行事，自去私下商量，安排一切不提。

再说赵、钱二人，等到昏晚，不见孔元霸、郑通回来，急得坐立不安。香雪便说王老娘的话，说有一位先生，善知过去未来之事，我已托老娘去说了，何不将他两个的下落也去卜一卜？

赵友亮道："这婆子的话靠得住吗？"

香雪道："她骗了我们做什么？于她又没好处。"

钱光武道："也说得是，等王老娘来了，你与香姐、细妹子陪了同去，我在这里守候。如果是那人真擅性命之学，等你们去了来，我与小凤也要去问问休咎，且要算算我那冤仇王小明的下落。"

赵友亮点头称是，大家说定，只等王老娘来。一宿无话。

次日清晨，王老娘果然到来，入门便道："咱与你们恳求那先生，都已允了，这会子可即去，休要耽误。"

香、细二人连忙梳妆换衣，叫雇了轿子。王老娘见赵友亮也一同去，吃了一惊，心内着急，嘴里满口说好话。当下雇了四乘轿子，自会馆起身，王老娘打前，赵友亮在后，香、细二人在中间，四乘轿前后行来，走经街市，转弯来至僻静处，只听得一声呐喊，墙边巷口，四下里闪出许多闲汉，早把王老娘的轿子打翻，接着便劫了香、细两人的轿。赵友亮大惊，喝叫停轿，忙跳将出来，却被闲汉们挡住了路，只见两个汉子打翻轿夫，早把细儿那轿抬起，打斜刺里飞也似的去了。赵友亮拼命冲将来，护着香雪，回头只见王老娘倒在地上，口吐白沫。赵友亮只叫得苦，看看尚无重伤，忙叫扶入轿中，一面喝令轿夫去追细儿，自己又顾着香雪，不敢离步。轿夫听命，四出去追，半日，追得一乘空轿回来。那些闲汉早是散得一个不见了。

赵友亮无奈，只得命轿打回会馆。钱光武、花小凤接着，问悉情由，大惊失色，扶出王老娘来看时，只歪着头叫哎哟。众人忙问："哪里受了伤了？"

王老娘哭丧着脸，指着腰下。香雪忙要挽扶入内将息，王老娘眼泪汪汪地道："皆是老身起因，害了姑娘们，只把咱送回去是了，休得在这里，再累了姑娘。"

赵、钱等也巴不得把王老娘送回，一连嘱咐轿夫，仔细在路，一面又与王老娘赔话，送去走了。赵、钱、香、凤四人连叫晦气。

花小凤道："这当中敢怕有诈，哪有这等巧事？"

大家面面相觑，不知高低。原来那些闲汉便是胡飞虎、郁昌平、刘驼、两头蛇何贵、多脚蝎冯七胖子与酒保等。为甚禁城之内，胆敢拦路行劫，如此容易呢？因这些闲汉尽是在帮的人，轿夫等都串通一气，早就安排在这路口，生怕赵、钱等猜疑，特地先把王老娘打翻，装了受伤，好与王老娘洗拭干净。一面扛动细儿的轿子便走，转了两个弯，去轿中拖出细儿，把轿子交与追来的轿夫带回。这地面即是冯七胖子住家所在，也就早打算下，不便把细儿带至方家店，须防左右四邻猜疑，就约在冯七胖子家中躲藏。

当下胡飞虎等一行人把细儿劫至冯七家中，早见施九娘自内闪将出来，指着骂道："小娼妇，认得老娘的手段吗？你道跟了那些不成材的劫贼便好做人家了？老娘偏叫你做不成！"

细儿吓得如梦初醒，方知重入陷坑，不由得哀哀啜泣。众人说好说歹，劝住施九娘，由冯七家的带了细儿入内房关禁了。施九娘吩咐酒保等回店，一面着人去探王老娘动静。不多时，那人已接得王老娘到来，大家请入，笑问："适才受了重伤，都痊愈了？"

王老娘也笑道："不是这般时，少不得吃那厮们猜疑了。如今有谁知道？"

施九娘："倘有那香雪去你家时，问了出来，不是要处。"

王老娘道："放心，她也不会来，咱也把话交代了，只说来请大夫瞧伤。"

大家都称赞道："老娘端的是个做事的人。"

于是由胡飞虎做东请客。王老娘坐了首席，其次便是施九娘、郁昌平、何贵、刘驼、冯七与浑家，男夹女杂，共是八人，大开宴饮，商量胡飞虎与细儿成亲之事，道喜不迭，饮酒至晓方散。胡飞虎自打叠银钱酬报王老娘不提。

如今却说孔元霸、郑通，自被郁昌平赚入斗姥阁，当日两个接连陷落地牢，跌得神志昏昏，身上都受了伤，半晌方坐起身来。四面望时，半丝光不透，黑魆魆的，但觉腥臭刺鼻，冷湿浸骨，一时毛发都悚，窒了鼻孔，透不过气来，想道："今番性命休了也！"

孔元霸摸了一摸，摸着郑通臂膊，拉住道："兄弟，是咱害了你，不合听那厮言语，自投来作死。"

郑通道："大哥，我当初听着这厮的话委实有些疑心，但凭俺们两人，哪里去不得，也不怕他，却不料有这一着，分明是何贵、胡飞虎那厮们遣派了来。目今落在这个去处，小弟服侍大哥，死也不怨。只因我那老娘日夜相望，好生酸心。"说着，不由呜咽起来。二人抱头痛哭。

孔元霸道："兄弟，终不成就此哭死了便休，咱们瞧瞧有出路出无。"

说着，立起身来，只听得耳边嗖嗖地响。郑通却待起身，脚下触着一物，忙伸手去摸时，不觉怪叫起来。

孔元霸道："什么？什么？"

郑通叫道："长虫！长虫！"

原来是一条蛇，足有碗面粗细，早盘住了郑通腿子，冷得非凡，趁热蜿蜒而上，已近臂膊。郑通叫得只发颤声。

孔元霸道："在哪里？"

郑通道："在这里。"

孔元霸伸手只一抓，不端不正，恰恰抓住蛇头，连郑通臂膊都揿在一起，咬紧牙齿，死命不放。欲想拉了开来，哪知这蛇被孔元霸下力捏住，一时负痛，越发把郑通腿子绞紧，直绞得腿骨都响。郑通一手被孔元霸搭住，不得动弹，一手撑在地上，侧转势卧着，把脚来做劲，吃不着力。孔元霸撇开郑通臂膊，单把蛇头捏紧，一手去拉蛇身时，用足气力，谁知动也不动，拉了上段，便扎了下段，倒越发多扎了几转，绞得越紧了。郑通痛得入骨，连叫："大哥救命！"孔元霸半晌没做理会，猛然性起，摸准那蛇头七寸处，死命咬了一口。那蛇便跳动起来，放开郑通，翻过尾段，却向孔元霸头上盘来。孔元霸觉来势凶猛，忙把左手撑住蛇身，拼死乱咬，把蛇背的肉都嚼烂了，一口咬断背骨，只听得呼呼地响了几声，这蛇方才软了，便懒懒地垂下。孔元霸哪里敢放手，慢慢把蛇头放到地上，把脚踏住，使劲用力踏扁了，踏得似糊一般，见蛇身都软倒在地，委实死了，方才撒开，自己也便倦倒地上。郑通欲待起身，这腿子被绞得骨酸筋痛，却站不住，依旧坐翻。

二人将息多时，商议道："哪里寻一条出路也好，再不敢怠慢，恐怕更有猛毒蛇蝎。"

两个便手携手一处行动，先定了方向，去四面八方摸着。走不到五七步，只觉脚下触着一物。孔元霸踏了一踏，却是坚硬的东西，伸手向下摸时，不由得倒抽一口冷气，原来是一个骷髅。走了几步，脚下踏着大块小块的，尽是死人白骨。二人叹息道："哪里还有生路？眼见得前人死了的，不少在这里……"

说犹未了，郑通又叫起来道："哎呀，这是什么？"

伸手一摸，连声只叫得苦。原来是一条蜈蚣，足有鞋面大小，已爬在脚上。郑通不管死活，一脚踏住，忙向下捉了，只一扯，猛力把它扯断，放在脚底，踏了粉碎，两手只是发麻。又向前走了十数步，忽然挡住了去路，两上向上下左右摸时，却是整块大石砌成的地壁。那壁上栖息着蝎子守宫并叫不出名儿的毒虫，不知其数，都嗖嗖地爬动起来，直扑二人。二人捉着便扯，扯着便捏，一把把都捏死了。双手麻得非凡，也被啮伤了好几处，都不理会，只管摸壁走来。

不多时，已到壁角，转过身来，走不到两三步，孔元霸猛叫起来，只觉脚下踏着一怪物，软而多毛。这一吓非同小可，把脚尖踢了一踢，却是不动，但觉毛茸茸的一堆，伸手往下捉着，不由得笑将起来，原来是一把乱头发，还有点油臭，想来是个女的，不知多早晚葬身在这里。二人想着，不由发怔。又走将来，郑通脚下踏着软软的一堆，踢了一踢，好像是布絮，便拾起在手，忖度一会儿，都是些死人衣服，霉烂得如纸一般，扯着便碎。

正摸摸间，只听得嘀铃铃一声，孔元霸道："是什么，这般松脆的？"

依声去地上摸着，却是一把刀，抚摩面上，都起了锈粒，以指向刀口微抹时，却快得很，度相形色，是把戒刀。

二人大喜道："好了，有了这刀，更不怕什么长虫！"

依旧靠壁行来，一会儿，又到墙角，二人便把这角上将衣服头发做了一个记认，沿边走了一转，约莫步了一步，是个二丈见方的所在，二人力也乏了，肚子饿了，歇了歇，各有倦态。大约已入夜深时候，两个倒地便睡。

蒙眬一忽，郑通猛然惊醒，叫声哎哟。孔元霸也跳将起来，连声咄咄。原来二人身边，自头至脚，都爬满了那些毒虫，不计其数，遍身麻得汗毛都竖。这毒虫向来吃的死人，嘴尖锋利，把二人咬得块大块小，满身鳞伤。二人跳起，忙把它踏的踏、捏的捏死了，怔了半晌。

郑通道："孔大哥，俺们既有这把刀，亦是天赐，何妨挖掘墙穴，也许有生路可走。"

孔元霸道："说得是。"

二人走至墙边，把手来钻掘时，哪里挖得动？

郑通道："且住，我来试一试，看哪里松些，却再动手。"

郑通提着刀尖只把刀柄击壁，沿墙一处处敲将来，但听那声音是实或虚的，量了半日，都是实叠叠的，没做理会。二人饿得肚子干瘪，越发无气力。

郑通道："如此，不待出口，早是饿死了，怎生奈何？"

孔元霸道："咱思量起来，现放着那条长虫在这里，生得好大肥肉，何不把来充饥？"

郑通摇头道："怎能闻得那腥臭？"

孔元霸道："不管它，兄弟多少吃些。"

郑通要延命，也是无奈，二人满地走来，寻着这条死蛇。孔元霸取过刀，生吞活剥，吃将起来。郑通也囫囵吞了几口，有些打恶心，生恐反吐，不敢吃了。孔元霸却吃得津津有味，一面念道："且留下这些，做点心。"

二人吃罢，仍来挖掘墙穴，一处处试敲墙脚。正忙着，只觉一阵火星自顶至踵，浑身发了狂热，满头白汗淋漓，再站立不住。二人并时都栽倒在地。

不知何故，且听十三回分解。

劫细儿，以冯七为窝藏，有数妙，一写帮人同恶相济之盛，一写反照郁昌平，借指冯七为逼收茶捐之人，一概避去方家店，以为行劫之便，一即为后日尽殄一门之地。

猛孔大既与毒蛇战，复生啖其肉，皆有其道，盖二人此时，性命悬悬，抵注一死，何事不可为，而况孔大之猛也哉！

郑通以刀击墙，以为试虚实之地，唯郑通能之，孔元霸所不及想也。二人到此万劫之地，任缺一人，则不能复活矣。行文自有其理，斐然成章。

第十三回

刘驼子下井投石
郑小郎问状杀仇

话说孔元霸、郑通正在挖墙，思逃生路，忽然一阵狂热，昏倒在地。原来那蛇肉的烈性发了，抵挡不住。那蛇久在地穴之中，吸食死人脑血骨髓，养得力大体壮，其毒无比。但凡毒蛇，贮毒俱在颔下，最厉害的只是一个头，此外全身倒没甚毒，所以吃蛇胆补眼目的，越是大毒蛇越好，但如此蛇，已似古墓中的怪蛇，非同小可。因此二人吃了，似麻醉一般，昏沉倒地。

从前南方瘴疠之地，有放虫的妇女，那虫便是大毒的蛇蝎合药而制，所以能种到人身，可使立即昏迷，或如期而死，也是同样的道理。

当下二人昏倒在地，心内火烧似的，说不出的难受，手脚一似瘫软了的，只有急喘叹气。不一时，两个都昏昏睡去，不省一事。这一睡，也不知经了多少时，约莫有两昼夜光景，方才苏醒。说也奇怪，二人吃了这毒蛇以后，那些毒虫都不来打搅了，大约是以毒攻毒，也许闻了气息，一般腥臭，引为同类，所以都避了。因此上倒使二人睡得稳稳的，养了神。

先是郑通醒来，为他吃得少，发了容易，听听孔元霸鼾声如雷，睡得正浓，也不叫他。次后孔元霸也醒了，二人想想，也是奇怪，发了一阵热火，又不死，倒觉得神清气爽了。暗中望去，微微看得出各人的手势，不是先前的黑了，连眼目也清亮了。

二人欢喜道："天可怜见，俺兄弟二人平生来清去白，不曾有亏待人处，自今落到九幽地狱，难得这畜生充饥度活，说不定还有生路。"

郑通去身边寻了戒刀，转过身来，欲待依旧行事，不防手腕触着石壁，只觉那石头有些摇动。郑通忙把手抚着动处，下力一推一撞，这石头忽然摇了开来，挂在悬空，又不落下，去上面摸时，原来有一条铁索生根。郑通猛可省悟："这石头动处，必是一所门户。"轻轻拉将开来，探手向内一度量时，果然是个地道。二人大喜。

郑通又打量一会儿，这地道只有半身多高，宽广也是一样，便把向前一掠，攀登地道，爬将入来。孔元霸在后跟上，两个不紧不慢，膝行入道。郑通待行之前，只把刀做先锋，探了无物，方才前进，如此弯弯曲曲，爬了多时，郑通叫声哎呀，原来路断道尽，前进不得。郑通左右把刀来拨动时，只觉右边是一层板壁，都已朽烂了，触着刀尖，纷纷碎下。剔除未已，只见一线光明透在目前。

郑通大喜道："好了，这里不是出口?"

孔元霸随后听得，忙催向前进。二人转身爬将入来，哪知是一道泥沟，狭小非凡。孔元霸体胖，肩膊都轧住了，挣扎不过。

郑通道："大哥且等一等，小弟先过了去。"

郑通伸直了脚，伏卧沟中，一步步移将过来，好容易到了出口，把手向前探时，只叫得苦。原来洞口只有盆面大小，周围都是石块，仅能容得脑袋，再也穿不过两肩。郑通探头出来一看，大吃一惊，只见上面圆圆一小天，下望其深无底。原来是一口废井，却在井边半腰处。

郑通叫道："天啊! 直这般命苦。"

郑通静听一听，只觉井上有风动草木，鸟雀鸣声，寻思："这废井料得在后园僻处，也许有人路过。"

郑通便大叫救命。里面孔元霸伏在沟中，等得急如星火，满鼻泥糟，窒也窒死，一连叫问郑通。郑通探首在外，又转不过身来与他答话，又听不清。及闻郑通叫救命，方知是出不得口了，只得缩着等候。郑通叫了一阵，渐听得井边有脚步声，一人探头来看。郑通大喜。

原来这人不是别的，便是住庵的刘驼，正是劫了细儿的第二天半早，在菜园里劈柴，听得园内井边有人嘶叫，因此走来一看。刘驼大惊，想："这厮们到今还不死，若被挣扎出来，为祸不小。"刘驼假意问："什么人跌在井里了？"

郑通侧首望上，央告道："小人兄弟二人被害在这斗姥阁下地牢里，性命悬悬，饿也饿死。今探得这一条沟道，又值废井，转身不得，拜烦恩人搭救一救。"

刘驼道："你等着。"

刘驼返身，取了一块大石头，放在脚边，叫一声与你说话。郑通正昂起头来，刘驼却把那石头对准郑通脑袋打下，这一下，少不得劈去脑盖，立刻横死。也是命不当绝，那石头落至井边，只一碰，却转了个弯，闪落井底，恰巧打不着郑通。郑通一看，反是个害命的，吓得连忙把头缩入沟内，只见泥土、石头、柴草纷纷乱投，密如急雨，早把这废井填了起来。看看将近洞口，郑通哪敢探出头来再看，只忙得向后倒退，一退退到孔元霸伏卧处。孔元霸忙问怎么了。

郑通急急道："不好不好，大哥，这厮比毒蛇更凶，只要俺们的命。"

孔元霸怪问何故，郑通道："眼见得没出气处，兀自闷死。大哥且退到原处，却再商量。"

二人退出沟外，仍至地道尽处。郑通诉说缘由，孔元霸惊得目瞪口呆，二人暗中相向唏嘘。

孔元霸叹道："咱今生不曾作恶，除非是前世冤孽，合该受这般的磨难。"

二人坐了移时，闷得头晕，孔元霸就要退至地牢。

郑通道："既是右边有路，难道这边通不得？大哥，你推一推看。"

孔元霸双手用劲，向左边只一推，兀那石板也动弹起来，往外扳时，却是与前一样，那石板也挂了出去，上面系着指大的铁索。郑通叫声惭愧，拉开石板，二人先后爬入里面。四处摸时，原来一般是地道，这是个转弯处。郑通仍把刀领道，向前而进，移时觉有物当路，伸手猜度，却是石梯。

二人欢喜道："有了这台阶，必是通了地坪。"

二人上下量了一量，依旧直不了身，便一级级爬上石梯来。约莫经了二十多级，已到尽头，左右无路，向上摸时，却是一层地板。孔元霸向上托了一托，重得非凡，只微微移动了些，露出一线光来。二人大喜，生怕再有人暗算，不敢声张，便合力向上托了移动，又稍移几分，如此移得有三四寸模样，再移不动了。向上望时，却是一所破屋，扳着板缝一看，果然已是地面了。二人惊喜。

郑通把刀在手，笑道："今番用得着你了！"

便下力劈破了一角地板，二人钻将出来，踏到地面，四处一望，原来是大殿后送子娘娘殿，已破败得三零五落。方才移动的地板便是这送子娘娘的暖阁，早是东倒西歪，连娘娘肚皮下的泥身都剥脱了，头面还是挂着凤冠尘珠。向外一看，日已西，约是未末时分，二人拜天谢地，磕头答谢娘娘。

起身走出殿外，是一片乱石天井，有一座倒败照墙，下辟门户，门也没了。二人闪出照墙来看时，便是前日落陷的斗姥阁。两个走入阁来，正待上楼寻人时，只听得后面脚步声响，回头一看，却见一个驼子入来。

郑通叫道："这厮方才望井投石的。"

刘驼一见二人，吓得魂不附体，急待逃退，两脚一似钉住了的，再移不动。孔元霸托地赶上，一把抓住刘驼头发，只一脚，跌翻在地，正抡起拳头。

郑通忙止住道："大哥，且问一问。"

郑通接过手，骑马式立着，抓起刘驼的脑袋，搁在大腿上，把刀口向脖子上篦了一篦，喝道："你那厮，平白地无仇无怨，却来害俺们兄弟。如今郁昌平在哪里？"

刘驼发抖道："好……好……好汉，不……不……不是我，不是我。"

郑通道："你说，郁昌平那厮在哪里？若有半丝谎语，先挖了你的眼珠，再取心肝。"

刘驼喘喘地道："好汉爷爷放一放，小人直说。若有谎言，天诛地灭。"

郑通方才放了手。刘驼吓得上下牙只打噤，半晌说道："前日子方家店里有何贵、胡飞虎两个来庵中查勘这地牢，小人不知端的，叫了小人去，又着人去招了郁昌平，都是施九娘想的法子，叫他来扬州会馆赚两位爷。过后又央了收生婆子王老娘去春浓院打听得有一个香雪的，已嫁了人在会馆里住。王老娘便去会馆里赚了细儿出来，如今把细儿藏在冯七胖子家。"

孔元霸听说，大怒道："这厮们直如此狠毒！"

郑通道："大哥且听他说。"

郑通又问道："谁是冯七胖子？家住哪里？"

刘驼道："便是绰号唤作多脚蝎的冯七，住在朝阳街柴木巷南口，朝西小台门里。郁昌平也在他那里住。"

郑通道："细儿劫去以后，为甚不到方家店，却藏在他家？"

刘驼道："便为方家店人多，生怕开口讲了出去，以此暗藏在冯七胖子院内。"

郑通又问："王老娘在哪里住？"

刘驼也告了地名。

郑通又道："这些人什么时候在家里？"

刘驼道："今晚上都在冯七胖子家。"

郑通诧异道："什么话？"

刘驼道："胡教师与皇甫大姑娘就要成亲，因邀众人来了一个会，是施九娘与他撮成的。今夜晚正是头家办会酒，都在那里，小人本待也要去的。如有谎言，雷殛火焚。"

郑通道："这大罗庵内，还有何人？"

刘驼道："就只是小人一个看管。"

郑通问毕，猛去一脚，把刘驼仰天掀翻在地。

郑通喝道："你那厮，只在这里害人，留你何用？"

刘驼只喊得哎哟一声，郑通手起刀落，正中心窝一刀，早已戳死，转身割下脑袋。

郑通道："大哥，把他投地牢去。"

孔元霸道："说得是。"

二人把刘驼尸首提至斗姥阁地牢房前，剥了刘驼一条裤，将地下血迹都抹净了，耸动地板，提起尸首，抛入地牢，遂将血裤也丢入里面，掩上门户。二人先来厨房里寻些食吃，只见灶边挂着半只熟鹅，也有几个馒头，也有大米饭。郑通又翻了半瓶白干儿，两个扯来便吃，立在灶边，吃了个饱。又去水缸里舀一盆水，洗了面，把身上血渍都洗去了。二人走出厨房，至斗姥阁楼上，寻着刘驼房间，打开门来翻看时，有些零碎银子并几吊青钱、半箱衣服，二人拣好的做一包儿包了，把银子青钱都拴在包裹里。郑通提了下楼，与孔元霸又走了一转，果然不见有什么人在内。

看看时候尚早，郑通道："俺们不如趁此且回会馆，也使二爷与赵大爷放心。那厮们既在夜晚相会，到那时闯入门去，杀他一个痛快。只是有一层，俺们但回会馆，休得把话告知二爷与赵大爷，徒使他们惊慌，做完了事却再说。"

孔元霸道："兄弟说得是。"

二人拽开脚步，出了大罗庵，郑通背上包裹，见过路行人，问了路径，一直回至扬州会馆，至下处歇下。

赵、钱二人大喜，忙过来相见，吃了一惊，指着说道："你们两个怎么眼胖嘴肿的？却去哪里受了瘴气？"

二人听说，也是愕然。郑通放下包裹，笑道："孔大哥似有些虚肿，难道我也胖了？"

孔元霸道："那不是一样的？你比咱虽吃得少些，一般受了毒气。"

赵、钱二人忙问何故。郑通以目视孔元霸，一面笑道："并没什么。"

二人便说："自你们去后，无日不在唠念，生怕外边闯了祸。你们不知，细儿却被人劫去了。"

孔元霸道："不要慌，谅那厮们有什么鸟用？明日自见分晓。"

二人听话中有因，急问何故。

孔元霸道："此刻你们不要问，到夜来自知。"

郑通也笑了不语，但问细儿怎样被人劫去。二人说了备细。

孔元霸摇头道："这厮们直如此大胆，却再说话。"

孔元霸叫当差的取了脚桶，舀了热汤，与郑通两个各洗澡。赵、钱二人自去与香、凤说话，心内猜疑，不知他们又有何事，知道郑通是个细心的，不致失手，也不紧问。孔、郑二人洗澡罢，换了衣服，又买酒来吃了。转眼昏晚，已是上灯时候，二人起身出门，走向朝阳街来，寻至柴木巷南口，果有一座朝西小台门，却早掩了。郑通去门缝里张时，只见当中红烛高烧，一个胖汉在下首坐，听得妇女口音，正是施九娘。转眼又见何贵晃来晃去的，只不见胡飞虎。

正张着，只听得巷口脚步响，孔元霸忙拉郑通，说有人来了。两个便跳开，入至右边小弄里躲了。星月下，只见一乘轿抬入巷来，到门停了，轿内走出一个婆子，随即敲门。二人生恐漏了消息，不敢张望，躲在里面，只听得门开处，有人叫道："哎呀，王老娘来了，快打发轿钱。"

忙了一阵，那轿夫打着空轿仍出巷去了，门又掩了。二人仍闪出来，至门边裂缝里看时，只见堂门也关了，看不出什么人，但听得里面说道："只等刘驼子来好了，人都齐了。"

孔元霸便想闯入去，郑通止住道："且等一等，左右邻舍都未睡哩，恐有救应，且不见胡飞虎在内。"

二人便走经小弄来，寻着后门，推了一推，却关得铁桶相似。见左右是矮墙，郑通低声道："大哥搭一搭，让我入去。"

孔元霸如言做了矮马，郑通踏上孔元霸肩膊，攀上墙头。翻入里面看时，却是一所小天井，贴近厨房，已闻得一阵油锅香，听得有些人声。郑通便轻轻拔开后门，放了孔元霸入来，又依旧掩上了，伏在暗处，细听一会儿。

只听得厨房里有妇女声音道："这刘驼子可不是倒路死了？如今还不来，却等到几时？菜也冷了……"

一言未已，只听得有人叫道："咱们先吃吧，慢慢喝起酒来，等他不好？"

只听得里面应一声，登时杯盘声响，似有人托出外面去。二人听得已是时候了，郑通嗖地掣出刀来在手，只待杀将入去。

欲知二人杀得那众人也未，且听十四回分解。

世间下井投石，果有如刘驼子其人者，不知刹那间身首异处，即为井底之鬼矣，而世人不悟。

写地牢，如入五里雾中，令阅者处处寒心，出井口，知已得生路矣。偏遇刘驼子投石不中，而塞其口，乃至辗转爬罗，得由送子娘娘之腹下而出，可见孔、郑皆为再生之人。文情奇妙，波谲云诡。

郑通细心处，非孔元霸所及，若使孔元霸出之，乍见刘驼，理一拳打死，再赶至方家店，杀尽众人已了。而郑通不然。又郑通每不能舍刀，而孔元霸不用刀，其胆量郑不及孔，啖蛇亦然。

第十四回

除凶人火烧柴木巷
救弱女婚订剑客家

话说孔元霸、郑通听得冯七家中厨房里人说，将次饮酒，郑通便掣刀在手。二人行到厨房外，相了一相，无门可入，趄至天井尽处，只见一座披屋对面，有一头小门，把门一推，又关得紧紧的。

二人正打量时，听得有人在内说道："你去柴房里提了柴来，我把汁汤来热了。"

一人应一声，只见一线灯光自门缝透出。郑通忙拉开孔元霸，避在一边。只听得脚步响，一个丫鬟提了灯台开出门来，却去对面小披屋里拿柴。郑通跳过身，去丫鬟后面，一口吹灭灯，不待回头，猛一把揪住丫鬟嘴巴，扭倒在地，顺手一刀，不哼不哈，一气儿死了。撇了丫鬟，孔元霸早闪入门内。郑通跟上，仍把门闩了。

二人趄至厨房门边，只见一个厨娘在灶前烹调，背面说道："你把门户关好了，仔细火烛，快把柴把放一个在灶肚里，火要完了。"

孔元霸跳将入来，厨娘回头，却见两个生人，吓得呆了，欲待叫时，孔元霸托地扑上，猛去一拳，打得七窍流血，只叫得哎呀一声，倒在灶前。孔元霸只一脚，踏死了。郑通吹灭了灯，两个闪出厨房，来退堂里，匿屏门后张时，只见堂中灯烛辉煌，酒席上胡飞虎、何贵一并排坐在下首，上面王老娘、施九娘两个，左边坐着郁昌平，右边是一个胖子与一个粉头，便是冯七两口儿。郁昌平上肩留一个空位，是与刘驼子的。

只听得胡飞虎笑道："奇怪，刘驼子到这时也不来，难道忘了？"

施九娘道："怎见得这般糊涂？要么是有别的事故走不开。"

何贵道："便是出不得会钱，酒也要来吃了。"

胡飞虎一边与从人筛酒，一边叫道："菜来！"

孔元霸见了这些人，怎捺得一腔无明业火，大喝一声，跳将入来。郑通托地跃入。施九娘、郁昌平认得是他两个，还道是活鬼现形，吓得钻天无路，入地无门。众人都惊失了魂魄。胡飞虎见不是头路，忙跳起身来脱逃。孔元霸劈面揪住，脚下便起一阵风，足有千百斤力量，胡飞虎怎站得住，早掼倒在地。孔元霸又去那小肚只一脚，转身却见郁昌平站起待走，凑在手边，对腰一拳，立时打倒地上。这边郑通早把冯七搦翻，正在对付何贵。施九娘推开王老娘，逃至门边，却待夺路。

孔元霸大喝道："哪里走！"

一把抓住头发，掼倒在地，对胸一拳，回头见郑通已打倒何贵，王老娘、冯七浑家都倒在地上发抖。只见胡飞虎挣扎起来，郑通一脚踏上，对胸只一刀。郁昌平却待抓起身来，被孔元霸掼翻，去脊梁上只三拳，打得肚腹倒流。二人回过身来，方来服侍那三个婆娘，一行男女七人都割下脑袋，连外厨娘丫鬟共杀死九口，二人方来里面寻细儿。只见一间内房，铁锁锁着，孔元霸只一扭，扭断掷地，推门入来，却见细儿缚在床上，因恐她寻死，以此把手脚都捆了。二人解了缚，带着细儿出厨下，至后面天井稍歇。

郑通道："现下杀死九口，明儿官司追捕，须累及左右四邻，若还查了出来，钱二爷、赵大爷都有干碍。一不做，二不休，俺们但把这院子放了火，毁烧了尸首，免得多事。"

孔元霸道："正合我意。"

二人把细儿安顿在门后，再回身来，至厨下取了火，把草堂厨房连柴房三处都放个着，挈带细儿闪出后门，登时刮刮杂杂地烧起。二人看了一会儿，拔步就走，与同细儿出至柴木巷南口。只见烟火已冒上屋面，听得贴邻渐都惊起，三个不敢怠慢，一径走了。时当凉秋，夜来有风，这三处火势并作一处，立刻火星四射，光焰烛天。邻近尽都惊起，赶来救应，猝不及防，无可下手。只听得暴雷价响，屋崩瓦散，厅堂厨房都塌了下来，柴房一带披屋早变了灰烬。众邻舍呼天叫地，连连扑灭，只剩得一座朝西台门，左边一家却已烧去半壁。比及火尽，天色微明，只见瓦砾场中，无数焦头烂额的尸首，也有断肢的，也有去手截足的，都变作了炭团，看不出是男或女。邻舍有知道的，晓得冯七胖子家这晚上请客，可是不知请的什么人，也不知何因起火，如何竟烧了阖家的人，一个不曾走漏。大家惊疑作怪，无非说是天火，犯了阴谴。众人纷纷传说不提。

且说孔元霸、郑通，当时掣了细儿，闪出柴木巷北口，经朝阳街，一径取路走回扬州会馆来。正走之间，只听得背后有人咳嗽，回头只见一人步履如飞。

郑通停住道："大哥，什么人？"

道犹未了，那人已在跟前，仔细定睛看时，却是一个绅士模样的人。

那人便道："你们杀人放火，却逃何处？"

二人都吃一惊，欲答未答，那人又笑道："休要见疑，敢问汉子贵姓大名？"

孔元霸道："你是什么鸟人？咱们自在行路，哪曾见杀人放火？"

郑通也说道："不敢拜问达官姓名？"

那人说出名姓来，孔元霸拉着郑通，拜倒在地。原来那人却是昆仑八剑客中的白望天。

孔元霸与郑通道："兄弟，这便是咱的师公，小人孔元霸，有眼不识泰山。"

郑通也通了姓名。二人拜罢起身。

白望天笑道："前在虎爪关除了独眼道士王金开的，便是二位了？"

二人惊喜，问："白爷为何知悉？"

白望天道："俺在保定府朝阳庄遇了大器，为何不知？此地非讲话之所，且到小可下处。你们若带了这姑娘回扬州会馆，也有未妥。"

二人大喜过望，心内猜疑："他为何知投扬州会馆？"连声应是。三人随着白望天行来，迤逦走了一两里路光景，来至一处，只见是一座小小院落。白望天以手敲门，只敲得两下，里面有人应声而出，开了大门。白望天引三人入来，遂见小厮掌灯引路，至后堂坐定。细儿翻身便拜，又拜谢了孔、郑二人。

二人道："天赐其便，今日幸会白爷，不知白爷何由知小人等情由？"

白望天道："上月在方家店，见你们二人挈了这姑娘投扬州会馆，小可曾在人丛中一见，此后也不知如何动静。今日偶从那朝阳街过，只觉一阵杀气，血腥满鼻，小可直寻至柴木巷南口，跃上屋瓦看时，正是你们杀了多人，四处放火。小可黑地里看不清，恍惚却是你们两个，以此冒叫一声，不料果是。不知为何杀了这多人，尚望见告。"

二人听说，拜道："原来如此。白爷有所未知，这厮们端的凶狠，若不是天宥，小人便有百十个身手也早死了。"

孔元霸遂将郁昌平赚至大罗庵斗姥阁落陷一节，王老娘至会馆带出细儿在路劫夺一节，后来如何出地牢，为何遇刘驼，如何知道在冯七胖子家，一共杀死九口等情都说了备细。

道犹未了，只见前面瓦上一声响，一人跳将下来，早闪入堂中，站在白望天身边，低低说了几句。二人看时，却是个俊俏后生，约莫有十六七岁面貌，生得与白望天甚是相似。

正猜疑间，白望天笑道："这是小儿浪生。"

叫与孔、郑二人相见，随即吩咐几句话。白浪生应声退去。

白望天道："冯七、郁昌平这伙人闲常只是打掠为生，在这京城里闹的事也不少了。何贵、胡飞虎倒是新来的，都有应死之道。只是一个厨娘、一个丫鬟却死得冤枉了。"

孔元霸道："没奈何只得杀了，不杀她两个，怎除得那厮们？"

说话间，小厮端上酒肴，两大盘馒头，并鱼肉之类。孔、郑二人正在肚饥，大家入座。细儿推说不想吃。白望天知她不便同席，便叫另一处吃了。吃罢，听街鼓四下，随即收拾杯盏，安排床铺，留三人各自宿歇。细儿安置在内厢，一宿无话。

次日，孔、郑二人起来，见这院子虽不大，却陈饰得雅洁非凡，动用器具多是南边式样，穿门绕户，不见有内眷住所。

二人私议道："白爷多敢是丧偶未娶，现有这位少爷，出落得亭亭一表，聪明不凡，何不就将细儿与他做个媒，不知白爷意中却如何？"

郑通转口道："只怕他不肯要。"

孔元霸道："年纪也差不多，相貌也配得过，其实很好。咱们兄弟带了一个女的，走东走西干什么？便是他不要时，也只得交与他了。"

郑通道："虽然如此，大哥须把话说得软泛些。"

正说着，白望天入来，二人忙起身相迎。

孔元霸道："咱们兄弟正在商量，虽然带得这皇甫小姐出来，却没安顿处。白爷的大少爷正当其年，何不就成全一段姻缘，不知尊意为何？"

白望天笑道："在理万不当收留，在情这姑娘既无父母兄弟，流落在此磨难，你们两位各自有事，又挈带她不得，俺们这里又无女眷。既是哥们如此说时，小可权为不义，配与豚儿也好。"

二人大喜道："不想果有此一段姻缘，合是皇甫小姐的造化。"

二人便将此意告明细儿。细儿听说，红晕两颊，心内亦是欢喜。自此细儿安顿在白望天家，便似泰山之靠，再不虞有风惊草动。

孔、郑二人私慰道："难得白爷如此看觑，俺们虽落在地牢，吃尽诸般苦，也曾成全了一人，杀除了数害，也不枉了。"

二人生恐赵、钱等在会馆里盼切，当下起身告辞，问明白望天这院子所在，名唤王府夹道，二人取路回会馆。入至里面，与赵、钱等相见，方倾谈一切之事。香、凤二人也出来听二人诉说。孔元霸说起那日被赚落地牢，在内咬死猛蛇生啖毒肉，如此这般情形，吓得四人尽都变色咂舌，遂又说及昨宵之事，听说杀死九口，放火烧了院子。

赵、钱二人都惊起道："这般说时，如何得了？快快远避为是。"

孔元霸道："不要慌，万事都已了也，怕他甚鸟？"

于是便说在路遇白望天，已将细儿配与他做媳妇，生恐有累，承他的情，已收留在家了。四人又喜又惊，听说这白望天乃是昆仑八剑客中第三侠，是血昆仑精一大师的最小徒弟。

钱光武便跳起来道："好了，比先遭了个野狐禅的癞头和尚，一片心顶礼膜拜，吃他闭门羹相待。目今得了真佛，可不枉了。孔大哥几时领了我们去？"

孔元霸道："这个还不容易？早晚都去得。"

赵友亮道："且慢，你们两位做了这事，倘有官司追捕到此，如之奈何？速速主张。"

孔元霸道："不要慌，死的不会开口，谁又见来？遭了天火，也是咱们的事。咱们汉子既做得事，便挺得身，有什么了不得？早若被那毒蛇吞了，却去哪里出这口恶气？如今就使咱们两个抵命去，也值得了，怕什么？"

郑通道："大哥说得轻些。"

钱光武低声道："我这里的婆子，是不知心的，倘然多了口，不是耍处。"

花小凤笑道："待得你说也迟了，我早与香姐姐使开她了，便为你们说些不相干的话，只怕她听了讲去。"

大家都觉安心，孔、郑二人依旧在会馆里住，争如没事人一般。外面虽有传说，柴木巷冯七家烧死了男女九人，却无苦主追究，无非怨苦连天，遭了回禄，也是没奈何，命数注定之事罢了。

原来冯七胖子做人，远近都知他是个地头鬼，应有恶报。他那浑家也不知是哪里嬲了来的，并无娘家人。郁昌平只是单身一个，更不必说了。施九娘虽开着酒店，可是何、胡两人俱死，店里酒保闲常虽惧怕九娘，心中未免怀恨，谁与她查究去？王老娘身后，只有一个孙女儿，又无主脑。厨娘、丫鬟都是外来的，虽有亲属，叵耐主人家尽死，却与谁告苦？只得号天呼地哭了场，各收各的焦尸。那尸首都被房屋倒塌时，压碎了的，零零落落，有头无脚，有身无手，哪里认得分明，只得杂凑了成一个模样便休。还亏邻舍出来说话，因施九娘开了个酒店，终比别人强些，身后又无半男一女，难得辛苦一世，嫁了方大，又是没一个近房的，因此上便叫把店盘了与人，打叠些钱，都与九人备棺盛殓了。当日收尸扛去埋葬已罢，这柴木巷口，一地里异臭满鼻，苍蝇成群，哪里走得近身，三五日只是不散。邻舍街坊又凑出钱来，焚化檀香，拨除死灰，与九个火伤鬼打醮超度，施食诵经，足足忙了七八日方已。死亲只有王老娘的孙女儿前来祭谢，后来这小女儿无依无靠，便随着春浓院李妈妈落院为妓去了，不在话下。

再说刘驼死在地牢之中，大罗庵左右有些小户人家，近来不见了这驼子，都是猜疑，也有说他与冯七胖子一路，只怕当日被天火烧死了，也有说他害了人，近来住不得这庵，早逃走了。因他平日做的事未免刻毒，大家只有暗笑，都不在意。这大罗庵距京城已远，本是荒凉去处，虽有檀越，都不理会，就此关门落锁，成了废庵，也不在话下。

却说孔元霸、郑通做了这事，连日去茶店酒楼打听消息，只听得沸沸地传讲道："柴木巷一夜烧死了九口，一个也逃不出，却是自作孽不可活，你会打算人，天便会打算你，都归之于天。"

二人听得，只是暗笑。回来告知赵、钱时，方才都放下心。

钱光武便道："如此说时，我们可去王府夹道见那白爷。孔大哥今日便引我们去。"

孔元霸道："最好。"

于是孔、郑、赵、钱四人出会馆来，一径走至王府夹道白望天住处。入门正往里走时，只见前夜打灯的小厮迎面笑道："爷去保定府了，不在家里。"

四人住了步。孔元霸道："什么时候去的？"

那小厮道："少爷在家里，且请里面拜茶。"

四人入至厅上，小厮入报时，白浪生出来相见。

不知白浪生说出何事，且听十五回分解。

冯七聚宴于家，一网打尽，付之于炬，世岂真有是事哉？作者盖借以发挥善恶之报，而为了结此数人耳，不惜以厨娘、丫鬟殉之也。然亦不能谓世间绝无是事，盖天地之大，无奇不有，而况揆情度理之举，焉得谓无？曰天火云者，则孔元霸、郑通盖几为替天行道者矣。

细儿之为白家妇也，非常情可测，白望天以之为媳，细儿之为人可知矣。彼胡飞虎者，殊不自揆，遂至于死，然其取死之道，不自争夺细儿始也，当知昔日与何贵在扬州之所为矣。

第十五回

五剑客一堂惨别
两女侠万里长征

话说白浪生出来，延见孔、郑、赵、钱四人，说道："前日保定府朝阳庄打发人来，说万老师伯病重，家父当即起身去了。临走时说道哥们的事都已了也，日后有缘，自得相会。"

原来万化刚病重，吕大器见情形不好，因此特遣人来知照。白望天接得此信，怎敢缓慢，以此星夜趋程去了。

孔元霸听说，回顾三人道："早来几日便好了，便是郑兄弟说等过几日，竟这般不巧。"

钱光武等都怅怅失望。

白浪生道："此是意外之事，实非所料。"

孔元霸又问："细儿好吗？"

白浪生答道："很好，她每日只牵念几位，说此生恩德，报答不尽。"

孔元霸道："也值得这般说？只要你们两口儿好就是了。"

白浪生被说得不好意思，只得含笑点头。郑通就把别的言语岔开了。

原来白浪生见细儿那般风韵，甚是合意，两小无猜，早已生了情分。白望天深知儿子意思，明知他造诣未深，正当熬练筋骨，不便猝近女色。但念自家当年吃多少苦，轻易练成一剑，得大师悉心点教，也曾走南奔北，交纳天下英雄，力扶前朝，何曾有济？无非是与人打不平，除奸凶，救善良，依旧是一夫之勇，不曾做得万夫事业。到后来还是不能立身行正，终堕于声色，方有这造孽之子。想想也何必再令后生硬修苦练，不若

102

听其自然为妙。又如甘凤池，练剑既成，因纤娘之故，反而抛失已成之功，便越发劳而无益了。因此上倒不十分认真训子，看他已有一般看家本领，也不强他所难了，心内已打算趁早把细儿与他成婚，也了得一事。

正待拣日完姻，不料接到万化刚凶信，只得搁了不提。白浪生肚里亦是明白，今听得孔元霸说两口儿，不免有些惭颜。

当下孔元霸等四人扑了一个空，乘兴而来，败兴而返，略与白浪生周旋一会儿，作别自回扬州馆。

孔元霸道："既然如此，咱的师父也必在朝阳庄了，咱也要去会一会。"

郑通道："大哥若去保定府，我也要回扬州去了，恐家中老娘挂念。"

钱光武道："都不要走，前日史老先生与公宝来寓，我把二位都托了他们就近找事，也许这几日便有好音，休要远去。"

钱、赵二人再三留住，不肯放行。孔、郑两个只得依旧寓居会馆，暂且按下不提。

却说白望天得知万化刚害病，专差来赶，必是沉重，便星夜趱程，走向保定府朝阳庄来。于路哪敢延缓，不则一日，已到吕家庄院。入来厅上，尹超迎着，白望天忙问："没什么吧？"

尹超接头道："不好！"

直至万化刚寝室，只见魏灵昏与甘凤池夫妇都已到来，吕大器与妻子尹三姐并万小化自在床前服侍汤药。白望天一一相见罢，走近床边，看万化刚时，已变了气色。

白望天拉了手，轻轻说道："二师兄，小弟来了。"

万化刚略以目相视，在喉咙底恍惚叫一声贤弟，再也说不出话来。二人相对唏嘘。白望天不觉悲哽，回头视万小化、吕大器道："几时起的病，竟这么厉害了？"

万小化惨然道："日子也不少的了，说句罪过的话，实实还是早咽了气的好，看来太不忍。"

说着，掇过一条椅子，靠魏灵昏肩下放了让座。

原来熬练筋骨的人一到临死时候，最是死不去，一节节的筋肉骨骼都练紧了，一时里解不开来，又因丹田的内藏充实，透不出命火，以此万化刚死去多次，仍复苏醒。如此苟延残喘，已有了四五日了。

大家坐下，低声诉说病源。

白望天便问："大师兄几时来的?"

魏灵昏道："俺的路近，早就来了。那时万师弟还是健朗，目今一日不如一日的了。"

又见甘凤池夫妇两个都戴了重孝，白望天忙问何故。

甘凤池道："俺的米叔叔死了。"

白望天道："哎呀，宗风也逝世了，竟一点儿不知道!"

甘凤池道："也是忽然间起的症候，亏得少勋、幼勋兄弟在跟前，急来报知，险些送不了终。"

原来甘凤池夫妇从吕大器与尹三姐结缡之日回镇江，那时米宗风即在江头市甘家居住，见二人回来，便至昆山顾家去了。谁知不多几日，顾少勋、幼勋兄弟急差人召凤池，说米老病重。甘氏夫妇慌忙起身，及到昆山，当日昏晚，米宗风去世。甘氏夫妇尽子媳之礼，哀痛自不必说。顾氏兄弟亦素以叔父相敬，一应视殓如仪。这时顾少勋、顾幼勋都在昆山种田立业，家道日隆，所有丧资皆由顾氏兄弟担待。临终时，米宗风曾有遗嘱，说要盘丧回开封原籍，归葬祖茔之旁，以乃祖米金炎、乃父米小元都葬身海岛，不忍此身更背井离乡。因此上，丧事完了，甘氏夫妇谨遵遗命，将灵柩搬回开封原籍。米氏族中太公知系米金炎之后，迎神主入宗祀，引至祖坟处安葬，留下甘氏夫妇参做法事。礼仪俱毕，甘氏夫妇顺道至保定府探看，不想万化刚正是害病，以此留住。

当下甘凤池道："不因米叔叔盘丧回籍，小人夫妇也不见这几日便到了。"

白望天闻米宗风死，益增感慨，尤是吕大器，当年与海潮生是同游的人，怎不悲伤。大家重叙世故，不胜今昔之感。一会儿，婆子入报，酒饭安排在外间。

万小化道："师叔远来辛苦，胡乱吃些。"

白望天出至外间，魏、吕、甘三人也随同出来，坐在旁边说话。

白望天一边吃，一边低声道："二师兄人是不起了，奇巧这会子大娘、四姑二人远去蒙古，却是少了她两个人。"

魏灵昏道："可不是！若论急病，她两个本在衡州，也路远难及。目今病势如此迁延，倒好来了，这会子哪里找去？"

大家闲说一会儿，白望天吃罢，叫婆子收拾了，重入里面，陪侍病人。当日无话。

次日早晨，万化刚略见好些，便想坐起来。万小化扶持父亲坐在床内，与魏灵昏、白望天重提血昆仑之事，言下甚是怅然。

魏灵昏道："兄弟你别管，方才好些，自己保养吧。"

兄弟三个说些过去的话，魏、白二人时把言语慰他，一会儿睡下，又至正午。万化刚叫过女儿小化道："俺这会儿可真要去了，肚里爽快得很咧。"

众人都拢来看觑，只见万化刚头略向上，一伸手间，咯的一声，一路气直向外嘘，登即奄逝。众人都大哭，随即焚檀沐浴，更衣撤寝，一切身后，早已安排舒齐，依次行事，择日大殓。

吕大器、尹三姐尽子媳礼，尹超为外孙，尹老娘也叫尹超背负至堂中送殓。这时三姐已有身孕，万小化便与纤娘劝住嫂嫂，别要过于哭泣，致伤身体。当日设祭，满堂白幡素服，魏灵昏以下，俱参拜啜泣。庄上人闻知，尽来拜挽，依例请僧道做法事，追荐先灵。一时忙杂这状，一言难尽。大家都觉万化刚年登大耋，身后光荣，亦属不薄，只是欧阳大娘、吕四姑二人不到，未免感慨。然生死聚散，自有定数，也就无奈。

当日丧事已了，魏灵昏作别，自回铁岭关去了。吕大器留住白望天、甘凤池等在家，就近寻访山地，建造坟墓，择日发引安葬，不在话下。

如今却说欧阳玉、吕四姑二人，自那日朝阳庄出发，迤逦出长城，至东蒙古境界。不止一日，来到大兴安岭西北锡林郭勒盟地方，所见无非是崇山峻岭，旷野高原。二人因言语不通，饮食各别，初到极是不便，只见那皮色黑紫的蒙古人，面庞扁平，两颊高起，凹额低鼻，大口小眼，走路一摆一摇的。又那穿的衣服多是拖着脚背的大衽，宽广异常，腰间紧系一条大带，把左右衣襟曳扎起了，尽成绉襞，外面有穿马褂儿坎肩儿的，大都是赤紫或黄色棉布所制，也有用绸缎的，就很少了。腰带前面挂鼻烟袋，左腰挂烟囊，右腰挂小刀，后面挂一块火石，烟管插在长靴之内，或插在左腰。脖子上又挂着佛像，手提佛珠，出门便挈带鞭杖，戴一毡帽或瓜棱小帽。每人身上零零落落，无不如此。再那蒙古妇女，皮肤与汉子一般黑紫，衣服种种不同，大概比满洲人的服装更宽，下裙都拖着脚背，脚蹬长靴或短靴，多是羽布棉布所制，也有用天鹅绒的，便是上等妇女的了。头上须发，前面分作两股，直梳脑后打髻，插花戴簪，娘儿们的髻突，闺女的髻平，多用珊瑚制成的璎珞缩在头上，垂在后方。虽不缠足，都穿耳孔，挂各种耳环为饰，随身携带烟具，但闺女不带烟管，那模样也极粗野不堪。不论男女，都满身油腻灰尘，积在衣上，似永年不经洗拭的。

原来这锡林郭勒盟地方为古来纯蒙古种族的根据地，一般都系喀尔喀种，存蒙古固有之习惯，历久不变，不由使人回想当年乃祖成吉思汗入主中夏，灭国四十余，杀人五百万，拓地至欧俄境界，为隧古以来所未见。目今子孙，用是如此，岂非种族之隆替，亦犹如家道之升降，有时而盛，有时而衰的吗？

欧阳玉、吕四姑二人生在中原繁华之地，游历到此，身处绝域，无不生感慨。最是困苦的有两件事：一件便是吃水，蒙古地方，到处都是旷野山林，绝少河流，那土人依旧是游牧之俗，逐水草而居，无一定住居，冬夏迁徙不常，冬日近阳避寒，夏日傍水结屋。那屋子便是篷帐，似营寨一般，名唤蒙古包，二人不知水土，因此喉咙干渴，难觅吃水。其二便是夜来投宿处，既无客店，又无寺院，虽有的喇嘛庙，不许宿歇。那蒙古人平常待客饮食都可，只是不肯留宿，越是遇了游历的外邦人，便大惊小怪，家家防备。虽在蒙古包前，欲歇一马一骡，都不应允，除非是官府派下的人，找了喇嘛引导，方才家家恭迎款接。

欧阳、吕氏二人既系汉女，又是尼姑打扮，蒙古人见了，都称奇呐怪，虽不懂她们说的什么，打量那神情，都带着惊慌，各站得远远地指说。二人初到这里，言语不通，当夜便无宿处，寻思无奈，只得投喇嘛庙来。原来那蒙古包虽东西散杂不定，这喇嘛庙倒是土墙坚筑的，屋顶都用兽皮盖着当瓦，也有用羽毛装饰的。二人寻到一个喇嘛庙，踏上门来，只见栅子内闪出一个小喇嘛，探头瞪着眼一看，只把手摇着，叫勿进去。

二人合十道："出家人过往失所，望上刹慈悲，投宿一宵，早早便自起行。"

小喇嘛哪里懂得，掉头向内叫了几声，只见土炕上走下一个老喇嘛，望着二人，叽里咕噜说了一会儿，也不知说些什么。二人又如前告知，欲求借宿。那老喇嘛似乎会意，回说了好些话，一面做手势，意思是说这佛地庄严，住不得闲客，打尖是要自家带了篷帐的。二人告知多时，老喇嘛只是摇手不许。二人无奈，只得退将出来。那小喇嘛登时把板门关了，二人欲在就近露宿，只见一片沙土，远望无翳蔽。看看将晚，那土人只把一群群马牛羊赶入场围场去，见了二人，都把蒙古包的门户掩上了，却似遇了强人一般地藏之不迭。二人只好气好笑，看那围场时，约有三四里宽广，四面都用车子接头连尾地圈着，兀似堡垒一般。原来这些车子便是土人用了搬移家属的，每家三五辆或十数辆不等，住定之后，依次列在外边，圈作围场，场内便是一家家的蒙古包，也依次歇定，相隔不过十数步之遥。围场空处，撑着两三处木栅，便是马牛羊的厕所，此外堆积如山的都是兽粪，蒙古人用作柴烧的，干燥之后，堆在场内，不时取用，正如江南人堆稻草麦秆一般。最好的是羊粪，火力极强，其次为牛粪，其次为骆驼粪，各以类次分列，不计其数，时时发出异臭。

二人周遭逛了一会儿，见围场之内也无什么遮蔽处，那蒙古人便开了蒙古包的小门，倒着头在内望着，一若防备二人，生怕夜来行劫似的。二人看了，情知是那土人惊疑恐惧，不便扰了他不安，便离了围场，拣有车轮的熟路行来。走不到三两里路，天早黑了，二人虽仗着铜筋铁骨，练得神剑在身，也不免踌躇起来。

两个商议道："如此胡行乱走，不是道理，哪里去寻一个通言语的方好，难道这里竟没一个汉人做买卖的？"

正走之间，远望去路，只见黑压压一座土丘在前，二人道："好了，那不是山，莫若去那里找个树荫草丛，也度得一宵。"

二人急奔前来看时，原是一座大山，星月下望去，却是光秃秃的，哪里有什么树木？原来山下有的草木都被游牧的斫尽了。但闻风声，料知山上有大树，二人便登山来，迤逦行了多时，至半山腰，方才有棘荆灌木，见得几株矗天大树。二人解下包裹，就树下着地坐了，耳边只听得野兽怪啸，异禽乱啼。

二人笑道："这里倒好，比峋嵝峰上另是一般情景。"

便打开包裹，取出干粮来吃了。两个斜靠在地，略眽了一眽，却被山中鸟兽怪噪，哪里睡得稳，便说些闲话，坐到天晓。白茫茫一望，只见树林中一箭多远处，一人吊死在树上。吕四姑便先叫起来，二人大吃一惊，慌忙起身赶来一看，不由得呆了半晌。

欲知所见何物，且听十六回分解。

　　由万化刚之死，带叙米宗风，虚写一笔，了却米家，亦安顿顾洪勋二子。因下文另须转出新奇文字，重不在米、顾二氏也。五剑客送万化刚西逝，仍由前八剑客贺吕、尹婚事而来，妙在是接非接，中间插入京中香闺绮情，至此令阅者目光闪落。言惨别者万氏有剑传女徒，虽死如生也。

　　叙欧阳、吕氏北征，可作游记读，蒙古人见两老尼万里跋涉，深入不毛，毋怪弓角蛇影之相惊也，下文自明。

第十六回

老喇嘛重度鸟兽葬
女剑客初入蒙古包

话说欧阳玉、吕四姑在荒山上露宿，天明忽见一人吊死在林子深处大树上，二人吃了一惊。近来看时，只见那死者高高吊起在树枝上，披一件单的大袄蔽身，把头发蒙了面，左肩胛却被野鸟啄了似的，一个个透明紫血小窟窿。细看是个老儿，胡子有半尺来长了，脚下穿着长靴，都蒙了泥沙。那绳索并不结在颈下，却是络了四肢，打边一条总索，结在树干里，好像是犯了什么罪，把他绑在这里示众一般。二人看得呆了半响，不解其故。只见地上有一堆灰，旁边有好几处脚印，又多被尘土遮掩了的，半明半灭，端的不知何意。二人呆看一会儿，早是红日上升，远望山下，一片沙土，那一处处围场内的蒙古包便似蜂窠蚁穴一般，方知此身已在山中高处，想天地山川之异，造物化工之妙，无奇不有。

正眺望间，远远只见尘头起处，五骑马泼风也似赶来，那马蹄但见跳腾，不见着地，似龙骧天衢，号虎大泽。

二人不由得喝彩叹道："这马端的骑得好了，常听说蒙古人善骑射，果然名不虚传。"

说着，五骑马已来至眼前。细看那骑马的，三个是汉子，两个却是妇人，二人益发赞叹，哪曾见天下娇娘有这样跨马骤驰的？只见那五人一到山麓，都缓辔而行，移时下马，却不见了。

二人猜疑道："这伙人难道也来此山上？清早却做什么？"

往下望时，被巉岩老树遮掩，再看不见人马去哪里了。二人转至原

109

处，取了包裹，各穿上一件衣，扣上肩背，欲待下山。方行数步，依稀听得人声近来。

欧阳玉道："且住，这伙男女敢是真的上山来了，我们且瞧一瞧。"

二人转到山峰高处一望，只见男女五人接连由山径步行前来，那牲口都不见了，料得系在山下。待得将近，那五人抬头忽见二人，吃一大吓，猛叫一声，返身便走，退之数步，又回头打量，却看二人没什么动作，方才住步。二人情知他们惊疑，便含笑合十相迎。那五个男女也把手示敬礼，一步步摇了上来。那狠狈模样，好比鹅鸭吃多了食料似的，有气没力一般。看刚才平原疾驰，何等活泼，一经换步，竟如跛足难行，岂非奇怪？

原来蒙古人马上生活已惯，两腿只屈服在马背上，不论何时，都做骑马式，怎能步履轻松敏捷？但若骑马，不拘妇孺，有鞍没鞍，跳到马上，便如鱼得水，这身躯一似与马背黏住了的，马前亦前，马后亦后，两腿紧贴，胸腔稳定，虽驰行终日，不变状态，以此蒙古人的骑术为世界第一。当年乃祖成吉思汗所以横行天下，亦正是这铁骑之功。若舍骑换步，那便是去了行具，端正露出马脚来了，如何能走得自在？

欧阳玉、吕四姑看了形景，方始明白这道理。当时与那蒙古男女五人略做招呼之状，欲待说话，只见那五人虽不害怕，却依旧避得远远的，一直走至那吊在树上的死人旁，看了一会儿，五个人便呜呜咽咽地哭将起来，都跪在地上，叩头礼拜。移时起身，五人说了几句话，留下两个女的在树下坐，那三个汉子抽身走向山下去了。欧阳玉、吕四姑便走拢来，向这两个蒙古女打量，一个是曾嫁了的，一个还是闺女。大家缠了一会儿言语，都不懂，半晌方才明白了几分意思。

原来那吊在树上的死人是这五个男女的长上，蒙古风俗，因游牧转徙的缘故，安葬死人，不比汉族的有一定房屋、一定坟墓，可以住守。缘由喇嘛教造出玄义，说人死后，魂灵归天，躯壳浊物，留下有害仙灵，只要速即消灭，便为上上。因此蒙古的安葬死人有两种：一种便是付茶毗，茶毗梵语就是火葬，但等气绝，延请喇嘛诵经完毕，便把尸躯付诸火中焚化，化了以后，把骨殖拾起，禀请大喇嘛示下，磨为粉屑，拌了麦粉，做成骨饼晒干，然后将骨饼移藏于灵塔之中，或携入关内，置山西五台山佛地永藏，这叫作荼毗。但荼毗只有富裕之家方能办得，一班贫穷的还是不行。第二种便是鸟葬，只将尸体弃在山谷之中冷僻去处，一任雨打风吹，兽吞鸟啄，等它自去霉烂，或被吞噬灭迹便休，最好是被野鸟啄食而尽，说已超生。五七日后，便去探看一次，如果尸体依然不动，那家人便大哭大号，以为十分不祥，好似长江黄河流域的老百姓，传说落了地狱一般，必须重请喇嘛念经超度。适才所见，便是这一种。此外，也有依汉族风土，备棺木盛殓，埋在土中的，那是长城附近一带的蒙古人，还在少数。若论建造坟墓，立墓表，志年月的，那非是王公贝子不可，即使富裕之家，亦属不能。

当下欧阳玉、吕四姑与两个蒙古女缠了好些话，方知这死者悬挂在树，未被鸟啄兽吞，以此悲恸。那三个汉子便是下山去请喇嘛僧了。二人闲常虽听得说异域有鸟葬，只不曾亲见，今知是延请喇嘛来忏度，且看怎的，也便坐了下来，一边与那蒙女打话。

约一顿饭时，那三个汉子与喇嘛僧驰骑而至，少刻登山。只见大小三个喇嘛，携有种种佛具，都在树下陈设了。数内一个老喇嘛，对着死尸，张口呶呶念经，两个小喇嘛站在左右默祷。那五个男女都磕头礼拜，又把些经忏来焚化了，重念一遍，多时方已。那喇嘛见了二人，也十分纳罕。

老喇嘛便徐徐问道："你们是大唐人？"

二人听得老喇嘛会说汉语，大喜道："正是江南人氏，来此朝山。法师年高有德，想必去过长城以内地方。"

老喇嘛道："咱曾一到中国，便是那山西五台山圣地。你们到这儿做什么的？"

二人具告来由，谁知这老喇嘛虽会说中国话，只是不多几句，两下对答多时，有的半懂，有的全然不懂。二人告说："尚欲往外蒙古各处游逛，因饮食宿歇种种不便，请求指示。"

说了半晌，这老喇嘛方才明白了，回说："天幕是要自己办的，吃水若由官道上走，到处有有驿站，可以得水。如果走别的路径，必要寻有水的所在方可打尖，须得熟识水土的人向导，才不致迷路。蔬菜是没有的，只有一种野韭，你们不忌荤腥还好，若忌荤腥，简直只有粳黍充饥，没甚可吃的了。"

又说："你们若要走远路，务必要自备兽粪，携带而行，那兽粪在牧草地方到处都有，但潮湿的不能用，须要干燥的，逐日逐日积下来，方能打火。"

二人听说，便问："天幕哪里有买处？我们自必要备一个。"

那老喇嘛只摇头，想了一想，与那五个男女说些话，意思是吩咐那五人，留得这旅客家去，好生管待的话。那五个男女唯恭唯敬，百依百顺。原来蒙古喇嘛的言语比官府的号令还严肃，大喇嘛有话嘱咐时，连王公贝子都要听从示下，小百姓更不必说。那五人听得吩咐，只有应是的份儿。这老喇嘛把话说毕，回头与二人打招呼，起身便走。三个汉子恭送在后，两个蒙女便来服侍二人，一路下山。山下系着六匹马，那汉子们先扶了喇嘛上马，恭送去了。

这里欧阳玉、吕四姑随着蒙女慢慢行来，至半路上，那汉子们又带了四匹空马来接，一行人共是七骑，都跨马驰来。移时，到一个堡垒下马，把马赶入围场，自去饲料。大家步行入屋包。

这屋包全体作正圆形，向南开着两扇小门，一周遭都用大小柳条编成，高约四五尺之间。屋顶宛然如伞，里面撑着柳条，与伞骨一般构造，能自由收放，亦可拆散，原为便于迁徙。顶上尖处，开一天窗，有绳系向下处，可以开闭，自顶至地，高约一丈四五尺。屋顶所盖，非瓦非草，乃是厚重的羊毛毡子，约有二重，四面用骆驼毛绳捆络，甚是结实。这屋包内圆面大小，约有四五丈开阔，五个男女就在这包内居住，便是一家。欧阳、吕氏二人随众入包内，只觉一阵腥臭，刺入鼻孔。左右打一看时，只见正面偏左处放着一木柜，上放佛像，前面陈设许多佛具，并牛肉牛乳之类，这是个佛坛。佛坛旁边，对门靠壁处设一张大炕，便是寝室，比地高约一尺余，这是汉子们坐卧的所在。右面依次放着大小木柜数口，便是衣箱、食器棚，再下便是牛乳壶、水桶，与一张两只脚的木几，几上并列茶瓶、乳碗各种用器，这是妇女们的居所。正中空处，对面天窗所在，放着一铁炉，却把兽粪烧着，余火未熄，这便是厨房。向右稍下处，有一只柳条编成的箱子，满堆牛粪，名唤牛粪笼，便是柴炭间。这牛粪笼斜对面，靠左一边，即佛坛稍下处，有一栅子笼，养着两只小羊。这旁边贴壁处，一条板凳上放着卧具及肮脏的衣服，一半倒坍在地，地上铺的只有中间一大块的羊毛毡。自佛坛起，沿寝室、厨灶，至食器棚，盖没了一大半的泥土，却是歪歪斜斜的。毛毡上遍处堆着垢泥羊粪，与那铁炉上生火的牛粪并作秽臭，以此刺鼻难闻。

当时五个蒙古男女请二人入至屋包，且不让座，先去佛坛前，五体投地，磕响头礼拜罢，然后请客登炕，各取出鼻烟相敬。二人合十辞谢。那三个汉子便齐声道："台佩呢。"当即取了烟管，装了土烟，点火打肩，献与二人。二人方知"台佩呢"这话是请吃烟的意思，又合十道谢。

彼时那蒙女已温了茶，取出奶皮子、奶豆腐，一一端在二人面前。端上之时，十分恭敬，两膝下跪，双手捧上。二人不知所答，只得合十念佛，叙礼罢，方呷了一口茶，不觉要呕起来。谁知这茶又咸又甜又苦，十分难吃。原来蒙古人以牛乳为主要食品，茶中拌用牛乳，又加以盐。这茶本是江南产物，叶质不好，蒙古人偏生泡得极浓，汲水又不洁净，重加盐乳，便成了异味，这名唤奶子茶，又名蒙古茶，通常请客，都用此茶，镇日价只用茶、烟、酒三事为生，一连吃喝不离口，成为嗜好。近如欧美人于茶不放糖的，又是一种吃法，吃久了，自成惯性。又凡蒙古人制牛乳极精，生乳因恐下痢，都不上口，苦瘠之地，每家养乳牛数头或十数头不等，牛与马两种牲口为蒙古人财产，贫家从来不曾把活的杀了吃的，但或病死了，方才吃肉。榨取牛乳之事，都由妇女掌握。积乳至三四升，便入锅煎煮，取出面上浮结的乳皮，最浓厚的一两层盛于别器，名唤奶皮子，是乳中顶贵重的一种，或制为牛酪，或混于茶中。其余留下的薄汁，再生火煮干，曝于日中，使结成豆腐块，藏于箱内，不时取用，名叫奶豆腐。亦有在奶豆腐中混以各种果汁，成种种样式，其实只是牛奶饼。又有把乳汁捣之发酵，如造烧酒一般，制成乳酒，形似清水，并无甚味，但吃着便醉。

蒙古人茶酒食料无处不混用牛奶，以此欧阳玉、吕四姑只得不忌荤腥，随缘吃喝。二人吃了奶子茶不对口，便撇了不吃。那蒙妇笑了一笑，似乎会意，便劝吃奶皮子，一面把奶豆腐向火炙了使软，都放在二人面前。二人正是肚空，吃这奶皮子、奶豆腐，却甚甘美。蒙妇又取出兔子鹿肉，都是干腌了的，和着粳黍，与二人充饥，又倒了两碗乳酒，这便是酒饭。二人胡乱吃了些，也不吃了。这里只有粳黍一种当饭食，通常在吃奶子茶的时候混在茶中呷汤，因二人不喜吃茶，特地和奶饼制了的，但味极粗劣，不堪入口。小麦粉在蒙古地方亦有做馒头或做干馄饨的，但极高贵，必是王公贝子家，或一地方的富户才能吃得，这一家蒙古人共有男女五人，单居在一个屋包之内，看来也只是小户人家，哪里便有小麦粉？这样地管待客人，原是老喇嘛的嘱咐，已经是十二分优礼的了。二人明知其故，虽没什么好吃，心内也极不安。看看这屋包内男夹女杂，居住不得，尤是小遗处，只在堆卧具的木几旁边，男女便溺都在一处，净手时候，先把衣衫遮盖了，蹲下身，解带宽衣，好半日，却如做贼一般，甚是吃力。

二人看了，暗暗叫苦，两下商议，打开包裹，取出些金银，作谢主人，起身待行。那蒙古男女哪里肯收，把来却拴与包裹内，坚留二人，不肯放行，只叫吃茶吃烟。

二人情不可却，商议道："何不叫他们便去置办天幕？"

因把话做手势，告知其意，托那汉子们去左右购买。那汉子们只是摇手，与两个蒙妇商量一会儿，蒙妇便向右打开箱子，取出毛布、毛毡之类。汉子们便去炕座后取出一大捆柳条，当下与二人制造起来。只见裂缝拼凑之处，都用骆驼毛绒绳随手穿架，且是容易，不消两个时辰，便成了一座天幕。

欲知二人如何起行，且听十七回分解。

本回所叙细琐之事，可作异域游记读，语语皆真。

火葬已渐行于今日，伍廷芳博士开其端矣。若鸟兽葬，仅能于蒙古旷野之地行之，若中国腹地，则断乎不可，虽有此不忍之心，亦无此不忍之地，然而世事之变，又岂可预料哉？

读此感蒙古人起居之陋，视今日上海，真为人间天上也。文野之别，盖不可以道理计，然文明之产物，其所以害人者，亦不可计数，又安得一一而书之？

第十七回

游库伦欣逢江南客
登佛宫惊传血昆仑

话说那蒙古人与欧阳玉、吕四姑制成了天幕，二人大喜，欲要起行。那蒙古人却又留住，嘴里说些话，无非是因时候不早，明日且送客上路，留下宿歇一夜。二人心内感激，随即歇下。

向晚，仍吃些奶饼粳黍做饭食，扫除地上毛毡，与二人宿歇。两个蒙女在旁相陪，那三个汉子却去登炕睡了，并无被褥，只把腰带解了，放下长衣，蒙头盖脚而卧。两个蒙女也是一般睡歇。二人只好去包裹里取出几件棉衣作覆被，把包裹枕了头，睡不得一刻，只觉身上怪痒的，探手摸时，却是老大一个虱子，肥硕非凡，越觉得肉麻起来。谁知一探手之间，这样的肥虱到处皆是，都钻在毛毡子内，一闻肉香，尽数出穴，遍身乱爬。

两个没做理会，低声说道："这般时如何是好？今日一夜不打紧，明儿带在身上，孳殖起来，却不是受了罪？"

二人坐将起来，看那蒙女时，齁齁打呼，炕上鼾声如雷，都睡得稳稳的了。二人没奈何，只得靠在地上，略眯一眯，却又痒醒。直到天明，不曾睡得好觉。

那五个男女黑早便起来，以盐水漱口洗面后，各去围场上饲料的饲料，收粪的收粪。蒙女只在屋包内生火，煮茶炙奶饼，预备早餐。一时俱毕，那五个男女便不断地吃烟吃茶。二人只吃些奶豆腐，也喝了清水，移时起身。那汉子便取了一只水桶、一只柳条笼子，准备盛兽粪的，并那天幕，都结在一处，赠送二人。蒙女也取出烟袋、珊瑚、璎珞等物相赠。二人身边无可赠之物，只得把些金银酬谢。那蒙古人再三不肯收，二人没奈何，思量受了许多礼物，于理不当，欧阳玉便将身上念佛珠一串，计一百单八颗首珠，回赠予那蒙古人。五个男女得这佛珠相赠，比什么也贵重，便恭恭敬敬受了，供在佛坛前，于是送二人起行。走出蒙古包，两蒙女送至门外，那汉子们都步行送至围场前。

二人看这里马匹极好，央那汉子去买了两匹马，少刻牵了马来付价，极其便宜。这里做买卖，都以牛、马、羊、骆驼等牲口交换，少见金银。那出卖的见二人付的银子，喜形于面，称谢不已。二人把水桶、天幕、柳条笼、包裹等物依轻重分装在马上，跨骑而行。那三个汉子也带过三匹马，相送出堡垒。一路只见土人纷纷道询，但凡相遇，先必有两句套话，叫作"阿里斯蒙德"，接着又说"阿德塞边宜"。二人起初不懂，后来知道阿里斯蒙德是问的家中无事吗，阿德塞边宜便是说马群良好吗，可知蒙古人便以家中无事与马群良好为无限幸福。那三个汉子又每遇堡垒上的人，一似诉说二人来历模样。直送至官路上，指点了去路，方才相别自回。二人跨马行来，于路说些闲话，深感那蒙古人管待之殷，到底不知那五人是何称呼。依情形看来，大约那三个汉子是兄弟行，两个蒙女，一个敢是长嫂，一个是小妹子，那鸟葬的老儿必然是汉子们的父亲了。二人一边说话，一边并辔而行，路上又见扬鞭疾驰的蒙古男女时来时去。

约走了二十里路光景，忽见有青青草地，知道有人家了，移时趱入小路，早见四面紧围的车辆，别是一个堡垒。至堡垒前系马场下马，欲待饮马饲料，打火吃些干粮，只见这里蒙古人有好多出来探看，指点二人如此这般地息鞍，虽不尽解言语，也懂得一半意思。二人暗忖："前日在路，那蒙古人见了如此畏避，今日到这里，却又如此亲近了。"正不解何故，原来蒙古人见外地旅客过路，有不知来历的，都避不接待，或且把他来害了，劫夺财物，委弃尸首，也是不免的。但既明白了来由，便不刁难，一发招待在家，十分殷勤，并不吝惜饮食。遇了生客，早去邻近堡垒报知，或好或坏，各有防备。

二人自得老喇嘛打许以后，在那鸟葬人家一宿，到了这里，早已讲遍，以此这里的土人甚是亲昵接待。二人下得马后，早有人引去饲料吃水，留至屋包内，一般吃奶豆腐、奶子茶等，吃罢起身，赠以碎银，都不敢收。二人略歇一歇，随即起身，跨马向官道行来，也是有人指点去路。

到晚，又至一个堡垒，取出天幕打尖，一般有土人指引，款款相待。二人也说些阿里斯蒙德、阿德塞边宜的套话，那些蒙古男女都极欢喜。

次日，撤了天幕，打点起身，如此一程程地行来，每到一处，那土人便早已知道，在围场前探看，接待都很亲近。

走了一个多月光景，皆是一般，二人渐便把奶子茶吃惯了，野兽生炙放盐也吃得了，便是没米麦蔬菜，这粳黍放在茶中，也可以将就充饥了，日久都惯，不觉何等困苦。只有寻吃水、拾兽粪两件事极为麻烦，好在二人秉金刚百炼之身，以天地为庐舍，以牲口为良伴，一路闲谈笑说，也是安易。不则一日，已来到外蒙古境界，至克鲁伦巴尔和屯盟地方，这里与锡林郭勒盟风俗又小有不同，却见得有野菜了。二人久不知菜味，煮来吃时，鲜肥不凡，真有饥则甘食之慨。小住数日，把牲口也喂养得壮了，仍向西北前进，取官路而来，路地驿站都有官兵驻守，只见蒙古包渐次稀少了，便有些泥墙瓦屋，似江南山乡种田人家模样。原来在这克鲁伦河畔，土地肥沃，可以久居，不必更寻觅水草，转徙他处。因此便有一定不移的居户，畜牧之外，兼做买卖、种地为菜的。从康熙时候，杀败噶尔丹，一发设兵营逐站防守，来往旅客商贾渐多。由此西行，便有客店，也有酒饭店了。二人按程趱行，到站打尖，早晚饮食，都有买处，顿觉征途坦荡，脚底轻松。

不则一日，来到库伦。这库伦，蒙古语是城圈的意思，正在图拉河畔，四面围以木栅，方才真是堡垒，上面说的堡垒，其实只是车辆的围场。二人经由东门入栅栏来，只见住户密接，买卖喧哗，一般有六街三市，热闹非常，虽不及江南都市丰富，但从出关以来，要算这里是最繁华之处。二人走至市梢头，问寻客店，拣了一个江南客商开的客店投下，解了行李，寄了牲口，叫过店小二，去市上买了新鲜蔬菜，造大米饭来吃了，方觉得有故乡风味。二人吃了个饱，道询店小二，知道这里有官府的衙门，栅栏内住户有二万多口，大半系喇嘛教徒，有活佛的宫殿，蒙古人唤作哲布尊丹巴呼图克图宫殿，是喇嘛教王的宝殿，十分华丽。二人听说，吃饭后便出店门，走来游逛。只见街上有满洲人，有蒙古人，也有汉人，还有一种高鼻子、碧眼睛、白毛面孔的外国人，问明方知是俄罗斯人。更有一种人，面貌与汉人相似，穿斜领宽衣的外国矮子，叫作倭人。二人想起明朝时代的倭寇，就是这些贼男女，却是五方杂居的所在。

原来康熙年间，清朝与俄罗斯人交易互市，就定在这库伦，后来雍正七年，方始迁至恰克图，就是买卖城所在。因此在库伦地方，俄罗斯人与日本人都有。二人看了，好生纳罕，随路问讯，至活佛宫殿来。一到门前看时，果然巍峨栋宇，庄严非凡，登百步台阶，走入山门，豁然左右长廊，朝南一座大殿，在内拈香膜拜的不知其数，香烟缭绕，透出殿外。二人登殿，依例礼拜罢，瞻看佛像，趄入里面，又是一所殿宇，比前殿略小，所列诸佛尽皆金身。值殿小喇嘛见二人是出家人，打个问讯陪话。二人依例答礼，告明来此朝山瞻拜，各叙些话。趄入后面，方是活佛供殿，有装金肉身，在佛阁上趺坐。二人重又礼拜罢，转右廊入内，是寝宫，再绕至后面，是塔院，此外危楼杰阁、僧寮客房，不知其数。

二人游逛一周，出来至钟楼旁，只见两个汉人，一男一女，约是夫妻两口，在那里说话。但听得阿拉堂头的声口，好像是宁波人。二人从前在镇海、普陀一带听惯了的，正如听得乡音一般，不由得往前打个招呼，问明果是浙江宁波府人，名唤莫正明，女的便是浑家。此人本是个剃头匠，因在家闯了祸，累死一条人命有嫌，官司把他判断充军，送配到关外，因乘隙逃了出来，避在这库伦地方，与人帮闲打杂。后来娶了一个江南女的，也因在库伦一个财主家做使女，那财主死了，把她配与莫正明。如今夫妻两口在尘市上住家，做些棉布烟叶生意，着实也糊得口来。欧阳玉、吕四姑与那莫正明浑家说些话，也是一口宁波口音，便道询这库伦地方一切生意买卖、风俗人情等。

莫正明说："这里的生意，以砖、茶两项为大宗，牲畜、棉布、烟叶等生意居次。从前与俄罗斯人做买卖，倒还直爽。如今来了好多倭人，奸刁无比。蒙古喇嘛与旗人虽然性气桀骜，也是爽利的。"

遂问二人自何处来，将往何处。二人依实告说。莫正明极是熟路，便说由官路如何行走，岔路如何要当心，如何打尖，如何生火，自哪处至哪处多少路，有什么关口要道，说得很是详细。

二人备问一切，说了多时，见游人甚多，便问："这里的香火，一向如此兴盛吗？"

莫正明诧异道："两位师太难道不知？近日有一个得道老和尚，行脚到此，据说有十分本事，非同小可，本来这里的香火也是兴盛，目今越发旺了。我们也正是为此而来，却是见不到那老和尚。"

二人问道："可不就是班禅了？"

莫正明道："班禅本是这里的老喇嘛，有甚稀罕？便是一个游方老僧，据说由西藏而来。这个法名也就奇怪，叫什么血昆仑。"

二人听说，吃了一惊，忙问道："这个老僧如今在哪里？"

莫正明道："市上传说，在这活佛宫里住，我们来这里问了小喇嘛，说明日一早来方见得到，如今不在这里，正不知在哪儿住。"

二人肚里寻思："这又奇了，难道大师当年仙去，却又下凡来？敢是有别的血昆仑？"

一时猜疑不定。又与莫正明说了一会儿话，莫氏夫妻两口作别自去了。

二人商议道："难得撞来这里，遇此怪事，倒要瞧个实在。"

二人便又返身入来，重至殿上，动问值殿的小喇嘛。那小喇嘛虽是个蒙古人派在殿上知客，却说得汉语，答道："原有血昆仑法师，今日不在这里。师太若要皈依时，明日一早得见。"

二人退下，又至内殿，问当值的喇嘛，也是一般答说，只得抽身回店。

当夜无话，次日清早，二人径来活佛宫殿，于路只见红男绿女，来得不绝。踏上山门，早有许多男女拈香礼拜。少时，钟鼓齐鸣，听殿上喇嘛传法旨，众人都拥至内殿。二人杂在人丛中，走将入来看时，只见佛阁前下了幕帐，另设一高座，左右各站行童一名，案下两旁齐列十数个喇嘛，都拈香诵经。便有值殿的把香分与众人，都拈在手中，合十礼拜罢，只见一个老和尚自殿后闪将出来，托地登座。大众都投地磕头，二人也遵例施礼。只见那老和尚八九十年纪，黄瘦非凡，倒没甚长须，头上一搭白一搭肿的，却是个癞头。

那老和尚跌坐既定，低头说了几句，旁边一个老喇嘛便宣法旨，说了好些话，都是蒙语，二人也不明何意。只见众人欢呼一声，又拜。那老和尚闭目入定，移时，只见一道光，那老和尚登即腾去无踪。众人都大惊，二人看得分明，这是闪身法，透见那老和尚打横跳入殿后而去，身手虽轻捷，也并不十分高强。二人猛可省悟，早听得大师伯魏灵昏说，癞头光慈和尚先曾与大师作对，后在金焦客店失去血昆仑，便猜定是他。原来这厮偷窃神剑，逃来这里，冒称大师法名，如此做作，哄骗众人。今日相逢，须放他不得。二人计定，自人丛中闪将入来，却待转入殿后。

只见值殿的小喇嘛拦阻道："师太住步，方才不听法旨吗？今日后殿礼佛，休得入去。"

二人生恐漏了消息，也便住步，诺诺而退。这时，众人也有供香的，也有膜拜的，多半都已出至殿前，纷纷惊叹不已。

看官听说，原来这癞光慈自在京城里做法授徒，哄得王公大臣无不信仰，便劝他至库伦活佛所在，说法教化，也显得中国有道术的老僧。

那癞光慈正恐久住北京，被昆仑派剑客查获，落得乘机出道，以此杖锡游库伦，一路皆由官府护送。这里老喇嘛本是顽固不化的人，眼见如此老僧远来，既系官府下扎恭送，又有法术，如何不五体投地？谁知狭路相逢，偏遇了这欧阳、吕氏二人。

欲知二人如何计较，且听十八回分解。

　　欧阳、吕氏得老喇嘛一言，方能入蒙古包，而有寝处；癞光慈做贼行邪，有官府护送，班禅礼敬，人民膜拜。世间黑白之混，往往如此，可笑可慨。

　　癞光慈奉为活佛，拈香而礼拜之者，肩摩踵接，宜乎欧阳、吕氏委弃于草野，而受白虮之苦，黄钟毁弃，瓦釜雷鸣，岂独为光慈与二女侠写实哉？其感慨深矣。

第十八回

癫光慈奇门避劫
骆格图剪径弃财

话说癫光慈在库伦活佛宫殿造作血昆仑，被欧阳玉、吕四姑瞥见，当时二人便想入去，却被值殿的喇嘛阻挡了，二人无奈，只得应声而退。回至客店，商量一会儿，待得昏夜人静，二人改换夜行衣，施展轻身术，自瓦上闪出店外，飞一般走向活佛宫殿来。少刻已到，经由殿后，只见更夫正敲二更，二人虚闪过，跃上屋瓦，径向僧寮房一壁行来。只见十数处灯光明亮，大殿上木鱼声声，夜功课未毕。

二人走廊檐翻至戟柱，溜过象橹，倒侧身似蝙蝠般挂下，一处处偷觑过来。但有灯光处，都看遍了，都是些寻常喇嘛，便起身走殿后寝宫来，寻那方丈并班禅所在。却是屋宇众多，里面灯都熄了，走来走去，不见有隙可乘。二人寻思一计，耳边商量，却把一叠瓦猛向地掷下，暴雷一声，瓦落地上，打得粉碎。登时有人声喝问，三五个人从黑地里跳将出来，都作蒙古语，便听得刀枪声。二人早已避在屋顶后，打斜刺里轻轻沿了过来，只见好几处灯光隐现，有许多人出来，慌张了一会儿，渐渐静去。二人听得寂了，便又下来探寻，暗中摸索多时，哪里有什么影子？

原来癫光慈宿在寝宫后面班禅退宇内，忽听得一声震撼，只觉胸前血昆仑神剑嘤嘤欲起之状，知道就近有杀报，把奇门一遁，却正是暗算自己的人。在是门死门之间，大是不妙，如何敢出头露面？一时苦得没藏处，想起日间与班禅礼佛时，外面有一座佛阁，异常玲珑，随即起身，摸至佛阁下躲了，把帷幕遮身，端端趺坐在内，屏气不声。这欧阳、吕氏二人却哪里觅去，辗转暗伺，直至五更，天色欲明，不敢再留，只得撤了回店安睡。

癫光慈见天明劫除，钻将出来，自去做早课，全殿喇嘛只晓夜来有惊，哪知其中有故，都不理会。

次日，欧阳、吕氏二人重来活佛宫殿，一直求见血昆仑法师，谁知癫光慈早吩咐上下喇嘛，不论何人，概不接见，只说已出去了。喇嘛依言回复，二人无奈，只得回店。向晚，却又前去暗伺。那癫光慈把奇门六甲掐算时，知凶祸未退，依旧躲在佛阁下不出，宫内喇嘛只道是他练功夫，谁敢问他？二人寻觅不得，至四更回店，虽然见不得那癫头老和尚，如何便肯甘休，一连夜去明来，走了八九趟，把寝宫后面班禅礼佛所在都觅遍了，只是不知那佛阁下是空的。二人猜疑道："难道这厮果已远去？常听说这厮是会诸般邪术的，不知是何诡计。"二人捉摸不定。

原来当初血昆仑精一大师在时，各种法术俱会，后来魏灵昏、万化刚、白望天三人，一因性躁，一因精气不足，一因体质流动，都不能传授，只传得剑术一种。欧阳、吕氏二人是万化刚所传授，益发差了一层，素不懂奇门遁甲并水火诸术。那癫光慈是孙猴子所教，会的就是医卜星相之类，以及搬运轻身遮眼诸术，因此上二人一入宫殿，癫光慈只一算，便算出今夜有人来劫，早在佛阁下躲了。二人虽有上天斩蛟龙、入地倾河海的能耐，只是算不过他，不能直捣躲藏之处。

忙了约有半个月光景，依然徒劳无功。二人看得毫无动静，料得癫光慈已走了，也就打算起身。当日拴束行装，还了店资，去后槽牵出牲口，跨骑启程，向北而行。于路有宿店处投店，无店处只张天幕打尖，饮马生火，一应都惯了。

一日，来到买卖城，这里便是蒙、俄通商的所在，东西树立界碑，北为恰克图，属俄罗斯国，南即买卖城，属中国，为中国辖境极北之地，外国人居留的益发多了，土人唤作洋鬼子。买卖比库伦相似，只有喇嘛僧少了。饮食也有大米饭，有小麦粉，更有外国酒菜。大米饭都是南边人来这里做买卖的吃的；小麦粉或做馒头，或做干馄饨，是有钱的蒙古人吃的；那些贫穷的土人还是吃粳黍、奶豆腐为常；外国酒菜便是洋鬼子吃的。

二人解了行李，投下客店，也去市上买些外国酒菜，尝了一尝，却是半生半熟的，大都是牛肉、兔肉、雉子之类，不用筷子，只用铁叉尖刀叉来入口，还是沿用那游牧野人打猎时候生炙兽肉的规矩。酒便很好，不似那乳酒的淡而无味了。

二人食毕，来至市上游逛，得一个喇嘛引导，出木栅，至恰克图。这街市却又不同，都是俄罗斯人开的铺子，见那些毛布毛毡织得极其细巧，又有那玉器雕刻店，里面摆着两只自鸣钟，也有几只表。二人各买了一条毛毡、一只表，并毛布之类，又买了好些脯腿腊肉，便去茶店里吃茶。那茶有各式各样的不同，用中国茶叶泡煮的，都放糖拌内，比蒙古人的奶子茶好吃些，又有牛奶茶、酸的果子茶、苦的紫茶。那苦茶据说是用一种果实，似胡椒般大小，焙干以后，斫细泡了的，这名叫作咖啡茶，也是拌了糖和牛奶在内吃的，大概都是甜的，并不怎么好吃。

二人走了一转，满处都是牛肉羊肉铺、毛布毛毡店。也有外国妇人在那里掌柜的，头上戴的羊皮帽子，插着雉鸡毛，脚下穿的皮靴子，胸部都向前突出，两乳悬得胖胖的，屁股一摆一摇，虽穿的长衣，包得极紧，身上的肥肉都显了出来。那些男人倒穿的短衣，都是毛布做的，个个是高鼻子、凹眼睛。二人看得甚是稀罕。

游逛多时，仍回买卖城客店。住了七八日，差不多街头巷尾都逛遍了，买了不少吃用东西，方才起行，向西行来。不则一日，来到一处，有一个大湖，名唤库苏古尔泊，这是塞外少见的。二人在湖畔打尖，歇了数日，又起程经乌兰台戛山，至三十六佐饮地方，这一路行来，又见多是蒙古包了，比在库伦买卖城路上所见大不相同。

这日向晚，至一个堡垒打尖歇下，彼时二人已略懂得蒙古话，也通常能说几句。那蒙古人都不严拒，一般以熟客相待。二人解牲口饲料，拾兽粪，打火造饭，正席地而坐，吃饭罢。只听得围场内鸣锣击鼓，乐声杂作，那锣鼓杂乐却似羊叫马嘶，呕哑嘲哳，另一种音律。二人出至幕外看时，只见一群蒙古人围在一个屋包前，相距不过一箭多远，二人走近前来，道询土人，方知这家正在娶新妇。只见一个新的屋包内，喇嘛对着新郎、新妇念经，新妇听经罢，拜灶。只见那新妇身上穿的是红绿绢的衣服，满头戴着花草，颈间悬的珊瑚的璎珞并香袋等饰物。新郎穿的大衩马

123

褂儿，也是个绢的，头上戴的红缨帽，脚下毛布软底靴。遂见新妇拜灶后，拜舅姑并贺喜的亲戚。大家挤在屋包内吃烟酒。移时开宴，都是些牛羊鹿兔肉。那鼓乐便越发吹弹得紧，看那乐器，是鼓弓月琴等，锣是小锣，有七八人在那里吹弹，一人张口大嘴，呼呼喝喝地唱起歌来。那声调却与市上卖骆膏驼药的相似，大家引为笑乐。这新的屋包便是新房，旁边有一介老屋包，是父母兄弟住的，看来这一家的家境也还小康。

二人正在前面观礼时，忽见一个老儿出来，邀请二人入席饮酒。这老儿便是这家家长，一脸和气说话，意思是远来难得，非吃杯喜酒不可。二人辞谢不得，入来佛坛前行个礼，坐在女席吃酒。只见佛坛上供着一个羊头、一大碗奶皮子，还有些绢布之类。少刻，新郎、新娘便来参拜贺客，各含笑答礼，也有端坐点头的。二人略吃些酒肉，起身告辞，忙回至自己天幕内，去包裹里取出毛布毛毡，送去那喜庆家作贺礼。那老儿初不肯收，后来收了，欢喜万状，坚留二人，又叫吃酒。二人问起这里的婚礼，据说通常纳聘，以马二头、牛二头、羊十头为男家与女家的聘金。这家下聘时，羊有二十头，是统堡内最阔绰的了，原是这部落中的富家。二人坐了一会儿，见宾客中有几个辞别主人，打着火把走了，也有骑马去的，那鼓乐也就停歇。

二人作别自回，将息睡下。次日一早，那喜庆家老儿亲自来拜会，以新妇所制的荷包、烟袋相赠，二人请入里面，一般敬茶叙礼。因两下言语不甚透彻，那老儿略坐一坐，作别去了。二人也就收拾帐幕，拴束行李，跨骑起程，仍向西行来。

忽一日，贪走路程，错过宿头，天色将晚，来至一座高山。抬头望时，尽是猛恶林子，迷了去路，若待过得山来，又不知多高多远，牲口已乏力了，难以奔动。

吕四姑笑道："今番冒失，早知是如此，先便在那个围场前打尖就好了。倒不怕别的，只怕牲口干渴了，明儿过不得这山。"

欧阳玉道："别忙，我们又不是赶向一定地方去的，难道左右旷地便无人家？若还数十里远近有屋包时，遮莫多走些路程，回头过去也使得。你且在这下歇了，我便登高望一望。"

欧阳玉说罢，下马疾走，一道烟登上山来，身轻如燕，步捷似猿，早来到一座高冈上。向前望时，只见山里山，弯里弯，一层层峰峦起伏，黑压压林密云深，高与天接，远不可测。返身向左右望时，只见极目所至，百数十里之遥，寸草不生，溪沟不见，哪里有什么蒙古包？欧阳玉打量一会儿，不觉哑然失笑，随即下山。

吕四姑便问如何，欧阳玉笑道："完了，四望无屋包，可知没有水哩。若要水时，除非回向原路。"

吕四姑道："你却说得自在，好马不吃回头草，谁愿意回去？终不成这一夜便渴死了，明日却再理会。"

原来二人比先曾沿官路走，那驿站上都掘有路井，虽只有五七尺深，也还清洁可饮。自过买卖城以后，不时见有河水，路井也没了，二人虽带有水桶，也不汲了。不想走了岔道，投在这个所在，原是唐孖山脉的余山，高峰峻岭，自不必说。二人无奈，只得在山下打尖，把牲口系在树下，生火炙了奶豆腐等干粮来吃了，二人铺了羊毛毡子，相向卧下。将息一会儿，早是天黑，月轮上来，幕外风狂沙起，只听得远远马蹄声。

二人诧异道："这时候还有行旅的来往，却做什么？难道是山中住户？"

二人便起身，走出幕外看时，月光下，只见五七骑马飞风赶来，不消一两刻时分，早在眼前。二人仔细一看，共是七骑。只听得呼哨一声，一人陡然取了火，将火把点着，七人一齐下马。只见火光下，那七个蛮汉都头包黑布，身穿紧身皮衣裤，手执明晃晃白刀，二人方知是这里的马贼。常听得说，蒙古的马贼多厉害，难得陌路相逢，倒要见识见识。二人不慌不忙，闪入幕内，去地上端端趺坐，早见那七个马贼呼啸入来。为首一人，八尺身材，满脸横肉，一部络腮胡子，喝叫六人动手，一边把火来照，打量二人。二人依旧不动。这为首的大汉看了二人，对着那六人打几句话，一忽儿，七个人都退了出去，一点儿东西也不取，一径抽身走了。

二人甚为诧异，忙追出幕来看时，那七个马贼正在上马勒缰待行。欧阳玉大声叫住，便说"阿里斯蒙德""阿得塞边宣"的话慰问。那七个蛮汉都勒转马头惊问。欧阳玉、吕四姑打个问讯，七人齐下马走拢来。

欧阳玉对着那为首大汉道："你们既然光降，为何一物不取？远客不明尊意，倒要请教。"

那大汉见欧阳玉说得京话，便把满洲话答道："你们娘儿们，从活佛处来，是行善的人，咱们汉子除恶不欺软，别要你们供给。"

吕四姑前曾为报仇斩雍正，入宫结纳太监，学过满洲话，以此颇能对答，便把话告知欧阳玉，邀请那蛮汉们入幕，一般以客礼相待。那大汉吩咐两个伴当照料牲口，带了四人入来，蹲坐地上。二人拜问那大汉姓名，据说姓克梭包罗，名骆格图，本是旗人，手下六个伴当都是黑人。大凡蒙古境内，分三种人，第一种是王族，就中以元朝的后裔或当时王公大臣子孙受封爵的为主，台吉以下之旗人都属所管，一旗内约有人口三四万，王族有三四千之数。那王族人数既多，闲常不肯劳动，便有财产荡尽只剩了品级的。第二种就是喇嘛，大都稍有知识，托活佛之名，邀结势力，那力量比王族更大，缘蒙古人深信他们有祸福之权，不敢违逆丝毫，因此成为发号施令的人。第三种方是平民，蒙古人称作黑人，凡从前为蒙古王族做奴隶的子孙，或满汉人在蒙古地方居留的，或旗人的姜媵所生之子不为喇嘛的，都在黑人之列。那克梭包罗骆格图本是王族之后，也曾有一般品级，只因家道中落，谋生不得，坐吃不济，心性本野，以此结聚豪强黑人数千人，三五成群，专事打家劫舍，拦路夺财。近在这唐孖山下剪径，十分声势。不图欧阳、吕氏二人未知就里，撞在这黑夜之中，谁料他弃财不取，不由心下纳罕，因此留他入来问话。

欲知二人与骆格图如何言语，且听十九回分解。

　　光慈盗剑，在京一现，至此再现，俱为后来假昆仑遗传作张本。

　　叙光慈，亦非全无能耐专以窃盗为事者，其术其技，良有足以。试思深居佛官，虽有剑客，莫之如何，盖能以静制动者，非凭空炫说可比。

　　蒙古王族之众多，以致生计濒于艰危，流而为盗，情殊可悯。然如骆格图者，不取妇人之财，不干佛门之庄严，倘所谓盗亦有道者耶？

126

第十九回

红字旗惊绝悍马贼
短尾鼠噬食蠢蒙人

话说欧阳、吕氏留得骆格图一行人入幕，吕四姑便操满洲语问道："汉子如此仗义，不是等闲的人。出家人来塞外，游行活佛所在，到此迷路，不知从何处可有官路？"

骆格图道："这里是小唐孖山，要向西南走时，只有一条路最近，亦须由山中翻行而过。度得此山，方有河道，便是官路。不知你们却投何处？"

吕四姑道："正是欲投西南去。"

骆格图道："夜来你们牲口不熟山路，行不得了。明儿咱却陪你们去。"

二人深深道谢。骆格图取出烟管，伴当出了火石，点火先敬二人。二人辞谢，骆格图便自己吃烟，遂叫伴当取了水瓶，里面装着奶子茶，倒与二人，各吃了一杯。伴当又去马上取了干馄饨、奶豆腐向火炙了，大家充饥。二人在买卖城买的脯腿腊肉也取来与骆格图吃，骆格图吃得好极了，不住地扯来往嘴里送，登时吃光，作别起身，说声再会，托地跳出幕外。伴当早带过马来，骆格图等七人一齐上马，举手行个别礼，呼哨一声，飞也似的去了。只见月白风狂，沙尘卷处，人马影儿渐远渐小，一霎时不见了。

二人望尘叹道："也是个爽利的汉子。"

回入幕内睡下，次早醒来，东方方白，只听得依稀人语声。二人跳起身，走出幕外看时，原来骆格图带了两个伴当、三骑马已疾驰而来，转瞬已在跟前。

二人合十相迎，笑问："汉子如何这般早？"

骆格图在马上举手道："咱便来引你们出口。要知今日一程路是要赶快走的，方才有宿头。"

说着下马催促起身。二人登时拆除天幕，拴束行李，各把包裹扣在背上，将行李都安置在马上，一时俱毕，天色大明。

骆格图看了笑道："前面俱是山路，这般时如何走得快？这牲口又不是好的，只怕要累了。"

二人也笑道："却再理会。"

于是一行五个人，各跨上马，骆格图与两个伴当打前引路，二人在后跟着，只向山僻处行来。骆格图时时回头照顾二人，生怕跟不上，不便加鞭疾驰，故意缓辔而行。二人会意。

吕四姑大声道："汉子尽管奔驰，休要为我们耽误了路程。"

骆格图听说，便把两腿一用劲，疾去一鞭，那马便似游龙腾空，泼风也似向乱山而驰。后面两骑一发把马紧紧跟上。回头看二人时，却不离寸步。骆格图心内纳罕，想道："俺这马是走马，她那两头牲口分明是不良的，兼有行李搭载在上，如何却走得这般快？"

原来蒙古人既擅骑术，自是讲究马匹，每年春秋两季，有赛马竞走，到时各跨良马入赛，得王族的赞赏为荣。数百头马群之中，只选出一二头，屡经试骑，赛得果然特异出众，这叫作走马，便是所谓千里龙驹，端的极不易得。骆格图所骑那马方是走马，走马为蒙古人的性命，终身不肯出卖。欧阳、吕氏二人所骑是途中购买，只系通常马匹，骆格图早看在眼里，情知不能任重，今见如此骏逸，如何不暗暗称奇？当下五骑走崇山，驱峻岭，风驰电掣而来，早入至密密森林之中。只见大树矗天，危岩截路，骆格图忽然勒缰住马，五骑都停住了。

骆格图回头道："到这里牲口难行，只得换步。"

说着下马。两个伴当相随都下。欧阳、吕氏在马上，相了一相，只见那山岩约有两丈来高，迤逦有小径可盘旋而上，靠左一处略低些，却是羊肠鸟道，荆棘纵横，马不能着四蹄，人不能有攀缘，只那上面峰顶看来尚是平坦。

二人指着道："这里可走。"

骆格图摆手道："使不得。"催促二人下马。

二人道："汉子先行一步，我们且在马上歇一歇。"

骆格图不知其意，依言带马上岗，两个伴当也就相随而上。移时，登至岗上。二人相视而笑，勒转马首，退了数步，忽地一个转身。欧阳玉在前，吕四姑在后，两骑马对那高岗左边略低处只一纵，带住行李，夹着牲口，说时迟，那时疾，转眼间，两个都跳上高岗，端端坐在马上，气不喘，色不变。原来用的是内功，不是马的力量。那马只是做了一个架子，却似在平地一般，并不动弹些许。

骆格图见了，大惊失色，慌忙与两个伴当拜倒在地，说道："两位佛婆不是凡人，小人失敬！"匍匐地上，半响方起身来。

二人笑道："汉子休要如此，我们只是略懂些骑术，不足挂齿。"

一面催请三人上马。骆格图躬身唱喏，仍跨马做向导，经由乱山行来。又翻过数重山峰，也不知走了多少路，早见淡日移中，已入傍午，这山势便渐渐倾下，望得前面一片平坡。眼见就要下山，只听得风过去，水声潺潺，渐驱渐近。

只见骆格图勒马叫声住，跳下马来道："这里有山泉，却好打火。"

二人道："最好。"

五个都下了马，来至泉水处歇下。骆格图吩咐伴当去二人马上摘下水桶汲水，生起火来，煨炙干粮，一面命伴当带牲口吃水饲料。安排未已，只见面林子深处隐隐有人马驰逐而来，少刻已看得分明，却是三个汉子骑在马上，与骆格图一样打扮，腰间插着雪亮的钢刀。骆格图站起身，呼哨一声，三个汉子驰到面前，都举手施礼。骆格图便指着欧阳、吕氏二人说些话，都是蒙古土语。三人听说，忙下马翻身便拜，各把身上鼻烟相敬。二人也忙回礼谢烟，三个汉子方起身，又与骆格图打话。一个便跃上马，飞也似的去了。约一盏茶时，驰马复来，马上却带的山羊、雉子、兔儿、獐肉一大堆，都撇下在地，去泉水里洗了血腥，把在火上炙了，献与二人。那三个汉子自己也略吃些，一似有要事在身，匆匆作别，跨马去了，转眼便已不见。

骆格图道："两位佛婆有所未知，咱这类兄弟们到处都有，这三个便是住在此山中，也是没奈何落了咱们这一路。"

二人道："谅此山中，有的是树林泉水，却不比那沙漠地方强些，因何倒无人家居住？"

骆格图道："有便有几家，只在南边山下，这里好多猛兽，夜来住不得人，连牲口都被吃了，以此无人敢居住。"

大家说些闲话，渐已吃毕，收拾起身，直至山下。

骆格图用手指道："此去一直官路，小人告辞。"

二人道："多谢盛意，汉子请回。不知汉子住在何所？"

骆格图道："小人奔驰无定，总在此山附近地方，现有一物，奉赠二位将去。"

说着，去腰间扯出一面正方旗子，上有红色蒙古字，不过尺半见方大小。二人拜收，不解何用。

骆格图道："二位此去三五百里之内，不论何处打尖，若把此旗挂在幕上，可以安枕无扰。"

二人会意，盛谢收下，作别上路。

骆格图等三人在马上施个礼，送二人登程，拨转马头，飞一般去了。二人走了一段路，回头来看时，那三人已驰马上半山，入林子而去，瞬即不见。

二人叹道："也难得他一片心。世间做这买卖的，虽然凶恶，倒是爽利得多，谅他们不是刻刻为子孙打算的，因此便无诈骗处。"

二人并辔而行，一边说话，不紧不慢走来。半日不见有屋包围场，看看将晚，二人商议道："昨夜没好睡，今儿且早歇了，不知前面更有人家也无，就在这里空旷也好。"

二人就有细草处，驻马张幕，安顿一切，吃罢睡下。日间辛苦，心神既定，登即熟睡。约莫过了二更时分，忽然惊醒，听有马蹄人声，二人急待起身，早见幕外火把乱明，四个马贼挺刀入来，不由分说，先入两个各挺起手中白刀，对着二人砍来。二人引着脖子，只一抵，那刀便似触着石头一般，腾出手中，翻落地上。欧阳玉随手把两人都点了穴，立即呆住。后面两人掷了火把，猛向前来杀时，吕四姑把手一格，连人带刀都斜跌在地，四个人面面相觑，作声不得。

吕四姑啐道："草贼，胆敢如此凶恶，你们不是克梭包罗骆格图一类吗？"

两个跌在地上的听得吕四姑说满洲话，爬将起来，拜倒在地，连叫饶命。欧阳玉方把那两人都点醒了。两人打个哈欠，瞪着眼发呆半响。欧阳玉忽然想起骆格图的红字旗子来，去身边取出只一晃，那四人如着了魔一般，定睛一看，扑翻身拜倒在地，连磕响头，嘴里都说克拉克拉。二人叫声去休，四个慌忙爬起，打肩谢恩，拾了地上刀，拿了残熄的火把，举手退出，跨马去了。二人斥退了四个马贼，相向而笑，方知这红字旗是个使令。当下宿歇无话。

次早起来，正欲援幕起行，只见夜来四个汉子驰骑而至，各提着兽肉来献，不由二人不收，都撇下了，再拜而去。二人拾来结在一处，与行李都搭在马上，随即登程。当日晌午，在路造饭，至晚打尖，二人寻思："今夜须得好睡了，且把这红字旗挂在天幕前。"二人安排定毕，就寝，一宿无话。

次早起来，只见幕外放着兽肉、奶豆腐、乳酒之类，整整一大堆。二人回想夜来有马蹄过，原是一伙的人，把来结在一处，却待收拾起行，只见五个汉子跨马而来，都举手行礼。二人也依例招呼，刹那去了。如此一路行来，但把红字旗挂在外面，夜来便有人供给酒肉，多寡不一，清早自有人来送行，三五成群。

走了五六日，无不如此，那兽肉越积越多，哪里吃得完，就在路买些盐来腌了，挈带而行。自小唐孖山西南行，约走了二百多里路，方才不见有馈送的了。二人原不想吃酒肉，只在省却麻烦，今见有马贼的地界已过了，便把红字旗撤了，渐次走上官路，有站可息。二人款款前进，随处游逛，也不赶程。

一日，正走之间，只见前面尘沙起处，似马队到来一般，也不知有多

131

少人蜂拥而至。二人在马上看了，吃惊道："这做什么，敢是逃荒的吗？"

走得将近，四下里望时，男女老少，带着马、牛、羊、骆驼等牲口，不知其数。那老年男女都跨在马上，壮汉挑着担子，携儿挈女，也有把女儿缚在牛背上，或跨羊而行的。那骆驼都负载了笨重物件，由妇女带管，一队队人畜似潮水般卷来。

二人看得十分惊异，正待往前问时，一个老儿跨马行来，忙把二人拦住。先说蒙语，见二人不懂，便改满洲话，说道："去不得，去不得，那里闹了大乱事，你看咱们都逃了来了。"

二人忙问怎么了。那老儿气喘喘道："耗子作怪，耗子作怪。"

二人益发纳罕。旁边那起男女都拢来道："可了不得，有几万只大老鼠聚在那里，把牲口都咬死了。目今却要吃人了，有一家六个男女都被害死，有一处二十几家，只剩了三家。那耗子十分厉害，先把人的眼珠摘出了，然后吃血，死的不知其数，只怕快要追来了。"

众人说时，个个惊慌不定。二人听了，益发纳罕，笑道："哪有此事？也不曾听耗子吃人的。"

那些男女道："你们远来不知，这是怪物，也不是常有的。"

有几个年老的叹道："距今一百多年前，中国李闯王造反时候，这里耗子作怪，也有几万只，专吃人血的，先吃牲口后吃人。目今却是一样，这是劫数。"

说话之间，许多男女都往前逃了，后面喊声忽起，只叫道："耗子来了！"

众人都慌手慌脚逃命不迭。二人大声道："不要慌，咱们自有法术，可使耗子尽退，你们且住！"

众人将信将疑，也有立定了脚看声色的。二人勒马闪出人丛中，问："耗子在哪一方？"便迎面而来。

那些老的瞧二人是尼姑，敢怕有法术，也未可知，都歇定了。有些喇嘛嘴里不住地念佛。数内有胆大的壮汉，便跨马跟了二人来。二人回头又问耗子去处。

后面汉子指着道："你看，那黑沉沉的可不是吗？"

二人仔细打看，果然远远一片地，软软而动，与幼蚕食桑相似。随即加鞭，拨马驰来。走得将近看时，只见那鼠子密密接接，端的有两三万只，大的有猫一般大，小的与松鼠相似，形状毛色与寻常耗子无二，只是那尾巴短得出奇，顶长的不满二寸。二人正在看觑，只见那鼠子遇了人马，都把尖眼睁着，渐渐游移，忽然绕转圈子，却把欧阳、吕氏并后面跟随的人都围在垓心，紧簇拥来，黑茸茸尽在脚下。便张爪磨牙，跳向马上来，早把马蹄困住。那马惊起，一连腾蹄，这鼠子便死命咬住不放，一溜溜爬到人身上，欲摘眼珠。那些汉子吓得汗毛直竖，大叫救命。

欧阳、吕氏见了，果然这畜生凶恶非凡，当下聚精会神，掣出那毕生精炼的三霜锋，落地只一旋，只见两道白光，满地飞舞，似电闪风卷，那几万只耗子并作叫声，震天动地，如黑浪般纷纷四散，一地里死鼠堆头积尾，约有万数，都被剑气震慑而死。那汉子们似梦乍醒，惊为仙姥下凡，都滚鞍下拜，一面欢呼众人，尽来看觑。众人远远望见白光到处，众耗惊走，知已除了妖魔，走近一看，死鼠满地，不由欢呼如雷，尽皆跪地不起。

欲知二侠如何对付众人，且听二十回分解。

骆格图剪径遇二人，以为女流，舍而不劫，其徒挺白刃，一入幕内，不问皂白便砍，可见主之者虽善，而从之者无善。为盗而托势如此，宜乎为官者之托势更甚也，可胜浩叹。

鼠子夜行偷窃而已，乃能结众以食人畜，其为祸以洪水猛兽，宵小满盈，其害国家社会也亦然。

近日报载，蒙古境内发现鼠群三万余只，吸食牲畜，人皆逃避，不图此祸自昔如此。彼蒙古老人，谓中国有李闯王，而塞外有耗子作怪，然则国家之乱，又见其朕兆矣。

第二十回

女剑客漫游郡王府
黑风浪仙逝铁岭关

话说众蒙人见欧阳、吕氏二人除了耗子，以为仙姥下凡，口称活佛，跪地不起。

二人勒马踏死鼠前来，下马叫众人都起，说道："你们如今可安住了，休得远逃。"

众人央告道："是便是了，只是那耗子还有逃去的，生怕再来作祟，拜恳活佛在这里暂住，救了我等众人。"

欧阳、吕氏二人寻思："本来在塞外游逛，并无什么紧要之事，那畜生如此凶猛，留着必有后祸，也当除净了方好。"

二人便答应下来。众人大喜，因这近处无水草，众人邀请二人至原居围场。且当时慌忙逃难，不及拆卸屋包，并车辆兽粪等都在那里，大众急待援步回去。

数内有几个喇嘛道："这许多死鼠撒在这里，有害行人，须把它焚化了干净去。"

欧阳、吕氏道："说得是。"

当下众人把死鼠叠拢来，高积如山，四面围以兽粪，把火点着，立即烧将起来，臭不可闻，人人掩鼻。移时烧尽，将鼠灰埋在土中，人多手快，一时俱毕。大家迎欧阳、吕氏回堡垒，走不过十里路，已到系马场，大众拥入，把牲口赶入围场内，各归屋包整理物事。一面派了几个男女与二人张天幕、卸行李、牵去牲口饲养，大家供给酒肉干粮，孝敬二人，各派壮年男女来前服侍，十分优礼。内中有几个喇嘛都来参拜。

次日，杀牛宰羊，大开宴会，一面派人去各处探查耗子行踪，又飞马报知就近堡垒，但见耗子聚集，可即来报知这里活佛，作法除害。众人分头去讫，一两日都来回报，并无耗子消息。说也奇怪，自从这一次后，再也不见那短尾鼠所在，许多鼠子竟去得无影无踪了。众人哪里放心，又去路边树牌贴黄榜，但有短尾鼠作祟，速来某处请活佛。

如此闹了多日，那鼠子始终不见一只。有年老的人道："妖物作祟不得，自去穴里藏了，到了厄岁，方才出来。目今不会来了。"

大众听说有理，也都行得缓了。这件事倒闹动了这一部落的王族，听说有如此活佛，便差人来恭迎。那王族中现今做主的是一个郡王，名唤格喇沁，差一个典仪官，带两个亲弁，赍绢匹兽肉乳酒等物来此邀请二人。大众听说郡王来请，如何敢留，只得饯送二人起身。当时各家纷纷备了礼物，都恭送至天幕内，无非是这里吃用的土产，其中最好的是貂皮、狐皮之类，也有两家合送了一头骆驼，与二人负载货物，却是得用。二人再三辞谢不脱，只得都收了，打叠起身，尽将行李礼物用具等件装在骆驼上。典仪官早命亲弁带马伺候，二人各跨一骑，随同典仪官主从三人出系马场。众土著随后相送，男女老小，尽做跪拜之状，一似送班禅起驾模样，见佛驾上路，方才起身自回。

二人作别众土著，相随典仪官等行来。那骆驼就交与亲弁带管了，一行五骑，不紧不慢，向官路上程。傍午打火，向晚打尖，都由亲弁服侍。典仪官向导走了两日，已到了格喇沁郡王府，举头看时，并不见有什么重楼复宇，也不过是几个屋包，只是宽大非常，格局不同。系马场在旁边，一周遭车辆绕转，对中开一进出口，车辆围场内都是些小屋包，依次绕作圆形，都有人驻守，大约是兵弁所在。入至里面看时，左右大屋包各五，作八字式排列，中间成一甬道，正中一大屋包，格外高深，中插一旗。那屋包的尖顶与周围都用花式兽皮围成，甚是好看，也与寻常蒙古包不同。典仪官与二人在系马场下马，命亲弁带去，自引二人入来，至左边第三屋包暂歇。方步入正中大屋包内，禀报郡王。移时，只见典仪官启请，二人出至甬道，只见销金赤伞下，那格喇沁郡王身穿补褂袍套，头戴红缨帽，脚蹬朝靴，颈间悬挂朝珠，恭身立在大屋包前要迎。左右排列小旗八面，却是全副仪仗。二人踏上数步，参拜罢，典仪官恭身先引，郡王便退在一旁，延入大屋包内让座，撤去旗伞，亲取鼻烟相敬，二人答谢如仪。郡王生恐言语不通，便传通事进来，站在旁边翻译。那通事也是个旗人，一口北京话，说得极熟。

郡王方开言道："小王听得二位佛娘自活佛处来，为这里老百姓驱除妖鼠，小王极感慈悲，不知法驾肯多住数日否？"

格喇沁说罢，通事把话传译一遍。

欧阳玉道："老尼行脚来此，只定一年回河北，如今出来多久，道路辽远，只怕难以久住。"

通事又把话传译蒙语。郡王点头，又问道："佛娘自中国到此，也必经那库伦过，可曾见了班禅喇嘛也未？"

吕四姑便操满洲话答道："咱们在库伦居住未久，也因要紧启程，不曾拜见那班禅。"

格喇沁听得吕四姑会说满洲语，大喜道："佛娘说得满洲语很好，咱们说话直接些。"

也改了满洲语相答，随即挥去通事。格喇沁又道："小王不是为问班禅，曾听说有一个血昆仑法师，是中国官府派来库伦居住，道术高深。那法师不知佛娘可曾相见也否？"

二人听说，面面相觑，肚里寻思："癞光慈那厮直如此大弄，竟闹得遍地皆知，可胜痛恶。"

吕四姑道："先曾有一个血昆仑法师，早已圆寂了。如今这老和尚咱们在库伦却见一面，不曾相识，料得是个行脚的。"

郡王道："这样便是传了先前法师的衣钵，既然天朝官府派来，必是个道术高深的。"

二人见格喇沁崇拜不已，也不多言，只得唯唯应声而已。随即说开别话，谈了一会儿，郡王开宴，与二人接风。酒席虽不入味，却有异样兽肉，如熊掌、虎尾之类，酒也有汾酒，饭食便是馒头、干馄饨。

一时食毕，格喇沁道："小王今日恭请佛娘到此，有一事拜烦法驾，与民除害，不知佛娘肯应许否？"

二人道："敢问郡王有何相嘱？如能效劳，自然应命。"

格喇沁道："二位不知，咱这儿有一伙马贼，凶悍异常，为首的名唤克梭包罗骆格图。那厮本也是一个旗人，生性下流，落荒为盗，现有着数千人，专事打家劫舍，拦路杀害客商。求二位慈悲，启请法驾，除了这厮，那小王便感德不尽。"

二人听说，吃了一惊，原来却是骆格图。想他是个仗义的强人，虽有手下徒众不良，素无嫌怨，如何便肯害他？

二人告道："郡王嘱咐，本当应命，奈出家人以戒杀为主，且行期迫促，实难转顾，务请原谅则个。"

格喇沁问道："二位目今尚要投何处？"

二人告说要去昆仑山，折回河北。

格喇沁道："佛娘如肯应允，小王便派飞马迎送。那厮近日窜在小唐孖山，听说益发横行无忌。二位若去昆仑山，不妨改道南行，亦是稳便，须不耽搁路程。"

二人道："只恐力量不及，又违佛门戒条，实不敢从命。"

格喇沁又道："活佛超度众生，亦是为民除害，有何干碍？"

二人坚辞不许。格喇沁见无话可说，只得罢了。留住二人在右边第二屋包内居住，却叫王妃侍女都来参拜。原来这右旁一带屋包便是郡王的后宫，也有舞女，也有摔跤的童子，每日酒肉管待，演各种歌唱取乐。二人一住四日，告辞待行。郡王坚意留住，又住了两日，二人起行。郡王方命将各种贵重兽皮及珊瑚宝石相赠。欧阳玉以库伦所买的表一只、吕四姑以颈间念佛珠一串还敬，郡王十分喜悦，仍命典仪官带领亲弁，将引骆驼，装载各物，送上官路。二人拜别起行，至官路上，典仪官与亲弁自回。

二人揽辔上道，向西南而行，迤逦走了一月有余。

忽一日，走入迷路，寻不得水草处，只得在路旁打尖，安排歇宿。睡到半夜，猛听得风刮黄沙，似狂潮而至。二人立即起身，走出幕外看时，只见前面浮沙已堆起五六尺高，眼见得一阵飓风就把天幕湮没在内。二人常听得说，有不知道路的旅客往往葬身在沙尘之中，且喜春夏以来，不曾遇得。这时已入初烽，风急沙滚，随处作祟。二人情知不妙，慌忙拔幕而起，带了牲口骆驼避至远处，刚得安歇，忽然又一阵风着地卷来，转眼之间，早见沙土高积为山，只得又转移别处。二人奔忙了一夜，天明急急上道，欲待寻觅有水草所在打尖，只是没寻处。如此三五夜，夜必数惊，二人甚以为苦。有时白昼风卷，截了去路，满地灰沙，一望无际，争似堕了五里雾中。十余日之间，不曾遇了一个行旅的。

直至新疆境内，方才半息。正是八九月之交，却早纷纷扬扬落下一天大雪。二人披了重裘，牲口都挂了兽皮，冒雪而行。走不到两个月光景，路上雪积数尺，人马疲劳，牲口却不得动弹了，只得择有堡垒处打尖住下，等待雪霁。虽在官路上有人扫除积雪，却是冰块如山，锋梭似剑，没雪处又泥滑难行，以此每日慢行早歇，赶不上路。

二人商议道："如此走去，便到昆仑山，走到几时？怎能赶得铁岭关会期？"

二人看看万里行程，为日无几，便不再去昆仑山，于是折由东行。转瞬寒冬将尽，又来新春，天气稍和，牲口也健朗了。及入长城，昼夜趱程，不稍停留，赶至保定府。正值会期在迩，二人径投朝阳庄吕家庄院来，解了牲口，入至大厅，只见白望天、甘凤池都已到来。里面吕大器、万小化刚听得，随即出见，各叙礼罢，只见吕、万二人戴了重孝，尹超出来拜见，也是孝服，二人情知不妙，便欲入拜万化刚。

万小化道："远来辛苦，且歇歇再说。"

二人慌忙问时，知万化刚已死，不由放声大哭。当时去骆驼身上卸下行李并塞外携来各物，一一安置已罢，二人设灵追悼。次日，便去万化刚坟上礼拜。连日只是讲说游历蒙古各事，将携来各物赠送诸人。尹老娘最喜听新鲜故事，二人坐在床边，都一一讲与她听。只见尹三姐已大腹便便，有了足月，纤娘却生了一个儿子，抱在手里了。二人兀自寻思："出去只不过一年，人事非旧。"不由得回忆兴感。

话休絮烦，转眼已是昆仑派会期，白望天、欧阳玉、吕大器、万小化、吕四姑、甘凤池六人接日起程，都到铁岭关上参谒魏灵昏毕，各叙一年以来诸事，及江湖上人行为。大家说起癫光慈，诈称大师法名，在外滋事，殊为痛恨。

魏灵昏便说："以后如果遇了这厮，再不必留情，只把他除了完了。"

白望天等见魏灵昏震怒，只得慰说一番，当下说些闲话，向晚下山，至关前投店宿歇。

白望天与众人道："俺的大师兄有些改常，你们可知道吗？"

欧阳玉、吕四姑都点头道："白师叔这话有理。"

黄昏时候，忽见葛星儿来道："魏大爷启请众位上山。"

白望天点头，忙与众人出店，吩咐小二道："今夜俺们也许不回来了，好生看管。"

白等六人与同葛星儿，穿乱山，踏巉岩，瞬息到了魏灵昏所在。大家入石屋内，拜罢谨听吩咐。

魏灵昏道："叫你们来这里，不为别的，俺方才趺坐在床，恍惚睡去，忽见大师前来，把俺叫醒，只怕就得随大师去了。俺死后别无挂念，便是丢了神剑，心内志忑，你们早晚须把它追来。俺有的东西都与了葛星儿。"说罢，唏嘘半晌。

白望天等都把话劝慰。彼时，魏灵昏豢养的三只猴子，大黄、二胡、小孙，益发懂了人事了，见魏灵昏不快，都靠近身来，拷背捶腿。

魏灵昏啐道："畜生，去休！他日俺归天了，只好生看守坟墓便是。"

三个猴子都点头示意，才走开了。魏灵昏便叫白望天等回去，可在客店里歇歇。

白望天道："难得大师兄有兴，俺们今夜便在这儿歇了。"

魏灵昏道："既是如此，且把酒来吃。"

命葛星儿开瓮，取出佳酿来，各倾面前一大杯。三个猴子听说，早蹿出外面去了。

魏灵昏笑对众人道："你们知道这畜生去哪里？"

众人回说："不明何意。"

魏灵昏道："定是与俺们去采果子去了，方才见得俺们吃酒哩。"

白望天道："足见大师兄的道术，真令顽石点头。"

大家也凑趣说话，剪烛谈心，只见三个猴子托地跳将入来，捧了许多野山果子，放在石桌上，有几种果子是不经见的。魏灵昏一一告知众人，饮至深夜，魏灵昏觉得头晕，说声不好，天色未明，魏灵昏端坐石床而逝，面目如生。众人尽皆下跪，那三个猴子蹲在脚下哭泣。

白望天道："大师兄仙去，早有朕兆，不可号哭。"

众人只暗暗下泪，商议安葬。因其端坐而逝，便以佛门礼葬，守至天明，去山下买了两只瓦缸，盘坐肉身入缸。当日挖土埋葬，皆由白望天等六人亲自动手，随即建造塔院，旁边盖了茅庐。六人守了四十九日，方才下山，着葛星儿与三个猴子看管。自此昆仑派八剑客剩了六人，因甘凤池失了神剑，只有五剑客了。

欲知后事如何，且听二十一回分解。

　　光慈之诈称血昆仑，远至郡王府，皆以为道高法深，人之盗以成名者类如此。欧阳、吕氏闻之，只得付之一笑而已。

　　《血海潮》中写精一大师圆寂，为一情状；前回书中述万化刚之殁，为一情景；此处述黑风浪之逝，更别饶天趣，各得其妙。黑风浪魏灵昏之逝也，耿耿于血昆仑之外，而以遗留与葛星儿，与葛星儿云者，盖言其无物足以遗留也，宜其为仙去矣。为之建塔院也，亦所以追大师之风也，其与高僧之别，亦只以有发无发而已。

第二十一回

和总管初邀帝宠
时六郎归省母病

话说白望天六人当日遭魏灵昏之丧，筑庐守墓既毕，回至朝阳庄，却得一桩喜事。

原来尹三姐已是临盆，生得一男。纤娘自内抱出与众人看时，那孩子面貌魁伟，啼声宏壮，大家欢喜不迭。尤是欧阳玉、万小化二人，与吕大器相处似兄妹，年老得子，快慰不尽。当下欧阳玉等与吕大器同入内房，探看产妇，略叙些话，出来请白望天与新生孩子题名。

白望天道："俺们方自铁岭关而来，得此喜事，难得我等都在一处，这孩适逢其会出世，合有造化，且体格如此雄壮，就与他起个名儿唤作铁雄如何？亦是不忘俺大师兄之意。"

众人都道："妙极！"

就此以吕铁雄为名，少不得置酒欢宴，重提铁岭关之事。饮酒中间，吕大器、甘凤池两个便问起白浪生，彼时欧阳玉等也都知道细情。白望天遂将收纳细儿之事告说一遍，众人都称奇缘。

甘凤池笑道："不想孔元霸这没头神又撞至北京去了，他倒是个月老转世，专会撮合良缘。"

吕大器道："可不是！这人是个爽直汉子，有话脱口便说的。"

白望天也笑道："这会子险些死在黑牢子里，听说吃了一条毒蛇。"说着，因将孔、郑二人在大罗庵落陷一事讲与众人听了。

大家都道："好一个猛汉！"不免称述一回。

吕大器道："白世叔既有此喜事，俺们理当前去祝贺。"

欧阳玉道："说得是，我们也落得去京城里逛一遭。"

于是欧阳玉、吕大器、万小化、吕四姑、甘凤池等五人随同白望天进京，这里仍留下纤娘照管一切。当日说定起行，于路无话，到京径至王府夹道白望天寓所。白浪生立即出迎，一一拜见众人。白望天命细儿也出见，各叙礼罢。欧阳玉等打量细儿，果生得妖媚温存，清秀出众，甚是欢喜。当晚欢饮间，拣定吉日，与浪生成亲。

白望天知欧阳大娘与吕四姑自塞外回来，亟欲回衡山，不便久延，因此好日拣得极近。不多日，已届吉期，免不得张灯结彩，开宴取乐。白望天便想起孔元霸、郑通二人原是媒人，着人持束帖，去扬州会馆邀请。谁知二人早已离馆，连赵友亮、钱光武都走了，会馆里当值的回说不知去向。差人依言回报。

白望天听说，一时忙杂，无暇追询，只得一笑而罢。吕大器、甘凤池二人也极愿与孔、郑相见，今听得说，都道："人生聚散有定数。"

白浪生早将孔、郑、赵、钱四人来访谒的事一一说了，大家笑谈一会儿，不在话下。

仍说白浪生与细儿当日结缡成亲，小夫妻恩爱逾恒，快乐自不必说。欢饮了五六日，欧阳大娘、吕四姑欲回峒嵝峰待行。

吕大器道："白师叔已了向平之头，何不就移居朝阳庄同住，也可使俺们早晚侍奉。且每年会期，便有定处，亦是便宜了俺们小辈。不知白师叔尊意如何？"

白望天道："好却是好，只我在这里，年久惯常了，倒舍不得这京城地方。"

大家都道："这不是来往极便的？繁华帝京，也不过十丈软尘而已。"

众人你劝我说，争要白望天移居保定府。白望天感慨魏、万二师兄之死，见众情难撇，随即应允。欧阳玉以下五人皆大欢喜。

欧阳玉道："既是如此，俺们送了白师叔至朝阳庄，却再动身。"

于是吕大器、甘凤池等便与白望天父子收拾细软，一应动用器具都拴束了，把房屋退了租，所有用人都开发了，只带了一个小厮，白氏父子媳妇并欧阳玉等一行八人由京起程，不则一日，来到朝阳庄。尹三姐、纤娘、尹超等接入，重开家宴，整饬房屋，自此，白氏父子在吕家庄院住下。甘氏夫妇也因米宗风一死，不必常回镇江，因吕大器、尹三姐留住，也就在一处歇了。只有欧阳、吕氏二人，因在峋嵝峰上四维庵中净修，不能强留，当日辞别众人，自回衡山去了。吕大器又因葛星儿在铁岭关守墓，恐其在深山之中不堪独居，着人去说，叫他礼毕回庄。谁知葛星儿倒尽孝心，不肯便回，愿在塔院旁居住，仍与那猴子们作一处生活，一言表过，暂且不在话下。

如今却说时公宝在和珅家中掌教，兼办文件，宾主甚是相得，时公宝想念家中老母，亟欲归省，看看事务虽清，难以脱身。和珅每日天色未明入宫候驾，照常值事。忽一日，銮驾自午门进宫，乾隆帝在轿内披阅章奏，阅至四川省总督奏言匪乱之事，龙颜大怒，兀自叱道："虎兕出于柙，龟玉毁于椟中，是谁之过欤？"

众人不知皇帝为何怒叱，面面相觑，没做理会。

和珅在旁开言道："皇上说的是外省不安静，守土者不得辞其责。"

乾隆帝听说，回过头来看时，只见和珅面如满月，肤似羊脂，亭亭一表，仪度不凡，又听他声音嘹亮，语言清晰，那面貌一似在哪里见过的，忽然想起，极像一个人。原来乾隆帝在青宫时候，有一侍姬，生得天真烂漫，很可人怜，乾隆帝看她模样儿苗条，不时撩拨她。一日早晨，那侍姬尚在梳洗未毕，乾隆帝轻脚轻手蹑至背后，欲待搂她，那侍姬听得后面脚步响，有人入来，只道是同伴姐妹们打趣惯的，特来吓她，也默不作声。听得将近，却把手中木梳往后打了过来，只听得哎哟一声，这木梳不端不正打在乾隆帝左额上，登时起了一条血痕。那侍姬回头一看，方知是四阿哥，不觉吃一大吓，连忙跪地谢罪。乾隆帝含笑抚慰，也不在意。哪知随从太监见这般情形，生怕朝见母后时责问，欲脱自己一身火，急忙密报皇后。皇后召见乾隆帝，打量额上，果然受伤不轻，不由大怒，说："侍婢胆敢如此侮辱皇子！"

一面痛责乾隆帝，以后不准自轻自贱，一面立即下旨，将那侍姬处死。宫中太监传旨，当将那侍姬活活勒死。乾隆帝再三讨情不及，心内甚是懊丧，想："我虽不杀伯仁，伯仁由我而死。"哀怜数日，不能去怀，心下兀自祝道："死者有灵，倘得投身转世，重来俺家，他日俺为天子，必当如愿以报。"如此暗暗祝告，不止一日，渐便忘了。

后来雍正被刺，乾隆帝果登大位，有的是后宫佳丽，哪把这侍姬放在心中。及今相隔已有三十年光景，忽见这和珅面貌十分相熟，猛可记起当年那屈死的侍姬，却是一般丰神，不由呆了半晌，想道："果然转生来此，难道依我祝告而来？"彼时帝王以为天命在身，一言一动，皆关天听。这乾隆帝虽风流俊俏，却是迷信鬼神之说甚深，当下掷下章奏，无心再阅。回宫以后，立时召见和珅，动问年岁，算来正是那侍姬死后翌年所生，越发信为转世。细看那和珅声音笑貌都像，应对又极称旨，乾隆大悦，和颜慰问一番，既毕，命退。

次日下旨，擢和珅为总管。和珅领旨谢恩已，回至家中，大小官员以及宫内总管太监以下尽来道贺，大开筵宴，官送官迎，忙了多日。自此和珅管值事务，不比前日，早暮值班事虽冗繁，手下执事皆可差拨，兼有供应，随时发配，每日只需画卯，安排各事，迎合上意便妥。日间余暇，更可回家歇歇。

时公宝见和珅略较清闲，亟欲归省老母，告说心意。和珅留住道："近日俺叨天子殊恩，擢任总务，就事之始，深恐不周，须得先生随时指教，过日却再送行未迟。"

时公宝道："晚生回至寒家，但省家母安否，稍停数日，仍来府中驰效。"

和珅道："虽然如此，暂等过数日，且先生荣旋，俺家不能无人指示，可否作荐一人，代理文墨？"

时公宝道："这个容易。晚生有一把兄，姓钱，名光武，学问才干胜我十倍，即可请来代理。"

和珅道："最好。"

时公宝又道："晚生并有两个朋友，都是一等义勇汉子，一个姓孔，名元霸，祖籍山东曲阜县人氏，乃是昆仑派剑侠之徒，有万夫不当之勇；一个姓郑，名通，祖贯江南扬州府人氏，使得好枪棒，极有胆量识见。二人俱在京中闲住，总管若需用这类人时，晚生可请来相见。"

和珅听说，大喜道："天下英雄，正患罗致无方，俺也常听得说。目今昆仑剑客为不世出之奇才，能和先生引识如此英雄，理当拜请，不知这两位义士现住何所？"

时公宝道："把兄钱光武与孔、郑二人都歇在扬州会馆，总管若欲招致时，晚生前去致意。"

和珅甚喜，即请时公宝转申敬意，邀请来家。时公宝见和珅诚心结纳，一口应允，当下打轿至扬州会馆，入至里面房内坐定。钱光武、孔元霸、郑通都在那里闲谈，只那赵友亮因新婚已近，正打算回正定府衙门迎娶，近日甚是忙碌，便为香雪一边事，往史崇俦书馆商量去了，不在下处。时公宝道明来意，并言自己想回家一次，欲请钱光武代庖，提说和珅敬意，欲要孔、郑二人邀请入府。三人正是闲居无聊，听说大喜。尤是钱光武，因眷爱花小凤，离家流寓在此，坐食日久，难以进展，颇有季子之慨，今得时公宝援引这一条路，十分称意。当时三人同声应允称谢。

时公宝坐了一会儿，也问及赵友亮行期，看看时候不早，起身告辞而去。这里钱、孔、郑三人说些闲话，不久赵友亮、史崇俦都来了。钱光武便将适才时公宝来寓，引荐三人的话告知二人。史、赵皆极欢喜。

史崇俦道："和致斋为人小有才，近擢总管，颇结主知，将来前程未可限量。三位同去很好。"

赵友亮本待留香雪在京，俟好日过后，再来接取。香雪不肯，定要同去。赵友亮又恐到正定府以后，无处安插，甚是纳闷。今见钱光武等三人都欲入和家，那和府与会馆相隔颇远，钱光武打算就近另行租屋居住，以此赵友亮欲留下香雪，也觉累人，决意把她带走了。大家商议既定，史崇俦自回书馆。

次日，时公宝将和珅之意带了轿马，来接三人。一时起身，入至和府，和珅早在阶下相迎，接待加礼，延入内厅坐下。宾主塞暄罢，和珅即命备酒接风，依次入席，尽酬酢之乐。钱光武等三人见和珅品貌堂皇，言语文雅，又极谦恭，俱各悦服。自此三人一心留在和珅家，钱光武就近赁定了房屋，接花小凤出会馆，移入新屋居住。一边赵友亮挈带香雪回正定府，已自动身；一边时公宝引荐钱光武代庖，将各项文件事务都交代了，也就打叠起行。和珅、钱光武等都有赠送，孔、郑二人雇车直送至官道上，相别自回和府居住。以此白望天着人至扬州会馆问讯，早已去了一空。

不说别人，只说时公宝，离京西行，只望信阳州而来，于路无非夜宿晓行，饥餐渴饮，按次趱程，并无别话。

不则一日，来到故乡霸王庄，正入里面，劈面就遇阮小五，飞也似的跑将过来，一把抱住时公宝，说道："你好……几时接到信息？竟这么快回来了？"

时公宝不解其意，愕然问道："并没有什么音信，小郎说的何事？"

阮小五道："哎呀呀！六爷，老太太病重得很哩！"

时公宝一听此言，心慌胆落，更不打话，直奔家门。阮小五便引了挑行李的，一路跟来，在后说道："六爷在京里，听说讨了一个窑姐，做了家了，便是时卓泉有信来告诉你的二叔叔。你的二叔叔那老贼不免加上些歹话，因此老太太气出病来。"

时公宝失惊道："倒有这般是非？"

阮小五道："闲话着实多哩，不只是这些言语。"

时公宝也无心体问，说话间，已到家门。时公宝不待解下行李，直入母亲卧所，只见老母奄奄卧在床上，旁边一个婆子正在煎药。时公宝轻步至床前，叫声母亲。时母定睛看了一会儿，冷笑一声道："你回来了，也曾记得我？"道也未了，兀自泪下。

时公宝道："孩儿出门多时，虽不能立志上达，慈母教训，始终不敢稍违，母亲可以放心。"说着，也不觉涕泣。

时母又道："你既来了便好，且歇歇再说。"

时公宝细觑老母形容枯瘦，老态堪怜，心中无限凄凉，随即要了药方来看了，却是气郁冒寒中邪的症候，甚是信灼。退出外间，叫老家人体问老太太病状。那老家人正与阮小五拾行李罢，打发脚夫已去了，随手倒了茶，禀知时母一切病状。时公宝听说，谢了阮小五，仍复入来看觑母亲，说些闲话。阮小五见时公宝忙地服侍母病，有千言万语欲待诉说，无暇得达，只得乘间回去了。母子二人谈了一夜，方才明白时卓泉在包台吉府里一见后，竟大造谣言，有信与时仲凡。时仲凡特把言语讲与族中太公听，说时公宝在京拐了一个妓女，做起家来，先在扬州会馆住，后来因挣不起门户，与人做了奴才，那妓女也跳了槽了，又说他去时卓泉家中借钱花费。如此这般谎说，皆是无中生有、一力中伤之语。时公宝只得付之一笑，遂把自己情形一一禀明母亲，中间共有几封信寄回家中，都说明了。时母方才安心。

次日，病势便瘥了大半，重请大夫复诊，立方服药。半早时候，老家人来说道："阮小郎来过三五次了，请少爷速去，有话告说。"

时公宝道："是了，难得他一片心，理当答谢。"说着，起身走向阮家来。

不知阮小五有何言语，且听二十二回分解。

叙和珅之为人，亦自有过人之处，虽邀帝宠，由于机缘，要其胆量识见有以致之。史崇俦谓为小有才，信然。

曾子杀人，其母迭闻而信之，时母之于公宝也，亦犹是耳。彼时卓泉者，以己为奴才，恐为乡党所不齿，于是造谣以惑之。时仲凡唯恐其不如此，必辗转詈言以伤之，人心之不可测也如是矣。

147

第二十二回

阮小五结伴访旧知
黄燕臣闻变并内眷

话说时公宝来阮小五家，与阮氏兄弟相见罢，依次坐定。

阮小五便道："六爷，从你去后，哪一天不说起你？多少人都道你在外成了家业，不回来了。俺知道你是个孝顺的，现放着老娘在家里，没一个体心的兄弟，怎能一去不来呢？如今六爷在外可得意？也与俺们争一口气！"

时公宝道："多谢小郎好意，昨儿家母都与俺说了，难得几位贤昆仲照顾老娘，心感不已。外面有些言语，多是谣传，不足信的。俺虽是个不长进的，也不至如此荒谬，多敢是路远人疏，说话的传了不是了。原有一个朋友，便是那江南扬州人氏钱光武兄，娶了一房媳妇，在京住家是有的，却不是俺。"

阮小五道："原来是他，我说呢，六爷不是那样的人。"

时公宝道："好叫众位得知，俺如今的东家姓和名珅，是个很慷慨的，新近擢了总管，他再不肯放俺回来。便是俺挂念老母，每每乱梦颠倒，心内不安，以此恳辞回里，不想家母果在病中。如今俺就请了钱兄代庖，哪有不禀明老母，兀自在外荒荡之理？"

阮小五听说，喜得跳起来道："嘻嘻！可不是，俺的话对嘛！俺知道你那叔子赤口白舌地只是拨弄是非，这厮有甚好言语？都是他撮弄了的。"

阮大、阮二道："六爷端的是个正直的，神明保佑，这会子好巧老太太身体有些不舒服，却回来了。不曾接到那信吗？"

时公宝道："哪里便接得到？"

时公宝将出门以后一应情形略说一会儿。阮氏兄弟听说，喜悦不尽。阮小五便诉说庄上琐屑事务，一边置酒款待。

时公宝道："自从与贤昆仲别后，时时想念，俺与钱兄不时说起小郎与鲁教师，不知鲁教师如今曾在州城黄大相公家也否？"

阮小五道："俺便是为这话要问六爷。鲁教师依旧在黄大相公家，几次欲回山东老家去，叵耐黄氏父子留住不放。前日子俺也在他那里，他那老乡孔元霸，还有一个后生郑通，那两人也曾为寻钱少爷来鲁教师处，适值你们上京去了，不得相会。他们曾去天津府衙门投寻，一去至今无消息。鲁教师时时念他两个，不知六爷得会也未？俺便要问这两个的下落。"

时公宝笑道："方才俺说的东家和总管十分好客，俺出京时，请了钱兄代庖，荐了两个人与他，那两人便是孔、郑二位，原来小郎也曾相熟。"

阮小五大喜道："却是好也，这样说时，他们都在一处了，俺便要报个信与鲁教师，也使他放心。他那老乡孔元霸是个爽直的人，那郑通也是个气概的汉子，当日他们来鲁教师处，留了过年，俺曾相见一面，原是俺们一路的人，着实好打伙。可惜一会儿相见，便分散了。目今既在一处，六爷可否挈带小人前去？待报知了鲁教师，讨六爷一封信，小人一路投寻去。"

时公宝道："且住，老母病痊，俺也仍要回京，等过数日，俺与你去信阳州，会得鲁教师，却再理会。"

阮大、阮二道："小郎也太性急，等六爷上京时候，一路服侍去，岂不更好？"

阮小五道："你们种田做买卖，一点儿鸟事，三日两夜讲不清的。俺只是讨厌，在这个鸟庄上，一辈子也没出头的日子，能得早走便好，巴望老太太的病今夜晚大愈了，明儿就好打点起身。"

时公宝笑道："小郎依旧这般性急，留得青山在，不怕没柴烧，早晚俺陪你去京城逛一逛。"

阮大道："六爷带了他去，便是与俺家做好事，这个魔头在庄上，俺们兄弟也有的苦了。"

阮小五白着眼珠道："俺走了，看你们享福！别说俺在这里争门面，却怪俺多事！你们这些混沌糊涂虫，任凭人家尿粪浇了头，也是香的，只不过软口骗几个钱是了。俺却不会。"

阮大道："兄弟，吃亏就是便宜，凡事得休便休，兄弟就是这些脾气不好，将后跟了六爷去外面时，益发要小心谨意，休得使性。世间上人谁没有气的？也是为求平静罢了。"

阮小五道："俺不便宜人，不一定不吃亏，只要俺情愿，不怕强汉只怕软，谁与俺硬做，拼了死活便休。你休说这等混话，欺不了我。"

阮大道："你看嘛，不说我欺你呢！"

时公宝道："小郎，大哥的话不差呢，哪里世间上人个个能如我心意？只好将就些，争名夺利，也只得由他去，自己立定脚跟，谁也惹不上来，这样便好。"

阮小五点头道："六爷说得原是，可是性气上来，由不得你做主，要杀便也杀了。像你二叔叔那样的人，你与他讲理去，阎罗大王也说不过他，只有请他落刀剑地狱，倒是受用的。"

阮大道："又来了，小郎若与六爷一路去，切莫使性。"

阮小五道："晓得了，俺不是不知好歹的。"

时公宝与阮氏兄弟说些闲话，喝了几杯酒，回家告知老母。见老母精神略健朗，便把在外所见所闻的新鲜故事讲来解闷。时母看儿子的行径依然如故，方知前日一番言语全属时卓泉、时仲凡两人刻意挑唆，也就放了心，那病便一日一日好将起来。阮小五每天两三趟来探病，巴望早愈了，好一路起身。又催着时公宝同去信阳州会鲁良，急得非凡。时公宝见母病新瘥，怎肯便离膝下，反是时母说道："阮小五这人虽是个粗鲁汉子，颇有义气，既是他如此邀你，你便与他同去信阳州走一遭也何妨？我这病已大好了，看来没什么紧要了。自你去后，多得他阮氏兄弟存问，有些小事都烦他们去做，端的是近亲不如远友，你休违他意。"

时公宝见娘亲如此说了，便答应了阮小五。阮小五大喜，当夜雇了一辆车，叫次日黑早起行。

明日，阮小五早带了车辆来时公宝家迎候。二人搭伴动身，取路径向信阳州而来，薄暮到得州城，直至黄府，投见鲁良。鲁良见说是时公宝到来，慌忙出迎，相见喜极，携手入至书斋坐下，寒暄略毕，详叙别后细情。一面吩咐，酒饭管待。一时饭罢，时公宝谒见黄燕臣。黄氏父子都来书斋相叙，说些闲话，无非探询钱、孔、郑三人情形，夜半方散。时、阮二人即与鲁良对榻而眠，谈至微明睡下。

次日，鲁良陪同二人去市上饮酒，逛了一日，阮小五将自己要跟随时公宝进京的话说了。

鲁良道："这样最好，小郎在庄上，闲着无事，早晚又怕闹出岔子来，不如投远处安身立命。咱本待早要回乡，也思北方走一遭，争奈东家留住，几次辞行不得。目今学生黄焕已是有了一般能耐，其实也无须咱点教了。只因东家坚留咱在这里，上下可照管照管，以此又耽延了。"

时公宝道："贤宾主自是契合，一时间情有难却，教师在这里很好。黄大相公又是个习知礼仪的，俺看他平日很是敬重教师，何妨住了？"

鲁良道："就是这话呢，虽能相处以久，到底篱下作计，有违本心。大丈夫不能建功立业，也须走遍天下，结识海内英雄，逍遥自在，方可略偿心志。此间起居纵好，毕竟如笼中之鸟，虽蒙主人勤加豢养，何日得飞入山林康庄？正是无奈。"说罢，不由感叹。

时公宝也叹息道："所以很难。"

阮小五道："这有什么难处？教师走便走了，管他娘的。黄大相公有的是钱，眼见得手下多少闲汉，难道便没个省事的，却要教师与他照管，何苦来呢？"

鲁良道："小郎你不知，他家闲汉虽多，只是帮闲的，不是帮忙的，有谁与他照管？比先有一个老管家，最是妥帖周到，如今又死了，底下几个当杂的都挣不起，谁也管不了谁。据咱看来，黄府里的事比什么都难，学生年小，主人年老了，父子两个都顾不来。内里又有些外亲杂眷，多半是姨太太面上的人。大太太是吃素念佛，不管事的了。学生的母亲早就去世，这大太太也是个继室，不曾生半男一女，姨太太年纪尚轻，也不曾生养过，住在那新宅，听说比这里人口还多。如今学生年渐长了，也颇知家中事务，每每与咱谈及，不胜感慨。咱撇不过他父子二人之情，以此只得

151

权住，勉为其难，暂过得半年六月，却再理会。"

时公宝道："一家不知一家事，黄府富裕之家，也有此难处，外人哪里知道。"

三人正谈论间，听小厮报说，有一个姓王的后生来拜教师，遂命引将入来。原是王半天的寄儿子王行健，因这时王半天已死，王行健尽礼成服，守制已满，初次下山。鲁、阮二人当时曾去吊孝，王行健特来谢步，鲁良引与时公宝相见。时公宝早听得钱光武说过，一见如故，大家说些闲话。

王行健道："小弟本待去霸王庄拜会小郎，今得在此相遇，倒便宜了俺。"

阮小五道："俺庄上你也不必去，却要问你，如今俺的王老伯作古，你还是住在山上，还是要投别处？"

王行健道："小弟奉先父遗命，嘱在山守候一年，却再游行异方。目今只满守制之期，如何可行？便是要走，也没投处。"

阮小五也不言语。鲁良便问王行健近日学的什么功夫，炼的什么药，山中有无生客往来，无非说些别后言语。三人都在鲁良处歇宿。

次日，时公宝告辞起行。鲁良情知时母身体欠安，也不敢留，时、阮二人拜别鲁良，仍回霸王庄。王行健自回山上去了，不在话下。

且说鲁良，被黄燕臣父子留住在家，点教武艺以外，上下事务都托他打点照料，倒比前日益发忙碌了。黄燕臣见儿子年渐长，自己精神渐衰，欲想把家务慢慢交与儿子，要使他懂得治家之道。本来私产富裕，但学些武艺，只在自卫，一来也是黄焕天性相近，因此请得鲁良来家教授。如今已有一般门径，并不要他走江湖结识好汉，无须大量领会十八般武艺，闲常勤习，也就够了，因此上黄燕臣心中并不在鲁良的武艺高强，力求上进，却是为鲁良这个人正直光明，品性相投，不肯放他。又因儿子黄焕与鲁教师师生之情甚笃，哪里再去觅这样一个人可以陪伴提教？以此决心留他长住，打算与他成家立业。

当时与鲁良道："老朽年纪之上，族寒祚薄，只此一儿，得教师悉心训诲，感激难报。目今家中老管事一死，上下都是些不相干的闲汉，老朽欲待撵他出去，于心不忍，虽要用他，眼见得没一个可靠的。就请教师屈在寒家，造成小儿，与老朽兼管些事务。但凡教师尊府尚有甚人，都请接来寒家居住，老朽便与教师作伐，迎娶成家，另行割宅以居，随时点教小儿。俾老朽父子永得相亲，伏望教师屈从情面，实为万幸。"

鲁良听说，寻思半晌，答道："咱是个粗鲁的人，东家如此盛情相待，实不敢当。不是咱不成抬举，却因平素心直口快，与郎公作一处，操习武艺使得，若要咱照管上下事务，不免部署不周，有负东家嘱咐。"

黄燕臣道："教师休如此说，尊府尚有何人？请来寒家居住，好使老朽心安。"

鲁良道："咱自小父母双亡，既无伯叔，又乏兄弟，虽有近房亲族，也许久不通音信。咱家并无甚人，只有父母坟墓在老乡，多年不曾祭扫，心中甚是不安。此外无所挂牵。"

黄燕臣道："如此说时，教师在这里住下，益发稳便。明年清明可请教师回府，祭扫祖茔，但有吩咐，老朽都可从命去办。"

鲁良道："虽是东家一番盛意，只怕咱性气不好，难以承当。"

黄燕臣再三请商，鲁良只得应允。自此为始，黄燕臣但有家务，都与鲁良商议。

一日，黄燕臣道："我家新宅距此颇远，每日来往，诸多不便，我欲将新宅撤了，尽移来老宅居住。俾内外一体，可以照管。"

鲁良道："好却是好，只是骤然改动，恐有不便。"

黄燕臣道："我志已决，不拘如何麻烦，并了一家为是。"

鲁良听说，点头称善，自肚里明白。原来黄燕臣的侧室宣氏与哥哥宣空，二人住在新宅，内外朋比，无所不为，只瞒得黄老儿眼目，闲常窃银盗金，浪耗花费，不必说了。家人都为他小舅子通内线，谁敢说他？这宣氏生来风流细俏，虽有的是黄白，尽够挥霍，却嫌黄老儿年迈，心中时时怨抑，与家下老管事的外甥名唤应凤春的，生了邪情。这小子生得白净面皮，瘦长身材，满口甜言蜜语，一脸和气嬉笑，举凡破落户子弟勾当，无件不会。比先老管事在日，还有怕惧，不敢放肆，目今却与宣二爷作一处，得能出入内房，不时间招引打诨。那婆娘只恨无计攀留，两下虽不能挨近身，早自有十二分深情。外面沸沸地讲将起来，黄燕臣耳有所闻，因此欲将两宅归并一处。鲁良心内亦是明白，觉黄燕臣所为理当，自是称善。谁知这一来，闹动了家破人亡之祸。

欲知何事，且听二十三回分解。

      由时公宝归省老母，接叙鲁良一边事，此文章捷径也。

      此回了结王半天，引出王行健，虽带叙一笔，而文有深致，伏下后文，在不知不觉之间。

      时公宝之事亲接友，与鲁良之所以为西席，极承宾主之欢，皆作旁写，自有宣氏宣空兄妹，而黄氏之祸发矣。然其伏祸之因，不在于此时，早种于时仲凡父子兴狱时也。

第二十三回

置妾媵祸起萧墙
扶患难变生肘腋

话说黄燕臣虽将新院子移归老宅，主意既定，当日吩咐家人动手搬徙。宣氏得知消息，吃了一惊，当面只得声声道好，权且欢天喜地，毫不在意，暗地却与哥哥宣空商量。

宣空道："这是老爷有心作弄，不知谁在老爷面前挑唆。目今只得百事依从，休要言高语低，待到那里，见事行事，却再打算。"

宣氏也无言语，当时收拾细软，捆载箱箧，尽将新院子内动用诸物移至老宅，不旬日间，都已完毕。黄燕臣即将新院外宅赁与官家居住了，自此一同住在老宅，将宣空发在外厅值事，应凤春发在书斋内服侍鲁良。宣氏住在正院内右厢，却与夫人供佛处贴近。黄夫人每日只是诵经礼拜，不管三长四短，宣氏倒不在意。却因宣空歇在外厅，应凤春发落在书斋，内外都已隔绝。黄燕臣又命外宅人等无事不得擅入，以此宣氏寂居深闺，每日纳闷，只是无奈。外面应凤春派在鲁良跟前，有事没事须刻刻伺候，离不得身，一发无苦可诉。宣空在外厅值事，接待宾客，派遣家人，每日少说也有十数事，无暇打点私务。且黄燕臣时时在家闲坐，黄焕又常在面前，耳目众多，不比前日背地可做手脚。三人都是闷闷不乐，只得低头顺命。

如此一月有余，相安无事，看看并无痕迹。黄燕臣也以为外间造谣诋毁，无甚关碍，不在意下。时当秋尽冬初，天气乍寒，北风一紧，雨雪杂下。

一日薄暮，黄燕臣在家宴客。席终客散，送至大门外，客人一一上轿去后，黄燕臣正待回入，瞥见两个汉子蹲在门外，家人呼喝一声，把灯来打照时，只见那两汉乱发蓬头，单衣蔽身，禁不住寒冷，不由得索索发抖。初只道是沿门叫花的，当雨雪之夜，投门暂躲，也是常有之事。及仔细打量，那两汉都是眉清目秀，鞋袜整整，又不像是花子模样，心下纳罕，喝问门子："这两个是什么人？"

门子见老主人高声喝问，忙过来打躬回道："便为夜来雨雪，他两人因远路落拓，求在府里门外暂躲一时，天霁即行。小的怜他过路远客，斗胆留下。刚才府里有客，不便回明，求老爷恕罪。"

黄燕臣听说，笑道："既是远客失路，出门人谁无苦楚？这门外风打雨急，一般受冻寒，你且留他至门房内，靠火歇息。"

门子应声是。那两汉听说，一连拱手作揖，感激无已。黄燕臣细看两人都是壮汉，虽流落风尘，也尚有英飒之气，端的是初次遭困的人，命门子留入门内，一面吩咐家人道："这两个客人既是失路到此，敢未打火，门房上多添两份酒饭，与他充饥。"

两人抱拳道谢，感恩不尽。门子引那两汉入内，自去理会，家人方打风灯侍黄燕臣入来。黄燕臣一壁走，一壁想道："我们只在高厅大厦之中，每日暖酒热饭，重茵而眠，哪知风雪严寒，路上有冻死的。虽说各人自有命运，毕竟天公待人，也是不平。"设想之间，入至日常起居室内，稍坐一会儿，已是传饭时分。因近来黄燕臣为敬重鲁良，教训儿子，三人每在一处吃歇，就命在后堂摆饭。少时，鲁良挈带黄焕入来，宾主相见已，依次入席。饮酒中间，黄燕臣说起今日在家请宴，客虽不多，酒量都好，某人某人喝了多少，方才有些醉意了。鲁良也说今日客散最晚，皆因天寒，酒力亦微。

宾主谈笑一会儿，黄燕臣便说："送客至门，见有两个汉子，看来是新近流落的，言动颇知廉耻，不像是街头乞儿。现已留入门来，叫在门房内歇了。"

鲁良点头道："东家行此方便，真是仁义之事，一饭之恩极小，足以使人永远不忘。可见周济人之急，功德无量。如今世间人，当初强抢劫夺，弄了些钱，到后来看看作孽不轻，兀自买些锡箔纸锭，去庵庙寺宇进香，欲想替子孙求福，自己延寿。若遇穷人讨他一件衣，吃他一顿饭，比死也难。这样可以求福延寿，那佛菩萨也就是不讲廉耻的了。做人只在平日所作所为，方见得是真的。"

黄燕臣道："教师所言极是，老朽壮年，就抱此志，祖上积德累仁，尚且子孙饥寒不保，何况是不端的勾当，哪里敬神供佛便轻易求得儿孙福来？且如寒家，克享上人之福，能保得数世不受饥荒，也便休了，再不计儿孙身上，如何贪望富贵？至于人家闹饥荒，我们现今有力量时，眼睁着不去周济，却待何时？老朽平日只恨无能，自问'刻薄'两字，尚不至于轻染，见急周济，只在本心，岂图望报？"

鲁良道："那就好了，不望报以施人，就报在儿孙份上，这便是修福。咱向来不信什么福不福，见了强诈的，好生气愤，咱只好杀；见了没路走的，好生可怜，咱只好救。自己的生死也不管，管什么福不福呢？"

黄燕臣道："大丈夫义当如是。焕儿听得，直道而行，教师之言是也。"

宾主欢谈合契，不觉饮酒移时，堂后家人早更番伺候了。鲁良见时候不早，撤了酒盏吃饭。正值饭后，只见门子慌慌张张跑将入来。黄燕臣见门子来得诧异，问做什么。门子紧上一步，低声回道："夜晚时老爷叫留入家来的那两个汉子，吃饭以后，小的安顿他们在门房里睡。适才见他二人在房内靠火，小的自门缝里张看，谁知这两人都没了发辫的，日间盖的那一头乱发却是假的。小人生怕遇了不端的，因此回明老爷。"

黄燕臣听说罢，低头一想道："这有什么大惊小怪的？原是他两个来历未明，偶然来到俺家，投宿一宵，有何妨哉？若果是不端的人，来看脚头，也不见得轻易看出破绽。你休得胡言乱语，好生管待远客便罢。"

门子诺诺应声退出。

黄燕臣道："作怪，这两个人究不知是做什么的。"

鲁良问："怎生模样的人？"

黄燕臣重说一遍。

鲁良道："且待咱去瞧一瞧。"

黄燕臣道："最好，教师问他一个底细。若还是正人君子，流落在此，理应救他；若还是个匪类看脚头的，也好提防。只要他不惹我，我也不理会他。"

鲁良点头，一径来至门房内。门子接着，鲁良动问客人睡也未，门子指着里面道："适才听他们闲话，多敢是未曾睡歇了。"

鲁良道："你且报知，山东鲁良来见。"

门子推开房门，原未加闩，那两个汉子早听得外面言语，忙把假发戴上，拽鞋相迎。

鲁良走入房内，抱拳道："客官远来，荒宿在此，多有怠慢。咱奉主人之命，前来通问，但要什么，只问门子取给，休得客气。"说着，加意打量二人。

二人慌忙答礼谢恩道："失路之人，得黄大相公加恩留入门内，已是万幸，何敢更劳尊驾慰问。不知尊驾贵姓大名?"

鲁良道："咱山东鲁良，承黄府主人相留在此，权管些事务，也是异乡做客的人。"

二人拜道："曾听得府里人说，此间有鲁教师，一等英雄，原来就是足下。"

鲁良道："岂敢，在下便是。不敢拜问二位贵府姓氏，由何而来，将投何处?"

那年纪略长、面庞消瘦的一个道："小人复姓尉迟，单名松，福建福州人氏。"指那年轻的道，"这位兄弟姓段，名大壮，四川重庆府人氏。俺兄弟二人自江南游行到此，将去北京投靠，因不服水土，在路害病，完了盘缠，没奈何只得一路行乞为生。今承黄大相公留得家来，多得教师如此管待，俺兄弟生死感激不尽。"

鲁良道："二位休如此说，咱的东家黄大相公慷慨好义，远近知名，但有江湖上人路过，前来投靠，无不周济。咱是个粗鲁汉子，一不会花言巧语，二不会假意殷勤，三不会装作慈悲，有话在心，要说便说，说了便休，从来不诈不欺，只有一心一意，二位休得见怪。咱看二位也不是等闲的人，不知在哪里吃了亏? 若有难处，尽管相告，用得咱时，便与你去。

大丈夫便当以扶困削强为事，二位看咱是个欺人的吗？"

尉迟松、段大壮忙拜道："教师端的是爽快，俺兄弟枉自走南奔北，不曾遇得一个识货的，承教师下问，不敢不以实告。"

说话间，把眼睃着门子，欲言不言。鲁良会意，吩咐门子出去，把门闩上了。大家相让坐下。

鲁良道："二位有话，但说何妨？"

二人道："不敢相瞒，俺兄弟犯了该死之罪，逃在江湖上，如今官府正在行文缉捕。俺们在福建浙江境内兀自犯了事，再住不得了，以此欲投秦晋之地暂避风声，实非投京。正不知吉凶如何。"

鲁良道："既然二位有此干碍，方才所说，果是真名姓吗？"

二人道："一路行来，多系改名换姓，适见教师与黄大相公如此相待，不敢隐瞒，原系真名实姓。想此间尚无文书到来。"

鲁良道："不知二位犯的何事，却这般吃紧？"

尉迟松道："教师有所未知，如今世上正直无私、好行仁义的便是一个黄教，那祖师却是前朝遗臣，俺们都是教徒。前在四川闹了一场，后由闽、浙过来，被官司严禁得厉害，不能下手。众兄弟尽皆失散，俺二人一路行乞到此，虽有关津盘问，尚未勘探出破绽。不瞒教师说，俺兄弟早已剪去了发辫，现今戴的只是个假的，有此一件，投奔甚是不易，只得向晚投良善人家宿歇。素知黄大相公仗义疏财，夜来原图在门外一宿，破晓即行，不想被大相公撞见，多承留得家来，又感教师存问，以此不敢隐瞒，倾情相告。伏望教师慈悲，指引去路。"

鲁良道："原来如此，你二位好生大意，适才门子来说，见二位没了发辫，以此东家心疑，叫咱前来体问。虽承二位心腹相告，只是这府中人杂口多，还须小心将意，州城中不少衙吏杂役，倘有失着，不是要处。"

二人道："深谢厚意，天幸今日遇了教师，合是俺们生路未绝。"

鲁良道："二位休得恁地说，待咱告明了主人，却再理会。"

鲁良又略问一番，不敢多缠，便道："二位远来辛苦，趁早歇息，明儿再说。"

鲁良辞出，吩咐门子好生看觑二人，入内告知黄燕臣。

黄燕臣听说，大惊道："四川的教匪闹得非同小可，闽、浙两省境内有人偷剪发辫，亦是他们所为。我前在袁府里见邸报，有圣旨严饬闽、浙督抚严拿教徒，这里敢怕也有公文到来。虽然州官与我相熟，此是大逆不道的勾当，倘被查出，如何是好？"

　　鲁良道："这二人品性坦白，看来不是奸邪的，既然投来这里，合该指与生路。"

　　黄燕臣道："何尝不是这话？若是犯案轻了的，我便留在家中，过一年半载也何妨？今是闹乱的教徒，势难留他。不是我见死不救，明儿请教师付发他两人盘缠，叫速离州城为是。"

　　鲁良见黄燕臣惧怕惹祸，也不再言，当夜无话。

　　次日，黄燕臣起来，命宣空取出五十两白银，正待发付二人远去，只见门子入来报道："清早州衙做公的在街上访查，说有江南教匪逃来城中躲避，有人瞧见。现在正到处搜查，四城门都闭了。"

　　黄燕臣听说，大吃一惊，自肚里想道："我正待打发他们去，却值这个当儿，分明只是送死。救人须救彻，既来到我家，只得等平静了，护卫他们出险。"黄燕臣肚里踌躇，与门子道："好生看持门户，休得放歹人入来。这是公事勾当，不可大意。"

　　门子应声退出，黄燕臣慌忙来与鲁良商量。

　　鲁良道："怎地说时，须早提防，且叫他两人至书斋，只说是咱的朋友，咱把言语嘱咐了，倘有做公的来，亦好对付。"

　　黄燕臣道："正合我意，教师速去理会。"

　　鲁良立即起身，至门房内，引了尉迟松、段大壮二人直入书斋，告明意思。二人扑翻身便拜。

　　鲁良忙道："休要如此，快与你换了衣服，把名姓改了，只说来这里访友，外面自有黄大相公担待，不可惊慌失次。"

　　二人诺诺应声，鲁良取出自己衣服，与二人换上，又教了一番话，即在书斋内下棋消遣，笑说闲话，装作没事人一般。外面黄燕臣自在厅上闲坐，频频使人至市上打听消息。不一会儿，听得门外人声嘈杂，黄燕臣踱出门来一看，早见州衙里做公的火杂杂地过来，已到自家门前。黄燕臣背叉手站着，问做什么。那做公的见是黄燕臣，忙上前施礼，堆下笑脸道："大相公有所未知，昨夜本州相公知有匪徒匿迹城中，欲待行劫，因此谕令小人们在城内搜索。一面盘查过往行人，见有形迹可疑的，扣留审讯。市上有些小户人家都查过了，城门口也把守有人，查系居户，方准放行。"

黄燕臣道："直这般严谨，不知是什么匪徒？"

做公的道："便是有一班教匪，自江浙窜来本省，本州衙门早接了公文，只在密捕。"

黄燕臣道："原来如此，既是公事，你们也去我家中搜一搜。"

那做公的听说，都笑将起来。

欲知公差如何言语，且听二十四回分解。

当乾隆中叶，文字之狱兴，酷吏之威炽，借端于教匪之故，而扰民于宵旰者，不一而足。此处叙尉迟松、段大壮方入州城，而缉捕者相继于后，亦见当时法网之密也。

为富不仁，为仁不富，黄燕臣以富裕甲一州，而见溺如己溺，客来不速，辄留之门内，予以酒食；闻之为教匪，复欲赠金以遗之；而鉴于捕者之立至，又从而保护之。今世尚复有其人乎？此鲁良之所以不忍去也。

祸起萧墙，变生肘腋，皆言黄燕臣不当有是祸，所谓虽在缧绁，非其罪也，下文自明。

161

第二十四回

应凤春贪色背恩主
鲁教师被累陷州牢

话说州衙做公的听黄燕臣说，笑道："大相公说笑话哩。小的们虽是愚蠢，别说大相公府里，便是差不多人家也不见得收留这该死的罪犯，要么就是那些没廉耻的贫汉贪了眼前的财物，留着这些贼男女，也是有的。小人们几年公事下来，这一点进出难道不知？"

黄燕臣笑道："端的老公事人有见识的话。"

那做公的一面与黄燕臣攀谈，一面早向前搜索去了。黄燕臣见公差既不入来，生怕有人多口，依旧在门前踱了一会儿，看看天色阴晦，风势更大，虽不见雨雪，倒比昨日寒冷。黄府上下用人见黄燕臣站在大门口，都不敢出来，贴邻左右见了做公的过来，都吓得往里跑了。

黄燕臣待看公差去远，方慢慢回入厅来，径至书斋，见鲁良与尉迟松下棋未了，段大壮在旁，即起立相迎，收了棋局，让座罢。黄燕臣略谈数语，鲁良等三人心内明白，知已无事。尉迟松、段大壮感激自不必说，大家说些闲话。

尉迟松道："俺兄弟末路无投，得大相公如此收留，且不说感恩的话，但恐日久山高水低，累了尊府，不是耍处。望大相公与俺们打听，待路上略平静了，便好起身。"

黄燕臣听说，以目视尉迟松，叫勿多言，一面与鲁良道："教师请二位多住几天，也领去逛逛州城内风景，休要客气。"

鲁良笑道："便是他二位远路辛苦，略歇数日，自引去山乡鸡鸣山霸

162

王庄游玩。"

黄燕臣又道："教师深知我心，远客虽要什么，尽管取给，老朽一应照办。"

尉迟松、段大壮见二人如此说，一连道谢，也不敢明言。黄燕臣说罢，相别自去了。

鲁良与二人道："你二位只管放心住下，东家是最明白的，如有风惊草动，自去理会。"

二人道："端的难得，生死感激不尽。"

三人正在诉说各事，谁知书斋内值事的应凤春都听得明白，心想道："原来这两个泼贼犯了该死之罪，逃来这里躲避的。眼见得换了衣衫，新近认作了朋友，头上没了发辫，便是老大的赃证。外面捉拿教匪，这厮们却安稳住在府里。如今俺主人大小事务都听了这个姓鲁的安排，连犯人留在家里也这般款待。前日子把新院子归并来老宅，分明是这厮撺掇出来的。现有着天大的官司，且叫这厮吃我一跌。"

应凤春心内念念不忘的只在宣氏，被黄燕臣派在书斋，受鲁良的督率，怀恨不止一日。今见留得二人，如此情景，便起了不良之心。当日抽空时候，悄悄地来找宣空，约至僻静处，说道："宣二爷知道近日府里的新闻吗？"

宣空听了一呆，忙问什么。应凤春道："难道你在大厅上值事，反而不知？你看教师爷两个贵客是做甚的？"

宣空当初也听得门子说，这两人是被风雪所阻，求在站外只一宿，后来黄燕臣命留至门房内，过后鲁良又延入书斋，方听说是教师的朋友。宣空正是肚里猜疑，不知端的，今听得说，便道："这两人来得好作怪，正要问你，可曾知道做什么的？"

应凤春一把拉住宣空，去耳边低低说了备细。

宣空大惊道："怪道老爷清早出至大门口，一径踱来踱去，站在风端里，与那些做公的打话，原来只是为这厮们做窝藏。鲁良那厮好大胆，这是犯该死之罪的囚徒，留得家来，不只是害一人，却要害全家。"

应凤春道："可不是！一经查出，你我都有干碍。"

宣空道："咱们本在新院子，一家子过得很好，便是这厮撺掇老爷并了一处。如今老爷倒是信他，什么事先都与他商量了，把咱们至亲反疏远了。像这样作乱的教匪也留了进来，偏有咱们老爷却信他。这厮一日不除，不但是你我没出头的日子，恐防黄家一门也要断送在他手里。小哥想个什么法子，趁当儿把他除了才好。"

应凤春冷笑道："二爷，你又来了，我说你嘴硬骨头酥，做不得事来，像这样的事，还待商量吗？眼见得官府捉拿这厮们十分吃紧，咱们也不想领赏，只把实情去当官一报就得了，还怕鲁良那厮拳脚再厉害，也挣扎不过了，商量些什么？"

宣空道："是便是了，只怕这一来，累了咱们老爷不干净。先不是他留人来的吗？"

应凤春道："二爷，你真真是丈八的蜡台，照见了人，照不了自己。如今咱们老爷上了年纪，大少爷已懂得家务了，若待大少爷娶了亲事，大少奶奶进来，你到底是个小舅子，还由得你做主吗？且如现在姨太太正当其时，你还是派在大厅上管杂务，不怕你老恼的话，比先老管家在日，还比你威风些。日后年不如年，姨太太又没生养，做不了主，老爷有的是钱，任凭哪里去娶一个，你也不过与咱一样。更兼大少爷为人着实比老爷厉害，学得一手好武艺，又有鲁良那厮在内撺弄，早晚老爷放倒，你只好走路。还不趁早为计，就这时有了把柄，当官一告，那官府也不见得定委屈老爷，终究鲁良那厮是再安身不得了。将来还不是姨太太与二爷做主吗？"

宣空听说，沉思半晌，说道："应小哥，你的话原是，只是怎样地告发方好？"

应凤春道："若要富，走险路。你若舍得出，我自然帮忙。咱们两个就去出首，用不着多人。"

宣空道："且住，待我与妹子商量一下，再做理会。"

应凤春道："要做要快，不需三心两意，这是有利无害的勾当，姨太太自必情愿。"

宣空更不打话，借着由儿入内，与宣氏密商。这婆娘近来正是无计奈何，听得是应凤春的主意，打算除去鲁良，便一口称善。宣空大喜，出来与应凤春商议。二人早起，乘众不备，闪出门外，一溜烟奔至州衙告密。正值信阳州知州毛文蔚才坐早衙，即命传入。

宣空、应凤春当厅跪下，禀道："小人在黄燕臣家中值事，前日有教匪两人投来府中，依靠教师鲁良，现在书斋躲藏，与鲁良结义为兄弟，渐图不轨。小人等深恐祸及于身，不敢隐瞒，以此投告。"

毛文蔚听说罢，想道："黄燕臣是本州巨富，如何敢收留教匪在家？他与本府太尊多有来往，却不可轻易下手。"

毛文蔚喝道："你两个敢是有甚怨仇，陷害善良，如有诬告，律当反坐！"

应凤春禀道："小的眼见之事，怎敢攀诬恩主家教师？现有主据，那两人都剪去发辫，分明是教匪余党无疑。如有诬告，甘愿坐罪。"

毛文蔚据情，知关乱党大案，不敢怠慢，立即发下捕差，率众多公役土兵等前往黄燕臣家中捉拿，一面将宣空、应凤春二人收禁，听候质讯。

当下捕差等奉州官钧旨，出得衙门。差头与众人道："黄大相公是本城有名富绅，向日也着实接济穷汉，颇有义气，又且与本府相公来往。今日这项公事，大家要振作在意，不可走漏了那犯人，不可顶撞了黄大相公，方为妥当。"

众人都点头听命，急急行来，早来到黄府门前。差头命土兵把守前后门，自己带了多人，不待打话，一直冲门而入，径至书斋。门子阻挡不住，慌忙报知黄燕臣。黄燕臣闻变，立即赶至书斋，那差头率众多做公的早围住了鲁良、尉迟松、段大壮、黄焕四人，却待下手。

黄燕臣叫道："不得无礼，但有公事，尽请公办。"

差头见黄燕臣过来，忙赔笑道："大相公有所未知，尊府宣二爷与应凤春两人在本州衙门告发，供教师鲁良收留教匪二名在内躲藏。本州相公只得着小人们前来，请大相公息怒，好歹看觑小人，请三位去州衙里走一遭。"

黄燕臣听说是宣空、应凤春所为，不由切齿大怒道："畜生！如此忘恩负义，胆敢诬陷我家教师！"

鲁良见事不济，多言无益，生恐累了黄燕臣，忙道："咱留下这两人，东家前后不知情，今既有人捏告，咱们便去也罢。"

尉迟松、段大壮见鲁良如此说，本是自家的事，今累了鲁良与黄燕臣一家，心内万分不安，却是毫无惧色，一口只认是二人的事，不关别人，情愿自去服罪。差头听说，方才放心，丢个眼色与众人，欲待上刑具。

鲁良喝道："住手！大丈夫言出如山，要去便去，休得胡闹。若不讲礼时，凭你威令赫赫，便来千军万马，踏灭了州城，咱若不愿，休想去一个，别说你这般的鸟人！"差头诺诺应声。

鲁良与尉迟松、段大壮道："是咱留了你们，今日反害了二位。二位只得看东家面上，且去州衙，再做理会。"

二人道："俺们犯下的事，不关教师。大丈夫一身做事一身当。"

黄燕臣道："教师与二位受此冤屈，老朽倾家荡产，当为鸣冤，好生保养。"

鲁良作别，打先便走，二人跟来。差头率众人押在后面，至大门外，合了土兵，蜂拥回衙。

差头入报道："小人奉相公钧旨，前去黄燕臣家中捉拿匪犯，已拿得鲁良、尉迟松、段大壮三名到衙。黄燕臣卧病在家，实属前后不知情，相公钧旨，随传随到。"

毛文蔚听说罢，命将鲁良等三人带进来，取具口供。三人据实供状，并无掩饰，又命提出宣空、应凤春二人当厅对质，都认明了。

应凤春道："尚有主人黄燕臣是当初留犯人到家的，因何不到公堂？"

毛文蔚喝道："你是黄燕臣的奴才，如何敢发此言？他到不到，与你何干？本官自有权衡。便是黄燕臣留得过路远客至家，也是他一片好心，难道便知是犯案的教匪？你胆敢在本官跟前乱出此言，是何居心？"

应凤春忙磕头谢罪。

鲁良道："相公在上，这应凤春迭次欺主，小人在黄府中因督率过严，致遭诬陷，伏望相公申冤。"

毛文蔚道："你既知尉迟松、段大壮二人是在逃教匪，犯了该死之罪，何故不出首告发，留在书馆，认作朋友，亦自有应得之罪，尚有何说？"

毛文蔚谕罢，着将鲁良、尉迟松、段大壮并宣空、应凤春五人都收禁在牢，一面申详汝宁府，请示办理，不在话下。

且说黄燕臣当日经变以后，见鲁良等三人都被捉去，知此案所关重大，不敢怠慢，立即命驾，星夜起行，遄往汝宁府。于路无话，到得府衙，投谒本府门吏接入，本府太尊马廷桂在阶相迎，延至花厅坐下，略叙寒暄。黄燕臣诉说原委。

马廷桂大惊道："这是大逆不道的教匪，朝廷现有明旨，着地方官一体捉拿。尉迟松、段大壮二人既系剪去发辫，显有形迹，若遵谕旨，律应凌迟处死，从者腰斩。收留在家匿不报官者，一律治罪。今燕翁事先不报州县，又系尊府教师鲁良留在书馆，万一口供不好，如之奈何？"

黄燕臣道："治弟愚呆，实不知情。寒家教师鲁良为人朴忠，最喜扶弱，也为治弟收留他二人在家，因在书斋盘桓，揆情度理，皆缘善念而起。伏望太尊略迹原心，周全到底，万幸万幸！"

马廷桂道："尔我至交，岂有不知？况且燕翁在就地行善施德，不止一年，这也是发于恻隐之心，偶遭无妄之灾，本不为过。但王法森严，律有专条，一经蔓延，祸不可测。下官当调阅原卷，一力补救，只要上宪无可指驳，无不遵命办理。"

黄燕臣再三拜托，马廷桂口虽应允，心内不免着急。当下黄燕臣辞别回家，着人去州衙内请托，买上嘱下，自刑幕老夫子起，至牢狱小卒，皆有点恋，不止一笔。天下只有金银可以延命，况这黄大相公是有名的富绅，人人视为财库之门，岂有不顺水推舟？又恐与上司多有来往，一朝得手，来力无量，谁敢撤他？以此鲁良等三人在监，毫不受私刑之苦，一般如在家中，坐吃酒饭，夜来亦安顿有好睡处。只是身上钉了刑具，白日里要瞒人耳目，自然免不了累苦。

且说宣空、应凤春在监，因无人与他打点，牢子禁卒喝骂不已，日夜煎熬得紧。宣空叫苦连天，一直埋怨应凤春，不合做出这等事来，如今害了自家吃苦。

应凤春也有悔心，生怕黄燕臣使了钱，叫牢子下了毒手，性命送在牢里，心内不免着急，嘴里说道："宣二爷你别要焦急，咱们又不是诬告他

167

的，证据确凿，这厮们都已招供了，有什么不了之事？"

宣空道："你只是说你的，既然咱们不诬告，为甚要押在大牢里？说不得老爷与本府本州相公厮熟，把咱们陷死在这里，如何得了？都是你一作弄出来，倒不是吃了砒霜毒大虫，自己先不中用了？"

应凤春道："二爷休如此说，日后二爷与姨太太当了家，黄府偌大的家私只在二爷手中，那时如心合意，别说是应凤春害了呢！早先不是与你说了吗？若要富，走险路。世上哪有现成得了官诰坐享清福的？皇帝也要担三分烽燹，做人只在自己做哩。咱有甚好处见来？"

宣空见应凤春嚼白，一连翻着眼珠，摇头叹气。正说话间，旁边一个囚犯仰起身来问道："你们为的什么？"

二人回头看时，吃了一惊。

不知那囚犯是何人，且听二十五回分解。

　　黄燕臣以一念之善，而致变生不测，天下宁有是理乎？宣空以淫仆之怂恿，而致出首以陷主人，此岂有此忍人乎？然而事变之来，乃竟如此，可知为善纂难，而为恶之易也。

　　鲁良等三人在狱，与宣、应二人不同，其不同者，非关是非也，盖有赖于金银也。宣、应之被押，与黄燕臣之免于逮捕，皆为其巨室之故，人生于此，而虽以贫困之身以行直道者，岂不难哉？

第二十五回

薛保宗索债偿命
王小明入狱逞威

话说宣空与应凤春正埋怨间，见旁边一个囚犯开言相问。二人回头一看，见那囚犯面如锅底，鼻似鹰嘴，头上发长盈寸，颊边须髭列戟，圆睁虎眼，倒竖浓眉，二人不觉吃了一吓。

应凤春见他问讯，礼无不答，便道："咱们为了匪徒匿在家中，来此报官，不料这赃官倒把咱二人扣留起来，以此焦灼。"

那犯人道："没有这个话，你们别要诬告了良民，吃了反坐，也未可知。"

应凤春冷笑道："分明是教匪，头上发辫都没了，赃证实在，哪有诬告之理？"

那犯人道："可曾把那教匪放了呢？"

应凤春道："也不然，那教匪一口招供了，早已禁在死囚牢里。"

那犯人道："你做梦哩，这不是死囚牢？却不曾见，还有什么所在？"

应凤春道："当初也收禁在这里，后来听说他们三个使了钱，调到病房里去了。"

那犯人笑将起来，说道："你这话好不明白，到底为的何事？你且说与咱听。"指宣空道，"你们不是一家吗？"

宣空见问，正是冤气无出处，叹息道："我姓宣，他姓应，都在黄府里值事。有一天，黄府里来了两个花子，咱们老爷就收留在家，次日请入书斋，与府里教师相见了，认作朋友。谁知那两个花子便是教匪。"

那犯人道："且住，你说的黄府，是哪一家？"

宣空道："说起这家，远近闻名，便是黄燕臣黄大相公家。"

那犯人道："哎呀，原是他家！听说他家有一个教师，姓鲁名良，此人在也不在？"

宣空道："还有谁，说的便是他呢！"

那犯人吃惊道："你们把他也攀作教匪了吗？"

宣空道："也不是咱们攀他，官司未捉捕时，自有他做主，逃不得了。"

那犯人骂道："该死的奴才，这鲁良是个正直无私、慷慨好义的英雄，江湖上多闻他的好名声，你这厮们为什么把他告作了教匪？"

应凤春听这犯人与鲁良是一路的，有话难说，便道："汉子你不知，不是咱们诬攀他，做公的把他带来一起，也是他自投罗网，怎怪得咱们来？"

那犯人道："依你说，你们两个都在黄府做事，那教匪无端逃来黄府，与你们无冤无仇，做什么出首告他？却不是陷害鲁良？不然，就是害了你的东家。你这厮不是好人！"

应凤春道："尉迟松、段大壮两个匪头逃在书斋里躲了，官府正捉拿得紧，不出首告发时，也是祸及于己。"

那犯人道："呸！谅你这厮是个奴才，天大的祸祟，自有黄燕臣担待，与你什么相干？分明是撩拨陷人！方才听得你们说什么二爷与姨太太可以如心合意，还不是谋财害命吗？"

宣空、应凤春听了，半晌没得言语。

二人私议道："这厮面貌好凶险，不知是犯的什么，且问他一问，敢怕是与教匪一类，也未可知。"

应凤春问道："汉子贵姓大名？因何也在这里？"

那犯人道："我么，有名有姓，告知你们，也不见知道。老爷王小明的便是。"

二人听了，只有唯唯诺诺，各自肚里寻思："这厮言语这般托大，正不知是做什么的。"

170

旁边众囚徒见他三人说话，都努嘴丢眼色，不敢插口，一似害怕了的。二人摸不着头脑，却待动问，只见牢头打从栅子外过，大家都不作声了。

看官听说，这王小明便是前回书中所说王十军之子，自冒名王鹏，闪入扬州钱氏家中，杀了钱鸿昭以后，一向逃在江湖上。当初他父亲王十军因被钱鸿昭贿串禁卒，瘐死狱中，他娘记下此仇，日常点教儿子武艺，必图报复。辗转寻查，却在扬州，一夕相逢，戳死钱鸿昭，连夜越墙而走。彼时他娘已死，无人知晓此事，他便扮作行贩，一路浪游糊口。后来回至原籍武胜关居住，与人帮闲打杂为生，因他气力非凡，做事勤速，人都爱他。

忽一日，有邻村财主薛保宗为他习有武艺，言语硬直，差去信阳州城中索讨旧债。那欠债的人姓陆名丰，本是一个世家子弟，近来家道破落，专与城中泼皮为伍。每日只去三瓦两舍打诨取笑，吃喝嫖赌，无件不会，再不想在正务上计较。但有钱来，随手便尽，一到拮据，吓骗都来，也曾入帮结党，兼营私商，人都怕他，绰号唤作草包棺材，为他里面只是一团烂尸，谁也近身不得。此人品貌却生得不恶，衣服也极华丽，一眼看去，不是贵官公子，便也富家少爷，开出口来也有三分斯文，只是极不成材。浑家马氏也是一流人物，颇有几分姿色，每日打扮得似花鹁鸽一般，站门立户，轻言低笑，专道听人家琐事，谁家婆媳相争，谁家姑嫂不睦，谁在谁家媳妇房中喝酒，谁的媳妇儿与谁有不干净的事，经她说来，滋滋有味，独似老秀才念四书五经，早已烂熟，任凭家中桌椅翻天，猫狗上灶，她都不管。来往只是些在帮闲汉的婆娘们，无非说些男女苟合之事，端的是难夫难妻。

无独有偶，这样的夫妻两口儿，如何与他讲得理来？比先陆家与薛氏原是世交，陆丰父亲在日，与薛保宗时通有无，按次清偿。自陆父一死，陆丰放荡不羁，或推说营买卖做本，或托言别有正用，迭问薛保宗告贷，不止一次，本利分文无着。薛保宗初时还信他，后一闻知入帮打流，心中一气，派人催讨。这陆丰被逼紧了，便口出恶言，反纠了泼皮，把那来使辱骂一顿。使者回报，薛保宗大怒，虽待送官追究，苦无凭据，虽使人与他理论，叵耐就地泼皮众多，向以打劫为生，无理可讲，因此上辗转寻思，想出这王小明来，倒是个服软不服硬的。遮莫收不了旧欠，也出这口恶气，特叫王小明前去坐索。

当日王小明领命，来至信阳州城中，问得陆丰家，入内看时，只见一座破旧大宅院，两边住的好多小户人家，老小都在檐前做生活。王小明向前问陆丰所在，有婆子指点道："一径往里，靠左一排屋子便是陆大嫂子住处。"

王小明依言，走径穿堂，向左行未数步，只见一个年轻女娘，花绰绰地立在门前，一问，原来是陆丰妻子马氏。却值陆丰往外赌去了，马氏见王小明面貌凶恶，来得慌张，吓得呆了半晌，不敢作声。

王小明道："你既是陆丰的老婆时，叫你丈夫出来，俺有话说。"

马氏回道："丈夫出门去了，客官从何而来，有什么言语吩咐，只顾直说不妨。"

王小明道："你的丈夫不在家，也速速叫来，你妇人家懂得什么？俺便是武胜关前村薛大官人差来，有话面说。"

马氏听说是薛家来人，肚里明白了，故意失惊道："哎哟，客官来得不巧，丈夫前日子出门去了，一时间不得回来，怠慢客官。奴家是女流，单身住此，不敢相留。"

王小明早在邻近道听得陆丰不曾远出，分明是把话来推搪。

王小明道："你休说，陆丰自在邻近赌钱，但去叫，我只在你家暂等。既然来了，再不空回。"说着，跨入门内坐了。

马氏紫涨面皮，念道："也不曾见这样的人，直这般没羞耻。"一边说，一边闪出门外去了。

半日，只见陆丰提了包裹回来，在门外叫声娘子，跨入门来。一见王小明，喝道："你是什么样人，却在这里坐地？我家娘子在哪里？"

说着，放下包裹，一似出门许久，方才回家模样。嘴里不住地问娘子在哪里，大声小气地向外乱叫。王小明看了只是好笑。陆丰正闹间，只见两个汉子陪同马氏来了。

陆丰大骂道："你这泼妇去哪里？我出门老远回来，路上好辛苦，却不见你的踪影，家里招了贼了，也是不管！那坐的是什么人？你做的什么事？"

马氏哭道："丈夫出门以后，奴家一向不出去，今日来了这个汉子，先来问你，我说你出门去了，要过几日回来，我是女流不便相留。哪知这厮不怀好意，听说你不在家，兀自入来坐了。奴家无奈，只得去张四叔叔家躲避，邀得张家两位叔叔来家，正待与这厮讲话，不想你已回来了，原不知丈夫回来得早。"

陆丰听说，更不打话，指着王小明道："这厮贼头贼脑，一脸凶相，不是好人。你既知我不在家，偏生闯入家来，胆敢调戏我的妇人！"叫一声，"张兄弟，与我拖出去！"

那两个汉子赶来，却要动手，王小明托地立起身，叫道："陆丰，你休得做作无赖，把这圈套来陷我。我是薛大官人差来，问你要钱的，你这厮自在邻近赌钱，却叫老婆回我出去。如今见我不走，做出这把戏来消遣我。老实对你说，老爷既然来了，不怕你再刁钻，也要见分明。"

陆丰喝道："这厮胡言乱语，说些什么？眼见得做贼心虚，说什么要钱赌钱，谁欠你的钱来？敢来调戏良家妇女，好大胆的泼贼！"

王小明怒道："陆丰，你当真要做出来，休说你这老婆妖头怪脑的娼妇一般的东西，值什么调戏！你的老婆自去赌场里找你，我在你家坐了，你却陷人做贼，问你短少的什么？你若软意求我，也让你三分。如今这样地诈人，却想赖债，老爷若怕你奸诈时，也不来了。既然来到，只问你要钱，你自忖量，休要泰山头上动土。"

陆丰大怒道："这厮口出乱言，不给他厉害，不知高低。张家兄弟，与我打翻了便休！"

陆丰说着，与那两汉都赶来揪王小明。王小明大怒，拔出拳头，趁手一拳，正打着陆丰左眼。手势重了，那眼珠兀地跳出窝外，鲜血淋漓，再也收不入去，陆丰登时晕倒在地。两个汉子见这等模样，逃命不迭，飞一般地去了。马氏俯身大哭，连叫救命，一面拦住王小明，死不放行。闹动了全院子的住户，都拢来看觑，渐见陆丰醒了过来。那两个汉子却去外面纠了众泼皮，围住王小明，告到州衙。马氏命人扛了陆丰验伤。州官审问两造言语，验得伤势甚重，即将王小明收禁在牢，命马氏扶回丈夫，自去医治。众泼皮邻舍做见证的，各自退回。薛保宗闻知大惊，当下使人至州城探询，欲与王小明周旋出狱。哪知陆丰受创以后，转了症候，医治无效，不上十日，呜呼哀哉，一命归阴。于是马氏率众泼皮大哭大闹，直至武胜关前村薛保宗家中捣毁，一面投状告发薛保宗有意唆使王小明前来杀害。众泼皮见有利可图，谁不兴高采烈，联名具告，言同一词。吓得薛保宗不敢在家居住，暗地派了亲信人上下使钱，买通众泼皮，贿串吏役，方把一身火捱熄了。所有陆丰身后之事，并马氏抚养之费，都归薛保宗承担。

马氏见众人都散开了，衙门里人又劝她了结，既得了恤金，看看也无可奈何，只得怨丈夫命里所遭，也不去告了。当时将陆丰收殓安葬，不免请僧道超度，也守了满七，渐次心神平复。无奈寡居难堪，也就忘了故夫，结了新知，不待终丧，自行改嫁了。

唯这王小明，失手伤人，罪无可道，不死不活囚在大牢里。那薛保宗讨债无着，险些犯了人命，上下花费的钱不知其数，兀自唉声叹气，未免怨恨王小明太自莽撞，凭他陷在牢里，也不问了。王小明无端吃这官司，无亲无友，送牢饭也没人，一肚子闷气无出处，每日只在牢里寻闹。牢头几次把死刑做他，却禁他不得，那力气比水牛般大小，动不动把牢里栅子扳断了，镣铐都掼了在地。牢头吓得魂不附体，只得把话软告他。

王小明见牢头软了，说道："我肚子饿得很，好久没了酒食吃，你快去买来与我吃，日后我出牢时，也要谢你。你若不肯，我便逃了去，把这里的犯人都放了，却叫你坐一辈子的牢。"

牢头道："我的爷，你自说自话，我们在这儿做牢子的，哪有钱买酒食吃？自家也没好酒好饭吃，哪有钱买与你吃？"

王小明道："你不肯，好了，停刻叫你便见分晓。"

王小明就在牢内闹动起来，叫那一伙子犯人都闹，不肯的便打，却似疯狗一般，着地滚将起来，闹得满牢没入脚处。牢头哪里喝得住，虽待禀报，恐自家职司有关，只得许了他的酒食，把别的囚犯身上刮下来的钱孝敬他。每日倒要三顿，不如意时，便发作了；吃得饱时，与众囚犯说笑话。见了穷苦的，也分与他吃。以此众囚犯都服他，只要他一句话，一点声息也没了，却比牢头还怕。

当时王小明见宣、应二人私下埋怨，听得分明，情知他两个是不怀好意的，又探悉是有鲁良在内，益发气愤，因此将言语抢白。二人哪里服气？

应凤春便道："你这位阿哥，敢是好人，为什么也在这里？"

王小明道："老爷杀人放火，一等本领，好人不好人，你休管！"

应凤春冷笑道："原来也只是一个囚犯。"

王小明听了大怒，却点头道："你过来，我与你说。"

应凤春道："说什么？"

王小明道："你走近来。"

众囚犯也低声催道："叫你过去，怎不去？"

应凤春不知是计，依言坐将过来。王小明不声不响，凑在手边，猛把应凤春脑袋往下只一揿，勒在地上。应凤春杀猪也似叫将起来。外面当值牢子闻变，忙赶过来喝住。

不知王小明如何发话，且听二十六回分解。

此回折入王小明正传，仍用虚写，只为叙其入狱之故耳。妙在胸中有鲁良，闻鲁良被陷，不觉恨应、宣之至也。

王小明与阮小五、孔元霸、郑通、鲁良等皆不同。其在陆家，被逼而后打，一打辄置人于死，其在狱中，闻宣、应这私语而不可耐，赚应凤春来近，而勒之于手下，皆有成竹在胸，故其杀钱鸿昭也，一去而不可获。

宣、应以告发人，被出于狱，由于州官以黄燕臣与本府多有来往一语，盖不敢贸然释放也，揆情度理，其罪亦不可逭。

第二十六回

时仲凡捏呈陷害词
毛文蔚审理教匪案

话说王小明一手揪住应凤春脑袋在地，碍了手铐，转不过臂膊，却把脚去应凤春身上踏住，骂道："你那厮，分明是个谋财害命的，敢在老爷面前说尖话，要你死不死、活不活！"说着，下力使个劲。

应凤春痛得被榨一般，拼命叫救。当值牢子大声吆喝，哪里喝得住，众囚犯都不敢拢来。

牢子道："反了，这厮又在放野火！"慌忙打开牢门，闪将入来，一面苦苦央求。

王小明方才释手道："你这厮认得老爷吗？"

凤春上气不接下气，急忙闪开。

牢子睁着两眼，怒视王小明，不敢明斥，只得转脸骂应凤春道："一辈子不出头的囚徒，到了这里，还是这般撒野，打不死的贱种，几时罢休？"

把应凤春横拖倒拽，踢在一边，嘴里骂着出去了。

王小明等牢子转背，拉住宣空道："你们为什么要陷害鲁良？你老实说来！"

宣空吓黄了脸，只得吞吞吐吐说将出来。

王小明指着斥道："你这厮们要害人家，反害自身，有一日申了冤枉，仔细你两个的脑袋！"

宣空暗暗叫苦不迭，自此为始，王小明每日只把宣、应二人来消遣。

二人受了凌辱，怎敢分辩。

那信阳州知州把案卷申详本府以后，因未得复文，不敢释放二人。黄燕臣又恨毒二人切齿，转托本州幕友，务必要他两个传审对质，外间又无人敢保，以此急切未得出狱。

不说二人在牢受苦，且说黄燕臣，自发生了这件事，闹得满城风雨，无人不知，街头巷尾尽都讲遍，早有人传到霸王庄。

时仲凡最先得知消息，问明情形，自肚里想道："老天有眼，恶得恶报。这老贼卖弄有财有势，前会子阮小五泼贼打闹了庙宇，纠了鲁良那伙贼男女横行无忌，这厮却去汝宁府跟前告了私状，把罗山县胡道初撤差，把我的儿子活活送了性命。如今鲁良收留了大逆不道的匪贼，偏是自家人出首告发起来，岂非天降的横祸？今日不报前仇，更待何日？"

时仲凡寻思一会儿，心中畅快不尽，叫过儿子培根，去黄燕臣亲戚家中，细细打听得实了，当日亲自走各乡，拜会了就地绅士说道："近日黄燕臣家中闹了大案，是奉旨缉拿的教匪，收留在家，此祸不小。据说官府猜疑各乡都有党羽，将次查缉我们，何不先去动了检举，以免后祸？"

那些绅士听了话，有的便道："他自犯法，与我们何干？我们来清去白，尽听官府来查是了。"

有的将信将疑，心中怀着鬼胎，被时仲凡反复说了利害，都信他先走一着为上。人到颠沛时，路狗亦相欺，十目所视，十手所指，没有一个说黄燕臣是好的，生恐惹祸，一发加上了许多坏话，正中时仲凡之计。于是时仲凡邀请众绅士，以请酒聚会为名，便议了一张检举，公同具名，说黄燕臣以一州富室，胆敢藏留大逆教匪，胸中阴蓄诡谋，不言可知，非严行查办，不足以遏乱萌。其家中出入江湖飞贼怪人甚多，自名为孟尝门下豪侠客，专以妄谈国事、暗探官吏行动为事，不知是何居心。府县畏其声势，不敢举发，叩请派员彻查云云。这稿底时仲凡早已拟好，不肯当先具名，倡言要举年长者为首。那一伙乡愿不知是公报私仇，居然依次都签具了姓名，缮了同样三纸，即日派遣干人，赍了文状进省，觅了门路，投抚藩臬三司衙门告发。

抚院收了来呈，见是信阳州管下四乡公禀，事关奉旨查缉案件，不敢轻视，即请藩臬司商议，立即下了札子，着汝宁府知府督率信阳州知州严行审讯，秉公查复。

抚札到日，知府马廷桂大惊，心内想道："我正在办理此案，欲想脱鲁良之罪，却是口供实了，无可转圜。今抚院来此密札，势必有人在省告发，连黄燕臣也难以安全了，如何是好？"沉思移时，不敢声张，连夜差了亲随至信阳州，密请黄燕臣来衙，到时延入后堂商议。黄燕臣见了密札，只叫得苦，半晌作声不得。

马廷桂道："事到如此，难以逃避，只得请燕翁到案，内中自有人挟嫌唆弄，你切不可说出当日亲自收留尉迟松、段大壮二人，都推在鲁良身上，须嘱咐家人，一般如此说话。下官调阅鲁良口供，也有极不妥之处。燕翁能着人去牢中关说最好，但说从前与尉迟松、段大壮相熟，别后多年，消息不通，实不知二人是否教匪。如此方可使鲁良轻松，再图设法搭救为是。"

黄燕臣道："深感太尊救命之恩，生死不忘。"

马廷桂道："尔我相知在心，闲言不提，你赶速回家，自去理会。我不敢留你，以后不可亲来，须避耳目要紧。"

黄燕臣诺诺应是，起身作别。回至家中，叫了门子随从人等，都把言语吩咐了。清早打发体己人去大牢里见了鲁良，暗地把口供教了，并叫通知尉迟松、段大壮二人，一般说话。又叫过儿子黄焕，嘱咐了一番。黄昏时候，只听得一片声喧，前门后户拥来多人，发声喊，早见州衙的差头带了众做公的闯将入来，嘴里说："休要走漏一个！"

原来那差头向昔曾得黄燕臣的好处，今来奉谕搜捕，故意大惊小怪，欲要黄燕臣避走。入至厅上，劈面只见黄燕臣踱将出来，差头暗暗叫苦，只得吩咐众人里外搜查。

黄燕臣道："何故夜来闯入我家，有何公事？"

差头道："奉本州相公钧旨，有抚院发落公文，本府太爷派了委员前来，彻查教匪余党，须请大相公亲自走一遭，不得有误。"一面说，一面丢眼色，意欲黄燕臣避去。

黄燕臣装作不见，说道："我有何罪，却如此大弄？前日我家教师鲁良交友不慎，自干罪戾，早已押去大牢收禁了。老夫前不知情，后不与问，与我何干？"

差头道："此是上宪之命，本州相公亦是奉谕遵办，务要到案，切切勿违。"一边喝叫众人："快快搜来！"

众公差胡乱去院子内走了一趟，回说："并无生人在内。"只要黄燕臣父子两口即去堂上对质。黄焕大怒。

黄燕臣喝住道："我家累世清白，抚心无愧，即遭冤折，但去何妨？"

当命家人备轿，父子两个与同众公差投向州衙来。黄府上下闹得似乱麻一般，个个惊慌。黄夫人选差人跟来打听消息，一面不住地在佛座前磕头礼拜，禳祈消灾。宣氏自事发之后，应凤春与哥哥宣空久被收禁不放，眼见又遭这般凶险，也不免心中懊悔，只望早日了结，得与应凤春见面。其余众人因素日黄燕臣、鲁良相待宽恕，无不怨天尤命，大骂瘟官。

当下差头带了黄氏父子入衙，禀明知州毛文蔚。毛文蔚据报，请来府委商议，立即坐堂会审，当厅点起橡烛。毛文蔚居中阶坐，府委左旁坐定，命大牢里提出鲁良、尉迟松、段大壮及宣空、应凤春五人，传黄燕臣、黄焕父子入来，分列两旁跪下。因黄燕臣捐有功名，站在左旁免跪。毛文蔚点看两造本身，依例问明年岁里居毕，着原告宣空、应凤春据实供上。

宣空在牢被王小明吓得不敢说话，言语支吾不清。只有应凤春滔滔不绝，说黄燕臣如何把二人留入家来，鲁良如何招接，次早公差查缉时候，如何把二人隐藏等情说了备细，意思是必要陷害黄燕臣私通教匪之罪。黄焕听了，火从心头起，恶向胆边生，大叫一声恶奴，欲待动手，黄燕臣连连喝住。

毛文蔚拍案大叱道："此是公堂，谁敢喧哗？"喝叫左右打嘴。

府委道："看他年轻，且恕一遭。"

应凤春见了，大得其意。

毛文蔚与黄燕臣道："你是一邑缙绅，怎敢无故收容匪类？当初风雪之下，他二人前来投靠，不知实情，纳在门房，情有可原。及本州派人查街，何故藏匿不报？足见你主心袒护匪人，甘当何罪？"

179

黄燕臣道："黄某年迈，近来不管家务。前因老管事死后，诸事托鲁良照管。这二人自来投寻鲁良，黄某前后均不知情。应凤春是我家奴才，前次因诱奸家中丫鬟，被我痛打一顿，有此之仇，唆动宣空捏告，望公祖明察。"

毛文蔚听说罢，喝问鲁良："你这厮，胆敢藏匿教匪，包庇乱党，所为何事？"

鲁良道："小人虽是个粗鲁的人，颇知礼义廉耻。他二人从前与小人相熟，一别十余年，不通音信。近日闻知小人在黄府勾当，他两个兀自投来相就。小人并不知什么叫作教匪，后来见二人没了发辫，次日又有做公的在街查访，他二人切嘱小人不可声张，那是朋友的义气，小人如何肯坏心肠？便是有千刀万剐之罪，小人只得担待，怎做得狼心狗肝，贪了自家功名，害杀朋友性命？皆是小人上下隐瞒，与黄东家毫不相干。求相公但治小人之罪，休害良民。这应凤春、宣空乃贪鄙无耻之徒，忘恩负义，诬陷主人，伏望相公明断，杀除凶恶，小人死而无怨。"

毛文蔚与府委听说，相向点头，再不问下，叫尉迟松、段大壮近前。

毛文蔚喝道："该死的乱贼，左道惑众，邪教欺人，更有余党在哪里，着实招供。"

二人道："我二人也是被逼从教，逃来这河南境界，听说鲁良在黄大相公家掌管事务，因此投奔，欲为良民。不料遭了如此一劫，死便死了，只是害了鲁教师，死不瞑目。他日变作厉鬼，必生吞了应凤春、宣空两贼，方泄心头之恨。你是州官，凭罪断罪，休得胡言，俺二人并无余党。"

毛文蔚大怒道："这厮犯了弥天大罪，胆敢胡说乱道，左右与我下力打这厮！"

两班值堂齐应一声，猛把二人拖翻，打得皮开肉绽。毛文蔚喝问余党在哪里。

二人道："你要问俺们的伙伴，都在四川省境内，有一万二千多人，请你都把他们拿来，方是正理。这里只有尉迟松、段大壮两个，又不是真教徒，只是个逃了无路想做良民的。你便早早把俺们杀了，好便升官，休得多言。"

毛文蔚益发气恼起来，仍令痛打。二人哪里肯供？毛文蔚转问黄焕。黄焕所供，一如父言。又传黄府家人门子来问了，皆与黄燕臣一般言语。毛文蔚反复审讯，经三五个时辰，方才退堂。

时已半夜，命将鲁良等三人及宣空、应凤春仍推入大牢收禁。黄燕臣父子暂行拘留交保。入来与本府委员商议，审得黄燕臣父子，原系失察，实不相干，即具公文，交由委员带呈本府，转详上宪，依次办理。一面黄燕臣、黄焕自行交保回家。

原来毛文蔚故意格外审慎，本府委员也一般郑重，其实都有回护黄氏父子处。那详文便照鲁良口供，把黄氏父子洗清了。自此一堂会审之后，黄燕臣安然无事。

时仲凡早已着人在州城打听，道是无事，心内踌躇道："这厮必然使了贿赂，如此大案，怎能逍遥法外？"时仲凡哪里肯休，暗中托人去省城觅了门路，一面纠合了四乡老绅士，结结实实又去抚院一告。那些老绅士有的嫉忌黄燕臣与本府本州官吏相亲，欲要拔除他，可以取而代之，有的想借此撩摸些利市，巴望黄燕臣来说情使钱，横竖是时仲凡做的主，落得随声附和，万一挣不了时，可以委为不知，因此这次公呈越发措辞厉害，暗将本府本州徇情屈断的意思插在里面。有道是危词耸听，这公呈一上，内中又有人在抚台跟前撺弄，可巧当时河南巡抚是个旗人，原系武职出身，不懂政务，一味仇视汉人，专以杀戮媚上为事。且缘那时候，乾隆帝大肆残忍，兴文字狱，戮尸灭族，屈杀大员，不知其数，与即位初年大不相同。臣下要想永保禄位，升官晋爵，少不得掀风作浪，力事诛求，显自己干才，迎合帝旨。

这河南巡抚便是个最会拨弄的，无事尚且要寻出事来，今见有如此大案，涉及川省作乱教匪，如何不严刻查办？倘然含糊了事，被邻省督抚章奏密报，便是有纵乱之罪，却不是坏了自家前程？若多杀几个小百姓，纵然冤枉，也不见得检举出来，于官方并无干碍。这是前朝做官的诀门，直到于今，无不如此。

当时抚院接得汝宁府申详文书，并时仲凡一行人的公呈，巡抚大怒，寻思："黄燕臣是富甲一省的人，其中必有贿串情形。"立即遴派候补道郝雍为正审官，督同汝宁府，将黄燕臣父子锁拿到府，并该犯鲁良等，严行复审，务获奸情，不得稍纵。郝雍奉令，趱程来至汝宁府衙门，知府马廷桂迎入正厅坐下，问知情由，大吃一惊，不敢怠慢，当即饬知信阳州，着拘获黄燕臣及子黄焕，并押解鲁良、应凤春等来府候审。

欲知黄燕臣父子性命如何，且听二十七回分解。

掀冤狱以图功名，千古吏治，为之一叹。黄燕臣之富而仁，竟遭此殃，可知当时政治之黑暗，无恶不备。

教匪案仅黑暗之一例耳，乾隆之世，如此者不知其数。其倒行逆施，草菅人命，思之怅然，令人犹盛称乾隆之治不止者，可见吏治愈下，而黑暗愈甚也。

非黑暗之世，时仲凡、应凤春辈安能逞其技乎？天欲与小人以作恶之机也，虽贤如马廷桂、毛文蔚，亦无如之何。

鲁良语掷地作金石声，其甘死也，为黄燕臣父子也，与前在罗山县公堂口供对看，可显见其居心矣。今世尚复有其人哉？

第二十七回

郝差官威势行府衙
王行健冤苦诉茶肆

话说汝宁府知府马廷桂奉抚院令，派遣公吏至信阳州，知州毛文蔚阅览文书，大吃一惊。没奈何只得发下捕差，立刻至黄府，将黄燕臣、黄焕拘获，上了刑具，拿至州衙。去大牢里提出鲁良、尉迟松、段大壮、宣空、应凤春五人，一同黄氏父子，当厅押下文书，交由公吏，带领土兵，押送至汝宁府衙门。

黄燕臣知系抚院的公事，虽有马廷桂斡旋，亦恐不济，心内愁思不定。一到府衙，即与鲁良等推入大牢，移时传审，只见上首坐的是抚院的差官郝雍，右首方是马廷桂。郝雍点名罢，一一问讫。黄燕臣、鲁良悉如前次供状。

郝雍对黄燕臣道："鲁良先是你家教师，现在掌管诸务，既留得教匪在书斋，岂有不告明之理？你这厮谎言欺饰下官。今看你年老，且恕用刑。"

原来黄燕臣捐有功名，这郝雍也只是候补道，如何便能用刑？

郝雍叫将黄焕来，喝道："鲁良是你的教师，你怎能装作不知？着实说来，免得吃苦！"

黄焕依父之言，叙说一遍，不改一字。郝雍大怒，喝令左右拖翻黄焕，打得鲜血直流。黄焕咬住牙齿，始终不发一言。郝雍更叫用刑。

马廷桂看了，心内好生气恼，明知郝雍来与自家作对，仗抚院威势，硬想审出破绽来。哪知黄焕硬了到底，打死也不言语。马廷桂只是冷笑，也不发一言。

鲁良、尉迟松、段大壮三人一把无明业火自脚底直透顶心，恨不得一口咬死那郝雍，只是碍着黄燕臣一家，生怕闹大，勉强按捺住，不敢发作。倒是黄燕臣站在旁边，神色不变。

郝雍见问不出什么来，也有些赧了，兀自骂道："好刁钻的小子，早晚要你见分晓！"

一面与马廷桂道："宣空、应凤春二人既是出首告发的，现在教匪都已审实，何故收禁在此？不如开释了。"

马廷桂道："大人高见极是，因这二人无家无室，只在黄某家中充奴才，本州又无人敢保他，日后倘要这两人时，只怕难觅处，以此暂押。且如大人此次奉命来此，早若是开释了，恐今日也不见到案。况据黄某说来，尚有隐情。大人欲将此二人开释，即请做主，卑职听办。"

郝雍听如此说，怎担得这烽燹，只得道："待卑职回明上宪，却再理会。"

当命将堂下七人尽数还押原处，就此退堂，却待再审，不在话下。

却说黄燕臣父子被捕下狱以后，人人嗟叹，州城里哪一处茶馆酒楼不讲遍？时仲凡早已得知，心内畅快，自不待言。霸王庄上人少不得也传说起来，阮小五在市上忽然听得说，黄大相公与大少爷，并家中请的教师都落了监了，初也不信，后来问了几处，有新近从州城里来的人也是一般说。阮小五大惊，慌忙告知时公宝。

时公宝道："作怪，黄大相公为人正直好善，绝不会犯事。便是鲁大哥喝醉了酒，有什么不是处，大相公与府尊素来相熟，也不至于如此，恐有误传。"

阮小五道："六爷，我打听得实了，哪一个不是这般说呢？难道个个会撒谎？"

时公宝道："哪有此理？俺不信。"

原来时公宝与阮小五自上次赴州城会了鲁良以后，回至家中，哪知时母之病忽又转剧，每日潮热不退，嘴里说些呓语。时公宝吓得昼夜不宁，到处请名医诊方撮药，上下照料，每日侍疾，寸步不离。近来病势虽瘥些，依旧寒热不净，饮食无味，时公宝哪里能够离身以此外间之事，绝不知道。

再那阮小五，一心要跟随时公宝北行，只等时母病愈，每日去时公宝家问候。哪知病势偃蹇至极，急得阮小五只是跌脚。向晚回家，兀自念道："要死便死得快，要活便活了，这般却不是与俺作对？"阮大兄弟连声喝住。阮小五唉声叹气，没奈何，只得静等，早已把包裹却打拴好了，专等时公宝动身。自早至晚，差不多镇日只在时家帮助公宝撮药请医，料理杂务，倒把闲账都不管了，一心一意要速起行。因此上黄燕臣家的逆案闹得沸沸扬扬，他两个却在鼓里。

当日阮小五在市上听了言语，告知时公宝，时公宝还是不信。

阮小五道："六爷你不信，天有不测风云，人有旦夕祸福，也许是传了重言，无风不起浪，谅来必遭了官司。俺便去州城走一遭，探看一回，毕竟为的什么。"

时公宝道："且住，我想起来，如果黄大相公家遭了如此官司，这里的保正必然知道，只要问地保王瑞生就是。"

阮小五道："不差，俺去找他问话。"

时公宝道："不然，你便请他来我家，只说有事商量，不必说出何事，俺自有计较。"

阮小五应一声，飞也似的去了。移时，招得地保王瑞生到来。时公宝出见，原是本地人，十分厮熟，让座略叙闲话。

时公宝道："请保正来寒家，有一事奉问，听说黄大相公家遭了官司，端的为了何事？"

王瑞生道："这件事喧传得久了，六爷若是昨夜问我，我也不知底细。好巧今早晨在路亭里遇了州衙里的捕差路过，吃了一碗茶，他与我讲了备细了。"

阮小五道："快说快说。"

王瑞生道："黄大相公这件事，多敢是前世一劫。那一日大雪天，黄大相公送客至大门口，见两个花子缩在门边，冻得要死，大相公一片好心，留他入来，谁知这两个是四川作乱的教匪。当夜州衙里就得了消息，满街搜查，那做公的怎料得是躲在黄府，自然不敢入去。本来也没有事了，哪知这两个教匪因没了发辫，戴的是假的，在书斋里与黄府的教师姓鲁的山东人闲话，却被旁边一个小厮名唤应凤春的听见了，那厮与黄大相公的小舅子宣空商量，光景是想谋黄氏的家财，却去州衙里出首告密，说黄大相公与鲁教师窝藏教匪。本州老爷初不信他，见说得有凭有证，只得差公人去黄府搜查，当把鲁教师并两个教匪都拘到衙门，问了口供，招实了，收禁在监。原告二人也一并扣留。黄大相公不过是失察之嫌，交保放回，一堂审结，申详上司。哪知省里驳了下来，着本府太尊复审，复审以后，黄大相公依旧无事，也就罢了。又呈报上去，上头却又驳下来，抚台大人亲自派了委员至本府会审。这一来，把黄大相公与大少爷都陷在大牢里，只怕要定罪的了。"

阮小五听说，大叫一声泼贼，跳起身来便走。

时公宝也听得目瞪口呆，忙拖住阮小五道："小郎做什么？且听保正说了。"

阮小五方立住了，气得面色发黄，两目暴突，急喘不能说话。

时公宝又问王地保道："如今黄大相公父子与鲁教师都在本府大牢里吗？"

王瑞生道："正是。那告发的宣空、应凤春一同押在本府牢里，如今抚台大人的差官上省复命去了，不久就见分晓。"

时公宝道："黄大相公与人无仇，这当中好似有人在那里撺弄，何故抚台要亲派委员审理？"

王瑞生道："多半是为这案情重大。"

时公宝见王瑞生不说下去，紧问什么缘故。王瑞生笑而不答。

时公宝益发诧异起来，便道："保正有什么话只管说，俺不是冒失的，再不与人多口。"

王瑞生低声说道："我听得人说，这件事还是府上二老爷的主意呢。"

时公宝失惊道："家叔怎管得此事？"

王瑞生笑道："可是呢，说来也不信，六爷记得那鲁教师与阮小郎，还有那一位钱秀才在罗山县一桩案件吗？那不是有令叔二老爷在内，后来是黄大相公的手势，把胡知县出缺了，原是六爷经手的。小人为此事，也曾与县里做公的办过一件差使，六爷如何倒忘了？目今一报还一报，二老爷纠了四乡绅士，去省里藩臬司衙门一告，才发下札子复审。第二回又去抚院大堂紧紧上了公呈，尽是本州有名老绅士署名，这是收留作乱教匪，有关大逆谋叛，是奉旨查办的案件，抚台如何不派员审理？又且从中尚有门路，听说有人在巡抚大人跟前说话，哪有不认真查办的？"

时公宝至此，恍然大悟，不由呆了半晌。阮小五摩拳切齿，叫道："六爷你不去，俺要去了！"

时公宝道："小郎哪里去？"

阮小五道："说什么？还不是为了俺前日之事，如今倒累了黄大相公父子，俺死也救出他来。且去牢中探看一遭再理会。"

时公宝道："你休得冒失，依王保正之言，此事非同小可，须要小心做事，不是这般搭救得。且你我无财无势，一时间哪里着力？你且坐了，慢慢设计为是。"

王瑞生道："六爷的话不差，小郎还是这般心意，这是教匪作乱的大案，听说现今尚在拿缉余党，倘有失着，不是耍处。"

时公宝道："可不是！救人须救彻，万万暴躁不得。"

阮小五瞪着眼，不作一声。时公宝又与王瑞生说些话，将时仲凡如何邀请众绅的玩意儿都问明了。阮小五在旁，只急得坐立不安。一会儿，王瑞生起身告辞，临走托时公宝不要说出自家多嘴，被二老爷得知了不好。

时公宝道："放心，阮小郎俺自关照他。"

时公宝送王瑞生去后，入来与阮小五道："你好大意，纵然俺们要救得黄大相公、鲁教师一行人，也须有计较，休要叫人得知。这等事可大可小，如今做官府的，专好株连不相干的人，自称明察。你我切要当心才是。"

阮小五道："六爷，小五的肚皮是肉做的，可要气破了。这赃官敢是看中了黄大相公有钱，却这般诈索？怎生是好？不救得他们，如何做人？"

时公宝道："且住，你坐一坐，待俺禀明了老母，与你同行。"

时公宝入至里面，轻步走向老母病榻边，看看睡熟了，不敢惊动。欲

187

要回出时，老母醒来，徐徐问道："适才听得客堂上有人说话，是谁？"

时公宝道："是这里的保正王瑞生，方才来说，州城里黄大相公父子与教师鲁良被人陷害，落在汝宁府大牢，早晚性命悬悬。孩儿欲想去牢里探看一遭，因母亲身体违和，又不便去。"

时母道："你只管去，救人一命，胜造七级浮屠，为娘病虽未痊，气质尚好，当不至撒手便去。儿子能行善事，天公保佑，也必使我母子团圆，你只管放心去，过几日回来不妨。"

时公宝道："孩儿去了，见一面便回。"

时母点头，叫在路小心。时公宝叫过老家人并房内使用的婆子，吩咐了话，几时去请大夫复诊，几时撮药，晚上如何理值，都交代了。出来只见阮小五已回家取了包裹，在客厅等候。二人立时起身，雇了一辆车，直向汝宁府而来。于路无话，到得府衙前，正欲动问监牢去处，忽见斜刺里跑来一人，一把抱住阮小五大哭。二人猛吃一惊，定睛看时，却是鸡鸣山的王行健。

阮小五叫道："兄弟，缘何这般烦恼？"

王行健流泪道："二位可是去大牢里探看黄大相公、鲁教师吗？快不要去，这边说话。"

王行健携了阮小五，与同时公宝，急急走向府衙斜对茶肆内，拣了一个清净阁儿坐下，泡了茶。

王行健道："二位头一次来？还是在牢里已曾见了面了？"

时公宝道："正是新近知道这事，方才到来。"

王行健道："怪得二位不知，小人自前次在黄府与二位一别回山，一向不至州城。那日至黄府拜谒鲁教师，谁知已遭了冤屈官司。小人赶来这里探看，五七次都不能入去。前日轻易求了牢子，入得里面，不料牢前一伙狠贼，不准小人说话。小人只见黄大相公父子与鲁教师都受了刑了，那状貌猥獕得已不成样子。黄大少爷越发可怜，两脚已被重创，不能动弹。小人在山本藏有灵药，乃是先父所授，一敷便愈。今日取得来此，欲待送与他们，哪知被管牢的狠贼撞见，说我私送毒药，是教匪同党，要把我抓住。幸得黄大相公、鲁教师在内求情，方始放我出来，尽把我那药粉丢

188

了。依我一时之气，恨不得砍了那狠贼，打劫他们出来，生怕累了大相公父子，强捺下这性子，兀自气苦。鲁教师并有言语嘱咐，千万叫我不要去，去了徒使黄大相公受罪，反生出许多事来。内中大有隐情，鲁教师自有话难说。因此上小人请二位也不必去，须要别思生路才是。"

时公宝听说罢，问道："本府马廷桂太尊向与黄大相公有朋友之谊，今虽下了囹圄，非不知他冤枉，何故如此凶狠看待？"

王行健道："原来六爷不知，莫怪小人直言。这一回的事，都是尊府二老爷作弄出来的。小人本来也不知，因本府衙内一个差役名唤小张的，从前来山上医病相熟，他与我细细地讲了，内中更有奸人管束得厉害，本府太尊无计奈何，不是有心凶狠相待。"

时公宝急切问道："你且说是什么人在内作怪？"

王行健说出这话来，有分教：忠恕堂中，杀尽贼男女；霸王庄上，惊传莽英雄。

欲知端的，且听二十八回分解。

清代之仇视汉人，累皆如此，革命以来，国家待遇旗人，而不以积怨报者，盖人道也。郝雍之用刑于黄焕，真不知其心何居。

王瑞生传黄氏冤狱，仅及于表，王行健则入于里矣。有此二王之方，乃使小五无可再忍，不得不血溅忠恕堂。

篇中叙时母之疾，而使时公宝、阮小五无暇于外事，以为迟得消息作地，文思疏密有次，点滴不漏。

第二十八回

遭酷吏恨深汝宁府
锄乡愿血溅忠恕堂

话说王行健道："二位有所未知，这次抚台派来的差官，叫什么郝雍的，是个赃官。那厮在巡抚大人跟前讨了这个差使，原为黄大相公是远近大富，欲想从中发横财。当审时候，就把黄大少爷打得死去活来。审毕之后，却暗下差发亲随，探查黄府家产，一面在大牢里叫牢子引逗开口，乘便与黄大相公道：'你这件案子重了，本府大人也难得做主，要得生路，只有与郝大人商量，他是抚台大人跟前的人。'黄大相公听说此言，一来因吃了冤枉，心中气愤不平；二来本属无罪，怎肯贿通赃官；三则还怕一行贿赂之后，倒是坐实了罪名，以此不搭他的口。牢子几次说了，黄大相公只不理会。那郝差官发不了利市，如何肯休，回省之后，就在抚台跟前挑唆一番，将黄大相公功名革去，二次又派这厮前来复审，把鲁教师与他父子两个打得遍体无好肉。黄大相公吃苦不过，只得招作不合收留教匪。那厮定要屈断是同党，因本府太尊不肯诬害良民，与那厮争执起来，那厮一气走了，少不得又去抚台面前捣鬼。如今在大牢里监守的另是几个狠贼，听说都是那赃官禀了上司派下的，恐防本府大人用情，以此十分凶狠相待。黄大相公父子两命早晚不保，虽然有鲁教师在内，叵耐他父子是娇贵之体，如何吃得起苦？也死得快了！"

时公宝听说罢，急得问道："黄大相公屈打成招的话，果是实在的吗？"

王行健道："这些话都是小张讲的，他在衙内，眼见得郝差官二次复审，喝令拷打，如何不实？"

时公宝道："恁地说时，如之奈何？俺这里人生地疏，谁肯相救？"

王行健也叹息不止。只有阮小五一言不发。说话间，天色不早。

时公宝道："且去哪里投下客店，再理会。"

三人起身，还了茶钱，走向街头来，至一家客店投下。阮小五放下包裹，小二舀了面汤来洗了，三人打火造饭吃罢。

时公宝道："为今之计，只有速去京城，托我的东家和珅料理这冤屈大案。他是天子跟前的人，说得话响。只是老母患病不起，小可又走不得，如何是好？"

王行健道："既有这条路，六爷便写一封信，着小人星夜赶去，事不宜迟。"

时公宝踌躇半晌，委决不下。二人商量之顷，回头却不见了阮小五。

时公宝道："小郎去哪里了？"

王行健道："才在门前，谅来不走远，也必因心中烦恼不安。"

时公宝也不在意，仍与王行健说话。过了一刻，不见阮小五来。

时公宝道："你出去瞧瞧，这是个没头神，别要撞出事来。"

王行健去店内寻了一周，不见阮小五影踪，转向床边看时，连包裹也不见了。时公宝着急起来，忙至柜上道问。

掌柜的道："包裹在这里，这个客官早出门去了，但在包裹内取了物事，吩咐道：'二位客官查问时，只说有事去了，隔两三日便来。'"

二人听说，只叫得苦，又问掌柜的："曾见走哪里去？雇车抑是骑马？"

掌柜的回说："概不知道。"

二人无奈，只得取了包裹，入来客房安歇。

时公宝急得发愁道："这位小爷说干便干，当真会做出来，他不与俺们明说，定是冒失之事，难道兀自去劫牢了吗？倘然如此，怎生得了？"

王行健道："这却不会，鼓楼的门早掩了，如何入去？"

时公宝急得只跌脚。二人胡猜乱想，一夜不眠。次日清早，出来打听，且喜街上并无动静，心内稍慰。

191

午后也没甚事，时公宝决意打发行健赴京求救，吃阮小五不别而行，又安排不得，与王行健道："俺既来这里，不见他们一面，于心不安，趁这当儿，投去大牢里看一看，好把话宽慰他们，只叫静心挨等，赴京求救。"

王行健道："却使不得，小人再不能去了。不是小人怕事，那凶狠的牢子，但见有人去瞧瞧黄大相公，必说是教匪同党，便要做私刑，诈索黄大相公的钱财，也是小张告知我的。鲁教师叫我不要去，多半是为此。六爷既欲见面，小人想起来，不若招了小张来，请他陪同一路投去，方有照顾，不知如何？"

时公宝道："如此最好，你请他来这里商量，不知能会得他也未？"

王行健道："今儿可不行了。黄昏时候，放筘下来，自回下处，可以会他。"

时公宝道："既有下处，俺们去那里拜访是了。"

王行健道："不好，他的下处是一个开赌场人家的，那里人品极杂，不便说话，但请他来这里不妨。"

二人说定，向晚饭毕，王行健即去下处寻了小张，来至客店。相见罢，时公宝告明本意。

小张皱眉道："近日管束更严，但有通关节的，不说是教匪党类，便说是受了黄燕臣的钱财。小人在内做公，是本府相公的人，那厮们都是郝差官一路的，越发难以走动。时六爷如果定要与黄大相公、鲁教师说话，只好写一个字条，小人转托人私下送去。如若引见，万万不行。"

时公宝见小张这人很是诚恳，不像做公的，说的也是理当，没奈何，只得写了一张条纸，说明自家与阮小五同来探监，不能入来，遇了王行健，已知一切情形。现在火急去京求救，望静心守候，定有平反之日。万事忍耐，切勿焦灼过甚，致伤身体。

将此字条交与小张，托他从速带入，听候回音。

小张道："明日能不能送到，也未可知。小人须看事行事，听了回话，再做回信。"

时公宝再三拜托，小张藏了字条，告辞去了。二人睡下，频频惊醒。

次日，小张、阮小五都不见来，时公宝兼又念及家中老母，心乱如麻，坐立不安，只得在店苦等，暂且不在话下。

却说阮小五，当晚携了包裹至柜上，就中取出尖刀，藏在身边，与掌柜的说了几句话，慌忙出店，生怕城门关了，急急行来，闪出城外。路上想道："时六爷虽是个慷慨丈夫，到底是个文人，这样思虑，那样谨慎。眼见得黄大相公一行人性命只在早晚之间，都是时仲凡那老贼从中捣鬼，且把这厮砍了，出得这口冤气，再理会。俺小五却怕甚的？回来叫他们吃一吓。"

阮小五想到这里，心中甚是畅快，两脚似腾云一般，直向霸王庄一条路走来，一时精神唤起，不倦不饿。走了一夜，早是天明，在路买些点心吃了，即又上路。欲想雇了牲口代步，身上一摸，余钱不多，留下要吃酒饭，只得急急行来。在路见有林子处，打了个盹再走，早夜趱程。这日向晚，已来到霸王庄。阮小五忖道："俺今日来此报仇，若被庄上人见了，话多口杂，日后传扬开来，须累了时六爷。且不入去，等了夜深发作未迟。"

阮小五想定，抄小路直至霸王山后躲了，等着庄上人家晚饭已罢，掩门睡静，阮小五闪将出来，一径至时仲凡院子后门，贴墙听了一听，悄无人声。正待转至前门，只见打横照墙内透出一束灯光，那墙内有一株梧桐，落叶残枝，半在墙外。阮小五走近，伸手打量一会儿，却差一两尺光景，就势跳起身，只一攀，欲想拉上登墙，哪知这枯枝吃不了重，豁剌剌一声，早攀了断来，连瓦都撒了一地，险些不把人栽倒，吓得慌忙退开。只听得里面有人叫道："什么响？贼爷爷没眼，要动手，还早哩！"遂见灯光移向后门。

阮小五一跳，跳到墙边，没藏处，伏在地下，只见后门呀的一声，一人提了灯盏出来，向左右照看。阮小五侧转头偷看时，灯光下，却认得是时培根。阮小五按不住一腔火，待得转背时，托地跳起，直奔面前。时培根回头见一条人影，只叫得一声哎呀，阮小五一把抓，叉住时培根喉管，掀在墙边。时培根丢了灯盏，欲待挣扎，被阮小五死命掐住喉管，有气没力，又叫不响。阮小五飞起右脚，对准时培根小肚下只一脚，正中了命门，身体便软了下来。忙掉转手，去身边摸出尖刀，对胸一刀，倒在地上，声不响，气不透，时培根死了。阮小五踢了一踢，已不动弹，方撒开手，闪入后门来，黑地里摸了一段路。

只听得右边房内有妇人声音道："可是狗跳墙？"

阮小五不作声。

那妇人又道："怎么你的灯也熄了？后门拽上了吗？"

阮小五不响。

那妇人道："死人，老不开口做什么？"

原来这妇人便是时培根的老婆，就在照墙内边厢里做房，先听得外面响，催促丈夫把灯出来打照，黑地里只道丈夫回来。阮小五听得那妇人问紧了，依着声音，摸将过来，一摸摸到房内。那妇人原坐在床边，阮小五向前扑时，这刀尖正触着妇人乳部，那妇人知道不好，怪叫起来。阮小五一把头发揪住，向前一提，按在床边，只一刀，掀翻了。床上睡着一个六岁的孩子，听得娘叫，哭将起来。阮小五伸手扑住，摜在地下，一脚踏住喉头，登时气绝。正待抽身，只见一个丫鬟自前面屋子过来，问怎么了。阮小五托地跳出房外，正打个照面。那丫鬟惊得呆了。

阮小五把刀在手，低声叱道："时仲凡老贼在哪里，你说！"

那丫鬟发抖道："不……不……不关我事，他……他在新厅里算账。"

阮小五道："打哪里走？"

那丫鬟指了路。

阮小五道："饶你不得！"

手起刀落，把那丫鬟也杀了。灯盏倒在地上，阮小五一脚踢开，闪将过来，穿过一带天井，方是时仲凡的所在。

原来时仲凡新近造了一厅堂，榜名忠恕堂，堂中供设神佛，四处揭贴孝悌忠信礼义廉耻许多格言，专为接待宾客，包揽四乡讼事，计算田租地粮，是自家常居之所。阮小五闪至忠恕堂后，早听得有人叨叨说话，悄悄匿至屏门后，向门缝里张时，只见时仲凡架了眼镜，在灯下翻看账簿。老婆坐在旁边，一个十五六岁的小女儿坐在娘肩下，还有一个婆子在窗前煮茶。

只听时仲凡与老婆道："后院不知闹的什么，又在打孩子了。自肚里不快活，只把孩子来出气，你去瞧瞧。"

时婆道："方才叫丫鬟去了，且等她来。"

时仲凡道："你不知，刚才媳妇的叫声诧异得很。我今日也觉得心跳，把账常常弄错。别的不怕，生怕火烛不当心。"说着，又取过算盘来算。

阮小五看在眼里，想道："这厮拨了算盘珠，专会算人，却不曾算了自己，倒说别的不怕。今日落在老爷手里，往哪里走？"

阮小五眼看这时仲凡的刁相，火星透顶，大喝一声，跳将入来。时仲凡一见是阮小五挺刀入来，吓得眼睛花了，魂不着体。时婆与女儿都叫将起来。煮茶的婆子撇下茶炉就跑。

阮小五喝道："哪里走！"飞起一脚，踢翻婆子，转身将时婆母女两个都踢倒在地。

时仲凡欲想逃避，两脚一似钉住了的，再移不动，不由得双膝跪下，磕头道："小郎怜我年老，救一救。小郎要钱，这里有，要什么都有，小郎便要我的老婆、女儿也使得。只求小郎恩德，饶我一条命，来生猪狗相报。我与小郎无冤无仇，虽有些口角，便是亲兄弟也难免，小郎只当我是畜生，不知好歹，恕我这一遭。"一边说，一边不住地磕响头。

阮小五提刀在手，听说罢，冷笑道："好不知羞耻的狠贼！俺小五是落落丈夫、赫赫汉子，要你猪狗的钱？要你猪狗的妻女？你与俺小五作对，害了小五也罢了，为什么倒陷了黄大相公，害他家破人亡？你这老贼，若是强到底，小五倒是服你，你当小五是什么样人，却说出这等没羞耻言语？今日要瞧瞧你这老贼的心肝！"

时仲凡见求不过来，泪如雨下，苦苦告道："小郎怜我年迈，我有一个六岁的孙子，求小郎看觑，饶他一条小命。"

阮小五道："俺小五救人救彻，杀人杀尽，若留你半个子孙在后头，小五不是汉子。你这厮还想有儿孙，天道也没了，好叫你去阴司里骗神骗鬼，再来计算小五。今日须放你不得！"

说罢，对面孔一脚，踢倒时仲凡。这时仲凡早吓得魂灵出窍，半丝也不得动弹，软在地上，微微嘘气。阮小五踏上一脚，似杀鸡一般，立即割

195

下脑袋。回头只见时婆母女两个歪在一边，索索发抖，阮小五一刀一个，都戳死了。墙边老婆子活爬活跌，逃命不得，阮小五道："你也去休!"手起刀落，自背心戳去，只听得那婆子大叫，这刀戳不入去。原来刀锋折了。阮小五拔出拳头，只打得三拳气绝，回头把灯打照，都已死了，方出了忠恕堂。提灯至时培根妻子房内，重看一会儿，一共男女老小八口，都杀尽了。阮小五方心满意足，撇了尖刀，拽开脚步，出了霸王庄，取路仍向汝宁府而来。

且喜夜来夜去，无人遇见。走了二三十里，天色大明，肚里也饿了，至一村店，买些饭吃，不管好歹，吃了便走。

正踏出店门，忽地背后来了一人，拦腰抱住，叫道："你不是阮小郎吗？哪里去?"直把阮小五吓得魂飞魄散。

欲知何人，且听二十九回分解。

忠恕堂上供神佛，而以忠信孝悌礼义廉耻为标榜，乃其为人最不忠不恕，以致鲜廉寡耻，甚矣。世之美其堂而张其帜者，几何不为时仲凡之续耶？是以伪君子不如真小人，可杀者莫若衣冠禽兽，小五真快人哉!

时仲凡之遇小五也，磕头以效忠，悬利以求恕，无论己，乃至许以妻、女与之，但期苟全，不顾廉耻，可知平日之礼仪矣。嗟夫! 天既不欲生人，而乃以牲畜充人数，何哉？惕世厉俗之文，读之一快。

第二十九回

郑通奉令到汝南
阮五赍书走燕北

话说阮小五在村店忽被一人拦腰抱住，吓得魂飞魄散。掉头看时，见是一个后生，生得品貌清秀，衣服齐整，背上搭一个包裹，脚下皂靴，极是面善，一时再也叫不出来。

那后生见阮小五神情错愕，放了手，笑道："小郎不认得吗？"

阮小五胸中怀了鬼胎，越发迟疑道："谁是小郎？与汉子素不相识，别要错认了人。"

那后生呆了一呆，忽又笑道："小人姓郑名通的便是。当日在黄大相公家鲁教师下处，曾与小郎一相见，如何便忘了？"

阮小五听说是郑通，猛可记起，好比拾了宝贝一般，半天里落了云霞，喜得直跳起来，拉住郑通的手说道："不是做梦吗？万不料是郑小哥，却是俺的造化。"

郑通道："我在店里吃早饭，看得多时了，很像是你，又不敢冒叫。及见你的背影，再没有错了，方才追将出来，险些当面错过，真真幸会！不知小郎哪里去？"

阮小五道："你别问我，你去哪里？"

郑通道："小人承时六爷作荐，与孔元霸大哥同入和总管府，多承总管看觑，派我做个提调，孔大哥做了教授。因时六爷回家多日，总管甚是盼望念，前次接信，说老太太有病，如今不知如何，又没音信，为此特差小人前来，要请六爷速去。小人正是投你庄上去。"

阮小五听说，更不打话，一把拉住就走，转又问道："店里的饭钱算了？"

郑通道："算了。"

阮小五道："你随我来，一辈子也不要投霸王庄去。"

阮小五携着郑通，火杂杂地只往北走。郑通莫名其妙，看阮小五身上有好几处血迹，打量他慌忙之状，想必在庄上闯了祸来。郑通也不问他，只顾跟来，即是自家来的原路，越走越与霸王庄远了。走了多时，折入岔路，见一座林子。

阮小五引郑通至林子深入坐下，说道："好叫小哥得知，这里闹得无法无天，都遭了冤屈官司。昨夜里被我杀了男女老小八口，恐防有人追查前来，俺们且在这里谈心，你来得好极，正好商量。六爷如今在汝宁府城中，不在庄上。"

郑通听说，暗吃一惊。阮小五将黄燕臣如何收留尉迟松、段大壮，如何被家人出首告发，如何与鲁良陷在府城大牢里，时仲凡如何纠了众绅上省诬告，郝雍如何见利诈索，自己如何杀了时仲凡一家老小。郑通不待言毕，大怒失色，急问那出首告发的两个奴才叫什甚名姓。阮小五备说宣空、应凤春二人。

郑通道："何不把这厮们杀了？"

阮小五道："你不知，本府相公是个明白的，恐防他两人逃去，一并押在牢里。"

郑通点头道："如此却再计较。时仲凡这老贼，我听得鲁教师说了，是个刁钻刻薄、老奸巨猾的凶棍，小郎把他斩草除根，却是好也。如今事不宜迟，快快去汝宁府会了时六爷，搭救黄大相公一行人要紧。"

二人说罢，立即起身，昼夜兼程，直至汝宁府治。入来城中府前街客店，那时公宝、王行健已等得望眼将穿，争似热锅上的蚂蚁，急得打旋。一见阮小五回店，与同郑通到来，喜出望外。

入至店房，不待坐下，时公宝道："小郎，你好自在，害得俺们一刻不安。再不来时，俺两个急也急死了，却去哪里勾当？你二位如何相遇？"

王行健也埋怨道："小郎便要走时，也与俺们打个招呼。"

阮小五笑道："若待与你们商量时，俺这件事再也做不成。现在如心如意，又遇了郑小哥，亏得俺有主张。"

二人忙问去哪里。阮小五把门掩上了，向窗外一看，左右无人，低声说诉夜杀忠恕堂之事。二人不由大惊，王行健也十分称快。

时公宝变色道："小郎，家叔虽不仁不义，你如何尽杀一家，坏了他六岁的孙儿？想赤子无罪，你也忒凶了！"

阮小五笑道："六爷，小五做却做了，你要打要杀，任凭发落，小五誓不回手。若说你那叔子，这般刁刻东西，有什么好儿孙？留他何用？俺除恶除尽，方才出得这口气。"

时公宝道："好了，小郎，你却累了我，我的娘在病中，早晚无人服侍，分明是我与你同行。如今你做出这等事来，叫我如何回去？"

阮小五道："俺到庄上时，没人知晓，出来鬼也不见一个。庄上人都知俺们来府城，怎见得是俺小五杀了人？"

时公宝道："天下只有你一个是乖的？杀死八条人命，邻舍尚有失救应之罪，你与俺二老爷有仇，有谁不知？何况那日地保王瑞生来俺家时，你的行景已露了，他是老公事人，岂有不知？事到如此，三十六着，只有一着。"

郑通道："六爷说得是，既然阮小哥做了这件事，六爷万不可回庄。和总管日日相念，务请六爷速速进京，实为两便。"

时公宝道："俺倒忘了，你来何事？在京朋友可都安好？"

郑通备说京中各事，传和珅差来探看之意，要请时公宝即日赴京的话。

时公宝道："家母有病，又值此事，如何能行？"

郑通道："小人且去尊府，只说衔京中和总管之命，前来邀请六爷，便可探听阮小哥做下那事，看庄上人如何言语，官司如何办理，暗地可告知老太太。如果老太太肯北上京师，小人服侍前去，六爷可在路上相接，这样如何？"

时公宝道："好却是好，只恐家母不肯。且母亲年迈有病，亦难上路，又值闹了此事，果然全家移走，也给人家猜疑。只是事到如此，俺又不便回去，在此不了，不知近日家中闹得如何，万分不安，拜烦郑小哥且去走一趟，探了消息也好。"

郑通道："小人便去。"

时公宝与阮小五道："你可星夜进京，投总管府，拜见钱光武兄长，具说黄大相公父子与鲁教师受冤情形，请和总管在京营救。俺另备一封书信，交与钱兄转呈总管，但等老母安置妥当，自来京相会。"

阮小五大喜。时公宝随即向客店借了文房四宝，写了一封书，备说：

      郑通前来，得悉一切，本当遵命就道，因母病未愈。又有朋友黄、鲁冤屈之事未申，性命悬悬，只在顷刻。务恳速速设法营救，感同身受。

写毕，交与阮小五藏了，又与他整叠了盘缠，嘱咐一番话，叫速起行，路上不可延误吃酒闹事。

阮小五诺诺应声，背了包裹，作别待行，却又站住。

时公宝道："小郎尚有何言？"

阮小五道："六爷在此，不当稳便，速作主张。黄大相公一行人在监，好歹通个消息与他，好使放心。"

时公宝道："小郎有所未知，自你去后，俺与王兄弟商议，已托了当公的小张送了信去。今早小张来说，信已送到，得了回话。鲁教师寄语，黄大相公父子都由他照顾，不致有意外之事，近来也不吃苦。"

阮小五道："这便很好，小五去了也安心。郑小哥却去俺庄上，道听消息最好。六爷与王兄弟也须别投去处，这里不当稳便。"

王行健道："不如去俺的山上暂住一时，待郑小哥探了消息，便来鸡鸣山上相会，再做道理。"

时公宝道："说得是，就是这么办吧。"

阮小五道："却是好也，都有了安身之处，小五方才放心，俺便去了。"

阮小五拜别三人，一径出店，投北去了。

郑通叹道："常听得鲁教师称说阮小郎端的是个热血的人。"

时公宝点头道："与他相处，可以肝胆相见，虽然鲁莽，也有分寸。"

三人说些闲话，郑通催促起行。

时公宝道："你先走一程，俺们随后动身，倘遇庄上人在外做买卖的，便不疑俺们是一路。见了家母，好言告慰。"

时公宝嘱咐了好些话，郑通也问明了鸡鸣山路径，背了包裹，即投霸王庄去了。

时公宝、王行健二人还了店资，就也收拾动身，不紧不慢行来，于路只听得有人讲道："霸王庄绅董时仲凡一家尽被杀死，现在查获凶手不得，这冤仇也不轻了。"

二人听了在意，都不理会，直至鸡鸣山上王半天旧庐歇下，单等郑通探了消息到来，不在话下。

却说时仲凡血溅忠恕堂，当夜无人知晓，旁边虽有邻居，多是本房的人，因四周隙地甚多，隔得远了，都不觉得。直到天明，有卖油条的王公，因抄近路，打从时仲凡后门过，见一人横死在地上，探头一看，却是时二房的大少爷培根，吓得倒退数步，连忙敲时府后门，大叫二老爷。哪知这后门只一推便开了，王公窜将入来，大叫不好，一个人也没应声。趑到厨房边，只见丫鬟小冬姑死在阶旁。王公叫声哎呀，抬头一看，对面厢房内门户大开，时大奶奶与孩儿倒死床头。王公连声怪叫，欲寻时二老爷，穿过天井，入至甬道，趑入忠恕堂，打一看时，四个尸首并死在地，时仲凡的脑袋滚在老婆子的脚下。

王公看得汗毛直竖，手脚冰冷，一迭连声叫苦，只觉阴风惨惨，恶气腾腾，血腥满鼻，残灯犹绿。王公一边苦叫，一边奔逃出来，似着鬼一般，直来后门口，颤着声儿大叫四邻。四邻只道失火，有的尚在床上未起，慌脚慌手开出门来看时，只见王公发痴一般，满口叫哎哟，说不上话来。手提的一篮油条都没了，只剩得一只空篮，还是死命把住。大众拢来一看，见时培根死在门口，拥到里面，周遭只见死人，一路兼是油条。

原来王公慌了，篮内的油条溜在地上的兀自不知，众人惊得个个面如土色，慌忙着人叫地保来。地保王瑞生赶来，踏勘一会儿，见一家老少男女八口尽死，尖刀一把，弃在阶下，只叫得连声苦。因见有油条弃地，一把抓住王公，喝问细底。

王公叫屈道："小老儿在家炸了油条，待去叫卖，因抄近路，过这时府后门，入来但见死尸，一时慌了，丢弃在地。"

保正不信，但看油条都是火热的，怎见杀人留了把柄，清早做了油条，来这里害命的？众人都说王公向来做人规矩，与他讨情。王瑞生叫时太公来，盘问了左右邻居，都说昨夜睡了，并不见有响动。大家回说不知，不敢怠慢，立时赶至罗山县衙门禀报。知县据报，见说杀死一家八口，凶手无着，不由大惊，当即点起左右差役，带领仵作，下乡验尸。王瑞生引路，知县来至霸王庄，入时家忠恕堂，一一验罢，看了凶器，传集四邻，拘到王公并时太公，审讯半日，都说不知，无有着落。

知县问时太公道："生员时仲凡，生前与人有无冤仇？近日做得何事？你等近在咫尺，岂有不知？今杀死全家八口，必系切齿之仇，何得委为不知？"

时太公只得禀道："时仲凡昔年曾与阮小五有些口角，涉讼在案，后来也就和好，相安无事。近来为信阳州黄燕臣私通教匪之事，时仲凡纠合四乡众绅联名进省告发，只此一事，并无别故。"

知县听说，命传阮小五来，差役去了移时，拘得阮大到来。知县喝问阮小五在哪里。

阮大叩头道："小人这个兄弟，向来不务正业，在外日多。小人兄弟三人管他不得，早经公禀大老爷案下，断绝手足之情。求大老爷捉拿阮小五，不干小人之事。"

原来阮大兄弟，自小五与时仲凡一闹以后，生恐日后有事累及，暗地动了公禀，已不认同胞手足。

知县见阮大开口便推得干净，怒道："该死的蠢奴！本县问你，阮小五现在哪里？"

阮大道："小五日日在外，难得归家，听说与时大房六爷时公宝去府城探看朋友，不知是否。"

知县听说，着差役传时公宝来。差役去了多时，回道："时公宝在京中和总管府掌教，前日已是动身进京，家中只有老母卧病在床。阮小五这人行踪不明。"

原来时母闻知有变，嘱咐老家人如此对答。知县据禀，着将阮大、王公、时太公、王瑞生，并左右邻居都带县审理，命时仲凡近支亲属收尸具殓，变产安葬。谕讫回县，时候不早，将众人暂押。

次日，早衙更审，众人言辞一如前供。知县复按前卷，果有阮大兄弟告发阮小五公禀，将阮大放回，着落阮大身上，寻觅阮小五到案。王公无罪开释。时太公姑怜年老，宽免刑罚。邻居有失救应，各杖五十，随传随到。只着落王瑞生限日查究正凶，届时不获，革去地保严办。一面密饬差役，限定比期，向各地探查凶犯，自申详本管汝宁府去讫，斥退众人各散。

不说别人，且说王瑞生，奉罗山县正堂钧旨，查究凶手，自肚里想道："这件事多敢是拼命阮小五做出来，这厮前日听我说时仲凡陷害黄燕臣一事，好生气愤不平。又且从前有积怨，近来又不见踪影，分明是与时公宝去府城探监，偏那老家人又推说不知。只需查出阮小五，必见分晓。"

王瑞生想定，与差役计议，且不去阮大家查究，只来时公宝家中盘问。

欲知王瑞生为何盘问，且听三十回分解。

郑通之来，一所以表时和宾主之情；二所以为探看庄家之地；三则使北京一面不冷落，而为暗中遥应，即阮小五之走京师，亦不突矣。

阮小五言语，唯阮小五能言之，他人不能也，行事亦然。鲁、孔、郑等皆别有性情，而阮小五为尤著。

报官验尸缉凶，本书不止一次，以此处叙事为最详，盖处处提紧阮小五，却处处为阮小五脱身，正为了结案卷。不然，正犯未获，官司何日得了耶？

第三十回

查疑案衙役试惯技
传冤狱酒家鸣不平

话说王瑞生径来时公宝家中，老家人接着，延入厅内让座。

王瑞生问道："六爷去府城探望黄大相公，近日如何？"

老家人回道："咱们少爷进京去了，便是那东家写信来催他，那边事务忙杂，还是老太太叫去的。"

王瑞生道："前日六爷着阮小五叫小人来，问起黄大相公之事，六爷曾说与小五一同至府城探监。动身时节，也与小五一路走的，怎么进京去了呢？"

老家人说道："不差，先曾有这话，阮小郎因在这里飘荡无业，求恳咱们少爷与他作荐一事，要跟随进京。少爷倒答应了，却是咱们老太太说道：'阮小郎这人虽心术不坏，可是性气太躁，生怕惹了不是处。现今少爷依靠人家，做个西席，不当稳便。日后如有门径，再抬举他未迟。'以此少爷回复他了。阮小郎听说与黄大相公家教师鲁良最是莫逆，今日他遭了冤屈官司，小郎自必要去府城探看。那日原是与咱们少爷同行，其实小郎自去汝宁府，咱们少爷上京去了，不是一路。"

王瑞生道："你的话也是。我知你们六爷是有义气的，从前与鲁教师、黄大相公都是要好，今日他们犯了事，不见得袖手旁观，只怕是到府衙门设法去了。"

老家人道："保正有所未知，不瞒保正说，黄大相公的祸事大了，本府大人也保全不得。咱们少爷原为的他家官司急急去京的，要托东家总管

204

和大人去皇上面前奏明冤枉，方才可以救得黄大相公一行人。那边是抚台大人做的主，却去本府衙门叫冤，有甚用处？本府大人原与黄大相公是朋友，何消得咱们少爷着力？这是小老儿在老太太眼前听少爷说的。因王保正是自己人，不妨告知，千万休在外面说。"

王瑞生听老家人这番言语极是有理，倒被瞒过，点头道："原来如此，这样说来，阮小五是必在府城的了。"

老家人道："当日曾听得这般说，咱们少爷是最孝顺老太太的，老太太有话嘱咐了，再不会挈带他去的。"

王瑞生盘问多时，无隙可乘。

老家人又道："二老爷这样人家，竟遭了如此不测，保正是当案的人，怎样查出了凶手，与二老爷申冤才好。"

王瑞生皱眉道："目今已有了眉目，早晚须见水落石出。"

老家人道："据咱看来，凶手定不止一个，哪有一夜之间杀死八个男女，连贴邻都不知道的？"

王瑞生道："便是这话呢，老儿可有什么风声听得？"

老家人道："咱只是说闲话哩。老太太有病在家，每日服侍汤药无暇，哪知外面的事？想二老爷在日，承他的情，待小老儿不差，今遭惨祸，怎不伤心？咱们老太太得知此事，病势便益发重了，端的是咱们府里风水不好。"

说着，不胜叹息。王瑞生见话头愈远，不得要领，起身告辞，出来与县里差役商议。

差役道："阮小五这厮定有蹊跷，近日踪影不见，益发可疑。既说在府城，少不得投在客店居住，且去那里查一查。"

王瑞生道："且住，我想起来，算他出门之日，与这犯案的一夜，要去府城，没有这么快。他既然有这条心，哪有去府城走一遭，回来杀人的道理？这话必是假的。这厮定然先在近处躲了，口说是投汝宁府去，早晚只在伺候。及闹了这事，方始逃走，也不见得定在府城了。依我看来，只有着落他家兄弟找寻。"

差役们听说，也是有理，于是王瑞生与众人都拥到阮大家。阮大兄

205

弟心内明白，死不肯认，闹了竟日，一派回绝话头，水也泼不入去。邻舍却来做证，说阮小五每日不在家中，他们兄弟早已把他分出了，其实不知。

王瑞生等众人无奈，只得别思门路，暗地查访。一时庄上人议论纷纷，都说："阮小五向日做人霸道，今被猜疑，其实这会子却是冤屈他，他早与时六爷动身走了，哪有返过来杀人的道理？虽则从前有嫌怨，却早解了。况且六爷为人最和平的，阮小五跟了他，着实爱好，难道六爷会做这事？"

也有从前吃了时仲凡的苦的，说他恶有恶报，命该如此。便有一等聪明人猜疑道："时二爷无端纠了绅士去省里告发教匪，这必是教匪余党来报仇。"

这一个议论出来，大家参加附会，个个相信。也有说教匪有法术的，杀人极是容易，一地里茶肆酒店，只说些不相干的话。王瑞生等一伙人连日密查，哪有影儿？

转眼比期已到，只得投县回禀道："查缉凶手，外间都道是教匪余党挟嫌报仇。"

知县喝问教匪在哪里，众人无话可说。知县大怒，将王瑞生一伙人打得半死，发落限日拿到正凶。王瑞生等叫苦连天，只得分头再去密查，可是大海捞针，无边无岸，哪里查去？王瑞生左思右想，自忖道："不管教匪也好，什么也好，只有阮小五是有嫌疑的，不拿到这厮，余外一无生花。"

王瑞生寻思一夜，次日，邀了两个差役，仍来时公宝家，叫在门外等了，自入来里面。

老家人接入问道："保正何来？二老爷这件案，拿到正凶也未？"

王瑞生诈道："便是为此，有人瞧见你家六爷与阮小五在府城，这件事阮小五有嫌，上头要他这人，你便说出他的下落何妨？你家六爷是不相干的，只要小五到案就是了。"

老家人笑道："王保正这话从哪里说起？咱们少爷自去京师，与阮小五本不相干，前日已与保正说了。且阮小五有家在此，保正不向他家问去，倒来问小老儿，小老儿是个奴才，哪里知道许多闲事……"

道犹未了，只见两个差役闯将入来，问："这是时公宝家吗？"

王瑞生忙招呼道："你们倒也来了，我正在这里讨讯。"

那差役道："阮小五与时公宝一路走的，有人瞧见他两个在府城。如今阮小五逃避不见，本县大老爷必要此人到案，时公宝家的岂有不知？这老儿是什么人？把他带去县里审问是了。"

王瑞生做好道："哥们休要焦灼，时老太太身体欠安，慢慢与老儿商量，且坐说话。"

那差役吃住老家人，要他说出阮小五下落来。老家人不慌不忙答道："小老儿在时府多年，向来不说半句虚言，邻近都知道的。阮小五与咱非亲非眷，怎知道他的所在？若是知道，又为什么倒要瞒你？既然有人瞧见在府城，好了，为何不把他拿住？况他有兄长在此，不去他家，倒来这里要人，是何意思？"

那差役怒道："这厮老奸巨猾，不见高山，难见平地。"

王瑞生劝住道："二位息怒，有话好商量。"

正闹间，郑通寻问到来。郑通入至厅上，抱拳道："借问此间可是时公宝师老爷府上？"

老家人听说，忙应道是。王瑞生等三人都目注郑通。

郑通道："小人自北京来此，奉总管和大人之命，要请师老爷速速进京，有话面禀，拜烦通报。"

老家人见说，忙让座道："原来客官自总管府来，咱们少爷因总管大人来信催促，前几日已是动身去了。"

郑通失惊道："已经走了？"

老家人道："走了。"

郑通笑道："这般最好。"

郑通放下包裹，待坐未坐，便问王瑞生等："这三位何称？"

老家人道："也是客人。"

郑通坐下道："闻知老夫人身体欠安，近日可大愈了？总管大人多多拜上请安。"

老家人道："不敢当。老主母近来虽略好些，可是上了年纪的人，终究精神衰了，仍在服药。"

郑通打开包裹，取出一大包银两，说道："总管大人钧旨，着小人带这聘金来此，请烦收下。"

老家人初疑是与王瑞生一路，来做探子的，及见聘礼，方知实在。王瑞生三人都看得眼红了，哪敢作声？

老家人道："客官远来辛苦，且请拜茶。待小人禀明了老太太，暂时失陪。"

郑通道："请便。"

一面留心王瑞生三人。听老家人言语，已猜着七八分。老家人入来告时母，时母叫至跟前，低低说了几句。

老家人退出，来与郑通道："老太太吩咐，咱们少爷已是进京去了，不日得见总管大人。老太太不明缘由，拜烦客官将此聘金带回，心领敬谢。"

郑通道："此是总管钧旨，小人不敢。"

郑通定叫收下，老家人只不肯收。一边婆子已托出酒食，放在厅上，老家人请郑通入席。王瑞生与两个差役使个眼色，起身告辞。

老家人送至门外道："这会子你们可信了吗？老太太吩咐，自家有病，不能接待贵客，咱们少爷如在外犯法，请本县相公移文至天子宫中总管和珅府中捉拿。阮小五之事，不与咱时家相干，以后请不必光降。"

王瑞生三人听说，紫涨面皮，强声应了几个是，慌忙作别而行。于路两个差役私议道："这老货成了精了，极是刁滑不堪，难得对他。眼见时公宝是有好脚力的，却不是泰山头上动土？王保正你也好休了。"

王瑞生只得唯唯诺诺，三个自去商量不提。仍说时府老仆送三人去后，入来与郑通斟酒，说些闲话。

郑通见左右无人，与老家人道："方才这三个可是做公的吗？"

老家人点头道："客官如何知道？"

郑通道："小人姓郑名通，与鲁教师都是朋友。我有一番话，稍停告知。"

郑通吃罢酒食，老家人会意，引至后堂坐地。郑通备说："在路遇阮小五，一同至府城，会了六爷，已打发阮小五进京投钱相公，请搭救黄大相公之事。六爷已与王行健至鸡鸣山上茅庐居住，因放心不下，特叫小人来前通个信息。六爷并想请老太太移居山上，或侍奉至京，免得在家麻烦。即请禀明老太太，不知尊意如何，小人自知理会。六爷在山上急等回音。"

郑通低声说罢，老家人入内，一一禀明时母。

时母道："难得这郑通远来传信，我又不能出见，只得请他入来，好生传语。恕我害病，不能下堂。"

时母命婆子扶起，坐在床内，老家人方引了郑通入病室。郑通下拜，时母忙命扶住道："郑小哥不是外人，老妇偻偬，请坐说话。"

老家人掇过椅子，再三让座。

郑通告坐罢，时母道："郑小哥来意我都知道了，我儿不肖，累小哥跋涉辛苦，甚是不当。他请小哥来接老身，别说老身现在患病在床，不能起行，即使没病，我如何去得？阮小五犯了该死之罪，他既不是同谋，怎生叫我脱走？那分明是畏罪远逃，倒不是给人家猜疑？且黄大相公一行人早晚在牢，性命难保，京师和总管又如此渴望，他却跑去深山躲了，今又请小哥来接老身，丢了这里田地屋宅，倒去山上喝西北风。这且不论，难道我忽然投奔远处，不怕做公的追踪将来，却问他怎生理会？这小子竟这般没计算，日后如何做得大事？你去与他说，叫他速速进京，搭救黄大相公一行人要紧，休得管我。我虽是个女流，向日不苟且，怎怕那无赖做公的打扰？近来我的病体也略好些，都好叫他不必在心，即日往京去休。"

郑通听说，诺诺应是。时母又问问京中情形，郑通一一答说，见时母没甚言语了，起身告道："如此小人便去。"

时母道："今日时候不早，如何去得？"坚留郑通，命老家人陪去客房歇息，备说细情。

次早，郑通告别，取路走向鸡鸣山来，日昃时分，已到信阳州城，早是肚饿，即来城外一家酒店，拣个清静座头坐下，解了包裹，叫酒保打酒饭来吃。郑通吃了两三杯，只听得隔座有几个酒徒闲论道："若说黄大相公的做人，看待贫穷，要算财主当中最好的了，讲他的家财，远近无比，现下遭了这样的官司，却不是劫数？你说命数不信吗？"

一个道："这倒不必说了，现在做官的人叫作眼瞎肚烂、手长脚短。"

旁边又一个笑道："这倒是新鲜，不曾听说，怎么叫作眼瞎肚烂、手长脚短呢？"

先一个道："不识好歹，不问皂白，便是眼瞎；心肝五脏都没了，便是肚烂；什么钱抓来就是，便是手长；一辈子坐享禄位不肯走，便是脚短。"说得大家都笑将起来。

那人喝了一口酒，又道："出首告黄大相公的，一个是小舅子，一个是奴才。其实这个小舅子也是黄大相公一手提了起来的，你道为何要告他？天下就是'财色'两个字作怪，小舅子贪财，奴才贪色，姨太太财色都贪，完了，就此送了黄大相公的命。"

郑通见说里面还有这样的把戏，便提神细听。只见那人又道："你想做官的可有好子孙吗？黄大相公那样的名望，便是最坏些，也不见得通匪。他家那个山东教师，虽不知道好坏，多少年在黄府，不曾听得有说他是非的，难道这会子就通匪了吗？如今把他两个连黄家大少爷都陷在死囚牢里，听说打得遍身没好肉的了，倒把那两个刁钻东西放出来的了。天理、国法、人情，一点也没有。"

郑通听说，吃了一惊。

只见掌柜的也打紧问道："老乡，可是那个小舅子与小应都放出来了？"

那人白着眼珠噘嘴道："嗐嗐！对不住，都放出来了。你们看，将后还有大笑话哩！"

众人听说，都发声叹。

欲知那人说的宣空、应凤春因何开释，且听三十一回分解。

时府老家人之言行，诚实而轻巧，处处见其老成真挚之状，虽以王瑞生等乖刁，亦无如之何，令人想望颜色。

时母出言，隐含一贯之道，不独非寻常婆子所能言，亦非胸中有经纬者得道也。有贤母，而后有克家令子，极写时公宝身家不同凡俗。

　　酒家一段文字，纯以剪裁方法作虚写，述薄醉人口吻毕肖，酒后见性情，洵个中良知也。郑通哪得不动容惊心？

第三十一回

探消息清晨访丁公
剪奸宄黑夜遇暴汉

话说郑通在酒店，听那人说起宣空、应凤春已释放了，不由大吃一惊，想道："既然这两个泼贼开释，说不得黄大相公父子与鲁良都定了罪了，倘有不及，如何是好？"思念到此，哪里吃得下酒，便起身问道："客官所说黄大相公那一件官司，出首告发的人既开释了，那黄大相公毕竟判罪也未？"

那人本是吃酒闲谈，说得忘形，忽见郑通认真相问，又见他一脸怒气，是个外乡人衣着打扮，颇有些像个吃公事饭的，倒吓了一跳，觉方才大骂官府，都被听得了，生怕惹了不是，连忙笑道："酒后胡言，不过取笑而已，没有这回事，客官休要在意。"

郑通见说，摸不着头脑，又不便明言自家意思，便道："方才听汉子说得头头是道，这会子又不说了。毕竟黄大相公判罪也无，但说何妨？"

那人道："咱也是别处听来的话，到底不知怎样。"

旁座那几个人也说："是他吃醉了乱言，客官休要信他。"

那人便匆匆喝完了酒，说声记账，闪出后门走了。

郑通叹道："世间人只会说是非，竟担不得这一点干系。这人倒是理路清楚的，也如此畏葸。"郑通讨了没趣，酒也不吃了，胡乱吃些饭，还了钱便行，一径走向鸡鸣山来。及到山上，已是向晚，早见王行健在檐前生火，抬头见是郑通，忙叫道："六爷，郑小哥来也。"

时公宝自内跑将出来，迎入草堂坐地，忙问家母可安好。

郑通道："老太太比前康健，府上多得老家人照料，并无事故。老太太不肯出门，说来极是有理，只望六爷速即进京。"

时公宝道："你见了我母吗？"

郑通道："怎么不见？如老夫人这般顾全大体，真是少见。"

郑通备说时母嘱咐一切言语，并王瑞生同衙役诈探各节。

时公宝听了道："既是母命嘱俺进京，果然朋友急难，不能迁延，但家母垂老多病，远离千里，于心何安？"

郑通道："老夫人与俺说话时，精神尚好，六爷为济人之急，天公保佑，必能使老太太康健无恙。况目今六爷便要回去，也是不济。老太太的话委实不差，请六爷早行为是。今日俺从州城过，在城外酒店听得一个消息，极是纳闷。"

时公宝忙问什么，郑通将酒店那人言语叙了一回。

时公宝惊疑道："那厮们若放将出来，必然黄大相公与鲁教师凶多吉少，倘有小五进京，不及救援，如这奈何？"

郑通道："以此只得请六爷速速动身，俺受总管大人之命前来，也有限期，不能多延。"

时公宝道："俺去也只得去了，郑小哥何不问那酒店掌柜的，毕竟吉凶如何，须要探一个实在。"

郑通道："那厮们不知怎的，见神见鬼，都不肯说。看来只当俺是个做公的，有五七分畏怯。"

王行健道："不要忙，待我下山去探了虚实，你二位再行未迟。"

时公宝道："王小哥哪里探去？"

王行健道："我在州城，有一家生药铺相熟，那药铺叫作滋生堂，店主丁老常在市上吃茶喝酒，好管闲事，为人很是爽利，亦常出入黄府。但问此人，必知端的。今日晚了，明儿一早便去。"

时公宝道："最好。"

三人说定，吃些酒饭早歇。次早，王行健下山，直至信阳州城中大街滋生堂药店。店主丁老自在柜上管账，王行健入来，叫声老伯。

丁老抬头一看，笑道："好久不见王老侄，今日有暇下山，可要撮什么药？里面请坐说话。"

王行健走至柜内，说道："先父去世，山上事务不多，每日冷清得紧，今朝进城买些零物，特来探看老伯。近来生意可好？"

丁老道："不过如此。"说着，叫伙计倒茶，一边让座，接着又道，"俺们这等买卖，只是个消遣的，哪里说得上生意？糊得口来就是了。近来人情忒坏，生意也难做，药店家尤是呆板的，能得有多大的利息？"

王行健道："也说得是，小侄多时不下山，这城内市面都生疏了。今日听说黄大相公家官司，那两个告发的人已放出来了，却是为何？"

丁老道："哎哟哟，老侄，你不知吗？这件事闹得满城风雨，谁不知道黄大相公是冤屈的？世间也没有奴才告发主子尽这般容易，便说是他留了两个教匪，到底黄大相公不是作乱的人，也是一番好意，看觑穷人。那官府不问皂白，把他父子二人连家中教师，并两个教匪，一共五人，都发在大牢里，要把他当大盗来办。从前与黄大相公来往的人都见了害怕，避得远远地去了。只落得父子二人，求生不生，求死不死，陷在死囚牢里吃苦。衙门里的人赛如请了五路财神到来，早晚只敲索他的钱，有道是虎落平阳被犬欺，少不得百依百顺，哪里违拗得？这且罢了。目今那两个出首告官的奴才倒放出来了，便在黄府里做起主子来了。谁不说呢，黄大相公今世不曾作恶，只怕是前世做下的冤孽，才有这一遭。"

王行健正要打听这事，忙问什么道理。

丁老道："那两个奴才宣空、应凤春是通内线的，宣空本是小舅子，不必说了。应凤春呢，黄府上下都知道与黄姨太太有些不干净。自从黄大相公父子被拘以后，黄老夫人每日只是念经拜佛，家中事务管不过来。姨太太便做了主子，东使钱，西讨情，挽了本城一个开当铺的邢大爷，动了保呈，当官保了那两个奴才。原先那两人被本府相公拘禁在牢，便是为的无人肯保，目今有这姨太太出面，掌握黄府大权，黄的白的不消说，着实花费得了。有道是天大官司，地大银子，有什么不了之事？听说现在是抚台大人派下的差官，比本府相公又是不同，内中自有点恋，不在少数，因此上这两个奴才都放出来了。"

王行健道："原来如此，不知黄大相公父子二位与教师鲁良，他三人如今可断定了什么罪名没有？"

丁老道："你问这话，我也正打听着。昨儿听得人说了，你可知道黄大相公这件事，虽说是他府里的奴才出首告官，其实还是四乡绅士动了公禀的缘故。那公禀上为首的便是霸王庄老绅士时二老爷。此人谅来与黄大相公有些积怨，借此邀了众绅士，却去省里一告，果然抚院准了，因此派员到本府衙门会审。谁知不上一月，那二老爷遭了全家诛戮，尽有老小都被杀了。"

王行健听说，故意吃惊道："这是何来？"

丁老道："可不是一报有一报，还不是为这件事起因？也不知什么人有如此大胆。那庄上人当初都猜疑一个人，那人名唤阮小五，是个顾前不顾后的白日鬼。后来知道阮小五出门已久，不在庄上，大家方知是教匪党徒所为。罗山县老爷着落捕快马快捉拿凶手，哪里拿得？现在申详上司，只在缉捕。本府管下到处张贴告示，但有藏匿盗匪在家，一并治罪。这样看来，黄大相公父子与那鲁教师少不得断定一个大罪，能得不死，也就好了。"

王行健道："这等天外飞来之祸，合是命中一劫，如黄大相公一辈人，无论怎样不正，也不见私通匪徒吧。如今那两个奴才放回家中，不知是怎么处。"

丁老冷笑一声道："老侄，你睁着眼睛看，不久就会闹出岔子来。那两个泼才一搭一档，内有姨太太做主，横竖黄府里的事都断送在他三个手上罢了咧。昨儿我遇见黄府管花园的李七，据他说，那应凤春简直是明目张胆入上房，做了黄大相公了。你道该死不该死？"

王行健听了分明，自肚里算计，略与丁老周旋一番，亟亟回山，把话告知时公宝、郑通。

二人听说罢，郑通道："既是如此，黄大相公一行人当不至于即刻冤死，请六爷速速求救。虽然小五去了，只怕还有不周到处，便是俺受总管钧旨来此，也不能久延了。"

王行健道："说得是，二位赶速进京，这里自有小人道听消息。老太太跟前，六爷如有事时，可着小人前去。"

时公宝道："多谢盛情，家母既有言语嘱咐，到京以后，小可自当禀安。近来风声不好，不如少走为是。王小哥在山无事，何妨一同至京？"

郑通道："正合我意，请王小哥一路去最好。"

王行健道："小人奉先父遗命，一时难以远行，日后自会来京投寻。兼且这里早晚也须道听消息，小人若得有闲，自去本府大牢，频频探看黄大相公父子并鲁教师，请六爷与郑大哥先行。"

二人听说，也不相强，当晚收拾行李，胡乱宿了一宵，趁五更天色未明，一径下山，走向官路，投北京去了。

王行健送时公宝、郑通去后，回至山上，想道："原来黄大相公父子与鲁教师都害在那淫妇、泼贼手中，这两个畜生放了野火，自家倒洗得干净，安然回来黄府享福。天之下，地之上，也没这等灭伦败俗、忘恩负义的畜生。世间那些官府，原是欺善怕恶、贪赃图利的，也不管他，难道竟没一个仗义的人？俺王行健受师父一番教训，今日倒要试一试，且看这伙贼男女在做什么。好便好，不好，一刀一个，此叫他去阎罗殿上对簿，也与黄大相公出一口冤气。"

王行健如此想定，趁早造饭来吃了。不及日午，取了包裹下山，往至信阳州城中，投下客店，改换姓名，当作远路行贩，与店小二说些不相干的话，问问州城内有无风景佳胜所在。店小二据实答说。王行健借由出门，直至黄燕臣老宅门前，相了一相，又绕至后门，有意无意打量一会儿，四周都看了脚头，重来前门。只见一人在门前缓缓过来，探头探脑，也在那里张望，一似心中有事，与自己同样行景。王行健暗暗纳罕，仔细打量那人时，面貌粗黑，十分凶险，约莫五十上下年纪，却有些面熟。那人回头见王行健，便大踏步过去了，两下打个照面，摩肩而过。王行健自忖量："难道这人是个教匪余党，却来这里看脚头？"再回头欲待细察那人发辫时，那人已转了弯，不见了。

王行健也不理会，一径回店，看看天黑，叫店小二买些酒饭来吃了，早就睡下，把灯熄了。哪里是真睡，只是肚里筹算，没声儿在床内安歇。旋听得外面有声渐寂，客人都闭门就寝了，店里人也即收拾去睡，一时静悄无声。

王行健跳起身，去包裹内取出夜行衣裳来换了，轻轻拔开房门，闪出门外看时，一天星月，寂无人声，随即施展本领，跳上屋瓦，跃出店外，一径熟路，便如飞走向黄府来，瞬息已到门前。因大门高宽，不易入去，转至旁边照墙，皆系日间探看进出之路。就房屋毗连处，把身只一跃，翻上瓦脊，匍匐打斜里行来，一心只望内院而进，耳边听得木鱼声，依稀有人在那里念佛。王行健想道："听说黄老太太修心供佛，原来就在这里，看她却做什么。"

　　正进行间，忽听得有人叫救命，兀的一声，却又寂了。王行健听那声息，只在不远处，有灯光闪烁可见。不待思索，飞一般踏瓦而来，伏在瓦檐向下窥时，一阵阵血腥满鼻，看不见是什么。又怕惊动院子里人，闹将起来，吃那淫妇、泼贼逃走，不敢直下。寻思一计，慌忙回身，爬至屋脊近处，轻轻移动片瓦，揭开砖板，向下窥时，大吃一惊。只见一条粗汉，手挺白刀，早把两个男的杀死在地，一手揪住一个女的，正在割脑袋。灯光下，看那粗汉背影，却是日间在门前遇见的那人。王行健一想："这不是来与黄大相公报仇的是谁？"眼见得这三个贼男女就是宣氏、宣空、应凤春那厮们了，只见旁边桌上酒菜无数，放着三副盅筷。那汉割下女的脑袋，去桌底下一抓，抓出一个人来，却是个使女模样，已吓得死了过去，按在地上，把来一刀砍了。那汉方直起身，就桌上取过酒肉，大吃大喝。

　　王行健趁这当儿溜至檐边，一个鹞子翻下，欲待见了那汉，问个明白，恰恰跳到地上，正思入去。那汉听得有声，回头见一人赶近，忙闪出门外，挺着手中刀，不声不响，迎面杀来。王行健急急避开，叫声："汉子，休要动手，俺们是朋友。"

　　那汉立定脚步，向前探看。

　　王行健又道："日间见汉子打从门前过，可知道俺是一路的。"

　　那汉道："你来做什么？"

　　王行健道："俺来杀三个贼男女，便是忘恩负义、陷害黄大相公父子与鲁教师的人。"

　　那汉听说，撇了手中刀，近前说道："恁地说时，俺们快走，还在这里做什么？"

王行健道："这三个就是了吗？"

那汉道："是了，都杀了，你知道还有何人？要做快做，休得误事。"

王行健道："小人不杀无辜之人。"

那汉道："好，俺们趁早离了是非场，却再说话。"

说着，跃上屋瓦，王行健也即跟上。两个似飞一般，前脚后步，闪落院外。

欲知那汉毕竟是谁，且听三十二回分解。

　　此回为王行健正传，卸过时公宝、郑通，接入王行健除奸，不图先有人入室分尸，知天下真理不可灭，写当时官吏之黑暗，而侠义诸公所以不得不出而问世。

　　暴汉所为之事，皆王行健所欲为者也，故传王行健，即为传暴汉，是汉为谁，善读者不待明言而知矣。

第三十二回

毛文蔚验尸察隐情
王小明避祸惊夜语

话说王行健与那汉闪出黄府墙外，通问姓名，王行健吃了一惊。原来那汉不是别人，却是王小明。因当日打伤陆丰，禁在信阳州牢里，多得财主薛保宗上下使钱，那陆丰妻子马氏得了抚恤，早已嫁了人去，众泼皮见了银子到手，情愿了事，谁肯与陆丰出场？因此上没了苦主，从中薛财主央人与刑幕讨情，把这王小明断了个失手伤人，陆丰自遭病死。薛保宗只图王小明无罪，自家便卸了一身火，有钱的人最怕是官司拖累，倒不惜左右点恋，以此便宜了王小明，只把他拘留示儆。如今期满，已释放出狱了。

王小明当日在牢中，见宣空、应凤春提去再审，不见还押，只道是开释了，心中老是气愤。后来闻知是抚院派吏会审，满城谣传黄姨太太宣氏挽了邢朝奉保出二人，并将黄大相公父子二位与鲁教师都打得体无完肤。王小明道听得实了，一把无明业火再按捺不得，出牢以后，去武胜关前村薛保宗家中谢了。薛保宗看他是个粗暴不安的人，头回累了官司，正是哑巴吃黄连——说不出苦，如何再肯留他？慌忙打发些盘缠，好言劝慰，把他回绝了。

王小明拜别薛保宗，重至州城，投下客店，专一探询黄府之事。当日知宣、应二人已保释回来，日间相了门户，一等黄昏稍静，奔至黄府老宅来，平生学的飞檐走壁，一手好技艺，不费吹灰之力，闪入内院。正值宣氏嘱咐宣空，邀了应凤春入内饮酒，预先叫使女安排了，要瞒过外宅当差的眼目，特地嘱在黄昏时候进来，少不得眉飞目舞，欢言笑语，争似牛女渡银河，此夕好事在顷刻。哪知数尽劫到，王小明早藏刀匿在门边，耳听得三人低笑细语，多少风流在眼前，正当面红耳热、春心动荡之际，蓦然间一团黑影，王小明已跳到跟前。宣、应二人认得是这个魔头，吓得只叫救命。王小明手起刀落，把两人接连砍翻。那婆娘惊得魂飞魄散，嘴里叫不出什么，两脚一似顶住了的。旁边一个使女只吓得往桌下钻。王小明一脚踢翻宣氏，对胸一刀，转身看二人，尚自把眼翻动，一刀一个，砍下脑袋。回头把宣氏并使女都杀了。

哪知道王行健已候在瓦上，居高临下，早看得分明。当下相偕出院，在路通问姓名罢，王行健想道："前会听说在扬州杀死钱秀才的老子，冒我师父的名，原来就是这厮。我若说出师父来，他必然忌我，这厮貌虽凶险，倒是个仗义的，不可疏他。"

王行健道："江湖上多闻大哥好名声，今日却得相见，不知大哥因何知道此事？"

王小明道："兄弟，且到咱的下处再细谈，路上说什么？"

王行健道："说得是。"

随着王小明行来，两个加紧脚步，走了一阵，已到一处客店。王小明敲开店门，半日，小二把灯照引二人，入至里面，口里念道："客官哪里去？也不见客官何时出门的。"

王小明叱道："俺自去外面寻朋友，你这厮做梦！"

小二也不言语，放着灯盏走了。

二人坐下，掩了房门，王小明诉说在牢各事，王行健也告知心中气愤不过，夜来探看之意，只不提鸡鸣山师父王鹏。

王小明哪里在意，说道："兄弟，你我倒是合意，一不做，二不休，俺们去大牢里劫了鲁教师出来，岂不完事？牢里那些厮们看来凶狠，其实只有三分气势，值什么鸟？俺知道这个玩意儿了。你我一去，万事皆休。"

王行健道："却使不得。大哥，你可知道还有黄大相公父子，与那两个没发辫的汉子。救了鲁教师一个，害了他四个，不是道理。"

王小明道："你倒说出这话来，黄大相公父子闲常仗着有钱，也叫他吃些苦。宣空原是他的小舅子，应风春一发是奴才，如今倒是他两人出首告官，养了婆娘偷汉子，养了奴才做冤仇，可不是他自家多钱的缘故？却怪谁来？那两个什么段大壮、尉迟松的，无端害了许多人，也应得死了。好救总得救他，救不得时，只好罢休。独有鲁教师，冤枉代吃官司，他是个一等好汉，俺们合该救他，我若是不为鲁教师时，今夜里也放松了，倒是为他一个。"

王行健道："大哥说得原是，要知鲁教师是最有义气的，你便独自劫他一个，也不见得便出来。他须心中思量，有对不起黄大相公父子处。"

王小明道："也说得是，这般时如何得了？"

王行健道："小弟有个朋友，在京熟识王公，现已进京求援，不久能有生路，也未可知。俺在这里道听消息，若还有不妥处，却再理会。"

王小明道："兄弟，你住哪里？"

王行健只说在客店安身，不言明鸡鸣山居处。

王小明又道："俺如今做下这事，眼见得清早事发，住不下身，在此不了。俺欲投北京去勾当，兄弟一路同行如何？"

王行健低头一想："如果与他同去，到京会了钱光武，少不得冤家相逢，又是一场。"

王行健道："小弟尚有些事未了，大哥先行一步，这里不当稳便，日后小弟到京，自来投寻你。你在京中，打算在哪里歇脚？可有一定去处？"

王小明道："哪里有定处？也不过是走去再看，只在客店安歇。如今哪里说起？"

王行健道："如此小弟过后再来寻访，日后总得相会，大哥速作主张，小弟告别。"

王小明道："兄弟去吧。"

王行健拜别，跃出店外，回至自己投宿客店，越墙而入，掩门便寝，寻思："这王小明，端的是个爽直的人。向昔听师父说，在扬州报父仇，也有不得已苦衷。如今看来，那钱秀才的父亲当日也必有过分处。"

王行健睡在床上，胡思乱想一夜，不曾合眼。

天明起身，盥漱未毕，只听得有人在柜上说道："可了不得，禁城之内，胆敢杀死四条人命，又在大户人家深院之中。那凶手不是飞檐走壁，也是个吃豹子胆的了。"

有人惊问："却是谁家遭了人命？"

有答道："还有谁呢？便是黄大相公家。两男两女，死在房中。"

又有说道："该死的奴才，人家虽是个姨奶奶，总是个主子，奴才倒敢奸淫主妇，不是祸由自招？"

又有人说："知州老爷验尸去了，快去瞧瞧那婆娘，毕竟生得怎的好模样。"

王行健听在耳里，心内记挂王小明，不知出得州城也未，一边故意叫小二来，问："你们说的什么人命？"

店小二东牵西扯，说了一阵。

王行健又道："这一家何故遭了如此人命？敢是有什么冤仇在当初？"

小二道："客官远来不知，若说这家人家，是本州一个大财主，名唤黄燕臣。说起黄大相公，无有不知，为人也极和善，着实肯接济穷人。现被人诬害，陷在本府大牢。目今死的这几个，都是陷害他的人，多半是遇了冤家，还他一报，死得好作怪。"

王行健道："原来如此，可不是害人自害、杀人自杀的话吗？"

正说间，只听得外面嚷道："看官里验尸去了也！"

小二返身便奔出店来。王行健随即跟上，至店门外看时，一群闲汉尾随官轿去了。

原来这清早，黄燕臣家中打杂婆子起来洒扫内房，见宣氏房中油灯未灭，入内一看，宣氏与宣二爷、小应并使女四人都僵卧在血泊中，脑袋半落，四肢不全。婆子吓得半死，怪叫起来。内房上服侍的婆妈并二门上打杂的，闻惊赶来看觑，个个惊绝，慌忙禀告黄老太太。

黄老太太自从黄燕臣父子落监以后，神魂颠倒，形似痴呆。听说杀死四人，只道是监中父子两个与鲁良等四人行刑去了，一时昏晕过去，半日救得苏来，仆妇们扶至宣氏房中。仔细看时，黄老太太方才明白，见这般情形，不住地念佛，叫快快报官。家人领命，即去州衙投报，知州毛文蔚大惊，立即点起吏役仵作，径至黄府验尸毕，传讯黄老太太及众人，追究行凶之事。

黄老太太道："丈夫与儿子犯事在监，夫妾宣氏素有不端行为，妾兄宣空与奴才应凤春狼狈为奸，不止一日。前次出首告发丈夫，便是要谋吞黄氏私产。如今应凤春胆敢闯入宣氏房中饮酒，与使女、宣空并在一处，知州相公明鉴，这是淫妾、恶仆通奸有据，显见得前日诬陷丈夫与儿子，求相公申冤。若说这四人怎样被杀身死，老妇自在房中供佛念经，深夜熟睡，不知究竟。"

毛文蔚听说罢，传集黄府男女用人，一一都审讯了。内中虽有与宣、应二人作一路的，今见宣氏等横死，怎敢遮瞒，只得直说出来，备述宣氏、二爷平日所为之事，并家以后，如何算计，如何出首告状，如何蓄意谋吞，及宣氏如何挽人去保等等。至四人因何而死，众口结舌，莫知所对。

毛文蔚讯毕，命将这几个家人带衙发押，录成口供，一面慰谕黄老太，与四人收尸暂殡，一面押了文书，严缉凶犯。当日将出事情形申详本府，请并案办理。

本府马廷桂接阅来文，不由又吃一惊，复按罗山县公文，详报霸王庄时仲凡全家被杀，久拿凶犯不获等情前后类似，又这宣空、应凤春与那时仲凡都是教匪案人证，揆情度理，显系报仇。马廷桂心中虽然称快，只在自己管下，迭犯人命大案，当那乾隆时候，凡杀死两命以上，拿获凶首，律须按人数抵命，各省官吏，保得隐秘，早有谕旨，一体遵行。这信阳州与霸王庄前后接犯如此大命大案，自然是本府州县官吏担当。马廷桂、毛文蔚等如何不急，只得据实禀报。马廷桂与幕友商议，将两案并作一起，推在教匪余党报复所为，星夜赍了文书进省，自请处分。抚院查阅来文，也有些畏怯不安，生怕有飞贼混入衙中闹事，或更闯出大乱事来，少不得有失察之罪，不敢慌张，只得密令汝宁府知府饬所属州县，叠成海捕文书，一体严缉正凶，随时谨防不测。一面传令郝雍入来，细问端详，嘱私行察访，务获凶人到案。郝雍听说，不由捻着两把汗，胸中怀着鬼胎，想："这教匪如此厉害，自家性命攸关，又怎敢出头露面？"只得唯唯诺诺，当面称是，转背却去家里躲了，再也不敢出来。到时去抚院跟前搪塞

223

一番，横竖宣氏与宣空、应凤春保释时候，早已得到了好处，不想再发利市，就不似从前一般认真。如此把这事行得缓了，暂且按下慢表。

仍说王行健当日随从众人拥至黄府门前，看信阳州官毛文蔚验尸，因被官兵所阻，都不能入去。回来听得说，把黄府用人带衙审去了，一面黄老夫人已在买棺收尸。王行健看看无事，只放心不下王小明，在客店又住了一日，随时道听消息，但见满街搜索乱党，四城门都有盘查的人。王行健寻思不好，还了店资，背上包裹，一径来至生药铺寻丁老。丁老请入让座，诉说黄府近日之事，声声称快。王行健装作不知，顺口儿攀谈一会儿，说些山中景象，也就出来。至城门口，便有衙役拦住盘问。

王行健答说："家住鸡鸣山上，种田为业，今来州城买药，与生药铺丁公相熟。你们不信，可问丁老。"

衙役见他振振有词，又素知丁老为人，也不留难，放他出城走了。王行健肚里想道："亏得及早作计，先离了客店，不这般时，如何能说得响亮？倘有言语支吾，少不得先受了委屈了。"当时取路回山，仍在山中幽居，不在话下。

却说王小明，当夜做了这事，心内惊恐，歪在床上略歇一会儿，趁五更天色未明，离了客店。

店小二道："客官这清早投哪里去？如今官司谨防小人，城门开得迟了。"

王小明道："你休管，俺自要赶程，且早去城门口等了。"

王小明一径来至城楼边，却睡得静荡荡的，四顾无声息，便由小路登上城墙，绕至墙缺处，早是天色欲白。往下看时，并不甚高，扣紧包裹，向下一溜，溜出城外，沿墙脚行来，渡过城隍河，走上大道，飞一般向北而行。约过了三四十里，早见淡日高起，渐及向午，肚子饿了，在路买些点心来吃，又急急赶程，到晚宿次，次早又行。且喜路上平静，不闻有甚风传。行了数日，平安无事。

这一日，来到郾城，王小明想道："好了，如今已出汝宁府境界，那赃官便要捉拿俺，也不及了。连日赶路辛苦，且在这里宽歇一会儿。"王小明想定，入至城中，投下客店，来市上买得好酒肉，吃了个饱。回店宿

224

歇，心神既定，呼呼熟睡，一觉醒来，只听得有人说鲁良。王小明忽闻鲁良名字，不由打起精神来听，原来是隔壁房内两个客人闲话。王小明轻轻起身，伏在板壁旁，贴耳细听，听出那两个客人的言语来。正是：

披靡世事如棋转，飘忽人生似梦过。

欲知那两人什么言语，且听三十三回分解。

此回俱作补叙之笔，将数方面事收紧一处，为承上展下之文。

王行健行事出言与他人不同，王小明又别为个性，读者随处得认明二王与孔、鲁、郑、阮皆有别也。

王小明为前部书第一回出场之人，至此已隔八十一回，方叙出正传。中间只王半天作一闲谈，为王氏家乘，半天老人之所以劝止钱光武者，盖有由也。

225

第三十三回

尹小郎强中逞强
白浪生客途留客

话说王小明在客店里听隔壁两人提起鲁良，抖起精神，伏在壁边听时，只觉那两人声口却是年轻的人。

一个道："鲁良在黄燕臣家当教师，俺早知道了，多年下来，宾主之间极好，也就可知黄大相公的为人了。这回的事，其中必有缘故。"

一个道："俺们此去，探听得实在，把这厮们都除了，好歹清理了回来。"

先一个又道："叔叔说得原是，师公吩咐，不可妄为，俺们走去且看。"

王小明听得二人是叔侄称呼，心想："奇了，这两个人的言语截然不是一处的。先一个说话的，好多保定府口音，接口说话的却是一口京音，或许是亲戚，也未可知。但说要除那厮们，不知是谁？"王小明静心又听，半响寂然无声。

旋听得北京口音的道："你睡了吗？"

一个道："不是。"

一个又问："怎么不作声了？"

一个道："叔叔你看，这里有茅草，不曾拔得干净。"

一个笑道："管他甚鸟？俺们说闲话，管他娘的！"

王小明听说，倒吃一吓，这分明是说自己在这里窃听的话，却不知因何察觉。料想是自家声息漏了，又不见有这般精细的。心下纳罕，不由着急起来，欲待退走，恐怕惊动得更甚，又不敢动。只得屏气不声，默默地伏在墙边，听他两人，一点声响也没了。

王小明浑身使劲，急出满头白汗，忍息不住，只得轻悄儿缩将过来，慌忙爬至床上就寝，怎敢作声？听隔壁时，半丝声息也无。王小明想道："又是个强中手，说不定还是教匪一党的，且待天明，看他一个究竟，可知是怎样一流人物。"王小明仰卧床上，静听多时，不闻再有言语，自己却先倦了，渐即睡去。

次日一早起来，听隔房二人已起，正在叫店小二付账，欲待动身。王小明匆匆盥漱毕，也即还了店资，踱出门来，去隔房窗下看时，只见两个后生都在二十左右年纪，都生得品貌清秀，身材亭亭，衣服虽不华丽，甚是整洁，一似书生模样。一个略较瘦长的，便是带保定府口音的；一个操京话的，身材越发端正，白净面皮，似乎年纪较小，倒是长一辈的。二人各提包裹在手，正出门来，与王小明打个照面，拽步起身走了。

王小明随即返身入自己房内，取了包裹，跟将出来。只见两个捷步如飞，一径出城，走上官道，向南而行。王小明寻思："这里距信阳州远了，料得无人相识，我今去北方，也是避难。这二人多敢是来与鲁良解救，且探一探。"

王小明仍取昨日来路，相随二人行来，意欲赶上二人，攀谈些话。健步加紧而行，哪知用足气力，再也赶不上，先自遭了一身臭汗，脚底酸了，看看总是相差一箭多远，只得慢行。又不见二人走得如何快，依旧只在眼前，心下纳罕："这是何来？难道遇了地仙不成？"益发诧异，要探个究竟，只顾跟随行来。走了一早晨，见前面隐隐一座林子。二人入了林子，就树荫下歇了。

王小明大喜，飞一般追将上来，才入林子，只见两人托地立起身来就走。

王小明叫道："前面二位小哥且住！"

二人听说，停住脚步，回头打量王小明道："你这汉子，跟了俺们，打算什么？"

王小明正走得气喘喘的，答道："并无别意，有事拜问，暂请留步。"

那瘦长的冷笑一声道:"从来与汉子不相熟,有什么话只说!"

王小明道:"俺与山东鲁良是朋友,二位可知鲁教师那人吗?"

那瘦长的后生叱道:"什么鲁教师不鲁教师?俺不知道。你这厮昨夜晚窃听人家闲话,一早晨跟住俺们来这里,眼见得不是好人。你要怎么打算,你只直说,休得相欺,别使俺们冒上火来!"

王小明听这般恶言,心中老大气愤,想想自家先担待的不是,一身敌不过两个,只得耐着性儿道:"哥们休怪,俺是个远路客人,昨夜听得二位说起鲁教师,因知他是个好男子,以此拜问二位,并无别意。"

那后生道:"你既是鲁良的朋友,你可认得孔元霸吗?"

王小明素不闻孔元霸这人,一时说不上话来。

那后生道:"呸!原来只是诈人。"

旁边那个后生道:"俺们走吧,休得与这厮多言。"

二人返身待走,王小明叹道:"老爷晦气,瞎了眼珠,俺只道是有义气的人,原来是两个泼贼!"

二人听说,大怒道:"这厮开口骂人!"立住了脚,回头喝道,"你说谁是泼贼?"

王小明也大怒道:"老爷走过天下,识得多少江湖豪杰,不曾见你两个小子这般无礼!老爷却怕谁来?"

那年轻的后生不待打话,凑紧一步,却待动手,一个拖住道:"叔叔且住。这厮口出大言,且问他是什么人,再看他的手段!"说着,问王小明道,"俺们行路,与你什么相干?你要问山东鲁良,为的何事?你且说出真名姓来,曾奉何人所差,来此何干?休得有半丝谎言。不这般时,莫怪俺们无礼!"

王小明道:"老爷杀人放火,天下闻名王小明,自家与山东鲁良有旧,乘便道听一声,不见得便玷辱了你。你却这般托大相待,是何道理?"

那后生道:"你既是鲁良的朋友时,目今鲁良陷在汝宁府大牢,你如何不知?何故不去搭救,却来问俺们行路的?"

王小明道:"俺做的事,俺自知道,你们但到汝宁府管下,便有人说与你们分晓了。"

228

那后生听得王小明话中有因，徐徐问道："汉子你说什么？端的鲁良如今出了牢狱也未？"

王小明道："好叫你们得知，鲁良自在大牢里，那出首告发的泼贼却都除了。"

二人听说此话，吃紧问道："谁除了谁？"

王小明道："便是那宣氏、宣空、应凤春并使女，一共四个贼男女，都砍了。"

那瘦长的后生一把抓住王小明，喝道："你那厮，原来即是凶手，如今官府正在捉拿，你却逃来这里。"

二人叫一声带走，两边把持王小明不放。王小明大怒，施展拳脚，猛向二人打来。二人闪开了身，只把王小明两手一提，提了紧来。说也奇怪，王小明竭平生气力，欲待挣扎，再也动弹不得，却似钉在十字架一般，没做手脚处。两个牵住王小明便走，脚不点地地向林子里蹿来，一边嘴里嚷道："且把这厮拿到官里去领赏。"

王小明只叫得苦，发指目突，大骂："奴才的奴才，有一日撞到老爷手里，俺便杀尽那满城赃官，叫你们这些猪狗都变作了灰尘！"

一边泼骂，一边睁着虎眼向左右怒视，少不得吃了他两个。二人也不打话，尽管蹿向林子里来，也不即上官路。移时，到了冷僻所在，方放了手。

王小明寻思："这泼贼敢是打算在这里下俺的手？又苦得敌他不过，这般时，好死得不明不白。"

王小明道："老爷与你两个小子前生无冤，今世无仇，老爷杀人是应杀，放火是应放，要把老爷拿到官中领赏，也死得明白，却来这里做什么？"

两个后生听说，笑将起来道："汉子休怪，俺们不是那样的人。昨夜晚知你在墙边窃听俺们言语，只道你是做公的。如今听你说来，委实是同鲁教师相与的人。俺们一路过来，但见州县衙门出有告示，一体捉拿教匪，以此各处都有衙役密探，不得不提防则个，别怪俺们得罪处。"

王小明听说罢，转怒为喜，不由苦笑道："哥们，你们也忒开玩笑了，早已与你们说了，俺不是歹人。"

二人道："汉子且坐说话。"

三人依次在地坐下。王小明道："不敢拜问二位尊姓大名，贵府何处？"

那瘦长的后生道："俺姓尹名超，家住保定府朝阳庄。"指伴同的后生道，"这位是俺的世叔，姓白名浪生的便是。"

王小明道："二位来此何事？"

尹超道："小人与鲁教师素不相熟，向昔俺在自家庄上时，认得鲁教师的老乡孔元霸，那人是个爽直汉子，常说道鲁教师好男子，曾在信阳州黄大相公家教授，宾主甚是相安。这会子忽听得人说，教师与黄大相公父子都被陷害在牢，为了什么教匪牵涉受累，性命只在悬悬。以此俺二人投来这里，将去汝宁府探听消息。不想遇了汉子，既然汉子与鲁教师是朋友，必定深知底细，端的近来教师性命如何？"

王小明道："一言难尽。"

尹超、白浪生细察王小明，虽面目凶险，心相不坏，无端相遇，甚是欢喜。

原来尹超自在万里秋门下学技已成，白望天父子移至朝阳庄吕家院子作一家屋住，因二人年相若，技相上下，常做同伴游逛。论辈数，万小化与白浪生同序，故尹超小一辈。当日缘吕大器在外营商回来，听人传讲黄燕臣冤屈官司，说起山东鲁良，白望天便道："此人与孔元霸是同乡，昔曾听说在信阳州教授，既遭此祸，不可坐视。"

尹超也猛可省悟，记昔日孔元霸与尹三姐做媒时候，称述鲁良如此这般能耐。自家积世之仇，皆得孔、郑二人相助报复，今是孔大郎至好遭难，如何不救？尹超饮水思源，与尹老娘、万小化述及此事，欲要挺身搭救，白望天、吕大器都以为然。因此上，尹超、白浪生伴随南下，一路探听，果然处处张贴官中告示，捉拿川匪余党。谁知人事变幻，偏遇了这王小明。当夜察知伏壁匿听情状，二人私料，只道是官中派遣在外捕役，便故意玩弄他。今见王小明心志，端的是为鲁良而来，二人不由起敬，动问来历。

230

王小明备说自家因失手打死陆丰一节，在牢中遇见宣、应二人，知得鲁良与黄氏父子被陷一节，后来如何放出牢来，如何闪入黄府，杀死宣氏等四人各情，从头叙了一遍。

二人拜道："原来王大哥这般义气，小人无眼，多多失敬。"

王小明道："说什么，俺夜来听得你们说起鲁良，便是想把这话告知。目今快快把鲁教师与黄大相公一行人搭救出牢是了。俺看你们两个都不是等闲的人，好便好，不好，索性把那些赃官都砍了，劫出牢来，哪里不好去过活？若还如此，俺便闯个头阵，也吐得胸中一团恶气。"

尹超道："且住。既是王大哥把那泼贼男女杀了，这早晚都有官司盘查，倘或露出破绽，不是耍处。王大哥暂且躲了，待俺们至汝宁府后，探听实在，再做计较。"

白浪生道："毕竟鲁教师一行人近日性命如何？倘有不及，怎生是好？"

王小明道："俺便是这话哩，那些赃官眼看着黄大相公是远近大财主，只巴望将这件事闹大了，早好发财，自然是凶多吉少。再有一个人，是俺的本家，名唤王行健，也为这事好生气愤，当夜在黄府杀死那几个泼贼时候，此人也正来除奸，与俺相遇。据他说来，已自有朋友进京求救，不知能救得鲁教师也未。俺黑早离了州城，一直来此，正不知近日吉凶如何。"

白浪生道："这王行健现在何处？可曾在州城那里居住？"

王小明道："先便住在客店里，这会子必然走了，看来此人也是流落江湖的。虽然年轻，倒也老成，他们便与鲁教师最熟，俺只是闻名不曾相见。若得此人会面，定知近来吉凶。"

尹超道："可惜不知他的居处。"

王小明道："你们若去州城，但留心着，谅来此人近日必不走远。"

白浪生道："恁地说时，俺们此去汝宁府，先到大牢里探看鲁良。既然王行健与鲁良相熟，但问鲁良，必知此人下落，然后至信阳州投寻那王行健，有何难哉……"

道犹未了，王小明哈哈大笑起来。

尹超问："王大哥何故大笑？"

王小明道："原来你们不明这当中的难处。鲁教师与黄大相公父子犯了弥天大罪，窝藏教匪，大逆不道，非同小可。那赃官正把他们当作活宝，怎能轻易叫你们探看？多少恶鬼把门，哪里许你便入至死囚牢中说话？俺叫你们会这王行健，原是为他在府城大牢里尚有路径可通，你们人生地疏，多有难处，若问他时，便知一切。兼且近日风声越紧，但凡去牢中探看的，不问皂白，指为教匪一类，除非抚台行下文书，方得入去。你们哪里便能够会得鲁教师？若还会得他时，也用不着王行健了，却去州城做什么？"

尹超道："原来如此。叔叔，这般时，倒是麻烦了呢！"

白浪生道："不忙，这个只好看事行事，且到那里再理会。只要留得鲁良一行人性命在世，早晚总有安排处，只是这王大哥在那里做下了事，落荒到此，虽不曾指明名姓，须防有意外之事，速速投北躲避为要……"

王小明不待言毕，便道："俺本欲投北京去，只在这里过路的。"

白浪生道："便是哩，你去北京，是必走保定府过，可至俺们那庄上丢下一个信，好叫吕大哥与俺父亲尽知鲁教师之事。你若没投处，只管在俺庄上住了，万无一失。且等俺们回来再计较，这样如何？"

尹超道："说得是。王大哥准到俺朝阳庄吕家庄院居住一时，俺们却去汝宁府便回。"

不知王小明肯去也否，且听三十四回分解。

尹超骤见王小明，以为吏役之徒，防之不使之近，虽由于夜来窃听之可疑，要知尹超之精细，与众不同。而其少年好胜之心，与鉴人不彻之故，皆为初出茅庐之尹超作地，此为尹超艺成以后第一次。

留王小明至朝阳庄，独出于白浪生之口者，似盖白浪生之与吕豪为兄弟行，而尹超则有长幼之差也，一则白浪生如其父，慷慨好义为天性，初不以王小明为外人也。写两人品性，于此可见。

第三十四回

莽汉初投剑客家
五郎一入总管府

话说王小明见尹、白二人留去朝阳庄上居住，说道："哥们好意，叫俺躲避一时，俺本待投京去勾留，也没投处，难得如此相待，有什么不可？但俺是个急性人，从来住不得闲，倘叫俺留在庄上，一动也不动，比死也难受，只怕住不惯。二位若叫俺去庄上丢个信，休说保定府原也是路过的，便是再远些，叫俺去十万八千里，应得要去时，俺只与你去。"

白浪生道："王大哥休得见外，那朝阳庄上吕家院子，是俺的师兄所在，俺的父亲也在那里住，比人家父兄一般。你去只说在路遇见俺两个，叫投来庄上居住，尽把鲁教师一切的事与俺的父亲、师兄讲了，说俺们已去汝宁府，不久探了消息便回。你能住得惯时尽住，酒肉须不亏待你；你若住不得，要投北京去，可问俺的父亲，找个投处，休得没头没脑去撞人。"

王小明道："却是好也，遇了救星，正合我意，好歹须走京城去觅个门户。"

尹超问道："王大哥为什么定要去京城呢？可有亲戚朋友在那里？"

王小明笑道："狗也不认得一只，哪有什么亲戚朋友在那里？尹大爷你不知，俺犯了该死之罪，不止一次。男子汉大丈夫，杀人放火不稀罕，逃难避祸没廉耻，一辈子如此不了。遮莫去京里，得识个大官大府，有一日遇了识货的，安身立命，做出些响亮的事来，把前账一笔勾销，也对得爷娘生我一场，以此要去。"

尹超点头道："原来恁地。"

白浪生道："既这么说，俺与你写个信，交与俺的父亲，好作主张。"

王小明道："最好。"

白浪生就背上解下包裹，打开取出纸笔，随手写了几句话，交与王小明。尹超在旁看了点头。王小明取来扯在怀里，起身道："没别的话了，就此告辞。"

尹、白二人也收拾起身，一同至大路上分手。尹、白二人自向南取路走汝宁府去了，王小明仍寻原路北来。

话分两头，且说王小明向晚仍到郾城，急要赶路，便不进城，在城外胡乱找个客店歇了，次日一早便行，到晚宿歇，按站上程。在路多日，来到保定府城外朝阳庄，却值午后，问得吕家庄院，人人都知，径至门前，取出白浪生信条，交与门子。门子入报，少时白望天、吕大器出来，叫请王小明至厅上。王小明放下包裹，见了便拜，二人扶起，延入后堂让座。

白望天道："王大哥哪里与我儿并小郎遇来？有何口信，但说无妨。"

王小明先说在郾城客店夜遇一事，说言未已，小厮托出酒饭。

吕大器道："远来辛苦，吃了再说，休得客气。"

王小明独自入席，把酒饮尽吃饭，一霎时，尽将酒菜吃光。白、吕二人对席看见，想道："是个猛汉。"

小厮倒茶来吃了。二人问道："如今鲁教师这场官司如何？"

王小明从头至尾叙了一遍。

白望天道："既你在信阳州做了这事，虽然泄一时之愤，只怕累了鲁良、黄燕臣父子，益发罪名重了。你虽破晓出城，无人厮见，免不得山高水低，且在这里住了，待我儿与小郎回来，却再计议。"

吕大器道："俺叔叔叫你在这里住了，须当是自己人，随便吃喝不拘。"

王小明拜道："二位大爷在上，小人草料，兀自闲居不得。本想上京城讨些事做，争奈没投处，多承哥们吩咐来此，若得大爷指引去处，在那里安身立命，一生的指望。"

白望天道："我知道了，暂且宽歇几日，自叫你前去。"

王小明拜谢住下。

白、吕二人商议道："这人面貌凶险，性气躁动，有些地方差不得他去，做买卖人家又用不着，却去哪里与他找个事做方好？"

正没理会，甘凤池从北京回来。原来甘氏夫妇自米小元去世后，一向在朝阳庄居住。纤娘生的儿子，乳名狮儿，与尹三姐的儿子铁雄都在怀抱，二人性气相投，两孩儿又住惯了，以此吕大器、尹三姐不放甘氏夫妇他去。近日甘凤池随同吕大器兼做买卖，无非往南走北，贸迁有无，皆是吕大器向来经营的门户。甘凤池帮同照料，一来消遣，二来随处游历，打世间不平。这会子到北京去，也是为买卖勾当，流连数月，方始回来，入内拜见白、吕二人罢，告知京中一应事务，叙些闲话。陈纤娘、尹三姐都至后堂相见，备酒接风。席间，甘凤池说起孔元霸与郑通二人，近来在京中和总管府里做事，大家便问在哪里见来。

甘凤池说："在路遇着元霸，只他一个，跨了牲口，在前门外路过，定要我去酒馆里喝酒，诉说许多言语，看来现在倒还得意。"

大家笑道："也罢了，不知是谁作荐他去？"

甘凤池道："听说是和府里一个师爷姓时的，荐他去的。"

陈纤娘笑道："这个没头神，如今入了做官人家，可能守得规矩吗？想来比前好了。"

甘凤池道："还不是火杂杂的，江山好改，本性难移，怎能变得过来？"

白望天道："若还变了面目，倒是完了，正唯其不变的好。"

大家都点头称是。

吕大器道："现在这个王小明，也是孔元霸一路的人，比他还更猥獗，却是一对儿。"

甘凤池问："哪个王小明？"

吕大器道："你在京中，不知此间事。近来信阳州有一件冤屈官司，闹得很紧，白师叔叫浪生、超儿已去打听，也是与孔元霸有关的人。"

甘凤池道："怪道不见他两个，正是纳罕。是谁遭了冤屈？"

吕大器将鲁良、黄燕臣父子因收留尉迟松、段大壮，俱被陷害一事，并王小明如何投来庄上，想去北京勾留的话都说了备细。

甘凤池叹息道："为富不仁是盗贼，为富而仁是教匪。记当年海岛归来，直到于今，俺们见得多少赃官贪暴的事，却见老百姓歌风颂德的，说来可怜可笑，将后是非越不分，善恶越不清了。倘使大师生在此时，如之奈何？"

吕大器摇头笑道："从古以来，算不清这个混账，十手十目，怎做得了未了之事？"

白望天道："佛说随缘，倒是一句话，且不管他。我思量起来，孔元霸既在和总管府做事，现在这王小明正想投京去勾当，何不就叫去找孔元霸？一来他两个性情相仿，二来又是鲁良的事，好叫孔元霸得知，岂不是恰当？"

吕大器道："好极！凤池便写个信，交他投去。"

甘凤池答应，当下酒罢，取过笔砚，写了几句话，一面笑道："其实这信也无用，元霸一字不识，与他通什么文？他本来想跟我来拜望二位长辈，我看他事忙，又恐生出岔子，再三叫不要来。早知如此，带了他来就是了。"

吕大器道："管他识不识字，胡乱写个字条。他既在总管府，王小明这般模样，生恐被门子阻挡了，不得入去，有了字条，便好投了。"

说话之间，甘凤池已写好，交与白、吕二人看了。

白望天道："俺看这王小明急着想投京去，早打发他走是了。"

当命小厮请他入来，尹三姐、陈纤娘随即避去。白望天叫王小明与甘凤池相见，王小明便拜。

白望天道："王小哥既欲进京上达，在此无有事做，俺不便延误。现有一人，名唤孔元霸，原系鲁教师的朋友，与这甘爷是至好，现在北京和总管府中值事，有甘爷书信在此。你且将信前去投他，讨个事做，谅不致有误，未知小哥意下如何？"

王小明大喜道："此乃小人一生之幸，多谢大爷。小人就此动身。"

白望天道："今日时候不早，明儿起身未迟。"

取过书信交王小明收了，叫小厮取出三十两银子，与王小明盘缠。王小明怎敢便收，再三推辞。

吕大器道："远路奔投，多备些盘缠，不必在意。"

王小明只得收下，回至厅房，想道："这一家人家，如此情义待人，甚是难得，谅来是个财主家，又不知谁是主子。内中有姓白的，有姓吕的，有姓甘的，又有那姓尹的，听说还有姓万的。外面人称吕家庄院，看来又似这位白爷做主，白爷是浪生的老子，吕爷据说是师兄，倒比白爷更见年老，这是什么来着？一家子如许人，不知因何作一起住，只是不懂。"又不便问，王小明寻思自家东奔西窜，不想来到这个所在，也是好笑。

当夜早自宿次，次日清早，收拾包裹，拜别白望天、吕大器、甘凤池等，取路直向北京而行，免不得饥餐渴饮，晓行夜宿，暂且无话，按下慢表。

如今却说阮小五，自在汝宁府城中客店慌忙起行，将了时公宝书信，急趱急程，不则一日，来到北京和总管府，将出书信，投呈钱光武。门吏入报，钱光武览信罢，知鲁良、黄燕臣父子陷在牢中，郑通已到，时公宝未来，阮小五星夜赶至，不由大惊，忙起身出迎，延入书斋。阮小五翻身便拜。

钱光武搀扶道："小郎远来，且坐说话。鲁教师与黄大相公父子何故弄到这般田地？目今性命如何？"

阮小五道："性命只在早晚之间，一言难尽。"

钱光武命左右安排酒饭来吃，一面叫人去请孔元霸来。

阮小五道："小五连日上路，心急如火，不想吃酒食。快请孔大哥来相见，求总管大人速速搭救他们几人性命。时六爷多多拜上。"

钱光武见阮小五忧愁满面，听这般说，也就依言撤了酒饭，叫快请孔提调来。一边阮小五解下包裹，诉说长短。未及数语，孔元霸抢入来，一见阮小五，惊喜不迭，忙问六爷、郑兄弟他两个在哪里。

钱光武道："孔大哥有所未知，鲁教师与黄大相公父子性命难保。"

孔元霸顿时色变，大叫道："什么话？"

钱光武道："孔大哥且坐了，听小郎说知细情。时六爷因与郑小哥在那里营救，未能即来，先叫阮小郎来报知，有书信在此。"

孔元霸道："阮兄弟你快说，咱收拾了包裹，与你便去。"

阮小五道："不是这话，六爷叫小人来这里，求总管和大人设法营救。目今巡抚臬司都把这件事当作大案，欲要陷害良民，不肯罢休。"

阮小五说着，将起首黄燕臣留纳尉迟松、段大壮来家，宣空、应风春出首告发，州府省委如何复审，时仲凡如何纠合四乡绅士检举，一一说了。

孔元霸早是目突发指，气得紫涨面皮，不待言毕，大叫道："砍他娘的，都把那些泼贼杀了完了！时仲凡那老贼有几颗脑袋！"

阮小五道："大哥息怒，小弟话未完咧。"

阮小五便说自家与时公宝如何至府城大牢探监，如何遇了王行健，牢子如何管得紧，如何不准入去，自家如何连夜回至霸王庄，如何把时仲凡一家老小尽都杀了，如何在路遇了郑通。

孔元霸听说，连声叫好，说道："兄弟，你是个做事的，曾听得鲁大哥说你好气概，端的做得好！"

钱光武听了，暗暗叫苦不迭，拉着阮小五道："小郎说得轻些，休得漏了口风。既是如此，可知累了时六弟不得回庄上去了。好却是好，生怕官司越发把黄大相公一行人吃苦，少不得并作一起办了。事到如此，延缓不得，待我告明了东家，赶紧搭救。你与孔大哥且在这里坐一会儿，东家若有话问时，你须好生言语上白，切勿提时仲凡之事。"

孔元霸道："他又不是傻的。"

阮小五唯唯答应。钱光武取了时公宝书信，入至后堂，见和珅道："东家前差郑通去信阳州，早到那里，因公宝有事，未能即来。现有阮小五赍了书信到来，具说原委，内中有信阳州富绅内燕臣，系晚生旧日居停，被人误害，陷在牢里，生死未卜，省道官吏都要株连兴狱。公宝来信，拜请东家大力周旋，洗此不白之冤。晚生也感同身受，务望俯允。"

和珅听说罢，取了书信细细看了，一面念道："时先生令堂老太太病瘥了，也罢了。"再看后面，一连点头。阅毕说道："这件事因牵涉教匪在内，所以地方官不肯放宽，从前川省教匪闹得极是厉害，后来剿平之后，窜流腹省。皇上曾有谕旨，但拘得教匪，格杀勿论，匿藏在家不报者从罪。今这黄老，系不知实情，又那教匪戴有假发，好意收留，竟惹此祸。况是先生旧东，时先生如此信来，兄弟自当竭力挽救。来使阮小五现在哪里？可叫入来相见。"

钱光武道："阮小五现在书斋，与孔提调说话。他是公宝本村人，与鲁良、孔元霸、郑通俱是旧友。"

和珅道："最好，可即请来相见。"

叫左右去书斋请孔、阮二人来。孔元霸引阮小五入内拜见已。

和珅问道："时老太太近日大愈了？"

阮小五道："好得多了，年老人体气衰弱，将息一时便好。六爷本当与郑小哥一同来京，因鲁教师、黄大相公被陷，性命难保，特着小人将了书信前来，求恳总管速速出信搭救。六爷不久也就到来。"

和珅道："咱知道了，抚台派员复审以后怎样？"

阮小五道："听说那派来的瘟官姓郝名雍，那厮眼看黄大相公是个财主，只图敲索钱财，不问皂白。"

和珅点头道："咱听得钱先生说了，原是冤枉。"

孔元霸道："小人的老乡鲁良，他是个正直英雄，哪里会私通教匪？求总管出一封书，咱待去汝宁府走一遭。"

不知和珅如何言语，且听三十五回分解。

王小明投朝阳庄，得遇白、吕诸剑客，可谓幸矣。而心猿意马，唯欲走北京以求显达，甚矣，富贵之迷人，而豪侠之士不可以皮相也，粗莽如王小明，焉得知之？

阮小五之持书求救，已隔数回，至此叙出，以为王小明投京接线。中叙孔、钱二人心意，及和珅对答，各得其妙。观此则小五较小明为妩媚多矣。

第三十五回

恣淫乐罪案记南巡
申冤抑良朋会北地

话说和珅见孔元霸说要投汝宁府去，和珅道："咱与汝宁府尹不熟，此事在抚台做主，府尹也无实权，你去何益？既系大案，河南臬司当有奏章来京，却再理会。"与阮小五道，"远来辛苦，且去歇息，待俺与钱先生商议停当，自得有挽救之法。"

孔元霸听说，只得陪同阮小五辞出，这里和珅又与钱光武体问了一会儿，答以一力想法周旋，叫府里管事的留下阮小五，好生看觑，与郑通一般待遇。钱光武见和珅满口答应，方放了心，自回书斋与孔、阮二人闲话去了。

和珅自肚里寻思："这件事非同小可，认真办起来，祸不可测。俺虽蒙皇上殊恩，进言无忤，但一来职司所限，二来皇上最恶干求，倘有失措，于自家前程不利。若还不管，显得自家没能耐，不能邀结人心。"踌躇半晌，没做主意，只得先托人向刑部关说，一面留心河南巡抚奏折，托侍从太监探查内情，不止一日。

孔元霸、阮小五等得心急如火，频叫钱光武催询，和珅只以好言抚慰。那时乾隆帝自恃英明，法令极严，不论元老大员，但触犯意旨，轻则谪戍，重则斩决，再重便是灭族戮尸。所以满朝文武，见帝凛凛威风，都各害怕，只有迎合献媚，哪敢正直论事？和珅近在御前，日常见惯，深知帝性，知此事虽有诬陷，若照教匪论罪，出帝本意，那鲁良与黄燕臣父子再难幸免，生恐河南巡抚据实奏闻，一经下旨定罪，难以挽回。和珅心内着急，又无由进词。

适逢其会，乾隆帝欲有南巡之举，和珅想道："看来这里尚有一条生路。"放在肚里，且不声张，自己早打下主意。

原来清客帝入关以来，看江南民物殷阜，风景秀丽，无不想翠华远幸，尽逍遥之乐。自顺治帝以披发入山，终老五台佛地。康熙朝借阅河为名，全有六度南巡之举。雍正谋夺大位以后，初年因戒备非常，不敢轻易出巡，后来拔除了所有不中意的党类，自谓无忧，欲图享太平之福，不料死于侠女剑光之下。到了乾隆时候，民气衰了，专制越甚，乾隆帝依照旧例，也必要南巡六度。当时銮驾所至，大员媚上，督饬下吏，下吏托势，敲索小民，小民无处可诉，只得把汗血尽数供给，到处吃尽其苦，烦苛之毒，忍泪难言。乾隆帝虽亦好面子，每每所过州县，减租税，添学额，看觐耆年，召试文学，其实只是个口惠。请问那扈从的耗费，警跸的庄严，哪里取来供应的？彼时朝臣中也曾有看了不然的，却是惧怕威势，不敢出声，稍有言辞，立即遭祸。

编修杭世骏疏论时事，内中有三句话，道是："巡幸所至，有司一意奉承，其流弊皆及于百姓。"乾隆帝大怒，喝令斩决，亏煞侍郎观保死谏方免，遂命革职回籍。

又有尹会一，奉旨视学江苏还朝，奏说："皇上两次南巡，民间疾苦，怨声载道。"乾隆帝登时变色，大声叱道："你说民间疾苦，指出什么人疾苦！怨声载道，指出什么人胆敢怨言！"尹会一只得叩头谢罪。乾隆帝当即下旨，发遣边疆充军。

又有纪昀，因博通群书，为四库全书馆总纂官，授侍读学士，常在帝旁。一日，看乾隆帝心意悦乐，乘间说道："东南财赋如今已竭了，皇上想什么法子救济才好呢？"乾隆帝大怒道："咱看你学问尚好，叫你管四库书馆，不过是娼妓一般的人，你胆敢妄谈国家大事？"纪昀惶恐，伏地谢罪。

内阁学士尹壮图上奏，有道"督抚借辞办差，勒派属吏，遂至仓库亏耗"，又有"蹙额兴叹"一语。乾隆帝降旨询问："蹙额兴叹，究属何人？"尹壮图回奏："系下吏怨及督抚，小民怨及牧令。"帝怒稍解，仍命

241

革职。

　　从此，众官不敢有一言，只有乘势阿附，劝帝巡幸而已。

　　当乾隆十四年时候，江西总督黄廷桂揣摩乾隆帝意思，欲想永保禄位，上疏说江西全省绅民共望翠华临幸。乾隆帝览疏，果然降旨嘉许，准如所请。黄廷桂便大弄起来，严饬属吏昼夜张罗供应，喝龙骂虎，闹得鸡犬不宁。属吏恨毒切齿，无计奈何。彼时有协办大学士吏部尚书孙嘉淦，为人正直，在雍正初年，曾以检讨上封事，有道"亲骨肉，停捐纳，罢西征"，因此声名大响。至乾隆帝时候，益发是先朝直臣，更加借重，于是有江西抚州卫千总、卢鲁生，与南昌卫守备、刘时达二人，因气愤黄廷桂所为，便借孙嘉淦之名，造出谏止南巡疏稿，约有万言。疏中指斥銮驾，并劾阁臣鄂尔泰、张廷玉等，把文稿散布远近，到处揭贴。一时官吏都信以为真，家家争诵。云南总督硕色首先奏闻，乾隆帝震怒，查系假作，务要审出捏造之人，降旨各省督抚，一体彻究。自总督至县尉，闹得不得开交。穷治一年有余，蔓延七八行省，文武官吏因此遭祸的几及一千人，方审出是卢鲁生、刘时达二人所为。下旨磔死，将卢鲁生的儿子卢龄、卢锡荣一并斩决。孙嘉淦为此吓得寝食不安，不久怔忡而死。

　　这一件事以后，朝臣早已戒惧，聪明机巧的再也不敢以性命轻试，凡帝巡幸之期，益发约束臣下，不许有异词。当帝奉皇太后南巡至杭州时候，皇后那拉氏同行，御舟停于钱塘江边，乾隆帝每值深夜，御轻衣小帽，登岸游玩。皇后恐有不测，涕泣谏阻，乾隆帝说皇后有疯病，不宜随驾，叫先程回京，皇后只得遵旨而行。及乾隆帝还京，深恶皇后在行宫啰唣，欲待废斥。刑部侍郎觉罗阿永阿上疏谏止，乾隆大怒道："这厮是咱们皇家近臣，胆敢学汉人习气，沽名钓誉，留他何用？"当即召九卿议罪。阁臣陈宏谋含糊设词，只图称旨。刑部尚书钱汝诚道："阿永阿有老母在堂，尽忠不能尽孝，伏望皇上垂怜。"乾隆帝喝道："你那厮也有娘老子害病在家，何不归家尽孝？"降旨阿永阿发配黑龙江，钱汝诚革职回籍，皇后那拉氏暂得不废，但皇后终以此郁郁成疾，不到一年便死。乾隆帝下谕，所有丧仪，不许照皇后大事办理，只照妃例交内务部承办。御史李玉明上疏请行三年之丧，又忤帝旨，发遣伊犁充军。此外因触犯帝南巡之旨，大小官吏无端惹祸的，不计其数。

和珅从来精细，早知乾隆帝性情。因其自负英明，遇事不可拗执，因其本意好名，进言又不可毫无见识，拗执便易惹祸，无见识便不见重。非分之事绝不可直言，分内之事绝不能不言，要开言时须选择妥当，然后出口，务要貌极恭谨，中含深意，看来又似粗直，如此措辞，最为称旨。和珅日常小心留意，但遇对答，不肯浪说，说着三两句话，定有几分意思，以此深得乾隆帝欢心。乾隆帝早想抬举他，争奈和珅出身太贱，不便逾格擢用。和珅也自肚里明白，正欲结主知，如何敢将鲁良、黄燕臣等毫不相关之事突然出言，坏自家前程？欲待不说，恐刑部与河南巡抚作一起，早晚把大逆罪断下，也就无奈。和珅如此踌躇多日，今见乾隆帝又欲南巡，寻思："趁这当儿，可以进言。"每日进宫画卯，常在銮驾行经之处借督看职司为由，徘徊御道。

一日，候得驾来，和珅跪迎道旁。乾隆帝在轿内望见和珅，想起巡幸在即，少不得面敕总管，格外审慎，当时召问，面谕赶办各事。和珅叩头道："奴才闻知圣驾南巡，普天同庆，本当早将应办之事办了，因听说外省哄闹教匪，甚是厉害，或恐道路有未平静，以此缓了，伏望皇上宽宥。"

乾隆帝听说，怒叱道："胡说！谁敢造谣滋事？"

和珅谢恩退去。乾隆帝思量："又是卢鲁生、刘时达一流人在外传播谣言，欲阻止銮驾南巡，这和珅分明是报消息与朕。"当下也不发作，放在心里。

数日之后，可巧河南巡抚恩穆来了奏章，叙说鲁良、黄燕臣一事，指为教匪图谋不轨，少不得自夸处置敏捷。

这河南巡抚为何迟迟奏闻呢？当初因审理未实，不敢上闻。后来见时仲凡一家被杀，宣氏等四人无端横死，俱不得凶手，府县都猜系教匪所为。巡抚见事闹大，不能再隐，只得推在教匪头上，夸张奏明。哪知乾隆帝先入了和珅言语，一见此奏，不由愤怒，降旨严斥，说："该抚事有不能防范，事后未能审出正凶，川匪早已剿灭，安敢闯入腹省为崇？显系指鹿为马，希图卸责。究竟是否教匪余孽，该抚并无凭证，竟一味胡说。"谕旨把恩穆大大申斥了一顿，着明白回奏。巡抚恩穆接到上谕，摸不着头脑，吓得寝食不安，只得请幕下老夫子商量，将些跳脱活动的言辞，不尴不尬地复奏了一回，哪里猜得透乾隆帝是当他有阻挠南巡的意思呢？一面只得赍了重金进京，托近御亲王大臣窥探帝旨，不在话下。

且说和珅近在宫禁，早由刑部探得河南巡抚章奏批斥之事，果然中了自己谋算，思忖："这一来，鲁良、黄燕臣父子，连尉迟松、段大壮二人都得延命了，再去设法搭救未迟。"心内自是高兴。

回家与钱光武道："黄燕臣、鲁良等一事，今日下旨申斥河南巡抚办理失当，已有救了。"

钱光武大喜，连声称谢，告知孔、阮二人，都宽了心。当日说话间，时公宝、郑通二人到来。和珅大喜，忙命请入，拉住时公宝手，半晌不放，动问老夫人康健，路上安好，一面命备酒接风。时公宝道谢不尽。钱光武、孔元霸、郑通、阮小五都相见了，略谈数语。时公宝诉说黄府之事。

和珅道："好叫先生放心，皇上已知其冤，不久当能大白。"

时公宝道："深赖大力，鼐感同身受。"

彼时孔、郑、阮三人见和珅在前，有主属之分，随即退出。一时酒席已张，和珅请时、钱二人上座，并叫兄弟和琳及和琳所请教授李潢作陪。二人与时公宝皆未见过，一一施礼罢，入席。

原来时公宝回籍以后，和珅既升总管，无暇阅览经史，就请钱光武教授儿子福保。兄弟和琳本在原籍，也是那时接来同居，并带在乡所请教授李潢同来，以此二人与时公宝皆是初会。席间无非说些客套，不及私语。酒罢，和珅陪同时、钱二人至书斋谈心，细问时公宝一切详情，好言劝慰，叫在府中安心居住。宾主欢洽，自不必说，笑谈多时方去。

孔、郑、阮三人见和珅不在，入来与钱、时二人闲话。郑通说起在路稽延之故，并言宣空、应凤春已经开释。

孔元霸一听此言，跳起身来道："兄弟，你好大意，横竖与时六爷上京来了，怎不把这厮都砍了，却留在那里做祸根，好不叫人气愤！"

郑通道："大哥你不知，我也想到这一层，不是不敢做，倒是做不得。一来六爷同伴而来，恐招嫌疑，难以速避；二来杀了这厮们，越发把事情闹大，生恐黄大相公一行人多多吃苦，以此不好下手。"

钱光武道："说得是。"

孔元霸哼了一声道："还说他是吗？黄大相公父子在死囚牢里吃苦，那贼男女倒回家享清福，这般昏天黑地的事，你倒舍得？"

钱光武道："凡事宁可退一步，有道是投鼠忌器，郑小哥的主见不错的。"

孔元霸哪里肯服，只是牛喘地叹气。钱光武知他的脾气，也不说了，与时公宝道："你知友亮的消息吗？"

时公宝急着道："正要问你。"

钱光武道："他倒很好，新夫人结缡以后，与香雪甚是合得来。香雪也肯低头，两个都识大体，闺房之间和睦，老太爷也放心了。他如今仍在正定府帮老太爷做副手，比先有一个管钱谷的辞去了，请他补了缺，父子妻妾都在一处，倒是快乐得很咧。"

时公宝道："也罢了，天伦之乐，人生最乐。"

钱光武笑道："可是呢，还有几首诗寄来与我们，你且瞧瞧，可知他的兴致不浅了。"

说着，去抽屉里取出赵友亮的几封信来，都与时公宝看了。二人便看那诗笺，不由得哼了起来。孔元霸老大一肚子气，见二人发了迂腐，疾转身便走。郑通、阮小五也跟了出来，孔元霸头也不回，一径由穿堂走甬道，直至大门，欲想邀郑通、阮小五去市上喝杯酒，心中闷气，又不愿入去，自己打了一个转，又到大门口。

只见门子禀道："孔爷，方才有个人来看你，小人因知提调在书斋有事，不便入报，回他去了。明儿须再来。"

孔元霸道："什么鸟人？"

门子道："是个黑汉，也不说姓名，据说有信面投，住在东街悦来店。"

孔元霸道："怎么不叫他等一等，早来报知？谁叫你回他去了？"

门子见孔元霸怒气冲冲，也不再说。

欲知那来者是谁，且听三十六回分解。

六飞南巡，至今称为盛事，而不知当年兴大狱，苦吏民，倒行逆施，竭天下之财赋，为专制魔王一人淫乐之需。吁嗟小民，无可申诉，此回夹叙数事，信手拈来，盖笔诛之不遗余力，行文如画远山。

和珅借南巡为口实，谈言微中，而河南抚院大遭申斥，黄、鲁诸人得以不死，言专制帝皇之喜怒，真令人咂舌，为之臣下者，有刻刻戒备之苦。观此一事，知和相后日之专权，诚非偶然也。

第三十六回

孔元霸屈打悦来店
王小明回忆鸡鸣山

话说孔元霸听门子言语，有人前来投访，把他回了走了，心内本有些不快，不觉冲口责骂，自肚里思忖："咱在这里，不曾有什么人知道，却是谁找了来？难道又撞了多脚蝎郁昌平那等泼贼？"问门子道："你这厮，也不问他姓什么、名什么、哪里来、找咱做什么，却又不来通知！"

门子道："这厮踏上门来，没头没脑说了几句，小人要问时，早又走了。"

旁边一个小厮道："好似听说姓黄的，从信阳州来。"

孔元霸吃了一惊，忙问是什么样人。那小厮便说这样长，那样短，身上穿的什么，背负的什么，有信面投的话，胡乱说了一阵。

孔元霸道："端的住在悦来店？"

那小厮指道："东街悦来店。"

孔元霸更不打话，想道："这不是黄大相公差来的人是谁？"心内着急，三步并作一步，直头直脑奔到东街，抬头看是悦来店，跳将入来，径至柜上问道："有个姓黄的，从信阳州来，住在你们店里，快叫他出来！"

掌柜的见孔元霸这般情形，先有五分惧他，畏缩着身子道："客官贵姓？这里姓王的有几个，不知是信阳州人不是？客官却找哪一个姓王的，叫甚名字？"

孔元霸道："你别问，只把信阳州姓黄的找来，咱有话说。"

掌柜的道："客官贵姓大名？"

孔元霸道："你这厮，这般啰唆，咱是山东孔元霸，快叫他出来说话。"

掌柜的赔笑道："是个姓急的客官。"一边叫过店小二道，"这位山东客人孔元霸大爷，要会店里姓王的信阳州人，你去里面问一问。"

店小二答应了，两眼望着孔元霸，走入去了。孔元霸便跟入来，至店堂后廊，店小二去各处打问。

不多时，只见引了一个黑汉过来，问道："哪一个是孔元霸？"

孔元霸道："只咱便是。"

那汉便拜。

孔元霸道："你休拜，你可奉黄大相公所差，有什么信息？"

那汉道："不是，小人王小明，特来投寻大哥，有话告说。"

孔元霸忽听得王小明名字，猛可省悟道："你不姓黄？"

王小明道："小人原是武胜关人，不是信阳州黄大相公的黄。"

孔元霸喝道："你这厮，你那老子叫什么王十军，你是王十军的儿子，在扬州杀死了人，却逃来这里！"

王小明听说，大吃一惊。原来王小明从朝阳庄急急来此，投寻孔元霸，怎知道和钱光武在一处？甘凤池、白望天、吕大器等只知王小明杀了宣氏四人，看他与孔元霸一般性格，叫他投来，怎知道内中隐情？哪晓得是冤仇相逢，撞在一堆？

当下孔元霸一把抓住王小明，喝道："泼贼！你道咱不知，倒来这里暗算，今日落在手里，放你不得！"

王小明摸不着头脑，叫道："孔元霸，俺与你无冤无仇，做什么来？且放了手，俺们有话再说。"

孔元霸道："说什么？今日还有你的话？"说着，死命一把拖了便走。

王小明大怒，叫道："休得撒泼逞强，老爷须不怕你！"

说着，使一个犯人脱铐，忽地闪开。孔元霸猝不及防，见王小明跳出手外，越发怒起，转身使个门户。王小明也立即提防，叫声："好，与你拼个死活！"两个在廊下斗将起来。店小二见不是头路，慌忙告知掌柜的。掌柜的一脚赶到，见两个似龙如虎，打得正紧，一连苦求，哪里听见。店中客人尽来观看，都站得远远的，捏着一把汗。二人斗了二十余回合，王小明渐渐不支，只向后退。孔元霸一口气追紧，逼得王小明无路可走，只有格架遮拦的份儿，一退退到廊柱边。王小明急极生智，腾空一跳，跳到对面屋檐上。孔元霸冷不防王小明这一手，右腿向外弯踢间，一时兴起，使得太猛了，正中那廊柱脚跟，只听得咔咔两声，接着暴雷也似一声，这长廊半边倒塌，瓦飞砖落，全院震动。吓得孔元霸自己也忙把手上遮，窜了出来。众人尽都失色，忙向外逃。掌柜的只叫得连珠的苦。

王小明在瓦上倒笑将起来。孔元霸指着骂道："泼贼，你敢下来？"

王小明歪着头道："你上来，要你折了腿子！"

两个对口交骂。孔元霸见这王小明又不逃走，王小明打量孔元霸，果然好一个猛汉，使得好拳脚。二人骂只骂，心里各自纳罕。

王小明道："江湖上老大有规矩，河水不犯井水，俺与你素不相识，你这般泼辣做什么？谁怕你来？"

孔元霸道："你自在江湖上撒野，咱不管什么规矩不规矩，早知道你这厮不是好人。既然与咱不相识，却来总管府找咱做什么？"

王小明道："你须认得朝阳庄白望天大爷，不是俺来投你，是他叫来。"

孔元霸道："胡说，白爷爷收留你这等人！"

王小明道："你不识白大爷也休，你可知道吕大器、甘凤池两个？是他们三人叫俺来。"

孔元霸听说这几个人姓名来都不错，不由呆了半晌，说道："休得胡说，当真你认得他三位？"

王小明道："俺在朝阳庄吕家庄院住了多日，是白浪生、尹超两个小子硬留俺去，白大爷再三叫俺住在那里，俺不肯住，因此发付了俺三十两银子做盘缠，叫来和总管府寻你，说你是鲁良的朋友。你若不信，现有甘凤池书信。"

孔元霸听如此说，青了眼睛，望着王小明，半晌作声不得。

王小明又道："俺在信阳州，遇了王行健，也曾说鲁教师的话来，多少要紧的事都在俺的肚里，欲待告知我，你却这般相待。"

孔元霸把头摸了一摸，说道："你端的是王小明不是？据你说来，倒是咱的不是了。你在扬州做了一件事，可是你吗？"

王小明道："休说在扬州，隔着多年了，眼前在信阳州也着实做事来。"

孔元霸道："好好，你下来，咱们说话。"

王小明道："你上来。"

孔元霸道："阿哥，哪有在屋檐上说话的？"

王小明道："下便下来，别要再闹了。"

孔元霸道："嗐！咱们汉子，打是打，骂是骂，朋友是朋友，说话是说话。"

王小明道："说得是，怪道甘大爷说，山东猛孔大，本性好爽直的。"

说着，耸身只一跃，溜到檐边，翻至地上。二人重抱拳相见，叙了一礼。

王小明道："且到俺下处坐。"

拉了孔元霸的手，走向客房来。旁观众人都看得呆了，不知两个毕竟为的什么。有一等聪明的人道："这两个宝贝都不是正路的，说不得一个是好汉，一个是君子。"

旁人问故，那人笑道："你们不听说吗？河水不犯井水，江湖上老大规矩。那山东人水牛般力气，吃得下人的模样，不是梁山泊一流好汉吗？那个黑汉飞檐走壁，坐在瓦上，打多少切口，你们不懂，他们走道路的自懂得，可不是梁上君子吗？"

众人听说，点头称是。有的吓得连忙取了行李，兀自移至别处避了。店里掌柜的看了这半边塌的屋瓦，蹙额叹气，说不出的苦，只得叫小二先扫除了瓦砾，雇匠工自去修理，不待细表。

且说王小明携了孔元霸入客房，依次坐地。王小明身边取出甘凤池书信，交与孔元霸。孔元霸颠倒拿来，看了一看，放手道："要信做什么？咱们说话。"

王小明寻思："原来你与我一样，也是双目无光，看不见字的。"

王小明把信掉过来，指着自家姓名道："甘爷写的王小明，便是叫俺

250

来寻你。"

孔元霸道："不管写什么，咱们朋友说话儿，咱却问你，你怎生认得鲁教师，却去保定府做什么？"

王小明道："大哥，你听我说，俺一向在江湖上与人帮闲打杂，便为武胜关前村薛员外，因信阳州城中泼皮陆丰欠钱不还，着俺讨去，那厮唆出老婆来诈人，被俺失手打死，因此犯事，落在州城大牢里。在牢中遇着宣空、应凤春两个泼贼，歪头歪脑说话，被俺听得，问明乃是陷害了鲁教师与黄大相公二人，就为应凤春那厮见色起意，谋财害命。俺素知山东鲁良是个好男子，在黄大相公家教授多年，早早闻名，无缘不得相见。那黄大相公尤是远近都知，也是个肯救贫穷的财主。俺知道底细，好不气愤，欲把那厮两个一刀一个，苦的牢中没白铁，做不得事。后来他二人解押去府城审了，俺也多得薛保宗老儿上下使钱，一力保全，放出牢来，道听得黄大相公这件事越发紧了，那赃官竟要把他当作私通教匪，倒把宣空、应凤春两个畜生放出来了。听说黄大相公的那个小婆娘没廉耻的猪狗，看中了应凤春这个白净面皮，特地托了开当铺的邢大保了出来。俺听了这个话，一把无明火，当夜去黄大相公家中寻那厮们，可巧那婆娘叫使女在房中安排了酒菜，请哥哥宣空与奴才应凤春一处吃酒。俺早躲在瓦上，听得分明，看看人静，溜将下来，把宣氏、宣空、应凤春并使女一共四人，尽都杀了。"

孔元霸大喝一声好，跳将起来，拉着王小明道："阿哥，你做得真好爽快！真好使咱心里快活，这般时也罢了，也与咱出口气。"

王小明道："大哥，你不知道俺杀了这几个贼男女，刚出门来，劈面来了一个人，倒吓了一大跳。你道是谁？这个人年纪虽轻，功夫也不差了，原来也是为杀这厮们来的，此人就是唤作王行健，却认得鲁教师。"

孔元霸大笑道："真的遇得着？他便是王鹏的儿子呀！"

王小明失惊道："原来是王半天老头的儿子，老头哪来的儿子？"

孔元霸道："你是武胜关人，倒是不知。王半天本没儿子，他是半天跟前的药童，原姓谷氏，半天老儿收为养子，教得好武艺。如今老儿死了，他也着实能尽孝守道。"

王小明道："原来如此，不想老儿也死了，倒是不知。"

孔元霸道："且不管他，你后来如此又到朝阳庄呢？"

王小明接着说道："俺遇得王行健，一路回至客店。当夜说些闲话，五更天色未明，俺扬出城外，落荒而走，思量到北方来寻些事做。一日，到了郾城，也是在客店的夜里，听隔壁两人说鲁良、黄大相公的话，俺心中猜疑。次日早晨起来，见是两个后生，匆匆上路，俺便赶了一早晨，哪知他两个似飞天夜叉一般，却赶不上。后来在林子里相遇，好容易说了明白，方知二人一个名白浪生，一个名尹超，说家在保定府朝阳庄住，正要去汝宁府道听鲁教师、黄大相公之事，俺便一一与他说了。为杀了宣氏四个贼男女，逃来这里，欲想投北京去，多承他两个的好意，叫俺投朝阳庄吕家庄院，与俺一封信，并叫报个消息与家里的人。俺因此一径投至朝阳庄，多承白老先生看觑，留俺只在庄上住，俺却住不得闲，心内愁闷，欲想投北京来，寻个安身之处，又没投处，俺只得告明了白爷。正好次日甘爷自京城来到，白爷便说：'有甘爷的至好朋友孔元霸，现在北京和总管府勾当，你可去投靠他。这人是个爽直汉子。'备得甘爷一封信将去，并发付俺三十两银子做盘缠，不由俺不收，因此俺星夜投奔，来寻大哥。不料今日遇得大哥，如此大怒，不知哪里得罪大哥处，倒弄得俺不明不白。"

孔元霸笑道："阿哥，咱是个粗人，早听得阿哥的姓名，说在扬州如此这般。你可知道钱光武秀才现今便在总管府教授，他与咱老乡鲁良曾在黄大相公家作一处居住，甚是要好。因他要报父仇，至信阳州苦寻王鹏，初因你说的姓王名鹏，为此一心要找王鹏。哪知信阳州人都不知道有这人，后来在村庄里饮酒，好巧有个霸王庄人阮小郎被人劈开脑袋，去鸡鸣山上求医，说出王半天来。钱秀才、鲁教师一脚跟随上山，见那王鹏，却是个老的，又不是你。攀谈起来，方知那半天老儿也认得钱秀才的父亲钱鸿昭，说起从前在山西的旧话，猜想是你所为，方始知道你这个王小明。钱秀才哪里不去道听，都托咱们一伙朋友，要报这杀父冤仇。咱放在心里，正寻得你苦，今日凑在手边，如何肯放？阿哥休怪！"

王小明听说罢，沉思半晌，叹道："原来只是如此。俺回想那鸡鸣山半天老儿当年之事，好不伤感。大哥听说，俺的老子昔年在山西监里，被钱鸿昭串通了牢头，把他活活害死，俺的娘吩咐下来，不报此仇，死不闭眼。因此上俺在江湖浪荡多少年，只要寻他，此是应报之仇。钱秀才哪里知道？既然他要与俺拼死活，也使得，大哥说话。"

孔元霸道："阿哥，你是父仇应得报，他是父仇也难怪。既有咱在这里，终不成见你们拼死拼活，且再理会。有话但说，不管他。如今白浪生、尹超两个却投哪里去了？"

王小明道："便是投汝宁府，欲去牢中探看鲁教师、黄大相公一行人。"

孔元霸道："好也，再问你，见了咱的师父、师公，有什么言语吩咐？"

王小明听说，呆了一呆，问："谁是师父、师公？"

孔元霸瞪着眼道："你说在朝阳庄住了多日，还不知道咱的师父、师公吗？"

王小明忽然猛省，叫声阿哥。

不知王小明有何话说，且听三十七回分解。

此回为孔、王二人合传，二人性相似而品不同，旨相谋而言各异，技相敌而各有长，然读者心目中，只觉王小明不及孔元霸远矣。无论如何，不可与孔大同日而语也，此作者妙笔也，故曰王小而孔大。

王小明一闻孔大提起鸡鸣山，似有无限感触在胸，皆从第一回钱鸿昭暴死，当年王十军死狱而来。行文如山脉，虽经平原，而山根隐隐隆起可见。

第三十七回

遵师命力排患难
记父仇血争存亡

话说王小明见孔元霸说起师父、师公的话，忽然猛省，记白浪生称述吕师兄之言，知吕家庄院这几个人，料得皆是师徒的关系，说道："俺正要问孔大哥，白老先生一辈人，在那里却做什么？好似都有武艺的。"

孔元霸大笑起来，指着王小明道："老阿哥，咱是个粗汉，出道也不久。你是向来走江湖的，直这般混沌，端的有眼不识泰山。你道白爷、吕爷、甘爷这三个是谁？便是昆仑派八大剑客，数一数二的人，是血昆仑精一大师嫡派的门徒。亏你说得好似有武艺的，那是咱们讲武艺的老祖宗。如今八个人只剩得六个，还有三个是师太，你却当面错过，这般冒失！"

王小明被说得目瞪口呆，作声不得，只把手打自己的脑袋，一连说道："该死该死！眼见活佛当和尚，吃了斋饭，认不得庙宇，便是俺了。不是大哥说时，还只在鼓里。那白爷生得清秀文弱非凡，俺只道是个老绅士。那吕爷人人都称他吕客商，看来也只是一个财主老相公。那甘爷一发生得团团面，胖胖身材，俺只道是个念书的先生。家里的排场全是世家模样，半星儿江湖气也没有，哪里猜得是当今的大侠？只因白浪生与尹超两位小哥有的看家本领，想他家必会得武艺。原来却是昆仑派下的人，真个白日不见天，枉自称作汉子。"

孔元霸道："你便看不得他那手法时，你也须闻得白望天、吕大器、甘凤池的名姓，江湖上谁不知道？你倒当他是乡绅，这也太不成话。"

王小明道："大哥，俺一向只在江南，扬州报仇以后，逃避各处，与

254

人帮闲打杂，平常相与，都是些做买卖的人，从来不曾遇得一个好汉子。虽听说昆仑派八剑客，也不知是哪八个人，叫什么名姓。不瞒大哥说，方才你说的血昆仑精一大师，毕竟是怎样一个人，俺也是不知。"

孔元霸道："作怪！你既然不懂这正路的名师，却是哪里学的武艺，有如此手法？"

王小明道："这是从小在老娘手里学习，后来自家操练操练，不值得什么。"

孔元霸点头道："这也难怪，你要问血昆仑大师怎样一个人，咱其实也说不来。只有一句话，从盘古皇开辟天地以来，神仙妖怪不算，若说正正实实练内功、擅吐纳的剑客，再没有比大师精通的。他老人家亲手点教的只有三个徒弟，一个是黑风浪魏灵昏，一个是盖关东万化刚，二人都已不在世了。第三个便是白爷。白爷以下是吕爷与三个女的，叫作欧阳大娘、吕四姑、万小化，万小化便是万爷的女儿，这四个都是万爷教的。白爷不收徒弟，咱的师父甘爷倒是魏师公的爱徒。这便是昆仑派八大剑客的宗派。"

王小明不待言毕，翻身拜道："原来孔大哥乃是昆仑嫡派子孙，多多失敬！"

孔元霸忙回礼道："说什么？咱是个不成材的徒孙，枉自败了大师门风，生成一副脾气，从小难改，学剑要耐性，咱怎能够？"

正说话间，小二报说："有两个客官寻来。"

孔元霸走至门前一看，原来是郑通、阮小五二人。因方才见孔元霸赌气出门，道询门子，是去东街悦来店投寻朋友，生恐在外闯祸，以此追蹑前来。一入店中，只见柜上伙计脚忙手乱，纷纷讲说打闹之事，问知果系孔元霸所为。郑通吓了一跳，忙扯了阮小五，奔到这里。

郑通道："孔大哥，哪里不寻你？你怎生自动怒，却打毁了店中房屋？"

孔元霸与王小明正说得起劲，倒把这件事忘了，听得说，笑道："没有什么大不了的，你们二位来得好，快请进来与这位阿哥相见。"

郑通、阮小五依言入内，与王小明打个招呼，各问姓名。孔元霸都一一代说了。郑通听说是王小明，吃了一惊，望着孔元霸，待说不说。

阮小五道："请问大哥，可不是那会子王半天老伯在鸡鸣山上时，说的王小明吗？"

孔元霸道："便是他。二位贤弟，休得猜疑，这位阿哥曾在信阳州杀了宣空、应凤春四个贼男女，逃在江湖上，于路遇见白浪生、尹超，留至朝阳庄，见了咱的师父、师公。如今奉咱的师父、师公之命，投来这里，寻些事做。原是自家人，好生爽利，与咱一般性子。虽然与钱秀才有些差池，也难怪他，咱当初不知底细，一时间闹将起来，失手塌了店里的房屋，不打紧，赔他几两银子便休。这阿哥远路寻得来此，好难得，咱们就去市上喝杯酒。"

郑、阮二人见孔元霸如此说，又听得杀了宣空、应凤春，又是白望天、甘凤池救来，如何不敬爱？二人忙抱拳道："今日幸会！"

孔元霸心内欢喜，指桌上甘凤池的书信说道："郑兄弟你瞧，这是咱师父的字条。"

郑通颇识几字，取来从头一看，见信上略说：

> 王小明因家贫心直，不合与生意人做伴，今来京师，望吾弟指引，予以一安身之地。

郑通看罢点头。

孔元霸道："兄弟，信上到底怎么说？"

郑通讲了一遍。孔元霸道："你看吧，咱的师父从来也不肯荐人，可知这位阿哥是个爽直的。"

阮小五听了道："那一会子在鸡鸣山上，钱秀才虽与他老子报仇，寻到俺那王半天老世伯处，说起这位阿哥，王老伯早便说了，冤冤相报不已，大家想想各自的错处，一连劝钱秀才罢休。原来这王大哥是个晓事的，怪得王老伯不肯多嘴。"

孔元霸喜道："可不是这话？咱们喝酒去吧！"

拉了三人走出房外，见店里人收拾瓦砾未了，孔元霸想起自己的冒失，去袋里一摸，不曾多带得钱，与郑通道："兄弟，你有银子借些与咱。"

王小明忙道："有有！"即去身边取出一锭十两银子。

郑通道："大哥，酒店里认得俺们，你却做甚？"

孔元霸接了银子道："你有，再借十两来。"

郑通去身边掏时，只有五两。

阮小五道："俺这里有些碎银子，也有三四两，大哥拿去。"

孔元霸尽把银子取在手中，一直奔至柜上，掌柜的吓得黄了脸，不敢问话。

孔元霸道："咱方才打毁了你的店屋，你自雇人修去，这一些银子与你做个工本，多少你只收了。"

掌柜的不想是这一回事，喜得眉花眼笑，一连拱手道："客官何消得如此？这房屋也是要修理了。客官失手撞歪了柱子，又不是有意的，哪要客官破钞？实不敢当。"

孔元霸掷了银子道："休嫌多少，咱们自要喝酒去，没工夫与你理会。"说着，抢先走了。

掌柜的见四人出店，看着银子，嬉开嘴，半晌不闭。众人都拢来相问。

掌柜的竖了大拇指，摇头道："到底做大事的人，不计小的，不肯叫人家吃亏，敢是哪里的军爷，一打打出朋友来了。"

众人见孔元霸赔了银子，都称赞道："是个有气魄的人，端的英雄了得！"

大家又不免纷纷议论。孔元霸早拉了王小明，与同郑、阮二人，来至市上相熟酒店，点了时新鱼肉下酒。四人大碗价喝了数杯，郑通闷闷不乐。

孔元霸只管欢饮，一面与王小明道："你也不必再在那鸟店里住了，咱们喝了酒，一同回去。明儿陪你去各处逛逛。"

郑通道："大哥，钱秀才须不知有此事，若还知道，必要闹将起来，大哥还须三思而行。"

孔元霸道："兄弟，你别焦灼，不说咱的师父有信，叫投来这里，便是他除了那泼贼男女，来此依靠，难道更叫他回去？他虽然与钱秀才有此之仇，要知那钱太爷也有不是处。总管府是姓和的，不是姓钱的，留他去有什么相干？"

郑通低头不语。

孔元霸又指着阮小五道："这个兄弟在霸王庄杀闹忠恕堂，斩草除根，便是他。"

王小明听说，起身抱拳道："原来却是英兄，俺也一路上听得人说，霸王庄姓时的全家诛戮，都猜说是教匪所为。听说那老贼是个刁钻刻薄的人。"

阮小五道："俺庄上最下流的东西，人家称他好公正的，不是为黄大相公一事，俺也早晚要断送他的狗命。目今王大哥除了宣空、应凤春那厮们，一发与俺们吐这口气，不知近日鲁教师、黄大相公的事如何？"

孔元霸与王小明道："你便讲与咱二位贤弟听。"

王小明把自家经历的事重说一遍。郑、阮二人听说遇了王行健，都问他来不来。

王小明道："可惜当夜匆匆别了，不曾细问。后来在路遇了白浪生、尹超他们，俺叫去信阳州寻他，既然他在鸡鸣山上住，那就难得会面了。"

郑通便问白浪生、尹超一边事，四人畅叙一会儿，酒罢起身，仍回客店，早是昏晚时分。孔元霸催着王小明收拾包裹便行。

郑通道："今儿时候不早，明日俺们来接王大哥未迟。"

王小明也忙道："明日自来和府拜候。"

孔元霸哪里肯依："说什么明日后日，要走便走了！"扯了王小明，拴束包裹，付还店资，自己取了甘凤池书信，四人一径投和府来。入至里面客舍，孔元霸叫王小明坐地，与郑、阮二人同来书斋会钱光武。时公宝也正在那里闲话，相见罢，孔元霸道："好叫你二位得知，向日所说王小明，今儿撞到了。"

钱光武惊喜道："天赐其便，孔大哥哪里遇来？今日也报得我一世之仇。"

孔元霸道："且住，他是奉咱师父、师公之命，来这里投靠。当初咱不知细情，便与他闹将起来，后来听说，他已杀了宣空、应凤春一行人，并有师父的书信在此，你们不信，可看这个。"说着，怀里取出信来，又道，"这个王小明，委实是个有肝胆的汉子。钱相公，你听咱的话，好歹看咱面上，一切都有个了局。你要怎样也使得，只不可害了他性命。"

钱光武不料孔元霸如此护短，一时面色都黄了，起身叫道："孔大哥，你休管，此是不共戴天之仇，如何可忘？这畜生现在哪里？郑通，你该知道，快引我去，与他拼个死活，与我速速报官。"

郑通慌得无话可说，望着时公宝，只叫六爷做主。

时公宝拖住钱光武道："且坐，问了底细，此是人家院子，闹出事来，给人笑话。凡事静商，孔大哥是最有理性的人，不会亏待兄长。"

时公宝问孔元霸道："毕竟如何？"

孔元霸细说在悦来店各节，将王小明所说的话都传与二人听了。时公宝取过甘凤池的书信，看罢，问："此人现在何处？"

孔元霸道："方才咱已留得来此，在咱们房内坐了。"

钱光武道："杀父之仇，共在一处，人非禽兽，何能堪此？既然众位容得这王小明畜生，我如何引仇为友？就此告别。"

当下起身收拾书籍，欲至和珅处告辞。

时公宝止住道："且住！你便要走，也不是这个时候，且定定心，却再理会。"

钱光武道："光武一介书生，手无拿鸡之力，父死于贼，万里跋涉，不能报得此仇。今贼在眼前，既不能立杀凶宄，以泄九原之恨，又复同居一处，尚何面目见人？众位不叫光武行忠尽孝，却叫光武败仁害义。老弟深知我心，亦复出此言，实非光武所愿闻。今日不走，当待何日？光武生死存亡，与此贼不两立。"说着，不由泪下。

孔元霸道："好了，怎地说时，咱便叫他出去罢休，你干你的，慌忙着什么？咱不是歹心，是好意。你要报仇，你报去。"

钱光武道："孔大哥，你休管，今日既撞到这厮，死活也要拼一拼。"

孔元霸闻言退出，时公宝与阮小五丢个眼色，叫跟了出来。

孔元霸回至下处，见王小明道："阿哥，咱劝不转那钱秀才心意，反伤了朋友交情，咱不敢留你，咱与你一路去。"

王小明道："大哥休管，既然如此，小人仍回客店居住。大哥如挈带小人时，别处慢慢设计，没处安身时，小人便走了，大哥休管。"

孔元霸道："什么话？咱的师父叫你来咱处，怎叫你没安身处？咱不干这个鸟事也罢，与你一路去休。"

王小明道："却使不得，为了小人一人，多伤朋友义气，万万不可。小人告辞。"

孔元霸哪里肯依？正闹间，阮小五入来，劝住道："孔大哥，你若一走，先见得有了意气，也对不起时六爷处。况且鲁教师、黄大相公事未了。"

孔元霸道："走便走了，管他娘的。"

王小明道："小人一时也不就走，只在客店暂住。孔大哥休要为俺伤了和气，待过数日，且再理会。"

王小明、阮小五苦苦劝住，孔元霸只得允了，引着王小明，一径出总管府，仍回悦来店居住。孔元霸一肚子闷气没出处，在店房内走来走去，只是不安。

王小明道："孔大哥请回步，小人也自倦了，明日再说话。"

孔元霸踌躇半晌，老不肯去。王小明几次三番催促，孔元霸无奈，只得自回和府。入至下处，见郑、阮二人已是熟睡，也就倒在床上。

次日醒来，径至书斋，不见钱光武，生怕他与王小明拼死，放心不下，便投悦来店来，直入里面。推动王小明房门看时，只剩得空空一间屋子，包裹也不见了。孔元霸吃了一惊，大叫小二来问。

欲知小二说出什么言语，且听三十八回分解。

集众义于一堂，而有此恩仇相结之事，于是众义之性情毕见。

王小明杀宣氏、应凤春，为众所推许；杀钱鸿昭，为众所不明。唯钱鸿昭之应否死，除王半天数言而外，无复道之。然钱光武则无论其父为盗贼，不能不以存亡力争也，以感发于性理之文也。

中间郑通为钱氏旧人，无处不显其忠诚。时公宝、阮小五为局外之人，无处不见其真挚。孔元霸则有甘凤池手书，无处不以王小明为念，非有袒护而然也，其性情亦相类也。

第三十八回

怀游子时母初入京
憎宦途史老欲归里

话说孔元霸至悦来店，不见王小明在内，叫问店小二。

小二道："王客官五更起身便走了，临走时说道：'现去山西五台山，朝山礼佛，过几年再来京城。'叫小人告知孔爷，休得相念。"

孔元霸听得呆了半晌，自念道："这厮敢是做和尚去了？有什么话不好说，却这般鬼鬼祟祟的？须知咱不曾亏待他。"

再问小二，并无别话。孔元霸只得回转，一路寻思："这王小明，慌忙来去，好作怪。虽有钱秀才要报仇雪恨，好汉既做了事，错也错到底，却怕什么？他奉咱师父之命来此，不曾与他觅个安身处，如何对得起师父？"

孔元霸越想越无意思，回至和府，径入自房内，解了衣衫，兀自睡觉，什么也不问。一到床上，心中乏味，早就呼呼熟睡了。

且说钱光武，当夜听得王小明到来，血性要拼个你死我活，因碍时公宝面子，身在和府，不便发作。过后阮小五见孔元霸陪同王小明自去投店，回来报说。钱光武逞一时之气，欲邀郑通前去厮杀。

时公宝道："小不忍则乱大谋，你我都是文弱的人，枉自吃亏。郑小哥有老母在堂，尽忠不能尽孝，为人子不能报父仇，果然痛心。若要人家撇了老娘，与自家铤险报仇，也未免忍心了。况且有孔大哥在那里，也不见得叫你近身，也不会亏待你，只是白闹一场，又何苦来呢？"

钱光武听这话也不差，只得强捺下性子，当夜回自家寓所，与花小凤商议。

花小凤道："二爷一文弱书生，如何能与这厮拼斗？依我之见，不如先打听这厮所在，然后报官捕捉。虽有孔元霸相助，亦就无奈。不然，伤朋友和气，遭自己烦恼，先吃那厮逃至远处，徒劳无益。"

钱光武道："说得是。"

夫妇两个商量了一夜。次日，钱光武来和府，道询孔元霸，郑、阮二人道："孔大哥清早便自出门，俺们还未醒来呢。昨夜又回来得迟，不曾说句话，必是往王小明那店里去了。"

钱光武只得等候，多时不见孔元霸回来。郑通去房内看时，只听得鼻鼾似雷，睡得正稳了。

郑通且不叫他，私下与阮小五道："这件事只得烦小郎做个引线，我若问孔大哥时，大哥必不肯说。我待不问，有负钱二爷嘱咐之意。毕竟王小明现在何处，你且探一探看。"

阮小五道："郑小哥，你我都是朋友，孔大哥做的事也不差。钱秀才要报仇，也是正理。若要俺欺负大哥，探出王小明下落，再去害他，俺却不会。小哥得休时，也便休了，又不是你我的爷娘。钱二爷也不见得定能报得此仇。王小明又不是傻子，你我何苦？"

郑通道："是便是了，要知我是钱府的旧人，太爷是我的老主人。二爷报仇心切，如此苦苦求恳，如何撇得过？"

阮小五道："俺小五不是刁钻的，什么事都做，这件事不做，你自与孔大哥说。"

郑通见阮小五意志坚决，劝不过来，只得自己来孔元霸房内把他叫醒了。孔元霸挖眼见是郑通，说道："兄弟，你闹什么？王小明一清早上路走了，到山西五台山做和尚去了。你劝你的钱二爷好罢休了。"

郑通呆了一呆，发话道："大哥，端的有此事？"

孔元霸起身道："咱从来不说半句虚话，你不信时，自去悦来店问去。"

郑通道："也罢了，王小明走了倒好，省得许多麻烦。"

郑通来至钱光武处，告知一切。钱光武甚是懊丧，欲待追赶，又不知果去山西也未，哪里便易找寻，只得叹息而罢。

原来王小明当夜见孔元霸无计安排，自家犯下该死之罪，恐防钱光武毒计报官，眼见孔元霸是个粗直的人，闹出事来，难以挽回，自肚里打算道："俺来这里，无非想觅个安身之处，如今遇了对头星，早晚便有是非。俺何不投山西老家去，在那里谋个事做也好。如果命里遭际不好，那五台山近在脚边，一件袈裟，削发入山，有何不可？自家光是一身，毫无牵缠，哪里去不得？"

王小明想定，把话吩咐了店小二，黑早拴束包裹，急急上路，自投山西去了。这里钱光武、孔元霸等见王小明去无踪影，各自胸中忐忑，过了数日，也渐罢了。大家商议鲁良、黄燕臣一边事，今知宣氏、宣空、应凤春已死，皇上已有申斥与河南巡抚，只图洗清三人冤抑，仍托和珅相机办理。

过了一两月光景，銮驾起京，已是南巡去了，大家文武官吏忙得迎送不迭。和珅职司总管，自是要妥帖照料，迎合意旨，无暇顾及他事。迨乾隆帝扈从出京以后，方才得有休息。

忽一日，时公宝在书斋与钱光武闲话，说起赵友亮久无信息，不知如何。正说话哩，忽听得门子报道："时老夫人到来。"

时公宝大吃一惊，慌忙出门，只见和珅大踏步过来，正打个照面，含笑拱手道："先生有所未知，咱因见先生心念老夫人，不能安定，早便着干人至尊府，邀请老夫人，托罗山县知县就近照料，现已平安到京。"

时公宝听说，方知就里，感激不尽，立即出来迎接慈母。只见和府使女已搀扶老太太入来。时公宝请安罢，引同母亲见和珅，和珅早在阶下相迎。宾主入厅，和珅叩见时老夫人，时公宝扶娘回礼谢恩已，只见钱光武与孔元霸、郑通、阮小五并府中有职司的，都一一参见。时公宝答拜吉仪，和珅方命请入后堂。府中眷属都出来相见，当下备酒接风，收拾净房安置。

时公宝拜问娘亲，娘道："自那日郑小哥来家后，差役从未上门。你家二叔叔的事虽有官司行文捕捉，也渐缓了。阮氏兄弟都已开释，我也病体已复，正是挂念你，哪知知府打发人来，说你心神不安，要接我进京，我哪里肯来？承本县相公亲自到我家，说奉总管和大人之命，务必要我起程，如若不去，于他的身上有碍。种种劝说，使我难以推却，因此只得上路，都把家事交与老家人管了，更有阮氏兄弟可以差拨相助。汝父坟墓也祭扫了。我家本无产业，虽千里来此，无甚不安之事，倒是和总管如此管待，多有未当，也不是处常之道。你去哪里觅一个下处，与我居住这里。总管既然盛情待你，你自要真诚相报，格外当心。"

时公宝诺诺应命，见母亲精神健朗，喜慰不迭。当夜时公宝与钱光武商议，告知慈母之命。

钱光武道："此话极是，何不就在我那儿多租一个院子，早晚有小凤可以服侍老太太，岂不两便？"

时公宝道："最好，你那儿有空屋吗？"

钱光武道："左边有一个院子，现在有一家湖北人住在那里，不久要去外省上任，就把家眷带走了。那是很宽敞的，须得等过几日有空。此外就是靠我的书室旁边有两间耳房，也还雅静，眼前便是空着，将就也可住得。"

时公宝道："这便最好，俺何必定要大院子，有这两间也够了。"

二人说定，次日，时公宝先去那房屋相了一相，叫人裱糊了，一面将母命告知和珅。和珅见时老夫人模样，情知留不住，只得依言而行，命一应家用器物尽都置备了，安顿舒齐，择吉移居。

当日钱光武等一行人都来饮酒称喜，连日宴饮取乐。百忙中却来了一个久别的客人，你道是谁？就是周御史家的教授史崇俦老先生。因他在周府，去年有两个搭读的学生，甚是淘气，史崇俦屡想辞馆，那东家不肯，再三苦留，情面难却，敷衍了一两月。适值有个朋友在天津府幕内害病，当案有一件谋杀亲夫案，甚是离奇，牵连多人，不能审出真相，天津知府急得无奈，务要请他去。那知府也是相熟的，一连着人来说情，并托人与周御史商量。都商妥了，史崇俦巴不能够，正好借此脱身，就请周家另请代庖，自己往天津府刑幕办了两三个月事务，把这件无头案弄清楚了。看看那个朋友病也渐好，因此卸责来京，欲在京闲逛一时，就想回扬州原籍，再不出来了。因此与时公宝、钱光武等来叙叙，闻知时老太太到京，

265

便一直来时公宝新寓。大家见说史老先生来了，欢喜不迭。

时公宝忙引至钱光武书室坐下，花小凤早出来拜见，都道："哪一日不说起老伯，又不见老伯有信来，想来也快到了。"

史崇俦笑道："你们近来什么消遣？兴致定然很好。"

钱光武道："说不得起，便是这几天，因时老伯母来了，大家在这里拜贺畅饮。"

史崇俦道："又有什么不如意事？"

时公宝便说鲁良、黄燕臣之冤，又将王小明忽然投来的话叙了一遍，一面叫备酒食与史崇俦洗尘。孔元霸、郑通、阮小五都来相见，大家说些闲话，因问起天津谋杀亲夫一案，究竟是怎么一回事。

史崇俦道："并非新鲜奇闻可说，只因差役贪贿，府尊好名，闹出许多枝节出来。其实奸夫也招供了，谋死也有凭证了，只是用的一种毒药，名叫软骨散，与麻醉药相似，吃了骨软筋散，血停气绝，与病死无异。以此相验多次，不中窍要。如今已审理明白了。"

孔元霸、郑通听说，猛记起独眼金刚王道士那一回谋害的事来，曾试尝这药茶，令人瘫软。二人道："好厉害的麻醉毒药，夺人魂魄的东西，俺们险些也断送于此。"

旧事重提，不免说起虎爪关泼皮寻闹的话，史崇俦也说这次天津谋杀亲夫案的细情，大家饮酒笑言，喜乐不尽。

时公宝道："史老伯一到，顿使俺们勃勃有生气，可见长者仁风，无不被化。以后俺们又得多一个地方谈讲了。"

钱光武道："可不是呢，自老伯走后，一似少了什么的，心内闷闷。周御史府上，差不多有半年不去了呢。"

孔元霸道："史老先生不在那里，见他娘的鬼，做什么去？那周家只是几个矮子长子，穿着衣服好像一个人，却懂得什么？"

史崇俦笑道："多承众位盛情，看觑老朽，可惜老朽年纪之上，不能长资领略，来日苦少，去日苦多，此来正与诸君作别耳。"

时公宝忙道："老伯哪里去？"

大家闻言，都觉诧异。

史崇俦道："周府一馆，早想辞去，争奈东家盛意难却。近来精神年不如年，个中生活实属不能胜任，趁此机会，可以脱卸仔肩，打算在这里暂住几天，就回老家去了。"

众人见说要走，默然无语，满座为之不欢。

时公宝道："若照史老伯年纪，理当享清福了。若论精神，俺们后生都不如，会武艺的不算，'老成练达'四字，自然颠扑不破。今儿见老先生来到，俺们何等欢喜！忽听得老先生就要归去来兮，俺们登时觉得心神都不自在起来，这不是道德向来服人，哪有这般地步？"

史崇俦笑道："公宝可谓善颂善祷，倒使老朽无辞致谢，这都是缘分。承诸位谬赞，老朽一生无足称，只有'随缘'二字。"

时公宝道："这便难了。昔日孟尝君以财货罗致豪客，人皆以为亲己，那是财货的力量不小，若要'情义'二字使人来亲己，不是有道者，怎生能够？老伯所说'随缘'二字，岂是容易吗？推而广之，保民而王，莫之能御，也就是随缘罢了咧。"

史崇俦哈哈大笑道："老侄言虽有理，未免小题大做了，老朽曷克当此？"

钱光武道："公宝此言实是正论，剑侠诸公擅轻身妙术，打天下不平，也只行得'除暴安良'四字，其实还是霸道。要使良的果安，暴的也化为良，不用除而用化，那便是王道荡荡，除却孔孟之道，还有谁来？佛说普度，遇缘而度，天下古今，只是一个'缘'字，因果就是缘的头尾。"

史崇俦道："二位所言极是，如今世间上，可不比孔孟之世了，怎生够得上说这话？洪水猛兽，充溢天下，虽孔孟复生，亦复无计奈何。这叫作世变，世变有劫，遇劫之时，君子道消，小人道长。虽有孔孟，阳不敌阴，终于老死牖下。但看自古以来，世变遇劫，无一不如是，汤武也只有兴师讨伐而已。"

钱、时二人也点头称善，不觉相对嗟叹。孔元霸听得不耐烦起来，发话道："你们休得在这里做八股，咱是个粗人，不懂什么，好叫人闷苦。若论读书，时仲凡那厮也是个秀才，比强盗贼还凶，什么王道霸道的，咱的老祖宗，谁也尊称他叫作孔夫子。到如今出了多少末代徒孙，可有几个与他争气的？现在史老先生既要走，咱们也谈谈后来的事，哪有工夫讲闲话？"

阮小五听说，拍手拍脚地叫好，都有些醉意了。

时公宝道："孔大哥倒提醒了我，端的史老伯荣幸，俺们却怎么处？"

史崇俦道："做什么呢？你们要饯行也不必，你们横竖天天喝酒的，我也有几日耽搁，又不是今明就动身了……"

道犹未了，只见郑通起身道："小人有一句话禀告众位，早想开言，今日正当其时。"

大家见郑通说得郑重，都不作声，望着他说。

不知郑通表白的什么，且听三十九回分解。

前回叙众义聚首，而各示其性，此回则杂以名士，而列较其品。看他随笔作势，据理成文，尽脱说部窠臼，别开蹊径，借席间闲话，征本书微旨，知作者下笔，自有怀抱，非市井所得窥其端也。

篇中提南巡事，仍使和珅不冷落，楔出时母，夹叙久别之史崇俦，貌似推波助澜，其实则小作结束。

史崇俦自时公宝回家，不复登场，此处特补叙其在天津，可知日常过从之甚难，下笔始有回旋之余地矣。

第三十九回

尹超乔装探冤狱
白生月夜走深山

话说郑通见史崇俦要回扬州，起身告道："小人有一言禀白，今日正当其时。自从小人奉李延泰老主人之命，出外找寻钱二爷，一向不得回去。小人老娘留在钱府居住，久久不通音信，小人梦中难安，欲想回家探看老娘，碍着总管府有事，不能脱身。今日史太爷荣旋，小人愿跟随而行，一路可以服侍太爷。这边的事，可请阮小哥与我代做，又得众位在此，一力与鲁教师、黄大相公设计脱罪，小人去也放心。以此禀告。"

时公宝、钱光武齐声道："最好，一举两便。"

孔元霸道："你做什么去？他老先生有了年纪了，回家享福，是应当的，你又没家财，又不是惯得坐卧闲吃，何必回去？你若记念老娘，托史太爷带个口信，把娘接来这里住是了。你也走，我也走，还成什么话呢？"

郑通道："大哥未知，郑通此番定要回家走一遭。"原来郑通见时公宝以念母之故，便有和总管与他接到京来，自家苦想娘亲，不得一面。又因住在钱府李氏手下，好歹未知，以此必要回家探看。

时公宝便道："郑小哥素日孝敬老娘，此回随同史老伯去，最是得当。孔大哥放他走一趟，不久自来京相会。"

郑通道："六爷便知得小人心。"

孔元霸叱道："谁叫你不孝敬娘亲？只劝你不要走，都走光了，单剩得咱一人无归处……"

一语未了，孔元霸酒性上来，想到自家父母双亡，叔伯无靠，不合从小使爷娘淘气，如今归无归处。孔元霸便放声大哭，呜呜咽咽哭将起来。众人从来不见孔元霸有这般模样的，都看得呆了。

史崇俦劝道："孔大哥，我也不想回去，一因年老，二因家下小子不懂事务，屡被人欺负，以此只得回去。如大哥磊落丈夫，正当以河山为家，四海为友，何必因一二朋友暂离，便尔伤心？"

孔元霸听如此说，甚是感激，一连点头。时公宝、钱光武都正色好言相劝，你言我语，方把他劝醒来。即命撤了酒席，随意散坐。郑通见孔元霸如此真情流露，倒觉自己待友不诚。阮小五便想起哥哥阮大、阮二、阮四来，大家各有伤心，半晌无语。别人犹可，独是花小凤在内听得孔元霸哭，又值寄父即要动身回里，不由调动了旧日伤心，竟汨汨地流下泪来。又不敢失声，只是背地啜泣。这一日众人聚会，却变作了离筵别钱，真个黯然销魂。后来还亏史崇俦说起从小学幕时的笑话，并自身经历的奇闻，引得众人破涕为笑。当夜时公宝留住史崇俦在寓，对榻而眠，闲谈了一夜。

次日，史崇俦至白马胡同周炳衡家辞行，推说家中有要事，不能延缓，即要启程。周炳衡见攀留无益，忙命置酒饯行，别有赠赆。史崇俦推辞不得，只好受了。向晚，至钱、时寓所，又是宴饮。

次日，是孔元霸、阮小五等众人公宴，并送郑通。酒罢，游逛闹市，谈笑了一日。

翌晨，史崇俦起身，捡束行李。郑通告明了和珅，荐阮小五替代，收拾包裹，雇了骡车出京。时公宝等一行人都送至大路上而别。

看官记明，自此郑通随同史崇俦回扬州，留在京中的只有时公宝母子、钱光武夫妇、孔元霸、阮小五兄弟几人，一言表过，暂且不在话下。

如今却说白浪生、尹超二人，自在郾城与王小明分手，取路直到汝宁府，当日在府城内客店歇下，二人商量一会儿。

尹超道："叔叔暂等，我先一人入去，须要瞒过那厮们耳目，去不得多人。我若去了不济，再理会。"

白浪生道："说得是。"

尹超打开包裹，取出一套破旧衣裳换了，脚下除了鞋袜，换上一双草鞋，打扮得似花子模样，去市上买副碗筷篾篮，放些菜饭在内，挽臂提了，直来汝宁府大牢送监饭。

尹超行至死囚牢前，见那牢子，央告道："小人是讨饭的李三，向日受黄大相公恩德，无由得报。今日大相公在牢，小人讨得些酒饭在此，求上下方便，放小人入去，送得这一口冷饭。"说着流泪。

牢子望着尹超，周身打量了一会儿，叱道："黄大相公吃的山珍海味，有的金银珠宝，要你这厮讨来的饭吃？"

尹超道："上下开恩，今日大相公落难在这里，王法不容贫富，哪来的好菜饭？上下权且做些好事，怜小人一片心，容见黄大相公一面，胜造七级浮屠。"

那牢子道："这厮直这般啰唣，敢是匪徒混来通消息？且把这厮搜一搜！"

牢子喝住尹超不准动，周身搜了一遍，并没什么。看看尹超这般瘦弱，又告得苦，便放他入来。

至牢内，尹超认不得黄燕臣、鲁良一行人，叫道："黄大相公，小人李三送饭来！"

内见囚徒丛中一个老儿眼红嘴肿，半晌爬将起来，旁边一个后生搀扶着，也折了腿子似的，只往外看。尹超看得是了，必是他父子两个。

尹超拜道："小人向日多得大相公恩德，今日大相公冤屈在此，小人无计奈何，讨得些酒饭送将来，大相公且吃些个。"

黄燕臣见是个花子，哪里认得是谁，听得说，也许是旧日受了好处的，不由得一阵酸心，滚滚泪下，吩咐儿子黄焕收了。父子二人拜谢。黄燕臣便叫递与旁边一个汉子吃。

尹超看在眼里，问道："这位可是教师？"

那汉道："正乃山东鲁良的便是。"

尹超道："小人也认得孔元霸、郑通二人。"

鲁良吃紧道："阿哥哪里见来？"

鲁良递过牢饭，仍与黄燕臣父子，父子二人分来各吃数口，都哽咽了，撇了不吃。鲁良方取来吃了。

尹超道："小人早所遇见二人，现闻得他两个都在北京，这里已有人去报知教师与大相公冤屈，早晚必在搭救。"

鲁良见尹超生得英挺，出言清朗，行动有致，不像是个不成材的人，却不知是哪里来的，又不敢问。

吃了酒饭，鲁良拜谢道："阿哥若遇得孔元霸、郑通时，只说道：'鲁良安好，但得黄大相公父子出狱，鲁良死也瞑目。'事不宜迟，小哥端的从哪里来？"

尹超方欲说出自己名姓，只见牢子过来喝道："去去，尽说什么？"

尹超道："且住，再问教师一句话，有一个名唤王行健的，此人住在何处？"

鲁良听说，益发知道尹超不是等闲的人，便道："此是王半天的儿子，一向住在信阳州北门外鸡鸣山上。"

尹超道："是了。"

再欲问时，牢子把脚踢道："速去速去，休得多缠！"

尹超只得提了碗篮出来，眼看那模样，不由得自叹道："虎落陷阱被犬欺。"急急回至客店，告知白浪生。

白浪生道："既你已认得黄燕臣父子并鲁良，俺们趁夜来把他劫出来完了。"

尹超道："且等一等，俺已知道王行健所在，他是此地人，比俺们熟得底细，寻得他来陪同方好。"

白浪生道："也说得是，此去信阳州不知多少路程，要走便走，得快。"

二人想定，随即收拾包裹起身，一路问讯，径向信阳州来。于路无话，到得州城，问明鸡鸣山所在，二人匆匆吃些酒饭，看看向晚，不敢延缓，拔步便行。走不到五七里路，早是天黑。时当凉秋初旬，风势正劲，二人紧急只向山路而来。移时月上，照得满地似霜，恐防走了岔路，仔细投奔，旋入山径，迤逦来至第一峰，四望并无茅棚草舍，又不闻有鸡犬声，又无人可问。

尹超叫声冒失道："这乱山之中，哪里寻去？"

白浪生道："不要忙，横竖只一座山，周遭寻来也不难，遮莫寻到天明，总有个去处，且向前走。"

尹超笑道："只得如此。"

二人不紧不慢行来，约莫也走了五六里。白浪生道："好了，那不是人家？"

尹超抬头看时，树林下，只见一带篱笆，旁边乱堆着些柴草。二人向前径走，至篱笆内，望见数间矮屋，朦胧静睡月影里，一点声息也无。

二人走至矮屋前，叫道："借问此间主人，这里有个王行健英兄吗？"

叫了数声，无人回答。把门一推，却关得紧紧的，二人踌躇起来。正没奈何，耳边只听得脚步响，二人回头一看，只见一条人影自篱笆外跳将入来，转眼已在跟前。

尹超怕会错了意，忙叫道："来者莫非是此间主人？借问这里有一个王行健英兄也无？"

那人就月光里打个照面，相了一相道："二位何来？小人王行健的便是。"

二人大喜道："不料便是王英兄。"忙即施礼。

王行健拜道："深夜因何到此？不敢拜问二位尊姓大名？"

二人具告姓名，说道："便为黄大相公之事，冒昧前来。"

王行健大喜，自绕至屋后，入内开了前门，恭引二人至草堂坐定，取过火具，点了油盏，重叙礼罢。

王行健道："小人一身居此，左右无邻舍，远客劳驾，多有怠慢。"

白浪生道："王兄休得客气，俺们二人在路遇得王小明，颇知王兄英雄了得，虽是初见，原属同道，不拘礼教。"

王行健道："好说。原来二位认得王小明，曾在哪里相遇？"

尹超道："不是素识，也是偶然相逢。"

尹超把郾城客店一事，并去牢内探看的话叙了一遍。

王行健道："怪道二位寻得到此，王小明不曾知得俺的所在。"

因问二人自哪里来，有何见教。尹超具说自家从前曾得孔元霸、郑通二人相助报仇，因知鲁良的为人，又那黄燕臣父子向来也好善乐施，不见

273

为非作歹，今遭冤屈，特来相探。

王行健细细盘问了一会儿，尽知二人来意，问道："二位思量如何救得他们一行人？"

白浪生道："俺听得王小明说，王兄有朋友在京救援，今见鲁教师关说，事不宜迟，生恐久后黄家父子二人性命不保。俺思量起来，救人须救彻，何必三心两意，直把他们都劫出牢来罢了。只缘俺们人地生疏，黄大相公又是个年老衰弱的人，这里的官司目今究是如何？京城里的人现在有无消息？这件事到底做得做不得？俺奉父兄之命来此，不敢冒昧行事，因此上特来与王兄商量。尊意看是如何？"

王行健道："二位有所未知，自从霸王庄阮小五杀死时仲凡全家，过后王小明砍了宣氏、宣空、应凤春并使女四人，这厮们都是与黄大相公作对的，尽数不得好死，外面便沸沸地传讲起来，猜疑是教匪徒党所为，因此官司也把这话申详上宪。当日复审黄大相公的差官郝雍，那厮生怕惹祸，早已畏头畏尾，吓得不敢作恶，都把汝宁府大牢里专管黄大相公的牢子撤了。现在管的只是知府派下的人，不这般时，哪容得你们便入去？从前我去三五次都不得见，多少好言苦求，欲想送些医药与他们，那厮们仗官托势，活似疯狗一般，见人便咬，把我的药粉都弃了，倒吃他一番奚落。如今这牢子便好了，纵然盘问搜查得紧，却也难怪，这是他们的火烽，差不得半星的。俺也去过三次，都得见了。黄大相公父子虽则害病未愈，比当初已宽得好多。鲁教师吃得起苦，牢子又都惧怕，不敢奈何他，倒不妨了。你们不见当日那模样，真叫人心酸。若说黄大相公家中之事，自宣氏那几个贼男女一死，越闹得天翻地覆，黄老太太本害得病，进不得饮食，不多几日，却在后花园投井死了。家下用人因无人管束，四处逃散，近亲远戚哪肯拢来？现在已由官司收管，将黄氏私产查封了。州城中新旧两座宅院都已发封，可叹黄府一家，目今除他父子二人以外，更无余人。现在虽比前略宽缓些，终究脱不了这罪名，北京朋友早去想法，至今也无消息。据我看来，只得且等一等，倘然把他三人劫出牢来，一则黄大相公是年老衰弱的人，向来舒适已惯，一时间奔动不得，又没处可以躲避；二则黄大相公果真有私通教匪之罪也罢了，如今实实没有什么犯法，

274

只因那抚台硬要把他断作通匪，倘使一劫出牢，那真是犯下该死的罪了；三则本府相公马廷桂倒是个清官，与黄大相公本来要好，实因上司派员督下，不得不如此。倘然越狱脱逃，漏失要犯，这火烽都在他身上，少不得革职查办，先就害了他。那黄大相公依旧没甚好处。算来这件事难以下手。小人早也打算这一策，仔细思量起来，很是不妥。当日王小明也想劫牢，也是小人把话挡了。依小人愚见，暂且看一看风势，若得北京有了门路，或那抚台发现了良心，能得周全他三人性命，也就罢了。若还风惊草动，真要屈死那三人时，俺们立时下手未迟。小人近来每日打听消息，刻刻在意，今日也正自州城回来，因趁这一轮明月，在后山采药，早见二位上山来。这里从无闲人来往，小人正是诧异，不料乃是远客。小人愚见如此，不知二位尊意如何？"

尹超道："说得极是，俺也是这般想。待过一时，没奈何只得下手。"

白浪生道："虽然如此，不可不备，此去府城数百里，倘有山高水低，俺们哪里知道？若待官府发现良心，待到几时？更要俺们何用？"

王行健道："兄长听说，小人尚有一计，倒是釜底抽薪之法，除非这般，万事皆休。"

二人忙问是何计策。王行健不慌不忙说出来，有分教：

贪官局促浑难主，客帝惊惶夜不安。

欲知何事，且听四十回分解。

孔元霸之哭，如巫峡猿啼，间关虎啸，非寻常悲愁可比，故使人之听之者，皆不觉感叹欲泣。所谓念天地之悠悠，独怆然而涕下，真英雄之泪也。

尹超入狱，极写尹超之能，白浪生欲劫狱，极写白浪生之勇，及与王行健对语，而又见王行健之细，三人各有意境。

由劫狱转出尹超一计，由尹超一计，转出行宫一箭。行文迤逦曲折，无一直笔，使读者目光游移无定。

第四十回

义士追蹑赴行在
客帝巡幸到历城

话说王行健与白浪生、尹超计议，搭救黄燕臣之事。

王行健道："小人尚有一计，倒是釜底抽薪之法，比去大牢里打劫营救，益发稳便。"

二人忙问何策。

王行健道："这件事全是巡抚恩穆播弄出来，这厮害人性命，欲想自己邀权结宠，派下郝雍，如此胡闹。现在不需别的，只要收拾这厮，也不必打草惊蛇，只把这厮的巡抚印信摄将出来，要他这条狗命偿去，不怕再凶狠，只有死法，再无活路。这样一来，鲁教师、黄大相公的事料得缓了，自然有救。"

二人听说，一齐道："好一条计，何不趁早做去？"

王行健道："却有一桩，但恐如此闹起来，恩穆那厮果然性命休了，朝中换了一个人来，又怕是与恩穆一样，依旧不肯开释黄大相公一行人，或倒因此越发管得紧了，反而后来下手不易。以此小人委决不下。"

尹超道："这个不妨，做官的人有什么胆量？性命最舍不得的。若听说前任为了屈断失印信，后来的人哪敢无礼相加？逃命也来不及了。"

白浪生道："只要给他一个消息，叫他自肚里明白便好。"

三人絮絮商话，不觉月色渐落。

王行健猛省道："远客来此，只顾说话，二位定是肚饥了，家里有的酒饭，且生火造饭，取来充饥。"

尹超道："俺们一同动手，厨房在哪里？胡乱吃些便了。"

王行健笑道："也不曾见这般理路，叫客人自上灶的。"

白浪生道："说什么客不客，你去造饭与俺们吃，俺们却坐在这里空等做什么？何妨一同动手，岂不快些？"

王行健笑道："也好。"

提了油盏，引二人同入灶下，做起饭来。取出白干，并腌肉盐鱼都炙了，移时始毕，三个就在灶前板桌上吃了个饱。王行健收拾盘碗都洗了，出至草堂下，打量二人好生气概，且是上下年纪，叔侄相称。王行健便问起家世，尹超据实说了，言间提着白望天名字。

王行健早年听得半天老人说过，当下失惊道："闻知昆仑派剑客有一位白爷，江湖上无不知名。"

尹超道："正是此公。"

王行健方知白浪生即是白望天儿子，不由翻身便拜，说道："小人粗鲁，半日不知二位渊源，多多失敬。"

二人搀扶回礼不迭。王行健喜出望外，问知二人系奉白望天之命前来，虽与鲁良不素识，多与孔元霸、郑通有交谊。因尹超与白浪生有长幼之分，王行健便与尹超做兄弟辈，一般称呼世叔。

白浪生道："此有此理，小可年轻无知，如何得当？"

王行健道："若不以小人粗鲁，日后常得领略教训，那便万幸，何消得如此说？"

白浪生道："我辈相交，不在形迹，四海之内皆兄弟。小弟虽得严父督率，自小游荡好嬉，不成一艺，正待王英兄指教。"

王行健道："怎敢当此，却不是折杀草料？"

尹超笑道："大家休得客气，俺们四海为家，但得志同道合，不论长幼老少，都是一家人，一言为定，何须谦逊？"

王行健道："尹大哥有所未知，小弟素日敬爱昆仑派大名，只想哪一日也得投门一拜，却是无缘得入。今日幸逢二位，那是俺的造化。倘蒙二位不弃，挈带小人，得在门下做个小厮，便是一生指望。"

白浪生道："王兄休如此说，待俺们救得鲁教师、黄大相公父子，可

277

一同去俺那朝阳庄吕师兄院子居住，大家都可练习武艺。"

王行健大喜称谢。三人重提摄印之事，白、尹二人深恨巡抚恩穆所为，必要使他走投无路为快，颇觉王行健此计得当，商议即去省城行事。三人计定，胡乱歇了一会儿，早是天色大明，王行健起来造饭。饭罢，收拾行李，把细软捆作一担，兼有酒食等物，带不了行路的，就打算寄在丁老店里。茅屋中粗硬都弃了，收拾毕，尹超、王行健各挑一担，白浪生背了包裹，三人一径下山，取路直至信阳州城内。白、尹二人留在茶店里坐了，王行健把寄存的物件作一担，先挑至丁老店里，告明要去保定府投师，山上茅屋内尚有些粗笨东西，得用的可取来用，不中用的只得弃了。丁老一一答应代管。

王行健拜别丁老，回至茶店，邀了二人起行。三个不紧不慢，离了信阳州，取路直向省城而来。

走上一日，只听得路上讲道："皇帝南巡出京，将去江南省，本省巡抚大人已出省去山东接驾，一路车马都雇尽了。"

三人听了，吃惊道："恁地说时，俺们便去省城，也扑个空，即使丢了那厮印信，也有话说，倒便宜了他。"三人踌躇起来，连路道听，都是一般传说。

白浪生道："且住，一不做，二不休，既来到这里，难道更回去？俺们索性赶去山东，看看那鞑子皇帝却做什么。若有空当儿，就与那鞑子开个玩笑，叫他知得好歹，收拾了恩穆，倒是稳便。"

王行健道："说得是。"

尹超道："这厮御驾南游，俺们哪里近得身，只怕动不了手。"

白浪生道："不慌，常听得父亲说，从前魏大师伯在五台山时，那康熙鞑子何等厉害，朱一贵英雄尚且在清凉寺行刺，被那厮手下侍卫拿住，终究在行宫把他劫了出来。俺们虽不如前辈英雄，若要寻个玩意儿可也不难。"

尹超点头道："好却好，只怕鲁教师、黄大相公一行人眼前遭了凶险，如何得救？"

王行健道："这个放心，现在不是动刑时候，再那御驾南游，抚台出

278

省，先不闻有凶险消息，一时间哪有这般容易？"

尹超道："如此说时，俺们便把这件事写一封书与那靼子皇帝，叫他知得内中细情。他若明白判断便休，他若不照俺们言语办时，也杀得他遍地惊慌，回不得京去。"

王行健道："尹大哥说得轻些，常听得师父说，御驾到处，满地都有官弁察听，若被知晓，便惹了滔天大祸。俺们须要仔细着，以后不论在哪处宿歇，不可走漏半言一语。"

白浪生道："说得是，最好扮作行商，免得路上关津盘问。"

三人商量一会儿，便把包裹并作一担，买些河南土布背了，称作布贩，取由官道，直向山东境界来。昼夜趱程，随地打尖。走了三五日，忽听路上说道："前面有官车押住道路，商贾行旅不能跻进，一路并张贴告示。"

原来即是巡抚恩穆的驺从，因上次乾隆帝谕斥复奏之后，恩穆虽迭次辇金赂近侍亲王大臣，终究不知皇上意旨为何。恩穆惧怕得罪，忽接诏书，銮驾南巡，以此星夜出省，走向山东接驾，欲待面奏，掩饰过失。

白、尹、王三人道听得就是恩穆，正好跟随而行，各站都接在官报，随时报知驻跸所在。三人与巡抚亲兵渐次相接，一路伴熟，暗探消息，不紧不慢行来。

三人私议："这厮凑在手边，何不就半路里结果了他，省得许多麻烦。"

三人跃跃欲试，看看护卫的兵弁众多，到处官迎官送，也难近身，又恐闹出意外之事，只得且不下手，按程紧随而行，不止一日。

忽一早晨，听得兵弁传说，流星马报到，圣驾已到济南府。这恩穆随从人等便似奔丧一般，急急忙忙上路，草草膳宿而进。三人也提紧脚步，随势跟来，于路无话。

及到济南府城，恩穆命随从找下寓所，当趋入行宫叩安去了。三人抬头看时，城楼上扎着"恭迎圣驾"万姓牌坊，城内外街头巷尾都张了彩色篷帐，地下满铺着黄沙，挨家逐户都在门前焚香致敬，城门口把持的官员兵弁不知其数。三人不便入城，只得暂在城外客店歇下。未及向晚，只见巡检带了兵弁查街，出城至各处盘查，写具姓名，一队过去，一队又来，穿梭不已。上灯时候，又有查夜的传谕各处，限时闭户，不得出外。清早某时供香，某时开门，一队队官弁巡游不止。客店主人带小二至客人房内传话，说圣驾到此，客官远来路过，不可轻忽，早夜两时，切勿出门。若要进城，须要对牌，若要起身，须请由官司发给执照。来历不明的，休得在本店居住。如系正当商贾行旅，托本店代请执照，须要多少费用。如此这般规矩，店主人一路传话，滔滔不绝。

三人听了，面面相觑，作声不得，各自在肚里发愁。又说不得分外言语，只得说些买卖的话头，及早吃了晚饭宿歇。店内客人无数，夜来鸟雀无声，都默默地睡觉，只听得屋外一阵阵响马查街，哪有半丝儿松动处？

尹超叹道："这里的买卖简直难做，哪里有买主？"

王行健睡在一床，连忙把脚踢着，叫勿多言。白浪生哼了一声，胀得满肚子闷气没出处。

王行健道："白世叔早好睡了，明天早起，也将息将息。俺们做小买卖的难得遇着天子圣驾，今年定有好生意。"

白浪生答声嗯，翻个身向里睡了。三人做了哑巴，隔壁房内也只有细细的声息，谁也不敢说话。三人闷宿一夜，次早起来，欲向去市上逛逛，只见店门关得紧紧的，老是不开。

白浪生道："这店门为什么不开？"

掌柜的听得说，忙过来低声道："圣驾五更去游历山，那是大舜皇帝种田的地方，当今皇上劝农爱民，特去那里赏览一回。待得回銮，方可开门。"

白浪生只得无语，约一顿饭时，只见店里人轻手蹑脚都去门缝里张，悄声儿道："来了来了！"

白、尹、王三人也走至排门边，向外看时，鬼影也无，只见烟缕缭绕，一处处摆着香案。多时，方听得低低脚步响，四骑马飞风一般过。只见旌旗飘扬，伞盖重重，一对对打从门前来。那脚步不紧不慢，都有次数。这一群执事过完，便是长枪大刀，又戟弓矢，无数武士，也是一对对过去。又次方是太监，手中各捧着如意供盒香炉玉带翎毛之类，挨次接毗，鱼贯而行。这一群太监过完，只见一色黄马褂官员，前后各三十余名，抬着黄绸平顶绣龙暖轿，缓缓而来，方是銮舆。那轿身异样伟大，四面都把金黄花绣软绸遮蔽了，却看不出什么，只有下面略露一只靴角，搁在雕盘上。两旁护驾太监不知其数。再后面又是一排武士，手中各执器械，紧随銮舆，按次而行，也有二三十人。最后便是随从大员，也有坐小轿的，也有骑马的，急急护卫行来，一共约有三五百人，却是鸦雀无声，连大气儿也不敢出。只有连响的一阵靴声，轻轻悄悄而过，真个天地动容、神明起敬之象。

三人看得呆了，回头见门内众人，在门边窥觑的不知其数，哪会有半点儿声息？直等御驾过完，半日方才开门。大家纷纷称颂，无非说见了当今天子，乃是一辈子的造化。

三人见此情景，心内着急，私下商量："不入虎穴，焉得虎子？在此不了，只得入城去行宫旁窥伺。"遂叫掌柜的，问入城有何规矩。

掌柜的道："客官入城，走哪里去？在哪里勾当？或是铺子，或是住户，先须当官领有对牌，方可出入无阻。若还是远路来的，那就麻烦了，先必要禀告城门司，盘查实在，方准放行。"

三人问了明白，付还店资，挑了担仗，走向城门来，依言禀告了城门司，说道："小的三人，因做布贩生意，向日在城内行家有买卖，求准老爷放行。"

城门司据禀，着兵弁搜查三人包裹，都打开看了，并无凶器违禁之物，又问去哪家铺子。三人只得随口答说一番。好在三人面貌和善，言语清晰，兵弁都不猜疑，一一放行了。

才入城来，走向市梢，投下客店，店主人重复盘查来历，三人一般告知，取出名簿，写具姓名，方许下宿。尽照规例办罢，三人解下担杖包裹，安顿房内，叫小二造饭来吃了。只听得小二咄咄称奇，店里人缩缩伸伸地讲话，三人见了纳罕，问做什么这般大惊小怪的。

店小二道："客官有所未知，今日五更，老佛爷排驾出城游逛，回来将到行宫，路经抚院街，那街道不宽，上面张着御帐。正当御轿过来时，有一只白花猫自这边瓦檐跳至那边瓦檐，打从篷帐上过，自下望去，只显得一道白光，谁知这猫已死在瓦上，身中七支毒镖。客官，你想老佛爷御前的好汉多少，既隔着篷帐，谅那猫身有几多大小，就这一线白光跳动里，一时间放去七支镖，支支中在腰肚，可不是稀罕的吗？如今已把这死猫拉下来，说它冲犯御驾，已在那出事处戮尸示众了，可不是怪事？"

三人听了，也伸伸舌头道："端的新鲜奇闻。"

小二夸说一阵走了。三人商量道："不管他怎样防得紧，俺们既来到这里，少不得做下这事，且待夜来探看那行宫再理会。"

三人计定，只等深夜出门。谁知上灯以后，查街巡检带众兵弁穿梭也似不绝，三人只叫得苦。

欲知白、尹、王三人如何刺探行在，且听四十一回分解。

南巡警跸所过，闾阎似墟，帝制淫威，真可望而不可即也。貌窥一斑，只在门缝中所见写之，然已足当近人南巡笔记一部矣。

叙三人于途中闻恩穆出省，折至山东，接叙恩穆前次被斥一边事，穿连一处，下笔只见其波，不见其痕。

帐上死猫，戮而示众，出诸小二之口，最为得体，于此可见事小情小人小气小，而此乾隆大帝亦几希为小人也。作者大书特书曰客帝，明窃据之祸，言宾主之别，岂寻常说部所能知哉？

282

第四十一回

白浪生射箭下书
王行健刮骨疗毒

话说白浪生、尹超、王行健三人欲刺探乾隆帝行在，哪知满街巡查的人穿梭不绝，三人暗暗叫苦。直等到半夜过后，方觉人声寂了。

白浪生道："你们二位但在这里守候，待俺先去探一探，人多露形，反而不妙。"

二人点头应是。白浪生打扮夜行衣裳罢，就灯下写了一信，纳在袋中藏了，说声再会，跳出门外，跃上瓦檐，闪至店后。刚刚踏到地上，耳边一阵脚步响，只见查夜的打着风灯，自右巷簇拥而来，连忙跳上，去屋脊伏了。等那查夜的过去远了，方再溜下，向背而行。穿小巷，经大街，直向行宫而来。走不到百数十间屋面，远远听得人语声，又是一队查夜的隔巷过来，转眼就在跟前。白浪生只得又向高躲避，转背自屋后跳下，取路复行。如此三四遭，渐到行宫，径入小巷轻悄行来，算来已不多远。哪知走到尽头，路却断了，折向左右而行，一般皆无去路。原来行宫周遭，所有街头巷尾都把砖石叠塞了，只留东西二路为出入大道。

白浪生看看走不通，只得仍翻上屋瓦，抬头望时，百十处灯光明亮，一周遭守卫自正门至仪门，直达正大光明殿，密接接尽是御前侍卫把守，各执刀枪棍叉之类，却似麻林一般，便飞鸟也不入去。虽相距一箭多远，望得巍峨宫殿就在眼前，只顾是近不得围墙外廓，哪能到达寝宫？白浪生伏在瓦上，打量多时，只见后面一路略较近些，一时又绕不过来。自肚里想道："鞑子皇帝果然好厉害，竟这般严防。当日清凉寺劫牢，及吕四姑宫中报仇一事，却是非同小可，想前辈英雄，真可了得，后生如何能够？"白浪生踌躇半晌，生恐被人瞥见，不敢延留，随即翻下地来，审寻小路，迤逦回至店中。

尹、王二人在店内已是等急，见瓦上一条影，知白浪生到来，忙开门接入，动问究竟。

白浪生道："不济，这厮侍卫森严，难越雷池一步。"

因将瓦上所见情景告知二人，二人思疑道："如此怎生奈何？"

白浪生道："既行宫前面难以进身，后面与民家房屋相距不远，俺们这一往，必要送到鞑子皇帝跟前。如有弓箭，自能射入，若使轻身入内，那宫中重楼复宇，如何寻去？亦且拱卫谨严，难得躲避之处，只有这一件可行，哪里去买张弓矢方好。"

尹超道："难道偌大济南府城，便没买处？"

王行健道："只怕这当儿兵器都收了，明日且再理会。"

三人商量一会儿就寝。次日，尹超早起来，与二人道："俺且去城内找一找看，有时便回。若还没买处，何不就去铁店里制几个铁弹，也一般使用。"

白浪生道："最好，你去把这件事办妥了，夜来便好动手。"

尹超答应着，去包里内掏些银两在身，一经出店去了，午饭时分，尹超果买得弓箭回来。

二人相见大喜，笑道："果真如愿。"

尹超道："好不容易，何曾有买处？果不出王兄所料，但凡城内弓矢镖店尽都收了，拣好的又进贡去了。俺却道听得城内一个猎户，与他商量地回了来，虽然一弓一箭，却花得多大银子！"

白浪生道："只要有了这劳什子，多花些钱怕什么？且等夜来动手。"

三人吃罢午饭，去市上逛了一转，绕至行宫后面，看了脚头，向晚回店。等得夜深，白浪生换了紧衣裤，插了弓箭，箭头扎了书信，跳出店外，不走街巷，一经踏瓦行来，见有查街的，暗地只在屋脊上伏了。住户尽皆睡静，白浪生软步轻松，似鼠子一般，越万姓宅院，腾跳过来，人不知鬼不觉，早来到行宫后。看看宫中灯光如昼，侍卫排排价守着，铁桶一般，无隙可乘。四围风烛反照，映得后面一带住户屋瓦昼白，生恐露了影子，不敢前进。打左蛇行过来，择一家高大院子上，贴屋脊伏了，身边摘下弓箭，使个马步，望着那宫殿深处，料得是寝宫所在。观得亲切，搭上弦，扯满了弓，下力只一箭，只听得哧的一声，这箭早落在寝宫左旁。不发箭时，万事皆休，一自箭声响过，兀那宫后侍卫汉子却似鸡群一般飞起，都跳上后墙，向前张望。

白浪生见来势凶猛，忙躲避一边，伏着不动，欲想瞒过一时，再往下闪落。只见一支镖迎面飞到，逼在眼前，白浪生伸臂只一夹，夹在手中，且不还掷，仍思退下。那镖弹却似急雨般打来，也不知有多少，风动处，只见人影跃跃拥前。白浪生不曾有三头六臂，怎敌得如此众汉，不敢延慢，急忙闪开。众汉便飞一般赶上。白浪生看不是头路，只图脱逃，无心敌对，打横只一蹿，蹿到隔院瓦上。刚待起身夺路而走，不防左脚稍缓，一弹飞至，却中了腿骨，白浪生怎顾得伤痕，随即闪落地上，转了三五个弯，复又跳起，看看后面无人追来，直向前奔。只觉左脚痛得彻骨，再走不快，正欲在瓦上略歇一歇，忽见一条人影从斜刺里赶来。

白浪生忙起身迎敌，却待交手，只听得叫道："叔叔是我！"

原来尹超放心不下，在后赶来相接。

白浪生道："你来得好，俺受了伤了。"

尹超大惊，抚白浪生伤处，血流如注，鞋袜都浸湿了。

尹超道："叔叔走不得，小人背负去。"

白浪生道："不要忙，你与我照顾后路，俺自走得。"

二人跳高蹿下，径至客店墙外。白浪生已是疲了，跳不入来。尹超方背负了，闪入店中。王行健接着大惊，忙解裤探看伤处，叫声哎呀。原来是毒镖所伤，已打损了腿骨，幸得随身带有除毒药粉，忙打开包裹，取出敷了，服侍睡下。

白浪生就枕边诉说所遇各事，未及数语，痛彻心腑，便晕厥过去。尹超惊慌失色，不知所措。

王行健道："此毒攻心，即是无救，幸得回来得快，尚不致有性命之虞。但伤后劳损过甚，腿骨已中毒液，虽然医治得好，也只怕带了残疾了。今当拔除余毒，以故痛入心腑。"

说话之间，白浪生已是醒来，王行健重复换药敷了，说道："可惜不曾带得这一药，若在山中便好了。"

尹超急得只是跺脚，又不敢惊动店里。两个悄声儿服侍一个，不待细表。

且说乾隆帝宿寝宫，忽听得宫外汹动之声，蓦然惊起，召御前太监来问。太监不敢隐密，只得奏道："适才有飞贼至行宫后暗伏，前来行刺，被众侍卫发觉，一力打退，正往前追赶去了。那飞贼手持弓箭，却向寝宫射来，有箭落在寝宫旁，箭上扎得书信一封，不知是何言语。"

乾隆帝听奏罢，命取箭来，着太监拆看书信，只见信内写道：

> 河南巡抚恩穆，唆使党徒郝雍，将无罪良民陷为教匪，以信阳州黄燕臣为巨富，陷其父子，与家中教授鲁良于汝宁府狱，敲索备至，贪贿无数，形同盗寇，神人共愤。若不惩治，祸及于己。

上下均无署名，只此七十一字。乾隆帝反复阅览，心内惊恐，半晌方定。

御前大臣奏报，飞贼业已远逃，不知去向，惊动圣上，伏愿治奴才失察之罪。大小侍从官员闻变尽来请安。

乾隆帝宣旨："不必穷追，此是民间散人，因外省疆吏失职，前来告发，非关大逆，都叫散去，各自谨防，毋得大惊小怪。"

众官员见乾隆帝不主查究，方始放心，各各谢恩退去。

当夜无话。次日，乾隆帝下旨，召河南巡抚恩穆仍回行宫。原来恩穆当日与白浪生等三人进城，即趋行宫叩安，立时陛见。乾隆帝面加申斥，恩穆对答言辞，皆由近御窥探意旨而发，颇合帝心，并不加罪，着令赴任，整饬吏治，所以恩穆已是启程。

乾隆帝即下旨飞马召回。恩穆在途，接奉诏书，吓得五内战栗，慌忙回程，直至行宫叩见罢。乾隆帝掷下白浪生箭上书信，叱道："你在河南做什么？你自己瞧！"

恩穆五体投地，一连磕响头，嘴里连说："奴才该死，早是眼目昏花，哪里看得清是什么。"

乾隆帝大怒，喝令下去，恩穆谢恩，倒爬而出，退至朝房候旨，浑身冷汗淋漓，半日喘息方定。取过手中书信，从头一看，才知为黄燕臣私通教匪一案。恩穆自谓办得极好，正欲仰答上意，万不料龙颜如此震怒，一时没了主意。移时，太监传旨，着明白回奏。恩穆只得将实情奏报，所有火烽都委在郝雍自身。

乾隆帝听罢，下旨恩穆革职，着山东巡抚戚廉调任河南，查办郝雍，调阅原卷，切实复审，恩穆交与山东巡抚看管。一面谕令诸民人等，如有含冤未申，不论亲王大臣，任其在行宫，指名告发。此旨一下，小民惊喜，酷吏寒胆，早已风传内外，无不称庆。

原来乾隆帝为白浪生深夜一箭，心内疑惧，生恐有江湖飞贼潜伏途中行刺。回思父皇雍正身首异处，不寒而栗，看那信末，有"祸及于己"一语，分明是先来警告，以此大发雷霆，言出法随，特地做与人看，俾消除自身之祸。一面并不追究夜惊之事，故意宽纵，所以安不平者之气。这是乾隆帝一生本事，管领六十年中国，全用的宽猛相济，沽恩市义，笼络人心。

当时臣民朴实忠厚，不比现在跳脱活动，却哪里猜得透？旨下之后，戚廉当日陛见赴任，恩穆摘除印顶，一路看管，直到河南省城，上任接印后，奉旨查办黄燕臣一案。先令拘获郝雍，郝雍接得消息，见恩抚已交看管，新抚台奉旨彻查此案，知自己做下的事发了，走来走去踱了一夜，至天明悬梁自缢，遗言自认罪谴，情愿戮尸，求保子孙，再三恩恳戚廉复奏。戚廉据报，只得撇了郝雍不问，谕令汝宁府知府马廷桂押解黄燕臣父子并鲁良、尉迟松、段大壮五犯到省，调阅全卷，亲自提审，细细敲问。连审了三日三夜完毕，详细奏了一本，内中除郝雍畏罪自尽外，其余都审出实情，逐细奏明了。

彼时乾隆帝早已由济南至苏州驻跸，即用飞马赍了奏折，呈去苏州行宫御览，不在话下。

仍说白浪生、尹超、王行健三人，当晚在客店，因白浪生左足重伤，服侍了一夜。次日，恐有官府派来查缉，尹、王二人商量，欲想逃避远去，好生休养。争奈白浪生足不能落地，自股以下都臃肿了。二人急得坐立不安。店小二见三人入来时，健如龙虎，忽然一个睡倒在床，心下纳罕，不免前来动问。二人生恐言语有失，传出外去招祸，越发焦灼不安。

过了一日，不见动静。次早，尹超去行宫前后道听，却不闻有人讲说此事，心想道："莫非那箭落在冷处，无人发现？"肚里愁闷，有话难说，只得与王行健一力服侍白浪生，左右不离，但等速愈，便好动身。谁知一日过一日，这伤终不能好来，益发溃烂得可怕了。

尹超道："如此怎生奈何？难道药不济？俺们在此如在虎口，王兄早早把他收了疮口，离这是非之场，此为上策。"

王行健道："小弟岂有不知？不是药不对症，其实毒入深了难治，收疮不难，拔毒实难。现在小弟放的药正为要他烂开来，方能除尽骨中之毒。若早收口，日后暴发，便神仙也难医。"

尹超着急道："如此烂到几时才休？"

白浪生也叫苦道："王兄没奈何，只得将就些救一救，早好动身，在此不了。"

王行健道："二位别要焦急，事到今日，不见有什么动静，谅来也不妨了。若急急起身，一来伤上加伤，难以医治；二则城门盘查得紧，倒是不好。二位若主急治，尚有一法，只怕白世叔吃不住。"

白浪生道："你便把俺这腿子去掉了，值得什么，也不过是一痛。有甚妙法，速速讲来！"

王行健道："此毒入骨甚深，要急治此伤，只有刮骨疗毒一法，此是先师所授，昔人曾治箭疮。好却是好，叵耐痛不可当。"

白浪生道："你且试试，人做得，俺也做得。"

尹超道："白世叔铜筋铁骨，谅不致伤害元气。"

王行健道："既这般说，容小人一试。"

王行健按住白浪生左足，平放了，洗除药末紫血，取出刮子、剪刀之类，尽将烂肉剪去了，一层层揭起，却似削爪一般，早挖了一大窟窿，渐露出骨干来。王行健取刀在手，对那骨上灰黑处刺刺地便刮。尹超看得只发寒噤，再也看不得了。望白浪生时，两眼紧闭，鼻孔窒气，直挺挺地睡在床上，动也不动，活似气绝一般。

不知白浪生性命究竟如何，且听四十二回分解。

白浪生初出道而遭挫，然其放矢有计，其退避有方，其小心有加，纵受重伤，而勇武不挠之致，跃跃纸上。传重伤，即传其忠勇之至也，此之谓英雄。今人一写侠客，神出鬼没，怪态百变，岂得尚谓之文乎？

清当乾隆之世为极盛，其刑罚亦最甚，而防范亦最密，此处叙白浪生进窥之难，受伤之易，皆极写当时淫威。

读至此回，方知王行健同来之妙，补叙之细，必使人读之但觉自然，而不觉其所以然。

第四十二回

申大冤冒雪走汴梁
觅奇药忆旧赴金陵

话说白浪生僵卧在床，一任王行健刮骨除毒，形似气绝，甚是可怕。尹超看了着急，又不敢出声。王行健默声儿只顾修剔，早刮去一分来深，把黑的斑点都除了，然后用药敷上，取布扎紧，尽将碎骨烂肉收拾干净。白浪生方苏醒过来，始终不哼不哈，争如没事人一般。

尹、王二人都敬服道："白世叔真乃神人！"

原来白浪生擅得运气功夫，方才把气送至丹田涵养，脚下力量都吸上了，聚精会神，只在一处，遂不觉苦痛。这非是学习内功精深的不能。为何白浪生初到时，反而痛得晕厥过去？因那时心慌神乱，元精散失，不比此时已得休养之后，能伸缩自如了。但凡精内功的人，最怕心神慌乱，只在静以止动，此方是养生之道。

当下王行健治了腿伤，与二人道："如此治法，若待过百二十日，便终身无患。如欲行动，至多四十九日。近半月内，不能动弹。"

白浪生道："恁地说时，也有日子了。"

尹超踌躇道："在此心神不定，俺们去哪里静养一时方好。"

三人商量，正没做理会，只听得街上喧哗道："皇帝南巡，看了小百姓苦楚，现在下旨，不论诸民人等，但在冤枉的，只管大胆告发。巡抚奉上谕张贴告示，道府到县，一般办理。"

三人听了，私议道："敢是那信上的话准了？"

尹超忙去外面茶馆、酒肆道听，探得河南巡抚恩穆已经革职，着山东巡抚戚廉调任河南，恩穆交与戚廉看管的话。尹超大喜，回来告知二人，不由欢欣鼓舞。

次日，尹、王二人又去市上细探消息，果然有人传说，恩穆为办理教匪一事，贪贿获罪，现派戚抚台调去复审，方知这一箭书信已中要害。

白浪生笑道："也罢了，俺便折了腿子，也值得换这厮性命！"

三人皆大欢喜，方才放了心。不日，乾隆帝銮驾起程，欲向苏、杭两府巡幸，一时官送官迎，锦天绣地之状，自不必说。驾出济南府城去远，方撤了戒备，万家门户洞开，街道行人喧哗，登时恢复了旧日气象。白、尹、王三人益发心安了，专与白浪生养病，每日按时和药调摄，渐次新肉增长，旧疮已复。过了约及一月，已能伸缩自如。白浪生再睡不住，几次央告，欲要起来走动。尹、王二人挽扶起床，脚才落地，只觉一阵酸，不由得打战。王行健忙止住，不叫行动，只许坐了。白浪生闷慌得紧，哪里肯依，便跛了出店，二人陪同缓缓走了一转，仍复睡下。

如此目以为常。过了七八日，渐便好了。白浪生自恃体魄壮健，与尹、王二人道："虽然恩穆那厮革职看管，戚廉已是调任前去，到底救得黄大相公一行人也未，俺只是放心不下。且俺们出门悠久，恐父亲多有挂念，俺欲回去，且从汴梁一走，探得黄大相公消息，再回保定府。二位意下如何？"

王行健道："好却是好，只是白世叔腿疮新愈，怎便劳动？依小人之见，再休养半月为是。"

白浪生道："苦也，哪经得青眼白眼住半月？近日已大好了，路上多歇息，却怕什么？"

尹超道："多雇车马代步，只要不劳动，但去何妨？"

王行健见二人决心要走，看看也不妨了，说道："也好。"

白浪生大喜，当日收拾包裹，尽把布匹都发卖了，只做一担儿行李，王行健挑着，三人来城外雇了骡车，取路向河南进发。走了一日，向晚打尖，发付骡车自回。别雇车马起行，一路皆是代步，并不十分劳顿。不止一日，早入河南境界。白浪生左足已大愈了，虽略有些颠步，却早轻健如旧。

这日，来至一处市镇，是个乡僻所在，并无车马可雇。尹、王二人踌躇无奈。

白浪生道："怕什么？出门以来，一步不行，俺又不是女娘，直这般娇弱起来，有什么走不得？且走一站，到前面雇车未迟。"

二人寻思无计，只得如此。三个趁早上路，尹超挑了包裹，王行健照顾白浪生在后，取路直向开封府而来。时当寒冬，北风乍紧，走不到二十里路，东北起了黑云，却早纷纷扬扬落下一天大雪。白浪生恐防二人担愁，不住地喝彩，两脚益发走得有劲。傍午至村店沽酒，吃些干饭，看看雪下不止，三人各去包裹内换了油衣，即又登程。白浪生欢天喜地，只往前走。向晚下宿，脚便有些酸痛，二人问时，死不肯说。

次日起来，雪积盈尺，哪里去雇车马？

王行健道："这般大雪，如何行去？且宽歇一日，等雪霁了再行。"

白浪生道："你又来了，你怕俺脚伤，俺偏走得，你却走不得？这个鸟村庄，没好酒好肉买，又没好住处，倒不是闷死？"

一连催促要走。尹、王二人拗他不过，只得起行。走了一日，雪却止了，路上冰滑难行。白浪生哪顾死活，一心要赶至汴梁城，不肯延住。向晚下宿，益发酸痛了，又不肯说。

次日复行，便显得脚高步低，王行健叫声不好，说道："白世叔这腿子定然受了寒了。"

白浪生道："没什么，俺却不觉得苦，到了开封府便好了。"

三个依旧行来。及到开封省城，投了客店，歇了一夜，白浪生这左腿又肿起来了。伸手摸时，如火烧一般。王行健解开一看，只叫得连珠苦，埋怨道："连日雪地里行走，又不说什么，竟害得恁地。"

尹超也大吃一惊。

白浪生道："先有些酸痛，怕你听了又要住下，以此不敢说。"

王行健皱眉道："这不是耍处，一人有多少性命？"

连忙把药敷上，一面尹超自去外面探听消息，知新抚台到任以后，捉拿郝雍，郝雍加夜吊死，黄燕臣等五人都已解到复审了，令在祥符县大牢里收禁。尹超打听得实了，回来告知二人。

白浪生听了，笑道："也罢，俺便截去一条腿，换这厮一条狗命，虽不值得，也是快意。俺们却去大牢里瞧瞧鲁教师三人。"

王行健道："我的爷，你就休了吧，再不要劳动了，害了自己，一生的痛苦。既然郝雍那厮已死，新抚台前来复审，谅来也不敢胡乱妄为。黄大相公几个人性命可保得没凶险了，你且静养着。"

白浪生道："既到这里，少不得去瞧一瞧，方才放心。"

尹超道："叔叔，你别管，待俺独去看一看。"

尹超说罢，自去祥符县大牢探看。二人在客店守候，半日，尹超回来道："不行，县里奉巡抚钧旨，在门张贴告示，指明黄大相公一行人案关重大，无论何人，不得入去会面接谈。"

白浪生惊起道："什么话？又是个恩穆，换汤不换药。"

王行健也呆了半晌，说道："这又奇了，为何严防如此？"

尹超道："俺当初也是一肚子气，后来听说，新抚台亲自审了以后，把一切细情奏明皇上，不奉圣旨，不令接见，生恐真有教匪混入胡闹。其实只怕有人劫牢，说不得就为你夜来一箭之故，以此防得紧了。"

白浪生道："这般说时，俺们空来一遭，却怎么处？"

尹超道："据俺看来，现且暂回保定府，白叔叔又有伤病在身，家中长者都在盼望，何必在此延搁？兼且盘缠也快完了，只得回去，告明一切，再来料理未尽。"

白浪生低头一想，未及答话。

王行健便道："目今腿疾复发，如何可行？"

尹超道："王兄你不知，俺们出来既久，不得不且回去，眼见客中拖延，无有盘缠，在此不了。"

王行健思量无奈，只得依尹超之言而行。当日三人收拾包裹，雇车登程，径取路走保定府来，按站换车，无车暂歇，不叫白浪生行走半步。在路多日，每日敷药调治，正值残冬垂尽时候，路上冰雪难行，白浪生这左腿看看已是完好，夜来必有毒水自皮外而出，酸痛益甚。王行健极是焦灼，巴望速到保定府再理会。在路迁延月余，腊尽春回，方到朝阳庄，经至吕家庄院，卸车毕，白浪生、尹超各取包裹，引王行健入内，一一拜见白望天、吕大器、甘凤池等。

白望天早见儿子浪生跛了一脚，料知在外遇险，不即动问，都来至后堂坐地。王行健便问王小明曾来否。

白望天道："早自投京师去了，近日不知消息。"

一边吕大器问："浪生何故害了腿疾？"

浪生从头至尾说了一遍。

白望天道："你好大胆，禁院深严，御前甚多江湖之士，谅你有几多能耐，不送了性命也幸了，折了腿子还是小事。"

白浪生道："儿子出来时，多得王兄诊治，早已好了。因急急赶程至汴梁，正值一天大雪，车马无有雇处，落在冰雪中行了三五日，以此旧疾复发，甚是酸痛。"

吕大器、甘凤池听说，快叫解开扎脚来看。只见腿上透明一层油皮，含着水泡，都失惊道："这是筋肉内溃，病势不轻。"

王行健道："正是这话。当日因刮骨除毒，嫩肉新生，小人一再劝住白叔叔休要劳动，只是不听。又加冷气侵入，以致骨内受伤。"

白望天道："可知冒失哩！此毒攻心，无药可救，幸仗高明在前，一力拯治，尚不知加意爱护，不听嘱咐，岂不自招其祸？"一面拱手与王行健道，"愚儿无知，烦足下操心，老朽深感！但不知近日尚可治否？"

王行健道："小人草料，也只是一知半解，自从开封府动身来此，一路调药按敷，终不能除净内毒。看来一时难以就痊，只怕要带疾了。小人自当尽心护治。"

白望天道："多谢盛意。"

留下王行健在书房内，叫白浪生移出外来居住。细娘见丈夫受了巨创，心内着急，自不必说。尹超拜见祖母、姑母罢，陪同王行健也在书房做伴，三个仍作一处居住，每日笑谈，说些武艺。一面王行健开了药方，去市上撮药，内服外敷，渐把这腿上毒水拔尽了。

白望天、吕大器、甘凤池等都懂得伤科，果见王行健医术高深，甚是欢喜。不及一月，白浪生这腿子全好了，只是脚筋短缩，不行倾侧，终成了一个跛脚。白浪生也深悔自己不听王行健嘱咐，自恃壮健，以致于此。

当日在后堂饮酒间，白望天请王行健上座致谢。王行健哪里肯坐，拜道："小人此来，得入长者之门，便是万幸。若不弃草料，权做个小厮，那是一生的指望。爷爷这般相待，却不是折杀小人？"

白望天笑道："也好。"便依次坐了，又道，"愚儿幼年坏了体魄，不能造就。你要学习武艺，可与超儿做伴，俺叫你拜见一个师父。"

遂请万小化出来，告明缘故。万小化含笑点头。王行健大喜，整整拜了四拜，一同入席。

酒行数巡，白望天又道："浪儿如今成了废疾，纵然学得好武艺，也是僵了，可更有什么法子治吗？"

王行健沉思半晌，回道："只有一味药可以治得，却是难办。"

大家忙问什么药。王行健道："向日听得师父说，筋伤服筋，骨散服骨，白叔叔这腿疾，除非是人的腿子，或是臂膊也好，必要筋骨壮健的，早年收藏在家，一时煅了焦炭，研末服下，那就百发百中。可是哪里觅去？"

尹超听说，跳起来道："可惜你要腿子臂膊，你若是要人的心肝，俺倒有一个，正是早年收藏下来，煅了焦炭的。"

吕大器也猛省道："可不是独眼金刚王道士那颗心吗？"

尹超道："便是这厮。"

王行健道："这个最好治心疾，腿疾是不中用的。"

白浪生道："便是中用，谅这厮兽心，谁愿吃他？"

王行健笑道："这倒不怕他毒，越毒越有效。蛇蝎也合得药来。"

甘凤池猛可省悟道："有了，你们说起王金刚来，俺倒想起一事，端的有一条臂膊，便是那年南京城中做的事。"

白望天忙道："可不是余宣仁的那右臂吗？"

甘凤池道："正是他，他定然留住在家。"

吕大器道："相隔多年，不知在也不在。"

甘凤池道："别忙，他是个世家习艺的人，如何肯丢了这性命相关的血肉，定然藏在家中。只要白师叔写一封信，打发人去商量，据俺看来，没有不成。俺们的血昆仑便是遗失在他之手，多得白师叔与他脱身，虽然事由俺起，他是讲理的人，如何不搁在心？任凭白师叔打发谁去也好，俺却去不得。"

白望天点头道："也说得是，且去试一试，在他无用，在俺们今日视为至宝。你们看谁去好？"

王行健道："小人愿去。"

尹超道："俺也同去。"

白浪生道："你们都去了，偏我去不得，俺们三个一路去。"

吕大器道："最好，三人同行有商量，巴望药到病除。"

白望天道："你去只去，这回可要仔细，路上一听王大哥言语，不得违拗。"

白浪生诺诺应是。

毕竟看白浪生等三人能觅得这奇药也未，且听四十三回分解。

　　曲折写白浪生疾愈而复发，记其侠烈义行，转入余宣仁，自镇江金焦客店以来，几忘此公下落，涉笔到此，令人望风怀想。

　　白浪生受毒伤而不病，不足以见禁院防卫之严；害病而不愈，不足以见王行健之衣钵真传；愈而不复发，不足以见余宣仁之下落。此所谓曲折尽变之文。此书每记一事，不肯草草放过，每叙一人，不肯漏下不提，如此等处是也。

第四十三回

独臂盛传江湖士
三义重访患难人

话说白浪生、尹超、王行健听说南京余宣仁有断臂一事，欲前去商量，讨来制药。三人同声要去。

白望天道："去也未始不可，但这一件事，只是凤池一面猜测之词，不见得一定保存到这时，也许拿去地下埋葬了，早已朽烂。你们去只去，只当游逛一遭，不可认真寻求，免得人家多心。且到了那里，见了余宣仁，说我的意思，问问尚半龙老英雄安否。"

三人答应。白浪生便问余宣仁住南京哪一处，做什么事，怎样进见的话。

甘凤池道："他在城中王府大街，开仁和米店，无人不知，见他不必多言，横竖白师叔有信的。"

白望天道："凤池你不知，信可不写，我与他在铁岭关一见，匆匆下山以后，后来在金焦客店再见，也不过是两面之缘。他又认不得我的笔迹，俺们又不是做官人家，动不动就是八行书。兼且这信也难写，难道说你截下的臂膊，现在我要做药，与儿子医脚病，着人来取？这也太不成话了。"

说得大家都大笑道："端的不差。"

白望天又道："这个只好由浪生他们进去，见到余宣仁后，说起我的意思，来瞧瞧他。然后探问这断臂尚在否，再把话与他商量，方是正理。"

大家诺诺应是。白望天将如何进言的话细细嘱咐了一番，三人谨听在意。一时酒罢，白浪生入内，把话告知了细娘。细娘见丈夫尚有解救跛脚之药，欢喜自不待言，免不得私语片片，也细嘱一番。随即收拾包裹，藏了盘缠，与尹超、王行健于次日动身，拜别尊长，取路直向江南金陵来。

路中白浪生因奉父亲嘱咐，事事都遵王行健之意而行。尹超自是小一辈，益发不做主，倒弄得王行健不好意思道："你们别作弄我，论师门，超大哥是师兄，你是师叔；论朋友，都是一体。白爷爷不过一句话，你就认真做出来，怎好意思？"

白浪生笑道："那时俺急性儿不好，这会子听话了又不好。"

尹超道："害病天子也要遵大夫嘱咐，何分尊卑。"

三个一路贪看风景，笑说玩话，按站行来，不则一日，早来到金陵城内。看看时候尚早，且不投店，依言寻向王府大街仁和米店。三人入走店堂，只见柜上一人，四十上下年纪，瘦长身材，紫糖脸，穿一身素布，立起身来，似笑非笑相迎。

白浪生凑前一步，抱拳道："敢问此间有一位余老先生，表字宣仁的，在也不在？"

那人一边打量三人，说道："贵客何来？"

白浪生道："小人白浪生，奉家父之命，与朋友尹超、王行健二位来游这江南胜地，路过此间，拜问余老英雄。家父特有言语嘱小人禀告，务请大哥通报。"

那人道："令尊上下何称？府居何处？"

白浪生又道："家父上望下天，现居保定府朝阳庄，曾与余老英雄在铁岭关相熟，拜望大哥好言报知。"

那人抬头想了一想，轻轻念声"白望天"，忽迎近道："可不是大江南北名称白日风雨的白爷吗？"

白浪生道："家父便是。"

那人忙走出柜来，引至店堂，说道："这边请坐。"

三人解下包裹坐了。白浪生道："不敢拜问大哥姓氏？"

那人陪坐主位，抱拳道："多闻大名，小人唤作德广，方才所说，乃是先父，不幸去年春间一病死了。"

白浪生吃了一惊，叫声哎呀，即又施礼道："原来就是大哥，万里远隔，不想令尊已成隔世，家父竟一点不知。敢问尚半龙老英雄尚健在吗？"

余德广道："早就死了，他比先父之丧，相差约有一年。"白、尹、王三人听了，相顾叹息。

余德广问道："三位到此，有何贵干？"

白浪生道："一言难尽。"

余德广重问尹、王二人姓名罢，又道："三位英兄到此，莫非为血昆仑的事吗？"

白浪生道："正为与此事相关，有话相商。家父特命小人前来拜候，不想老英雄早已作古，人事茫茫，岂不可叹！"

余德广起身道："里面请坐说话。"

三人提了包裹，随余德广入来，至内院客厅坐下，小厮倒了茶。

余德广长揖道："先父在日，多称道白老英雄，好生仁厚气概，多得相助，只恨无缘再见。大哥今日远来，先父又早亡故，不知后来血昆仑的事如何？先父直到临死，念念不忘。"

白浪生回礼道："自从那一次在镇江客店遭了癞头光慈和尚之欺，家父与众师伯、师兄哪一处不访寻？至今无有着落，此是劫数，谁也难怪。"

余德广道："大哥深知此事，血昆仑为尊派传宗法宝，独遗失于先父之手，不但先父心中难受，即是老镖师尚半龙老前辈，便为此事种因起病，深悔不合多管闲事，临死时节，满口只说对不起魏灵昏，就此郁郁而死。"

白浪生道："可见前辈古道对人，不比时下浑小子胡作乱为，真是可敬。但不知他远在江西，如何便知此事？又有谁与他说去？"

余德广道："原来大哥不知，先父当日自金焦客店回家之后，不多日，老镖师就差人来问，说铁岭关发下神剑，曾交白爷带去也否，务给一回音，好使放心。当日先父不说明这话也罢了，先父哪里肯说谎，自然据实直告，倒是坏了。尚老镖师得到这消息，说余某丢失此剑，便是他自己所做一样。本来就要赶赴铁岭关，谁知数日之后，竟害起病来，有年纪的人受不得气，一病终至不起。先父曾差小人前去探看，以此备悉老镖师病

299

状，岂不是为此送了他的命？先父如何得能心安？大哥知道，我家与陈氏虽有嫌怨，与甘凤池什么相干？不因甘凤池横途里一闹，哪有这等牵缠之事？说来真可伤心。"

白浪生听话已入彀，便道："说起这一回的事，令尊遭了无妄之灾，后来如何治好？"

余德广道："先父本懂得医理，当夜便止了血，次日请了伤科，调治多日，也就好了。"

白浪生道："尊府铁臂，海内闻名，令尊又深得衣钵真传，后来这臂膊却怎么处？"

余德广道："先父当日便叫德广把盐腌了起来，再后烘干，迄今供在家中。"

三人听说，心内暗喜。

余德广又道："本城毗罗寺方丈闻知我家有此肉臂，欲携去寺中，装千手观音金身，长生供养。后来听说内中有人要想把此臂煅灰做药，此是先人骨肉，如何肯许？以此不曾将去。"

三人听了，面面相觑，作声不得。

尹超接口道："原来这肉臂可以合药治病，却不知治的何病？"

王行健便道："余府有此绝技，但凡江湖上人，谁不知晓？余太爷一生心血精神尽在此臂，真是百炼金刚只臂，胜得九牛二虎之力，何病不能医治？"

余德广道："足下敢是医道高明？"

王行健道："小人略懂些个，并不精医。"

余德广道："王大哥说这话，定有所见。自从寒家遭了不幸，传出外去，多少江湖上人，熟与不熟，来我家道听先父这遗臂的，不知其数，都说是想做药，愿出重价购买，也有四川、广东极偏僻地方来的，不知他们从哪里知道，想这是先人骨血，如何可以卖钱？倒不是把老人家来做生意？我便推说携去五台山装了金身了。那些闲汉听了，叹息而去。近来却也少了。"

白浪生道："小人诚心投来尊府，哪知老伯已成隔世，不敢拜烦大哥，可否将这遗臂赐看一看？"

余德广道："先父死后，一向供在祖堂上，不便随意请下，务望原谅。白大哥既是白老英雄的世兄时，早晚自得相见，不知白老伯近在何处？"

三人听说，心内着急，不解其故。余德广琐琐道白望天动止，问得甚是仔细。白浪生一一告明了，说："现今住在保定府朝阳庄吕师兄庄院内，因魏大师伯、万二师伯都已去世，吕师兄定要家父同居，小人也在一处住。"

余德广听说魏、万二人已死，吃惊道："这是小人拖延之罪。"

三人忙问怎么。余德广道："不瞒大哥说，先父因遗失血昆仑，坏了尊派法藏，一连道听得搜查无踪，心内难堪，临死嘱咐小人，有两件事叫送与魏老英雄收藏。第一件是先祖父遗下的一支纯钢三棱镖，乃是河北罗铁腿的旧物，现今稀有之物；第二件便是这一条遗臂，嘱令小人，但等满制以后，血昆仑仍查获不得，务要将此二物送去铁岭关魏老英雄处，以表先父一片心。小人年来忙得做买卖，又不知众老英雄消息，以此延缓。今日若非大哥一言，小人早晚也要去铁岭关，枉自空走一遭。既然白老英雄在保定府朝阳庄居住，小人过日自当前来请安，仍将先父意思上达。大哥回府，拜烦先为禀白。"

三人听如此说，喜出望外。白浪生寻思："罗铁腿是罗三娘的父亲，欧阳玉、吕大器又是罗三娘的徒弟，这更是有师承的古物，无价之宝。自家打算的余宣仁遗臂治疾，今听余德广一番言语，如何便敢说出真意，巴不得余德广早交出来。"趁势便道："小弟与二位朋友延留江南已久，近日就要回去，大哥既有此心，何妨一路同行？倘然大哥无暇，便叫小弟做个伴当，乘便带回也好。"

余德广道："不不，我本来也要去铁岭关寻问，既有定处，越发要去走一趟。只因近日有些小事，不能奉陪，过日定当至尊府拜候。小弟虽是个买卖粗人，言出如山，向来有信。况且是先父遗命，怎肯违背？若不因这干系时，江湖上谁人不思量我家旧物？早也不在这里了。有道是：'宝剑宜壮士，骏马赠英雄。'只要送与识货的，岂肯白白地糟蹋了？大哥回去，尽请传说此言，小弟不久准到。"

尹超见余德广这般说，胸中必有别意，知勉强不得，便道："此是余府上传家之宝，又关老英雄遗命，俺们怎好代带？"

余德广道："可是这话呢，若不亲自送奉，显见得小人没诚心。"

白浪生、尹超、王行健见余德广话到尽头，没做理会，只得起身告辞。

余德广道："远来不易，胡乱吃些酒饭再行。"

坚意留住，遂命家人备了酒席，即时开宴，十分丰盛。席间说些闲话，至席终绝不提钢镖、断臂之事。

三人谢了，拜别出来，路上私议道："这余德广，先便说什么毗罗寺方丈要装金，又说什么江湖上人多来问讯，后来方说出这话来，不知是何主意。难道就这般欺负俺们，也不像是欺负的，到底怀什么鬼胎？"三人猜测不透。

尹超道："他那话已说定了，是叫白叔叔回府禀白，不见得便口是心非。他若无此意时，也不说了，多半是为不信俺们三人，也难怪他。如今俺们却去哪里？抑是回去？"

白浪生道："这里且玩几天再说，回去也是没计较，何不转道去汴梁城，看看黄大相公一行人到底怎样。"

王行健道："正合我意。"

三人在南京旅居数日，每日逛白下名胜，旋即渡江而西，取道徐州府，走向河南省城来。于路晓行夜宿，玩山游水，皆是三人未到之处，不免略停顿些。

走了两月光景，方到开封府城。当日就祥符县衙门左近小街拣了一处客店住下，吃了酒饭，三个同来大牢里，探看在监黄燕臣父子并鲁良三人。依旧牢狱前张贴告示，不拘何人，不准放入，若有徇情等弊，查出一并治罪。

三个再三恳求牢子，牢子指着抚院告示道："你们又不是瞎的，这是巡抚大堂公事，便是本县相公遣发人来，也须得上下公文。没公文时，休得入去。"

白浪生眼看牢子狰狞模样，心内好生气愤，欲待发作。

尹超拉回道："与这厮们说什么？他是傍官托势的，犯不着与他多缠。俺们暂回去再说。"

三人只得出来，究不知巡抚戚廉审断如何，向在右探听，都没消息。三人闷闷无奈，只见县前一爿茶肆，好多人坐着，欢笑谈讲，极是热闹。

尹超望了道："俺们也在这里吃碗茶，听听是非。"

白、王二人道："最好。"

三个趱将过来，入至茶店内，拣个空座头坐地，茶博士按个泡茶。三人吃了多时，只听得旁边闲汉们讲的都是些不打紧的闲话，看看也没上等人在内。三人欲自家商量些事务，又怕旁人听了，倒不自在。

白浪生道："干鸟吗？闷在这里做什么？且回下处再说。"

叫过茶博士，把钱付了。三人起身，踱出店来。白浪生在前，尹超在中，王行健在后。恰恰尹超跨出店外，忽地一条大汉抢将过来，嘴里叫声作怪，抱住尹超不放。

不知尹超遭的何事，且听四十四回分解。

余德广谨慎如其父，果敢如其祖，与白浪生等言语，看来颇似反复，实则胸有成竹。初视三人为江湖友，继知其为昆仑派中人，待之以酒食，而不与之以先人所遗之物，皆有深意，与孔、鲁、郑、阮诸人不同，读之后回自明。

由保定至金陵，由金陵至开封，一路游行，须知在程已久，故尹超在茶肆遇大汉，当其时也。以下接入黄、鲁之事，随笔作转，不费气力。

第四十四回

汴梁城黄燕臣起解
望都山孔元霸劫囚

话说尹超出茶肆门，猛被一筹大汉拦腰抱住，不由得大吃一惊，回头看时，却不料是孔元霸。

尹超叫道："你怎么在这里？"

孔元霸不及打话，向后指道："还有一个，也叫你厮见。"

王行健早瞧见后面阮小五抢过来，一把拉住，喜不可言。白浪生一面与阮小五叙礼，一面拉着孔元霸的手，五人都厮见了，似梦中相遇，快乐万状。尹超忙问郑通。

孔元霸道："你们三个在哪里住？"

白浪生指着道："就在左小街。"

阮小五道："好了，倒遇得着，俺们也正在小街上第一家客店住。"

尹超道："俺们便是过去第二家。"

大家都道："好好，快回店去。"

孔元霸与阮小五道："如何？俺知道这茶店上必有过路生客闲坐，也有陪同来吃官司的。原先俺想打听打听什么教匪不教匪的话，万不料遇着这三位。"

喜得阮小五跳脚跳手地道："大哥，天赐其便，真有这等巧事！"

白浪生、尹超、王行健三人都笑不合嘴，一路拥来，早到了客店。五人一直入内坐定。

孔元霸道："你们见了鲁大哥、黄大相公吗？"

白浪生道："哪里得见？俺们三个今日方到这里，适才便自县里来。那厮什么告示严禁，死也不许俺们入去，怎见得到？你们可曾见了？"

孔元霸道："休说这话，你们不知吗？鲁大哥、黄大相公父子都断了罪了，不久就要出省。咱们二人得知消息，连日连夜赶来，已到了五日，不见动静。曾去牢里探看，大门也不准入去，狗一般的人，只把牢门管住了，咱两个正是焦灼得紧，整日价在街上打听，又没消息。你们来得恰好。"

白浪生忙问："定了什么罪了？"

孔元霸道："直把人气死。"

孔元霸从头说将起来。原来乾隆帝南巡已毕，早回京师，在苏州行宫时候，已接得戚廉密奏复审情形。乾隆帝生恐旨下以后，御驾所经，万一不测，便留中不发，只令戚廉静待发命。到京之日，着九卿科道议奏，一面谕刑部从严法办。恩穆早已托人赂宫中得力太监从旁吹嘘，不久旨下。

> 黄燕臣及子黄焕并家中所请教师鲁良，胆敢留纳教匪头领尉迟松、段大壮，藏匿书房，有意拒捕。黄燕臣、黄焕、鲁良三名着发配黑龙江充军，妻子给予披甲人为奴，财产悉数入官。教匪头领尉迟松、段大壮两名着秋后斩决。河南巡抚恩穆尚查无办理失当之处，以引用郝雍，贪贿失察，褫夺钦赐黄马褂。着恩穆调任山东巡抚，以观后效。郝雍畏罪自尽，从宽免予追究。

此旨一下，满朝文武无不称颂圣明，但有知道的，心内惊惶，谁敢非议？和珅得知消息，暗暗吃惊，尽把话告知时公宝、钱光武诸人。

时公宝道："圣旨已下，冤屈难申，虽则黄氏父子苟留性命，但一去黑龙江，那等冰天雪窖、黄沙蔽日之地，黄大相公年老不经风浪的人，不死也死了，如何得了？"

忙与孔元霸、阮小五说知。孔元霸大怒道："什么圣旨不圣旨？这等狗屁的言语，值得什么？阮小郎，咱与你去！"

钱光武道："孔大哥，你说得轻些，小心说话。此是和总管家中，向日也知性情，若在他处，不是玩的。"

孔元霸道："你们想做官，咱却做不得，咱若救不得鲁大哥一行人，性命也不计，从来不会得小心言语。"

时公宝道："孔大哥去只去，你却怎么打算？"

孔元霸道："还有什么打算？狗才皇帝说了话，太上老君也没法。眼见得满朝都是奴才，谁也不敢哼声儿。事到如此，还待何说？咱与小郎去那里，看得对时，却把他三个劫了，要不然，也与他们去黑龙江走一遭，送佛到西天，不见分晓不休。"

钱光武道："这个却如何使得？六弟你看怎样？"

时公宝沉思不语。

孔元霸道："好叫你们放心，咱孔元霸做事一身当，谁也犯不了谁，咱与小郎告了总管回去。小郎肯去便去，不去便休，却怕什么？"

阮小五道："俺死也要去走一遭。既然总管救不得他们，还说谁来？"

时公宝道："不是这么说，你们两个一路去，少不得闹出事来，若是做得了时也休，做不了时，你们枉自丢了性命也不值。俺思量起来，凭你们什么也做得，只是没藏处。"

孔元霸道："六爷，你的话是了，咱却早想在肚里，他们现在汴梁城动身，要送配黑龙江去，少不得打从保定府这条路上走。咱的师公、师父、师叔都在那府城朝阳庄住，咱早是想去，但等那里却下手，有什么没藏处？"

阮小五拍脚道："孔大哥倒比俺有计算。"

时公宝点头道："虽然如此，切要小心，万不可事先露面。"

钱光武道："这一处却好，只怕你那师公、师父在也不在？"

孔元霸道："这个益发不用担心，先有尹超在那里。尹老娘、尹三姐都在那里，他们难道不肯？"

二人见说如此，也不作声。孔元霸随即告了和珅，推说要回山东老乡去，阮小五也一般把话推托了。和珅府下有的人用，也不少他两个，自允许了，但叫早去早回。

孔元霸、阮小五拜别，即回下处，收拾包裹，作别时、钱二人，匆忙出京，星夜赶向开封府。到日，探询得监押在祥符县大牢，二人就在县衙门左街投下客店，每日去市上道听消息，不料在县前茶肆遇了白浪生他们三人。当下白浪生问定了什么罪了，孔元霸从头讲了一遍。

白浪生道："这个不难，这厮们既要把他三个押解黑龙江去，是必要走俺那保定府一条路过，谅这厮们有几多能耐，趁势把他在路劫了，只在俺们吕师兄庄上暂住，便有千军万马也休想入来。俺们再来搭救尉迟松、段大壮两个未迟……"

道犹未了，孔元霸跳起身，与阮小五道："兄弟，你看吧，咱的白师叔便是咱的心肝，可不是一般计算！"

阮小五大笑道："真个好汉识好汉，一言半语都相同。"

尹超道："虽说如此，却要打算，哪里下手方好？"

白浪生道："这一条路，哪一处不熟？望都县前面有一座望都山，土名唤作孤山，就在唐县的东北角，尧山的南面。那山甚是险要，山下是官道，山后有小路，可通俺们朝阳庄，何不就在那里等了，一劫上山，万事皆休，此为最便。别的险要去处，如祁州境界、恒河口，都是进出大道，四通八达，只可惜距俺们庄院远了，接应不着。"

四人听说，大喜道："有这一座孤山，天赐其便，何消得更绕远处？"

尹超道："还有一件，也要先前安排下，还是一处走，还是分作两路？"

王行健道："作一处走，只怕那厮们看出破绽来，不如俺们三人先走一程，早在望都县那孤山下等了。孔大哥、阮小哥押了他们，紧跟着来，前后动手，方为稳便。"

孔元霸道："说得是，你们先在那里，备下刀杖一应出路，咱与阮小郎一到，便好下手。"

白浪生道："大哥言语当心，休要大咧咧的，须变个模样方好。"

阮小五道："俺们便扮个行贩，跟了他们一路走，方不猜疑，不知哪一行生意轻便些？"

尹超道："前会子俺们去济南府，扮个布贩，你们也何妨打扮则个？"

孔、阮二人道："也好。"

五人私议一会儿，孔元霸道："你们住在那第二家客店，咱两个兀自在这里，好生不便，咱们就作一处，往你们那儿住。得到了县里起解消息，你们先起程未迟。"

孔元霸叫过店小二，把账来算了，与同阮小五，各取了包裹，合着白、尹、王三人，都移来第二家客店里，相差十几间店面，转眼便到，入内坐定。看看向晚，白浪生叫店小二买了酒饭来吃了，说些闲话。尹超备问郑通动止，孔元霸一一说了，又问阮小五杀除时仲凡一家之事，又说起王小明的话。孔元霸与白浪生系是同门子弟，便打听朝阳庄各长辈近来起居，问起衡阳欧阳、吕氏二人消息，又说起济南府行宫投箭下书之事，又叙此次在南京觅药之故，末后又谈说时公宝、钱光武在和总管府如何动静，但凡孔元霸、白浪生两边之事，都备细说了。五人讲了一夜，次日早至市上打听消息，无非在茶馆酒肆、县衙左右刺探黄燕臣父子与鲁良起解日期，即便分头行事，不待细表。

却说巡抚戚廉奉到圣旨，跪读已毕，衙内释了恩穆，北面谢恩已，在后堂置酒宴饮，贺喜称庆。恩穆虽奉旨交由戚廉看管，不过是幽居深院，并无委屈，多得戚廉章奏回护，今复原官，自是感激。当日传点全副执事，旌节起程，自投山东上任去了。

这里戚廉早请了臬台来衙商议，知此是教匪作乱大案，奉旨处理事务，防送须格外谨慎。臬台自不敢怠慢，回衙以后，发下公文，传谕祥符县知县入来，面授机宜。知县奉谕，急急返衙，去大牢里提出黄燕臣、黄焕父子并鲁良三人，当厅验明正身，叫取三面行枷钉了。争奈黄燕臣年老，前被毒刑，两腿受伤，在牢又多吃苦，已是损了腿子，不能行走。知县验伤不误，只得取过陷车钉了。黄焕、鲁良仍钉了行枷，各粘贴封皮，押下府书，着四个老成公人防送至本府衙门，转至臬台衙门，听候点验。臬台接阅府县公文，加盖印信，贴一道封皮，着两个差员带领县里四个公人，押了黄燕臣陷车，并黄焕、鲁良，转至巡抚大堂候示起行。巡抚戚廉接阅臬司并府县公文，加盖印信，更贴一道封皮，着差官姜杰带领骁勇武弁八名，合臬台差员、县里公人，共一十四名，押解囚犯，限时起程。着一路行经地方官府，随到呈验换文，直至黑龙江指定所在，送配军役，取结回文呈报各讫。

姜杰奉了钧旨，回至下处，收拾行装，令手下武弁各取包裹，齐集东辕门，自跨了马，押着黄燕臣陷车，并黄焕、鲁良三名囚徒，前六后八，随即出城登程去了。一时街上看热闹的男女老幼不知其数。

白浪生、孔元霸等五人在茶肆内听得消息，慌忙回店。白浪生、尹超、王行健三人急急收拾包裹，与孔元霸、阮小五约定了，当即动身，走由间道出城，赶先去了。孔、阮二人便来市上，买了布匹，装了担子，身边各藏暗器，搭上缠袋，也即出城，跟随姜杰等众一路行来。二人手脚轻便，不三五里，早已赶上，望见一群人在前行路，差官姜杰骑在马上押道。

阮小五私下道："且慢一慢，休要赶作一处，生恐被鲁教师厮认，忽地脱出口来叫唤俺们，倒吃那泼贼见了猜疑。"

孔元霸道："说得是。"

两个轻悄地在后跟着，不与鲁良、黄燕臣父子谋面，不即不离行来，至晚投宿同在一家客店中。只见姜杰命将三人禁在一房，门外武弁守了，夜来打骂啰唣，不止一次。二人听在耳里，不敢作声。

当夜五更，天色未明，姜杰喝令武弁起来，打火造饭，匆忙吃了，押解起行。

阮小五在房内听众人过来，从门缝里窥时，只见陷车内黄燕臣缩作一团，瘦得不成样子。鲁良、黄焕在前行走，但见个背影，脖子上各钉着行枷，左右防送的差役横喝竖骂，锒铛而去。阮小五、孔元霸不敢延缓，匆匆出店，至市梢买些点心吃了，一径上路，傍午至村庄略歇，吃些酒饭，即又追上，到晚仍在一处打尖。

如此不止一日，姜杰等众人到一处州县衙门，须要换文取结，少不得多有延搁。孔、阮二人就在僻处喝酒吃茶等候。一路只见客酒店壁上留有记号，下写时日，皆是白浪生等三人所为。

行了多日，早来到保定府境界，二人加意跟得紧，酒饭都不在心，只顾跟来。这日已到望都县，看看那望都山已在面前，二人脚脚追赶，到得山下，早近在姜杰马后，抬头望山上，不见半个人影。二人着急起来，肚里寻思："难道白浪生他们错了路头？眼见得这条山路过完，又是坦道，没第二个当儿。"

孔元霸正挑着担子，火星直冒，又气又急，哪里忍得住，大喝一声，抛下担杖，抽出扁担，只往马后掠去，那马一惊跃。姜杰回头，慌速提防，却被孔元霸一扁担打落马下。前面武弁惊得有变，齐喝一声，都挺着雪亮的刀杀来，刹那间血肉相搏，山岸震撼。

不知孔元霸劫得鲁良一行人也未，且听四十五回分解。

　　黄燕臣起解云者，言上所定之罪，以黄为主，以鲁为副，故不称鲁良也。孔元霸劫囚云者，意盖无白、尹、王三人之相助，而孔元霸亦必出此策以劫之，其心本无畏葸，故独归之于孔元霸一人也，以书法也。

　　白、尹、王所伏之地，倘为孔、阮二人所瞥见，即先为姜杰诸人所见，何待孔元霸一喝一杀，早已相斗于前列矣。此处叙孔元霸不见半个人影，而毅然为之，所以嘉孔元霸之勇，而仍美白、尹、王三人之细也。

第四十五回

吕大器深院匿群英
白望天诏书困曹直

话说孔元霸在望都山下，把姜杰打落马下，众武弁闻变杀将过来，看看来势凶猛，孔元霸退开一边，使个箭步立住，横着扁担在手。地上姜杰跳起身，抽出腰刀，却待翻过身来，阮小五觑得亲切，背后一刀，对胸戳穿，倒地大呼。众武弁并力提刀砍来。孔元霸把扁担只一隔，那刀快得非常，早把扁担截作三两段。阮小五手中短刀又近不得身，看那武弁都会得武艺，着地卷来，刀锋只在脚边。孔、阮二人被山路困住，施展不开。

正在危急当儿，只听得滴溜溜的数声响，三支箭一起飞来，却中前面三个武弁，对脑门射入，应声便倒。接着三条好汉自山岩树叶丛中飞下，早闪在面前。

原来正是白浪生、尹超、王行健三个。孔、阮二人见了惊喜，登时加了百十斤气力，往前厮杀。留下五个武弁，见劈空飞下三个人，眼见差官等四人倒在地上，心慌意乱，欲待夺路脱逃，左右都是山岸，前有孔元霸、阮小五，后有白浪生三人，腹背受敌，插翅难飞。

尹超见四个对付五个，已绰绰有余，便闪过身来，打劫陷车，大呼："鲁教师快快动手，休要走漏一个！"

鲁良、黄焕各肩着巨枷，站在黄燕臣陷车旁，前后六人管守，先听得后面闹时，便知有些蹊跷，还只道是山中剪径的好汉，不敢贸然动手。及见三个自岩树上跃下，中间却认得一个是王行健，耳听呼喊，眼看四方，说时迟，那时速，鲁良、黄焕使个眼色，各飞起右腿，向左右只一扫，那

311

两个差员并四个做公的都是些站在桌上的长子，怎经得两人黑风扫地猛一阵，早站不住，各往后倒退。鲁良、黄焕趁势使个武松脱铐，闪出两手，疾把肩上行枷只一扳，登时避作两半，各提在手，却似板斧一般，往左右砍来。那六人先望见差官姜杰倒在马下，三个武弁中箭而死，今见两人如此勇猛，怎敢抵敌，慌忙撇了陷车，夺路便逃。鲁良、黄焕返身来看陷车时，尹超早把栅子打开了。黄焕自内取出父亲，负在背上，站在途中望了一望，跳上山峰。尹超往前一指，鲁良会意，二人直奔前来，追赶那六人。不消片刻，早凑在手边。走先一个看了不是头路，死命只向山上乱爬，落荒而走。第二个欲待跟上，被尹超跃到面前，断住去路。这尹超正是绝技初成，锐不可当，那鲁良却似猛虎出井，冤气待泄，师徒二人似龙蛇般前后兜来，五个差役便如没脚蟹，落了瓮中，再没逃处，登时砍的砍、戳的戳，都横死在地。

抬头见那一个夺路逃走的已爬至对面岗上，鲁良尚欲追去，尹超拖回道："教师，后面还有黄大相公。"

鲁良猛省，返身寻原路回转，只见黄焕背着父亲，立在岸上，把手相招。原来这边白浪生、孔元霸、王行健、阮小五四人已把五个武弁都杀了，见姜杰尚翻着眼珠，倒在地上，孔元霸便去一刀，劈开脑袋。转身见鲁良、尹超追赶厮杀，黄焕背了父亲立岸上，四人方才放心，迎前走来，会合一处，共杀死差官姜杰一名、臬差两名、武弁八名、县里公人三名，共一十四名，只走漏了一个。

一时黄燕臣父子与鲁良会了白浪生、孔元霸等五人，都相见了，拜谢罢。

鲁良道："这里不是讲话之所，快快走避，休要迟缓。"

白浪生道："不要忙，都随我来。"

白浪生便打先引路，将引鲁良、黄燕臣父子，并孔元霸、阮小五、王行健、尹超等，黄焕仍背负父亲，一行八人取山后小路，从乱山丛中翻过数重峰峦，连夜走向朝阳庄来。三更时分，到了庄院，先着尹超跃入院中，开了大门，迎接众人入内。里面白望天、吕大器、甘凤池等得知消息，都披衣起来。白浪生先入后堂，禀告父亲。

白望天道："你好冒失，既要做这事，何不赶先到家通知，也好安排。如今大队人来，不免路上口传，走漏消息，倘若官司前来搜捕，又添了麻烦。望都山距此不远，不是来不及的所在，竟这般没打算。"

白浪生道："当初只道那厮们就来了，略迟一两日光景，怎敢离开？才知老等至今，方才来到。"

白望天道："你不知赶公事的人，须向各处衙门换文取结，自然是缓了。"

吕大器道："既救得来了便好。白师叔且请他们进来后堂叙话。"

白望天道："你不知，这当中不能不先走一着。"

白望天与吕大器低低说了几句，命白浪生请众入来。白浪生退出传话，引众人入至后堂。黄焕背负父亲，与鲁良、孔元霸、阮小五等都扑翻身拜倒在地。白望天扶起黄燕臣，吕大器、甘凤池各与鲁良、阮小五回礼罢，依次坐定。

白望天与黄燕臣道："足下向日好行仁义，今受无妄之灾，众所共愤，远来肚饥，且吃些酒饭暂歇，却再叙话。"

黄燕臣早吓得目瞪口呆，不知如何是好，只有拱手唯唯应是。白望天命速安排酒饭，只将现成的与众压饥。匆匆吃罢，叫甘凤池领黄燕臣父子并鲁良、孔元霸、阮小五等五人另去别处宿歇，一面命白浪生等各自静悄安寝，暂且无话。

却说望都山下姜杰等十四人尽死在山路中间，数内只逃出一个做公的，名唤沈达，是祥符县捕差头儿。当时窜向乱山，死命挣扎得一条血路，直奔到树林深处荆棘丛中伏了，半日喘息方定，探头向外望时，只见黄焕背着老子，与鲁良一行人翻后山而去。沈达哪里敢作声，等得众人去远，方才爬将出来，肚里想道："姜差官带咱们十四个人来这里，今日只剩得咱一个，这件事非同小可，若逃向别处去，眼见得海捕文书发落，也难逃处。倒不如出首去官府报失，倘若查出行劫的贼首，也显得咱的干才，算命道：'逢凶化吉，遇险得官。'原来官运在这里。"

沈达寻思一会儿，急忙溜出林子来，转过一个山坡，依着黄焕、鲁良逃处，登高岗上，躲在树边望时，只见一行人打山后小径去了。沈达又迤逦追蹑了好多路，旋被树荫遮蔽，望不见影子，方退回来，兀自诧异道："这里敢有强人的巢穴？不然，也就是教匪躲藏处，你们却走死路，哪里逃去？"

沈达想定，慌忙下山，走向望都县城来，直入衙门急报。知县据报，忙命传入沈达来问时，沈达一一具禀罢，知县讯得是河南巡抚奉旨办理案件，走失三名要犯，杀死十四口公役，直吓得魂飞魄散，慌忙点起衙役仵作土兵等，亲自上马，着沈达引路，连夜驱至望都山下出事所在踏勘。只见姜杰等十四人横七竖八倒死在两面山路间，陷车已打得粉碎，行枷两具劈作四片，地下凶器不知其数。验得差官姜杰脑袋半裂，腰受重伤而死，武弁三名中箭，五名刀伤无数，皁差两员砍去脑袋，祥符县公差三名俱刀头穿胸而死，姜差官所骑马一匹，一并死在山下，旁有布匹一担，系凶犯临时抛弃。各点验毕，就姜差官身边检取文书看了，知县命土兵连夜斫树削竹，盖起草棚，着干人去城市买了十四口现成棺木，都盛殓了，殡在草棚。

知县清早将了原省县押解文书，立即申详保定府知府察夺，一面谕令衙役带同沈达，走望都山后追拿凶犯。衙役奉谕跟随沈达，依寻黄焕、鲁良等行经之路走来，尽是山弯小道。走了半日，方遇得一个樵夫，询知此路可通保定府城外朝阳庄。沈达等众依言行来，随路刺探，见人便问夜来的事，都不知道。

将到山下，却遇一个打猎的，沈达拜问道："昨夜有七八人打从此山过，却投何处？"

那猎户手指道："下去朝阳庄上问，这里有谁知道？"

沈达等见话中有因，依言直至朝阳庄，去庄前庄后左右市梢头间间道听，只听得有人讲道："昨夜三更，吕客商庄上有一伙人来，不知做什么。"

一个道："他家客多，常有些人过路借宿，只怕是做买卖的。"

先一个道："我听得说，好像是哪里逃来的难民，一个背负着一个老的。"

沈达听得是了，与众衙役使个眼色，至僻静处商量道："着了，且不要拨草惊蛇，先去县里告了实在，连夜捉捕，休得走漏风声。"

商量已定，留下沈达在庄上看管。衙役急急去本县禀告，知县据报，当即点令捕快马快，合骁勇土兵三五十人，交与捕盗巡检曹直带领。曹直不敢怠慢，连夜动身，天明到望都山下，在殡舍造饭吃罢，即又拔步登山。翻过几座山峰，看看将到朝阳庄，不敢冒动，先着人至庄上，寻了沈达来问。

沈达道："小人只在吕家庄院左右守候，并不见有人出去。庄上闲汉一般传讲，这厮们定在那庄院内躲避，趁时候尚早，快快前去，休要走漏。"

曹直听说，慌速上马，带领众土兵急急赶至朝阳庄，将吕家庄院团团围住，扎得铁桶相似。曹直在门前下马，拣县里几个老公事的捕快与沈达，各带兵器，闯将入来。门子抵挡不住，早来到大厅上。里面白望天、吕大器、甘凤池三人闻惊，都蹿出屏门来。

白望天道："尊驾何来？老汉在此逃荒居住，一不欠皇粮，二不管闲事，尊驾虎威忽然来临，不知犯的何罪？"

曹直喝道："本省本府人命大案公事，奉旨查办事件。现今望都山下走失钦犯，杀死十四口公役，眼见那凶犯七八人逃来这院子里躲避，休要抵赖！"

叫众人："快快与我搜来！"

白望天道："且住！你有何证？怎见得犯人逃来俺庄院住？"

曹直道："庄上人谁不一般说？现有眼线沈达在这里，但见凶犯，见面便识。"

白望天道："好！你们搜去，老汉一家老小尽在这里，若还惊动了妇女幼孩儿，休怪老汉无情！"

曹直更不打话，火杂杂地带了沈达并众捕差，分两路闪入院子，自花厅书房转入内眷上房，经厨房、柴房、仓库、仆役房，穿花园至后堂外厅各厢房，彻里彻外，尽都查遍，不见有一个汉子在内。只有一个高年害病老婆子，并几个妇女小孩儿，连在内服侍的婆子们，总共不过十人。各房内都收拾得窗明几净，并无躲处。

曹直翻白了眼珠，作声不得，出至后堂，大叫道："既然犯人走漏了，你们众人四处捉捕，务要到案。这是上头的公事，休得含糊！"说罢待走。

白望天大怒，喝住道："这厮大惊小怪，胆敢在老汉家中如此胡闹，既然诬蔑良家，敢说犯人走漏了，却不是有意陷害老汉一家？目今犯人在哪里？走漏何处？你那厮若不指明出来，休得留你这颗脑袋在脖子！"

喝令吕豪、甘凤池："与我拿下这厮！"

曹直喝道："咱是朝廷命官，奉上司公文前来搜捕，谁敢抗违不遵？"

白望天冷笑道："狗不值的一流人，也是朝廷命官？你奉上司公文，不知是哪一个上司？当今天子方是上司！你道老汉乡居良懦便可欺？须叫你知得好歹。"

白望天把手向堂上阁儿一指，旁顾吕豪，叫取下一个折帖来。曹直打一看时，吓得五体投地，再说不出话。

原来白望天向日在京居住，结识一个亲王，名唤多迭，本是清初摄政王多尔衮的侄孙，此人颇知汉家诗文，兼识武艺。有一年，在关东游逛，路遇马贼，多迭恃勇不备，被众马贼困住，性命危在顷刻，亏得白望天解救，出了万险。因此感激白望天再生之恩，便欲保举他做官。白望天哪里肯就，多迭屡问白望天意欲如何，必可效力相报。

白望天道："散漫的人一向好玩山水，不治家产，但得海内遨游，不受官宦的威吓欺负便好。"

多迭道："此意咱明白了，必当有以相报。"

后来多迭为皇子师父，正当乾隆帝登基初年，欲想做名，甚是信他，每问多迭荐举贤才。多迭便说，有白某为天下隐逸之士，可惜不肯做吏，性只好游逛，屡受官府抑制，与奴才最是莫逆。若得皇上殊恩，赐他一纸诏书，可以周游无阻，奴才感同身受。乾隆帝应允，随即下了手诏，内说：

　　　　白某到处，仰大小文武官员一体保护。

多迭谢恩退出。乾隆帝又召白望天陛见。白望天怎肯屈膝，只是称病不起。多迭心内明白，即把言语代奏了，只将诏书捧与白望天收藏。白望天本不在意，当时也不过一句话，既承多迭如此周旋，想想也好，便谢了收下，一向放在行箧中，并不出而示人。这会子见白浪生冒昧搭救众人来家，料得路近口杂，必遭是非，因此把来堂中高处安置了。果然曹直官威汹汹，不可理喻，因叫吕大器取下，宣与曹直知道。

不知曹直怎生行动，且听四十六回分解。

黄燕臣等众人避入吕家庄院，初仅为其昆仑派剑客耳，乃知尚有这恩宠诏书，初仅料其武来武对耳，乃不知恂恂儒雅，而有此惊人之语。此所谓以小人之道治小人，白老盖深体之矣。

白望天之视诏书如废纸，固也，然使查有实赃，虽诏书而罪仍不可脱。今众役遍搜，只有妇幼，曹直虽黠，其何说之词？

第四十六回

黑地窟暗藏八英雄
铁掌心治愈两义士

话说白望天取出乾隆帝御笔，宣与曹直知道。曹直慌忙伏地请罪，一迭连声叫饶命。众人尽都跪了。

白望天道："老汉向昔避居乡村，不问外事，当今天子唯恐老汉被官府欺负，特交下这文书。你这厮，胆敢直入老汉后堂，见圣旨不拜，目无君上，架陷老汉藏匿囚犯，搜了不见，反说走漏了。你是何等的命官？有何等的上司公文？如今走失了罪犯，杀死众多行役，你却平日不管，出事乱敲良民，要你这捕盗巡检何用？"

喝叫吕豪、甘凤池："快把这厮拿下，送与本省抚院大堂，要问他是朝廷什么命官！"

曹直听了，魂不着体，一连磕响头，早把自己反手绑了，只求饶命。

吕大器道："叔叔息怒，这厮端的瞎了眼珠，且看本府本县的情面，暂宽免了他这一遭。"

曹直见吕大器与他说话，转过头来，不住地磕地。

吕大器叱道："你这厮，好冒失，俺庄院上平日来来往往的客人不计其数，你却飞短流长，撞来俺家滋扰。若有客人在座时，却不是受了你的惊吓？"

曹直道："小人原知爷们是光明正大的，便是沈达这畜生，造出是非，望爷们恩德，饶小人一命。"

白望天道："以后若有风惊草动，惹到俺家门来，唯你是问！"

曹直诺诺应是。白望天、吕大器做好做歹，收了诏书，斥退曹直。曹直谢恩起身，与众人鼠窜出门，叫唤土兵都出了朝阳庄。

曹直对着沈达大骂道："都是你这厮赤口白舌，撺掇老爷讨了场没趣儿，险些害了老爷性命！多敢是你这厮通了教匪，没话说了，却把诡计作弄我！为什么姜差官等十四人都被杀了，你这厮却得逍遥自在？"

沈达被骂得一佛出世，二佛涅槃，哪里敢回一嘴？

曹直越怒道："这厮没声儿，只是肚里做功夫，吃他逃走了，老爷益发晦气！"

喝令土兵将沈达拿下，急急赶回望都县城。众人尽皆垂头丧气，个个怨骂，到得县里，曹直把话告知了知县。知县蹙额无奈，喝将沈达推在大牢里收禁，一面叠成文书，捉拿在逃凶犯。思量自己前程，只得亲自去本府衙门申诉。知府申详省宪，省宪移文河南抚院，合词上奏，闹得两省官员寝食不安，不在话下。

且说白望天见曹直率众狼狈而去，自肚里暗暗好笑，与吕、甘二人道："如何？俺知道浪生这一来，必然惊动了左右，庄上人定有闲话传说。"

吕大器、甘凤池道："亏得叔叔早作主张，不这般时，倒惹了是非。"

三人说些闲话，黄昏过后，前门后户都拽上了，左右邻舍睡静。

白望在道："且叫他们出来商议。"

三人便踅至书房内，移过书架，扳开墙基。这墙基下面一带跟脚，约有两三尺高宽，长可二丈，全是整块的生铁所铸，镶在墙下，活动可移，外观一如砖块，但非有数百斤手力难以移动。墙下便是一道地窟，这墙基原是进出门路，当初造这地窟时，便为默坐致静，练习内功，是学吐纳的所在，故不怕低暗。如当年万化刚收教欧阳玉、吕豪、万里秋、吕四姑四人，在高井头所造地窟一般。吕豪传万氏衣钵，起造这庄院时，特掘此窟，比高井头那窟更是宽大，因欲使内外隔绝，外人不知，因铸成这生铁墙基，以为启闭之门，自然学到内功，先便要有数百斤手力，可以出入自在，故不怕笨重。如此稳密所在，曹直等众人便做梦也勘不出来，就是有些猜疑，凭他数十筹好汉，若没有力量时，也休想动一动。以此白望天见儿子浪生引得黄氏父子并鲁良来时，询知杀死十四口公差，劫囚逃避到家，不是等闲之事，料得即有后祸。

当时酒饭吃罢，吩咐吕大器，把这地窟铁门开了，引将黄氏父子、鲁良并孔元霸、阮小五，连同白浪生、尹超、王行健，尽数藏闭在内，免得牵缠不清，夜来自送酒饭与吃。果然曹直带了众土兵前来搜捕，吃白望天如此一做，吓得没入脚处。当下白望天见百事已了，生恐邻舍有人撞来，特等夜静，叫甘凤池也拨开地窟门，把铃一拉，只见尹超探出头来。

白望天道："都叫出来叙话。"

尹超回入，告知众人。无移时，接二连三地都侧身打转出来，相见罢，依次坐定。白望天告知日间之事，叫取酒食与黄燕臣等吃了。只见黄燕臣益发委顿，靠在椅上，两腿不住地发抖。

白望天见了，与王行健道："你仔细瞧过了，这病可治不可治？"

王行健道："年老筋骨受损，终难以复原了，除非是余宣仁那血臂可以回春。"

白浪生不待言毕，忙接口道："说起这件事，余德广那日含糊答应的，嘴里满口好言语，到底不见上门来。"

白望天道："他说些什么？"

白浪生遂把余德广的话重叙了一遍。吕大器、甘凤池都笑将起来。

白浪生道："你们笑什么？"

吕大器道："好叫白兄弟得知，余德广早来过了，曾把罗铁腿的三角钢镖与他老子的血臂交与师叔，多少言语诉说，却是个忠孝信实的人。师叔怜他一番诚心，虽想保存这一条断臂，不叫做药，俺与凤池说了数次，师叔于心不忍，因此不曾与你说了。今见黄大相公腿疾更甚，年老遭此，寿命攸关，留这铁臂其实也无甚用，如此决意把它来制了，真是难得之事。"

白浪生、尹超、王行健三人听了，都青了眼睛。

白浪生道："他为什么不叫我们带来，偏要这般做作？"

白望天叱道："可见你不知高低哩！人家多少谨慎仔细，这是他先人的遗物，如何可交给你们随便带来？那不是寻常送礼的勾当。兼且遗失血昆仑一事，宣仁当日何等懊丧，特嘱咐儿子，将此二物前来赠答，若非亲自走一趟，也不见他老人一片心。个个似你的冒失鬼，顾前不顾后，那才好哩！"

白浪生道："他的老子死了一年多了，不曾取将来。这会子待得俺们去了时，方才送来，也不见得谨奉遗命。"

白望天道："胡说！这是他的孝心，不忍将老父血肉早弃了，正是可敬可感。我便为体他之心，不忍把人家父母骨血做自己儿子医药。畜生胆敢妄言！"

白浪生见父亲声色俱厉，不敢作声。

原来白浪生当日见余德广不肯给他，心内不悦。余德广一来不肯轻易与人，二来当初见白、尹、王入去，只道是江湖上浪荡的人，向来听说白望天不娶妻子，哪有儿子，倒有七分不信。后来说起魏、万诸人，个个相熟，方知是昆仑派下人不误。再后又道听得白望天住处，因此自家早投来相见。

当下白氏父子说起余宣仁两件遗物，吕大器又道："那三角钢镖是罗铁腿老前辈旧物，师叔吩咐，因俺与欧阳大娘俱是师母罗三娘教养长大，把这钢镖传与大娘收藏，今年会期，大娘来时，交与带去。凤池且取来与鲁教师他们瞧瞧。"

甘凤池答应一声，即去取了两件异物。众人拢来看时，只见那钢镖已似烂铁一般，唯尖锋有一毫白光。鲁良把玩在手，赞不绝口。这断臂干如佛手，上下都作黑色，坚得非凡，手指拳屈似鸡爪。大家啧啧称奇。

王行健看了，叹道："俺的师父一生走南奔北，行医治伤，只怕也不曾见过这个。小人看来，虽治黄大相公与白师叔的腿疾，不需全用此臂，只要这一只手掌就够了。"

白望天点头道："本是铁掌心，天下闻名，全力都在于此。"

甘凤池看了，也不胜今昔之感。王行健在灯下摩挲了半晌，去包裹内取出凿子，截下手掌，立即生火焙了，研了细末，分作数服，定了时刻，交与黄燕臣、白浪生遵时吞服。

这边白望天与众人道："黄大相公年高害病，近日风声未静，在此不了。俺思量起来，有一个所在，你们可去暂避，过后再来，便不妨了。”

众人问什么所在。

白望天道："便是俺大师兄休养去处，铁岭关上乱山丛中，现有葛星儿带着两个猴子，在那里结屋居住。山中果物都有，粮食自好在关内买去。你们且去那里住一时，等得风声已定，俺自着人接你们来此居住，那时便不妨了。"

黄燕臣父子听说大喜。

鲁良道："小人粗汉，不知高低，承白爷如此相待，小人生死难报。今日本当随去，但小人想起在牢尉迟松、段大壮两人，虽然害了黄大相公一家，其实这两个到底是无罪的良民。今性命悬悬，只在顷刻，小人大胆，虽想前去救他一救，不知可否？"

孔元霸道："鲁大哥，你又来了，这个何消大哥出手，咱与阮小郎去是了。"

黄燕臣道："教师，你便休了吧。"

黄焕道："委实使不得，休说今日闹到如此，便没这件事时，也难去。"

鲁良道："你不知，他两个与咱私下说了，有一伙朋友，向日共生死患难，现在德州，虽托咱寄个信去，并非咱再回开封府大牢，那不是重投罗网？"

黄焕道："好吧，原来如此。"

白望天道："教师，这个却再计较，你听我说。现在黄大相公病体未复，急切不能远去，待得身体痊愈了，方能起行。教师休作一处走，先叫浪生、超儿去关上与葛星儿说了，备下歇处。孔大哥、阮小哥一时道路未清，也暂避一避，你们都分散了走。"

吕大器、甘凤池都道："最好分头上路，免得旁人猜疑。"

鲁良道："如此说时，小人先行一步，且在关上相候。"

白望天道："也好，今日不便即行，且待过一二日。"

正说话间，黄燕臣叫声不好，黄焕急得问怎么了。

黄燕臣道："委实支持不住了，只得睡去。"

王行健走近一看道："药性到了，睡一忽儿便好。"

就在书房隔壁房内服侍睡下。大家仍说些闲话，各自安歇。

天明时候，众人起来看黄燕臣时，健朗得多了，声音也是两样。二剂按时服下，仍入地窟深居，向晚出来，吃酒叙话。如此昼伏夜出，过了三日，黄燕臣、白浪生二人居然腿病若失，都已复原。大家称奇不止。

白望天道："今日浪生、超儿可即去铁岭关，鲁教师也好一同起身，趁今夜月明便走。"

鲁良拜辞，与同白浪生、尹超三个一径去了。当夜无话。

次晚，孔、阮二人与白望天道："尉迟松、段大壮二人在监，有朋友在德州，小人好歹须去德州走一遭，若还救得他二人，也心安了。"

白望天道："这是朋友的义气，俺如何阻挡，务要格外小心，好生提防。"

孔、阮二人领命，星夜出走，自投德州去了。

这里白望天与吕、甘二人商量，留下黄燕臣在家，便叫王行健、黄焕二人深夜就道，也去铁岭关躲避。一时众人都散了，方将书房内地窟铁门关闭，依旧移过书架，靠墙支了。白、吕、甘三人每日陪同黄燕臣宴饮叙谈不提。

话中只说孔元霸、阮小五出了朝阳庄，取路只向德州来，二人心中怀着鬼胎，不敢在闹市停留，但走山乡僻处，借宿度食。

一日，到了沧州，正入城来，只见城门口一群人拥着却在看告示，只听得说道："河南省内教匪猖獗，流窜在保定府望都县，劫去囚犯，杀害胥吏。除将教匪首领尉迟松、段大壮两名就地斩决外，余党逃向各处，但有拿获，按例行赏，藏匿不报，一并治罪。"

二人听了大惊。阮小五便拉回孔元霸，不敢入城，至僻静处商议道："这般说时，如何得了？便是去德州也枉然。"

孔元霸道："别要听错了，原定的斩监候，却这么快了？"

二人思疑不定。

原来自望都山出事以后，直隶巡抚上奏朝廷，乾隆帝震怒，下旨戚廉革职，保定府知府、望都县知县都降级治罪，尉迟松、段大壮即日枭首示众，着各省督抚州县严防教匪，协缉余党，因此早已行文到沧州。孔、阮二人打听得实了，只得叹息而罢，折回行程，仍上北京，依旧投和珅府内做事去了，不在话下。

仍说鲁良、白浪生、尹超三人到了铁岭关，直至前魏灵昏住处，见了葛星儿，白浪生具述白望天之命。葛星儿自遵命去办，当日伐树编竹，添造两间茅屋，都叫跟前两个猴子去做。不两日间，便已完竣。王行健、黄焕也随即到来，大家在茅屋内宿歇，每日去山前山后打猎采果，习拳讲艺，倒是逍遥自在。中间由尹超、白浪生二人轮流来去朝阳庄，隔数日道听消息。

忽一次，尹超与白浪生下山，去了多日，不见回来。鲁良等正是着急，只见吕家庄院打发人来，急急报信。

欲知何事，且听四十七回分解。

此回为众义侠作一结束，俱归到吕家庄院，回叙铁掌心，由白望天口中称赞一句，倍加声色。后段分发各人，均使得所，留黄燕臣在院内，尤使人回想当日信阳州城内黄府留宾之盛，悉为照顾文字也。

了结段大壮、尉迟松，只用虚写，不使别生波澜，可知下笔夹叙大狱，实为黄氏父子逃奔之地也。不然，以黄氏之富，安得入铁岭关住茅棚哉？鲁、孔之会，亦必以此。

余德广一边事，至此虚写补叙，文情勾牵一起，便不累赘。

第四十七回

小豪杰同门习内功
老市侩歇店置外宅

话说吕家庄院打发人来至铁岭关上报信，不为别的，原来尹老娘去世了。尹超、白浪生自是有事，不能即来，生恐鲁良等盼望，因此遣人来通报。鲁良等问悉底细，知尹老娘早享高年，死当其时，亦复何伤，便放了心。

鲁良欲想去庄上吊唁，来人道："白太爷吩咐，教师与黄大少爷不便去，只叫王先生一个去。"

鲁良笑道："他也太小心了。"

只得依言住下。王行健便与来人下山，回到朝阳庄，只见门前素车白幡，已在治丧。王行健趋入灵前，叩拜罢，免不得去吕大器、尹超跟前都叙了礼。吕府自此每日忙的丧事，遵例祭吊安葬，不待细表。

谁知祸不单来，正值这当儿，衡阳来了一信，说欧阳大娘已物化登仙，吕四姑又在病中，是四维庵住持老尼写来。白望天等众人接到此信，皆大哀伤，想精一大师派下又少了一个。吕大器与欧阳玉自小在一处，有逾骨肉，今值尹三姐为老娘丧事，每日啜泣，吕大器心乱如麻，益发懊丧万状。

万小化道："既然大娘仙去，四姑害病，哥哥又不能去，想俺们姊妹昔在高井头时情同手足，俺便要去走一遭。"

白望天、吕大器都道："不差，谁陪同去？"

甘凤池道："超兄弟现在制内，不好出门，可带王小哥去，也好与四

325

姑瞧瞧病。"

　　大家都说极是，于是万小化、王行健师徒二人起行，两个似母子一般，离了朝阳庄，走向湖南境。在路无话，到得衡山岣嵝峰上四维庵中，刚入庵门，哪知吕四姑在内恰恰咽气。

　　万小化大哭道："我来迟了，深负妹子！"

　　住持老尼见万小化、王行健自直隶保定府吕家庄院来此，忙地端茶舀水，一力奉承。万小化哭泣一番，先去欧阳大娘塔院前祭吊了。这塔院便在前罗三娘塔院的旁边，右面留着一穴，即是与吕四姑的。万小化徘徊唏嘘半响，随即遵佛法，焚香置缸，盘坐法身。只见吕四姑神色如生，不过四十余岁人模样。又收了平生所练之剑来看了，已生血锈。

　　万小化叹道："自我姊妹戒杀以来，此物竟似废铁，真个放下屠刀，立地成佛。"因问大娘那剑哪里去了。

　　老尼回道："大娘西去时候，听得有言与四娘，叫安放缸中，一并入土去了。"

　　万小化点头道："是了，也叫此剑殉葬，不使流落人间，颠倒在庸夫俗子之手。"

　　当时吕四姑并所练神剑都圆寂了，扛去后山入土，建造塔院，免不得诵经追荐，闹做法事数日。万小化挈带王行健去庵内庵外周遭都游览了，想想二人托钵募化，造得好玲珑庄严佛宇，端的不易。再寻思当日吕四姑入深宫斩皇帝，至今也奄然物化，不觉人事渺茫，只是眼中一现。

　　万小化住了七八日，看看老尼主持都好，一切摒挡已毕，挈带王行健来庵后罗三娘、欧阳玉、吕四姑三座塔院前叩拜罢，当日起行。老尼送至门前，师徒二人登程，直向直隶保定府来。不则一日，到了朝阳庄，刚入大厅，白望天、吕大器、甘凤池都出来相见问话。万小化一一具告。

　　白望天惊悉吕四姑又复圆寂，不胜感叹，与众人道："大师门下如今只剩得俺们这几个人了，前回余德广持将罗铁腿钢镖来，正欲寄与大娘，偏生又西去了。大器现可收下。人生早晚不知，俺与大器都是有年纪的人了。万侄女虽较年轻，亦是饱经世变，将后撑立门户，都在凤池身上。"

　　甘凤池道："小侄草料，早年又毁弃了全功，真是上负大师，下负师父、师叔，年来懊悔，也是不及。师叔尊命，正不知如何担当。"

白望天道："俺为此言，便有个主意。目今俺们都老了，后生又继不起，愚儿体质已不是纯元，学不了剑。眼前超儿、焕侄、行健，他三人倒是功力悉敌，气质纯正，都可学得。只是欠周到，便为缺少涵养。现在就把他三个交与凤池，专一点教内功，再由万侄女指授吐纳，然后学剑。趁俺们尚自健在，传得此艺，也使大师一番精神不灭。日后血昆仑如得珠还合浦，即是本师宗派有归，那俺们的心事也完了。"

吕大器、万小化、甘凤池都唯唯应命，当遵白望天所嘱，即去铁岭关召回黄焕。黄焕大喜，自此为始，黄焕、尹超、王行健三人都交甘凤池提教，即在地窟内学习内功。鲁良仍留在铁岭关与葛星儿做伴，有两个猴子二胡、小孙做差拨，极是安乐。黄燕臣自医得病痊，闻知诸人讲说，宣氏、宣空、应凤春俱已斩除，时仲凡一家尽死，正室投井而亡，家财已被查抄，冤仇尽报，仆役都散，倒是心无挂碍。今见儿子黄焕已得有教训之所，更不虞意外这祸，如此遭遇，恩同再造。回想当日在家供奉血昆仑精一大师佛像，朔望毋替，果然今得解救，也是因果之报，便勘破一切，常与白、吕诸人谈玄语虚，琴书消遣，倒也怡然得所，一言表过不提。

如今却说郑通，自从服侍史崇俦离了京城，回至扬州府，史崇俦因在扬州南门外乡间史家村居住，郑通直送到史家村，与史崇俦行李箱箧都安顿好了，拜辞欲回。史崇俦再三留住，郑通归心如箭，哪里肯歇脚？史崇俦知郑通贫穷，取出一盘白银相赠，郑通坚辞不受。史崇俦无奈，只得命两个儿子送郑通至大路上，郑通拜别，急急回至城中，向钱氏旧宅而来。行到门前看时，哪里是人家第宅，却是一座尼庵，写道"清凉庵"。郑通吃了一惊，转一想道："做梦，我自心急，走错了街道了，这可不是钱府上所在。"郑通打左右走了一转，四下里望时，看看街上住户原是一般。郑通呆了半晌，心乱如麻，不知老娘吉凶，火杂杂地又回至清凉庵。看看双门紧闭，左右又无行人路过，郑通便敲起门来。半日，听得里面脚步响，有人开门出来，正是个白发老婆子。郑通眼昏了，那不是老娘是谁？郑通叫声娘，当门口跪下，双泪直流。

郑老娘见是儿子回来，叫声我儿，便呜呜咽咽地说不出言语。母子相抱大哭。邻舍都来相看，指说道："郑小郎回来了。原来不曾投军去。"

郑通见了邻舍，都施个礼，随着老娘入庵来，拜见了李氏。原来李氏见丈夫娶了花小凤，在京城住家，自从嫁得钱郎，不曾有夫妻一夜之情，心内抱怨，禀告父母，欲要削发入庵堂。李延泰两老不肯，母女商量，想了一个方便之门，便把钱氏第宅改了个私庵，请店里的朝奉先生题了一个庵名，取凄凉清净之意，名唤清凉庵，一般塑起三世佛观音大士法身，把台门改了个庵庙样，把大厅改了个大殿，书房改了个经堂，后面正屋改了个大悲楼，请了两个尼姑来，口授佛经，都由李延泰做主。李氏就在内带发修行，每日木鱼钟鼓之声不绝。钱氏在扬州本系客籍，并无近房亲族说话，左右邻舍有爽直的劝说道："钱秀才在京赶考，正赶功名，又不是不回来了，此是钱氏第宅，起造不易，须望子孙兴盛，如何改作了庵庙？"

李氏便道："他一百年不回来，我也等他一百年？这是敬神供佛，又不是偷汉子，撮弄人家，倒污了钱府上门第，有什么不是处？"

邻舍听如此说，谁肯多言。

李氏自做了清凉庵主，益发乱杂杂的，哪里修行得，只忙得没入脚处。两个尼姑伴着，无非说些闲言野语，念些杂经。后来便撺掇李氏赚起钱来，一般请客师与人做法事，拜水陆道场，闹得五花八门。郑老娘看在眼里，好生不然，只因托在李氏腋下，要度每日三餐，望望儿子不回来，怎敢说个不字？但有撑着老骨头去做，稍慢些李氏便破骂了。

郑老娘为着儿子，常哭得两眼红肿，今日见了儿子，益发悲哽不已。

当下郑老娘挈引郑通拜见李氏罢，李氏叱道："你这厮，休来见我，我叫你去寻人，你却逗引他讨个婊子，骗了家里的钱，哄着外面游荡去。我却与你养娘！"

郑通解下包裹，拜道："惭愧，小人七尺之躯，不能养得老娘，累烦了大娘子多多照顾，小人生死感激。若说钱相公之事，有李老主人书信，哪容得小人插嘴？大娘子休怪。"

郑通正跪下，李氏道："呸！你这厮，不管七尺八尺，哄你娘去！"

说着，返身便走。一路念着阿弥陀佛入去了。

郑通起身，破涕为笑道："骑不上骆驼，却怪骆驼有驼峰，说甚晦

328

气。"提了包裹，扶着娘道，"却到哪里说话去？"

郑老娘道："畜生，你不争气，害了我了。这里哪有你的说话处？快快回去，收拾了屋子，问隔壁李八太公讨了钥匙，床上两条被絮拿出晒晒，晚上好盖，我便回来。"

郑通诺诺应声，退出门外，看到处都是泥塑木雕、烛油香灰，回想从前钱府，不由得摇头叹气，别了老娘，走出大门，一径回家。只见李八太公在矮踏门前筛麦粉。

郑通走上前，拜道："太公久违。"

李八太公抬头揩一揩眼，见是郑通，叫声："哎哟哟，小郎来了，听说你投军去了，做了官了！"

郑通道："太公安好？"

李八忙放下簸箕道："好好，你好，你见了娘了？你娘把钥匙放在我这里，与你开门。"

李八去袋里摸出钥匙，陪同郑通趱右边矮门开了锁。

郑通推入来，放下包裹道："太公请坐。"

李八道："我那里有茶。"

郑通道："不消生受，少刻我娘便来了。"

郑通一边与李八说话，一边打扫门庭，先入里面，去床内取出两条被絮，搭在檐前朝西晒了。李八不曾收拾麦粉，恐被狗吃，立着牵扯些话，慌忙自回。郑通送出门外谢了，回入厨下，打看一会儿，见不曾动些个，即去对街天井里汲了一桶水，生火烧茶。未及水沸，只见老娘提了包裹回来。郑通隔窗望见，连忙至门外相接。母子二人入厨下，泡了一壶茶，诉说别后之事，有话难尽。郑老娘见天色不早，知郑通好吃酒肉，便央李八太公去市上买些酒肉来。

郑通道："儿子自去便了。"

娘道："你且歇息。"

郑通道："我这里有钱。"

郑通打开包裹，取出三十几两银子，曾在和府积攒下的，还有一匹布，与娘做衣服，都捧与老娘。老娘喜之不尽，随手掏些碎银，走至隔壁，烦李八太公打一角酒，买一条鱼、一斤肉来。李八提篮自去，母子二人接着说话。不多时，李八买了回来，老娘谢了，上灶烹调。郑通在下生火，母子接说前话。

郑通便道："吃了饭，我去老当里瞧瞧李老主人。"

郑老娘道："什么老当，小当也没有了。"

郑通道："怎么说？难道歇了？"

娘道："早歇了。"

郑通道："听说李炳发花痴，好了没有？"

娘道："好倒好了，只是到阎王家去了。"

郑通失惊道："哎呀，竟这般颠倒不幸！"

娘道："告诉你，李家盛时，听得说，当典库房里连元宝也多出来了，一到衰败，休说一个李炳，连李老头儿自己也闹得乌烟瘴气了。市上谁不把他当笑话讲呢？这都是待人太刻薄的缘故，一报报在自身。"

郑通忙问："怎么了呢？"

郑老娘一壁煎鱼，一壁慢慢讲来。你道如何？原来李延泰初因李炳发花痴，求神求鬼医不好来，心虽焦灼，还巴望灾星一过，添得儿孙。后来李炳糟蹋死了，李炳的媳妇本生一个女儿，也死了。李延泰一家只剩得两老并寡媳，女儿嫁与钱氏，又是如此。李延泰想："空有万贯家财，只是与人做牛马。"便有些不甘起来。偏遇那当里管库的不小心，不早不晚，着了偷儿，失窃了许多活货，报官查缉不获，只得依价赔偿。如此李延泰决计把店歇了，只赎不当，有不满期的，盘了与人，自己清闲过日。看看膝下虚空，只想娶一个小的，重做人家，再立门户。偏生李老婆子不肯，夸说自己血旺经正，不许老儿有第二个。李延泰又是向日惧内，不敢明做，无计奈何，私下托人要寻一个会生养的做外宅。财主家说出口来，多少人奉承，不两三日间，便有人作荐一个姑娘，据说是乡绅人家小姐，因过活不得，情愿卖身做外宅。娘家姓池，小名荷花。李延泰要当面看过，那人就约在寺院，借烧香为名，引来看了。果然生得好娇秀，一见极是合意。当日凭媒说妥，写付文契，过付银钱，娘家人都出面具结，把池荷花送了过来。李延泰好生得意，瞒着家中老婆子，租房屋，置器用，做衣服

330

被铺床帐，忙得一天星斗。及至纳宠已毕，老夫少妾幽会之夜，方知受人之骗。

原来这池荷花是个城内小巷子里的私娼，再也不会生养。李延泰这一气，直气得两眼发直。

欲知李延泰怎生对付，且听四十八回分解。

　　叙昆仑派八剑客，初凋谢为七剑，继为六剑，至此为四剑。虽为四剑，而实仅三剑也，甘凤池则不能为剑矣。以三剑而传三剑，乃使不剑之人教之，尽归于朝阳庄，总结血昆仑，作一大结束。

　　写郑通之于其母，一片纯孝，溢于言动。此书叙侠与义，以孝与情为先，盖人而至于父母妻孥无孝情，奚以言朋友之义，更无论为侠矣。故郑氏母子相见一段，不烦细细写之。

　　李延泰以当典起家，以儿女败家，善为母金以生子金，不料金多而子尽，及其末也，乃至求生子之母于娼，甚矣，天下之为欺也。

第四十八回

拒淫娃郑通立家业
逢污吏时霹思故乡

话说李延泰轻易置了一个外宅，欲要生女产儿，延续后嗣，不料受人之骗，却招得一个末等私娼。李延泰气得两目直视，连夜着人叫媒婆来说话。那媒婆与就地一伙泼皮串通一气，特地扮作娘家人，说好说歹作弄出来的，哪里便肯来填踹窝？只推说有病不能走，有话明儿说。

次日，便推举了城内有名泼皮贾大前来。

李延泰一见，大怒道："好没羞耻的刁贼，胆敢欺负老爷，狗肉却做羊肉卖？"

贾大笑道："老板，你说什么？怎么就亏待了你呢？"

李延泰指着池荷花道："这是个什么东西，倒说是乡绅人家小姐？"

贾大道："她本是乡绅人家小姐，因过活不得，情愿卖身，原姓池，名荷花，哪一句虚了呢？"

李延泰气喘喘道："你这厮，她是做买卖的，她身体坏了，有病，不会生养，你知道不知道？"

贾大哼了一声道："这话说得好没意思咧，她有病没病，我又不是她的盖老，谁知道？你自看中了的，只手过货，只手付钱，你自估定了的。你是开当典的老板，别人不知货色犹且可，难道你的眼睛也瞎了？你愁得她不会生养，她倒防你养不了她呢。你不过是多了几个钱，便想什么乡绅人家的闺女，卖与你做外宅。且瞧瞧你的尊容，问问你的年纪，配也不配？你有多大的能耐，这样的鲜花落在粪池里，须不亏待了你，颠倒说什

332

么横话？正经叫作没羞耻的刁贼罢了咧！"

李延泰听如此说，气得火星透顶，拍桌打凳，满口乱骂。

贾大冷笑道："告诉你，守分些，这不是上你的老当来，由得你打骂，毁坏了人家的东西，倒说虫啮鼠伤，各听天命。打坏了人，可不客气，只要你的老命！"

贾大说着，昂着头，拖着鞋子，背叉手出去了。李延泰无气可出，把房内的东西打得落花流水。池荷花坐着，动也不动，只顾冷看。原是贾泼皮等教了来的，只吩咐百骂不回口，百动不回手。李延泰想想花费了许多钱财，倘或池荷花有个高低，也不值得。那些泼皮既拿到了钱，与他理论不得。假母只在图利，不管其他。这又是一个外宅，生怕李老婆子闹起来，益发被人耻笑。李延泰左思右想，只得闷在肚里，连称晦气，倒请了妇科郎中，与池荷花医治隐病，一面还瞒三骗四，生恐老婆与寡媳得知。谁料外面早沸沸地讲将起来，泼皮口中有何好言语，便讲得甚是不堪，早有人传到李老婆子耳边。李老婆子听得这个消息，登时大发雷霆，一直赶到池荷花下处，满口胡言乱骂，把桌椅箱橱都翻了天，幸得池荷花早就避去。李延泰便气急败坏地赔嘴赔舌，把老婆劝回，一面又着人去寻池荷花回来，横竖是李老头儿的钱，重又置买了一应家生。

自此，李老婆子在家中嘲笑哭骂都有，不许老儿至外宅。一边池荷花看看李老头儿不来，背后有泼皮做主，便逗引狂蜂浪蝶，深夜饮酒说笑，无所不为。但瞒得老儿眼，左右邻近都串作一起。有时李老头儿闪出家门来溜一遭，早有人报知，却都散了。李延泰倒把池荷花当个安居守分的，因她不多言语，着实怜恤她。背后哪个不耻笑，都说道："李老头儿花了钱，买了大龟来了。"

当下郑老娘煎鱼烧肉，与儿子郑通讲说李家故事。

郑通叹气道："不料李老主人一家大户，竟弄到这般田地，报应可不信吗？"

一时娘儿两个说些闲话，把酒饭都端正了。郑通畅快吃了一顿，与娘道："虽然李老主人家运不济，向日承他收留，我今回来，自当前去拜会一遭。"

333

娘道："我儿说得是，今日晚了，明日一早去便好。"

郑通道："不知老主人近来在老宅，抑在外宅？外宅在哪里？"

娘道："你只去老宅问了，听得说，近来老儿多在外面宿，敢是李老婆子放松了，也未见得。我只听得庵里尼姑讲，不甚清楚。"

郑通点头。老娘又问郑通："你这银钱哪里来的？在外做什么？"

郑通一一告知。娘道："向日我儿在家好赌，害得我淘气，自你出门，又害得我好苦。我儿，你便做什么官儿娘都不在意，你再不要离了我去。"

郑通道："娘，儿子这一次回来，决心不去了。"

娘道："最好，这里也有事做，何必跑远去？富贵命里注定，何必硬做去？"

郑通诺诺应是。郑老娘大喜，母子二人说了半夜的话，方才睡去。

次日早起，郑通舀了面汤与娘洗了，吃些点心，一径出门，走向李延泰老宅来。入门只见静悄悄的，人都未起。郑通咳嗽了数声，有看门的老儿自内出来，与郑通旧相识的低低说了几句。

郑通便问："老板不曾起来吗？"

那老儿手指道："昨夜在外面宿咧，在那一边呢。"

郑通点头，问明了地脚，作别出来，寻至李延泰外宅。只见外面是一个裁缝铺，里面三间平屋，檐前一个小厮，正在生火烧汤。郑通立住，低声问了，知李延泰正在鼾睡，不敢声张，悄悄入至堂内坐了。约等了一个多时辰，李延泰起来，盥漱毕，踱出房外，郑通近前便拜。

李延泰忽见是郑通，羞愧满面，诧异道："你怎么来？"

郑通具告一切，李延泰盘问钱光武在京情形，说起李炳已死、李氏修行、家运不济的话，不免感叹一会儿。郑通见李延泰骨瘦如柴，面黄肌皱，一脸委顿之状，生恐他有事在心，不便久坐，见话已略尽，便告辞起行。

李延泰道："你既然一时里不出门，常到我这边来走走，你是我的旧人，总比别人靠得住，也许我有事好差拨差拨，不必更到老宅去。"

郑通会意，诺诺应是。回来告知老娘，娘道："既是李老头儿要你去走动走动，你是旧人，理所应当。"

自此郑通每日去李延泰外宅，常与帮闲，有事便做，无事便回，不止一日。池荷花早也厮见熟了。

　　忽一日午后，郑通走来，正值李延泰在房内歇午，郑通问知恰恰睡下，与小厮道："既然主人睡了，休要惊动，若有事时，我去一去便来。"

　　郑通正待返身，只见池荷花自房内闪将出来，低声叫住。郑通只道老儿醒了，便立定了。

　　池荷花道："有劳郑小哥，厨房阁儿上夜来怪响得很，不知有什么。小哥与我攀了上去瞧一瞧，若有耗子时，都与我摔了。"

　　郑通答应，随着池荷花来厨下，仰上看时，那阁儿并不甚高。郑通踏到桌上，把凳填了，攀了阁板，四下里望了一望，只见藏些零碎废物，清清楚楚，也不似有耗子窜了的。

　　郑通下来道："没什么，干净得很。"

　　池荷花笑道："怪咧！夜来响得很，活似野猫捉鼠一般，好不害怕人。小哥辛苦！"

　　郑通道："说哪里话。"掇开凳子，随手拍除了灰尘。

　　池荷花笑道："倒肮脏了小哥衣衫。"忙递过手巾来。

　　郑通道："不必了。"

　　池荷花忙倒了一杯茶，说道："小哥且坐，他一忽儿就醒来呢！"

　　郑通待坐未坐，池荷花却在门口靠边立了，指尖儿佯弄着衣袖，两眼溜溜地睃着郑通，含笑道："小哥多年在北京？"

　　郑通道："曾在京城住一时。"

　　池荷花道："那北京是天下闻名的所在，不比我们这扬州死地方，那是风流繁华的去处。小哥这般年纪，却走得如此远路，奴家几时也得去那里逛一逛，也不枉生为人这一世。"

　　池荷花一边说，一边妖头娆脑地只作迷眼。郑通是个聪明细心的人，早瞧科了八九分。原来这婆娘近日因郑通时来走动，外面有一伙泼皮素知郑通奢遮，不敢入来，顿觉门庭清冷。李延泰有时来了，有时一去几日不回头，那老丑模样，也只令心内讨厌。眼见郑通亭亭一表，昂昂七尺，生得又白净文雅，衣衫更且整洁，那婆娘早便中了心意。只因郑通闲常来

335

时，但闻得李延泰不在，返身便走，始终无缘得遇。今日正逢老儿歇午，郑通偏又撞来，那婆娘见有机可图，特借由赚至厨下，把言语挑逗他。

郑通见不是道理，欲待出去，却被那婆娘挡住了门口，正没计较，只见那婆娘又道："小哥青春多少？家里还有何人？"

郑通低头不语。那婆娘便凑前一步道："你当真不知？"一手便一搭郑通的肩。

郑通大怒，推开那婆娘，叱道："郑通是个落落丈夫，不做没耻之事，休要泰山头上动土！"说着，跳出门外，一径走了。

池荷花讨了没趣，紧涨面孔，兀自骂道："这厮三分像人，哪知是个草包，不成材的奴才！"忙离了厨房，懒懒地至堂内坐了。

且说李延泰在房内打中觉，方蒙眬睡去，忽听得似郑通来。正因近日街上泼皮为郑通走动得紧，难以近身，便造出是非，反说郑通涉邪，故使李延泰听见，欲把他撵去了。李延泰虽有些不信，也觉人心难测。今见郑通入来，池荷花慌忙出去，心中越疑，细听一听，两个又同入厨下去了。李延泰肚里着急，便轻轻爬将起来，走至床边花槅子窗下，舐破窗纸，向外看时，可巧这窗正对厨房门，尽有池荷花与郑通所作所为、对言对语，都看得分明，听得仔细。直至郑通发怒而去，方才登床假寐，向里躺了，心内想道："这郑通虽是个粗人，倒有骨气，我的儿子、女婿都不及他，难怪外面有人讲，原来这婆娘如此没羞耻。"

李延泰想了一会儿，心中甚是感触不安，也就起身，装作醒来。池荷花听得老儿呛声，忙入来倒茶舀面汤。

李延泰问道："郑通今日怎么不见来？"

池荷花道："来过了，立刻就走了。"

李延泰也不言语。自此以后，一连五六日，不见郑通来。李延泰自肚里明白，故意与池荷花道："敢是郑通病了？"

池荷花道："谁知道他？他来也好，不来也好，提他什么？"

李延泰也不言语，私下着人去叫他。郑通仍不来。李延泰寻思："也好，来了多招是非。这人心地光明，我今有这家财，身后空空，且发些本，叫他做买卖，也成全了他，看来不是忘恩负义的。"

李延泰竟大发善心，去钱铺子里开了个银钱折儿，亲自送至郑通家，叫他自去做买卖。郑通大惊，再三不肯收。还是郑老娘说了，方才拜受，心内疑惑，猜不透李老主人究是何意。自此，郑通将本求利，专心营商，侍奉老娘，安居扬州，不在话下。

却说孔元霸、阮小五自沧州得知消息，尉迟松、段大壮两名已被斩决，即赶回北京。至和珅家中，正在开宴称庆，原来和珅已晋升户部侍郎。

孔、阮二人依例道喜罢，入至书斋，尽把话告知时、钱二人。二人闻悉黄燕臣父子并鲁良投在朝阳庄，自是稳如泰山，都各放心。从此，四人照常在和府值事，心安意乐。时公宝奉老母在京，钱光武有花小凤做伴，孔、阮二人本无家室，多得和珅另眼相看，都有久居长安之意。和珅得升了侍郎，渐与王公大臣进出越多，就与时公宝、钱光武都保举了同知。

那时正开博学鸿词科，只需在朝有人保荐，即可应试。和珅极力撺掇二人去考，托人递了名单，考终公示，却都中了。和珅大喜，益发敬服二人，但凡对上设词，如何措置事务，必须与二人商量，依言行事，颇中窍要。和珅因此深得帝心，进言无不称旨。不久就命在军机大臣上行走。又命在御前大臣上学习行走，旋又补授尚书，兼御前大臣。旋为军机大臣，又加一等男。旋命入阁，为文华殿大学士，兼吏部尚书，封公爵。赐和珅之子名丰绅殷德，为十公主额驸，登时掌天下大权，震中外声名，升官发财之速，从古未有。虽是乾隆帝有心要抬举他，亦是和珅机变识窍，时到运来，人生荣枯，一似赌博场中撞输赢，谁得谁失，多是手运。

话休絮烦，单说时公宝，中了恩科，又得和珅荐举，本可直上青云，哪知命中官星不透。忽一日，时公宝在花厅前闲步，只见长随递进名帖，时公宝瞥见，乃是顺天府尹胡道初来拜。时公宝忙退至旁边，自忖道："这厮就是当年在本省罗山县知县，被黄大相公撵走了的，如今却做了顺天府尹，也投来这里。和东家并叫长随递帖入花厅，敢是有什么紧要公事？"时公宝就在花厅侧旁立定了，暗地等他入来，与和珅禀白时，细听了一听，都是些怎样干求提拔的话，尽是金银作怪，不由深深叹了一口气。回至书斋，闷闷不乐。自此每日留心和珅进出的人，谁知差不多都是一般的勾当，无非是升迁谋缺的交易。

时公宝叹道："从来有气节的不为官，原来如此。好了，世间功名，不是俺所得，回去种田便了。"

时公宝想了一夜，决计返乡。次日，告明了时母。

不知时母有何吩咐，且听四十九回分解。

郑通能刚正纯孝之身，而能感化守财奴之李延泰，时骉以聪明特达之资，不能同流合污于显宦之和珅。二人皆有母，视母之命所归，极寻常事，写得极其沉痛感慨。

胡道初为罗山令，革职入京师，乃为顺天府尹，宦途之变如娼伶。故胡道初者，池荷花也，唯泼皮能与嬲之，行文双峰对峙。

第四十九回

时公宝珂里谐亲
钱光武宦途遇旧

话说时公宝见了宦途贪污之行，一日不能安居，决心要回老乡，当日禀明了时母。

时母道："我早知道你这性情孤僻，合不了当时的人。既然你要回乡，最好，我求之不得。但和致斋待你不薄，你须好言婉说，不可稍露形色，只推在我的身上便好。"

时公宝诺诺应是，来与钱光武说了。钱光武听得呆了半晌，叹息道："老弟高引远去，愚兄本当执鞭相随，争奈家门破散，此间又有一累，进退两难。大仇未报，老弟何以教我？"

时公宝道："兄长休说此言，移风易俗，我不如兄。他日登金马玉堂，与问军国大事，前程正未可量，不比小弟性孤心狭，不合时宜。"

钱光武道："如此，老弟去定了？"

时公宝道："去定了。"

钱光武泣然道："自从在贵乡识得荆州，多承提教，情同骨肉。今友亮莲幕转徙，许久无信，正不知尚在正定与否，而老弟又要荣旋，海外孤雁，只落得愚兄一人，知友难逢，良会不易，怎禁得此心怦然？"说着，不由泪下。

时公宝也唏嘘半晌，说道："中州非遥，后会有期。俺且告明了东家，再做细谈。"

时公宝入见和珅，具说此意。和珅愕然半晌，迟疑道："先生如何忽便兴此念？若有不然之处，只管吩咐。"

时公宝道："蕭承明公逾格看待，正当图劳未遑，哪便有不然之处？实因蕭性情乖僻，家母又不服水土，近来切念先人故里，急欲言归，慈命难拂，不得不然。"

和珅道："敢是哪里有负先生处？咱近来忙些，有失检点，先生须要原谅。"

时公宝笑道："明公差了，自从包台吉荐举晚生来明公幕下，极承荫庇，无微不至，但有人心，岂不知报？就使明公偶有失检处，晚生果然芥蒂在胸，那便是悻悻小丈夫之事。蕭虽不学无术，也断不至此。何况明公折节下士，天下之士方望风来归，晚生纵然昏聩，不明好歹，岂不知建功立业、光宗耀祖，端在此时？实因慈命难以强违。日后若得机缘，驰效不在亟亟，但望明公佐辅圣天子，坐享海内升平，丰功伟业，昭垂史册。蕭一草莽，何足道哉？不能鞭镫相从，也是蹇命不济，就此拜辞。"

和珅听说罢，见时公宝去意坚决，闲常颇知他刚毅果然，不能挽回，也就说道："既然如此，何必亟亟？多的日子过去了，且缓数旬，再恭送荣旋未迟。"

和珅暂留时公宝在家，每日宴饮取乐，一面却早使人通知沿路各地方官员，届时保护迎送。

且说孔元霸、阮小五二人听得时公宝要走了，私议道："六爷是个最有主见的，他说要走，定有道理。俺们既不是通文达理的人，又不会巴结，眼见得那厮们打躬作揖，大人长、大人短的，俺们又做不来，老是一辈子值的奴才勾当，干鸟吗？六爷一走，没了识货的，在此不了。"

二人商量定，来与时公宝道："你要走了，俺们也不住了，一同去。"

时公宝道："大哥、小郎听说，俺因老太太的嘱咐，暂回老乡去，日后自必要出来。这里有钱兄在此，你们又在信阳州望都县闹了事的，权在此间服侍和大人，将后必有发达之日。"

二人道："不管好歹，你走，俺们也同走。日后你要来时，却再来。"

时公宝笑道："俺又不犯罪，你们不是解差，却这般押紧着做什么？"

孔元霸道："老实说，咱自要去保定府朝阳庄投咱的师父、师公去，鲁大哥在铁岭关，咱自到关上住去。"

阮小五道："俺只跟着孔大哥走，他到哪里，俺也是到哪里。"

时公宝听如此说，想道："这两个粗直汉子，留在官宦家中，久后也是不妥，亦且无人能禁他，不如带走了好。"便道："你们若去朝阳庄，俺也放心，俺们一路走是了。"

二人大喜，随即告明了和珅。和珅初时因时公宝称说孔元霸、郑通诚心，留入来做事，目今升官晋爵，手下有的是好汉，且这阮小五又不如郑通，到底嫌他两个太粗。今儿告走，无非敷衍了几句话，因看时公宝面上，各发付了五十两银子做盘缠。孔、阮二人都不肯收，还是时公宝说了收下。

匆匆光阴，又过了一个多月，时公宝都把时母所需之物收拾好了，整装待发。和珅在府中饯行罢，时公宝奉侍老母，带了孔元霸、阮小五二人，拜别登程。和珅亲送至正阳门外。钱光武带了花小凤送上一站，其余大小官员向在和珅府中来往的，悉行随送，各有表赠，厚热官情，争比大员赴任一般，比为和大人敬重之故。时公宝奉母命，一一拜辞请回，方与孔、阮二人取路直向家乡而来。凡到一处，早有地方官员派人招接，去时护送，极承周旋相待。不则一日，来到保定府。

孔、阮二人道："六爷，在此分手，俺们不送你了。"

时公宝道："大哥，你到庄上只说，俺本当来前拜见众豪杰英兄，只因家母在前，诸多不便。望大哥好言诉说，多多拜上。异日有暇，再来投见。"

孔元霸道："咱理会得，你去了，好生扶持老夫人。"

时公宝道："放心大哥。"又道，"小郎，你的哥哥在家盼望你，早得有便早回来，你有何言，俺与你说去。"

阮小五道："有什么言语待说，都在你的肚里。但叫俺哥哥争强些，休要被人欺负。若有委屈时，待俺回来却理会。"

时公宝笑道："这个何消得你说？不说倒罢了。"

三人话别。时公宝登程，向官路而行，孔、阮二人自投朝阳庄去了。

话分两头，且说时公宝奉侍母亲，一路趱程，都有官府迎送。及到故乡霸王庄，罗山县早派人在路迎候，接入庄上。只见自家房屋都翻造了，栋宇一新，油漆焕然，后面尚有未竣工的，却造得壮丽非常，母子二人都大惊异。

老家人上前请过安，迎入新院子坐定，禀道："本县相公因奉府太尊转到和大人谕，督率匠役建造这庄院，为近来道路不平静，夜间不好搬动土木，以此缓了。本县相公再三与老奴说知，求六爷原谅。"

时公宝莫名其妙，听得如此说，方知是和珅预先嘱下，叹道："多谢他一片心，也值得如此照拂。"

母子二人打周遭看了一看，大厅并正屋都完工了，里面陈设器具皆是新置，后面正在起造下房未了。

时母道："我们务农人家，如此排场做什么？"即命停工。

一面时公宝当即具了书信，前投和府谢恩。谁知和珅接信，也莫名其妙。原来是和府门下会钻营的人欲谋升迁，情知时公宝为和珅最所敬信，因此特地讨好，打听得时公宝本府本县乡村里所在，特着干人与他建造了，后来方查出那人来。和珅当时只得认作自己所为，复书不免谦逊一番。时公宝因此名闻远近，本府州县官吏都来登门拜望。便有一等晓事的人，打听得时公宝中馈犹虚，挽着近亲远戚，纷纷投来做媒。时公宝本意欲待功业成就，方始婚娶，在京时候，多少作伐的，都辞谢了，以此虽届壮年，尚未娶妇。今见仕途险窄，奉母回里，不愿出面问世，眼看母老嗣虚，光阴易过，也不能无内持的人，因遵母命择配，娶信阳州城中黄氏为室，却是黄燕臣远房的侄女儿，也是自负才貌，择婿极苛，难与匹配的，正好谐成佳偶。

当结缡之日，嘉宾良友，贵官骄吏，尽来道贺。车马之盛，轰动州城。自此，时公宝息影家园，依依膝下，养母终老。后来和相国权势日盛，不忘时公宝旧日相与之情，便与他一连保举为太仆寺少卿、右都御史，诏书屡征不起，一时都称作时太史。因他与血昆仑派下众侠客相来往，不论千险万难之事，得时太史一言，冤屈立申，中州但称太史六爷，无有不晓。此是后话，一言表过不提。

再说孔元霸、阮小五，当日与时公宝分手，投至朝阳庄吕氏庄院，入

342

内拜见白望天、吕大器、甘凤池、黄燕臣、白浪生等众人已，具告来由，说起时公宝奉母南旋，和珅如何相待，如何坚留不住的话。

白望天道："此人真是读书明理之士，早听得你们说了，俺只道是个读书做官的。如今看来，端的是有骨气的人，何不请来相见？"

二人道："便为他有娘在身边，不便劳动老人家，过日必来瞧俺们，说道'多多拜上众英雄豪杰'。"

白浪生道："你们早该来通报一声，俺便接去。这里有的内眷，路又不远，请老太太来逛逛何妨？"

白望天道："人生聚散，虽属偶然，一似有定数的。"与孔、阮二人道，"鲁教师现在铁岭关上养了许多牛羊在那里，你们正好去玩玩。"

孔元霸道："他倒干起这玩意儿来了，倒好见识。"

白浪生道："便为葛星儿养了猴子，鲁教师闲着无事，山上有的是野草，地面又大，牧牛羊最是适宜。只是一件，山路不好，羊虽走得，牛却走不得，又笨又大，吃了亏了。"

阮小五笑道："不怕山上野兽吗？"

白浪生道："这个不妨，二胡、小孙那两个猴兄弟是山中霸王，眼睁睁守着，便大虫也吃得下，还怕什么？"

孔、阮二人听说，都道："这个主意好，俺们也帮他管去。"

大家谈了一会儿，孔元霸不见黄焕、尹超、王行健三个，因问："他们也在关上吗？"

白望天告知在地窟学内功，日后当得传授剑术的话。二人大喜，住了数日，便往铁岭关投鲁良去了。自此，孔元霸、阮小五与鲁良、葛星儿四人尽在山上居住，牧牛羊为业，有时便到朝阳庄，与诸人聚会，也自有一般乐趣，不在话下。

如今只说钱光武，自时、孔、阮三人一走，赵友亮音信不通，郑通一去不回，扬州家中又无消息，自家因娶了花小凤，累随在身，虽遇王小明，大仇莫报，有家难归，有志难申，只落得独在和府书斋闷坐。思前想后，极是难堪，没奈何，只得与和府专心一意做事。有和琳家的教授李潢常相过从，无非谈些官场新闻、宫中逸事，聊以解忧。似箭光阴，一年多来，所有旧交音信都绝，家书早也不通。先尚有时公宝往来书信，渐也稀了，结交的都是些和珅门下客，免不得征歌侑觞，酒肉繁华，倒也逍遥自在，度得快乐岁月。

彼时和珅已补授尚书，兼御前大臣，依依在天子跟前，极能颠倒众生。各省督抚都知和致斋之为人，不可不与他周旋，但谋升迁，遮掩过失，刺探机密，非和致斋不可。一时馈赠金珠珍异、屈膝谄事的，车水马龙，喧闹如市。每日自寅卯至戌亥，座客肩摩踵接，各处都满，有坐候一两日不曾见半面的。当中财货不可数算。

和珅便大兴土木，造杰阁重楼，回廊曲榭，苑囿池治，无一不备，富丽堂皇，世所罕有。自是有人策划建造，不劳吹灰之力。不久，儿子赐名丰绅殷德，恩旨指为十公主额驸。乾隆帝便钦赐花园一所，门庭日增光荣，座客更极显赏。

钱光武当时已不做教授，只做清客，和珅便与他保了功名，先署知州。钱光武大喜，挈带花小凤走马上任，福星临头，即在任所生了一子。任满调迁晋京，正值和珅入阁为相国，随即擢升天津府知府。这天津府本是一个好缺，向来是旗人承包，汉吏难以升补，原是和珅好意作成。哪知钱光武眼前有一桩事，心下好生不然，你道如何？

原来前顺天府尹胡道初，极会得生意门径，不惜重本，托庇在和相国门下，历年钻营图谋，全力打算，居然红了顶子，目今正升做直隶巡抚。钱光武就托在他的管下，寻思："这厮是个做买卖的，从前在罗山县被黄大相公告了革职，不想现在如此官运，怎生甘心与他做下属？"欲待不去，又恐辜负了和中堂盛意，只得权且欢天喜地上任。到任之后，参见胡巡抚。胡道初却早知是和相国家教授，十二分礼貌相待，把前在罗山县一切之事都不计了，只为要讨和珅的好，便虚心接待钱光武。不到半年之间，就与他奏保了道台，候缺调升。钱光武在任中，诸事均十分顺手，想想胡道初这人，倒也不念旧恶，渐便厮熟起来，上下都有回护。

正值这个当儿，却有一个人投来寻官做。胡道初便交下名单，与钱光武说道："是和中堂发下的条子，早晚与他挂了牌。现在正好南皮县任满，就与他安插在那里，也还不差。咱这面便好陈报。"

钱光武诺诺应是，接了名单看时，吃了一惊，原来却是时卓泉。想道："这厮从前听说在包台吉府卖奶皮子，原是公宝族中的昆仲，与时仲凡一路的人，如何投到这门路？"思疑不定，当下只得应是，哪便说出这话。

欲知时卓泉怎生投来，且听五十回分解。

时公宝见和府行贿鬻官之不臧，决然远引，养母终老，真大丈夫立身处世之道，写得何等超脱。文情更不寂寞，声色宛在，读之遥想其为人。

钱光武固非无志者也，而怛于安乐，不能起而立行，纳花小凤于前，结胡道初于后，而有时卓泉翩然莅至，言大丈夫立身，稍一不慎，祸患随之，益已同流合污矣。李延泰之赞郑通曰："我的儿子、女婿都不及他。"信然。此书引人于正，不以飞檐走壁、神出鬼没为英雄，惕厉世俗，由显入微，诸如此类。

第五十回

血昆仑历劫归真主
剑侠传颠倒落嚣尘

　　话说时卓泉为何投到和珅门路？原来他自从在包台吉府里贩卖奶皮子，老婆与府里小厮牵搭的事发了，管家嫌他不干净，不许入来，因此绝了顾主。余外虽有几家，生意不多，为此流落在京城。老婆日夜嗷嘈，急得没法，只有求请官宦人家做奴才的厮们讨个帮闲职事做。

　　忽一日，听得人说，和中堂最敬信的是时御史，名鼐，表字公宝的，时卓泉大吃一惊，忖道："那不是我的兄弟？"连忙打听。谁知时公宝早早回乡，并不在京。时卓泉回家与老婆商量，想出一计，便捏造了时公宝的一封信，请人着意写了，少不得说上许多亲近的话头，荐举自己。当当卖卖，做了一套袍褂，持信来投相府。和珅见是时公宝的信来，便命递入，约略看了，虽觉得笔迹不同，既是本家，也不查究，吩咐记了名籍。也是时卓泉合当发迹，正值胡道初进京来，有事面陈相国，禀罢待走，和珅趁便把时卓泉条子随手交与胡道初，只叫随便与他弄个差使。胡道初见中堂亲口吩咐，哪敢怠慢，到省以后，历查县缺，见南皮县任满，因此特于钱光武谒见时，交下这个条子。

　　当下钱光武口虽不言，心中猜疑，但既是致斋相国钧命，如何可驳回，只得依言而行。不日就与时卓泉补了南皮县，一面下札送到京城时卓泉下处。时卓泉奉到谕旨，意外之官到手，直喜得发狂，连忙摒挡事务，进省谢恩。一面在京开贺，旧日相交奴才厮们都来道喜不迭，也着实挣了些钱，正好做盘缠，迎接官太太一同赴南皮县上任。登时趾高气扬，威风

346

上来，逢人便称说舍弟公宝。人家见他有如此脚路，谁不敬重俯顺？真乃一人登仙，隔壁鸡犬飞升，男儿可不要自强吗！

后来，时公宝得知，想事到如此，总是一祖之下，只得将错就错。好在和珅交出条子完事，也不在意。谁知时卓泉威风太甚，贪贿过多，不一年间，竟被仇家砍死，终至一命断送在南皮县任内，反而因福得祸，不在话下。

再说钱光武，自与胡道初沆瀣一气，上有和珅提调，下得州县称颂，不数年之间，由天津府知府升任到直隶藩台。花小凤连生三子一女，早做了官诰夫人。安乐光阴易过，富贵性情消磨，钱光武满想返乡，祭扫祖茔，争奈公务缠身，不从心愿，也未尝不念及。一来习性已成娇懒；二来官亲官眷结交太多，忙不过来；三则处安富尊荣之地，容易忘记。又因膝下儿女成行，俱已长来，却要打算子孙门户，免不得求田问舍，经营久计，便在天津起造房屋，置买田地。着人去扬州家中打听时，谁知李氏已死，祖宅改为庵堂，已卖与别姓做家庵了。李延泰两老也已作古，身后无嗣，池荷花早就跟了人走了，只落得寡妇舅嫂在家。李氏族中与她办了继承，却因李延泰遗下家私不少，本房子侄都要争继，又打官司，闹了一两年，方才了结，家财已去了一大半。现在李炳的妻子便靠继子度日，李延泰一家就此完了。

唯有郑通，得李延泰发本做买卖，一心一意，正经干事，服侍老娘，酒赌都戒了，倒是生意顺手，每年获利。第二年就把本钱还清，家道渐渐小康，早已娶妻生子，端正成了家业。郑老娘还是健在。又探听得赵友亮也已回家，因赵沧海已死，丁忧回来，从那年回正定府娶了冯氏，不久就跟岳父游宦，在幕帮同做事，播迁无定。中间曾去广东、四川边县做了几任知县，以此音问鲜通。现在正室冯氏已生两子，香雪不曾生养，早在任所痨瘵而亡，已死得两三年了。

再打听余外相熟人家，无非是生老病死，都变了样子，不似往昔了。

钱光武听了，长叹数声，益发无心回扬州。花小凤听得香雪已死了两三年了，竟一点消息不知，大是伤心，不由痛哭一回。家人都来劝住。钱光武这时身价已非昔比，连任两任藩司，着实有了积蓄。花小凤便劝不要干了，落得卸了仔肩歇息。争奈钱光武官兴未已，仍思别图升迁，正待进京谒相国，忽接和相国手谕，说近日有英吉利国夷船由海道至天津赴京。因该国王前年皇上万寿，未及叩祝，今遣使臣马戛尔尼进贡，已奉上谕，着浙、闽、江苏、山东各督抚，遇该国贡船到口，即将该贡使及贡物等项派委妥员迅速护送进京。现在据报，夷船将到天津口岸，因嘱钱光武就近会同直隶督抚所派各员，等夷船到时，妥为照料护送。

钱光武接得这个差使，想："倒是新鲜。"当即遵谕拜会了各员，传述和中堂之意。不久，英船已到大沽口，钱光武与众委员雇了驳船，至海口迎接。只见那船大得非凡，船名唤作狮子，高扬一旗，上面写道"英吉利国贡船"。船头上满站洋兵，吹动军乐，英使马戛尔尼与副使史但顿伯爵早恭立相候。见面各行礼罢，入舱内坐定，有通事翻译言语传话。

钱光武打量这马戛尔尼，六尺身材，高鼻子，凹眼睛，眼珠蓝白相参，面皮白净，满生着红赤色细毛，手背上更多。说话只听得"而斯而斯"，如鸟语一般。穿的衣衫不长不短，好像是天鹅绒，又似毛布所制，纽子扣得极紧，另打一个套结束住，对胸一道排纽，与裤子一式相连。裤脚又不扎紧，只拖在脚背。下踏一双多纽皮靴，左右歪在一边。见面早把帽子去了，露出光头，并无发辫，又不修剪，只是黄色的一头短发，却与婴孩儿初生的胎发相似。

看史但顿时，面貌、神情、衣服都差不多。钱光武想想好笑，原来叫作红毛人，就是这等模样。比先也曾见过什么俄罗斯人、日耳曼人在皇宫内当机匠的，但穿的衣服早与宫中有职司的一样，面貌也没有这样奇怪。

当时两下说的无非是一番客套，祝两国皇帝康健万岁的话。无移时，摆下酒席宴，只见桌面上放的尽是些小刀、小叉、玻璃瓶、大瓷盘之类。钱光武等众官都慌了手脚，后来方知道夷人吃饭不用筷。酒席上各种荤菜多半是兽肉，以牛肉为主。酒却有十几种，马戛尔尼都叫开瓶与众官尝了。

内中有一种酒，最是甘美，问这酒名，叫作白兰地，大家称好。饮酒中间，问："贡使带来的贡物有多少？须先开明清单，可以着手装运。"

马戛尔尼回说："贡物不多，最珍贵的几种是敝国皇帝送与贵国大皇帝的，便是地球仪、浑天仪、行星仪、折光镜，及佛列姆内的大自鸣钟、风雨表，特拜歇尧的瓷器瓷像、佛拉苏氏的天体运行仪等。"

众官连称极好，其实也不懂是什么东西。

酒散以后，钱光武与众官辞别回船。次日，便与贡使开贡物清单，商议进京事务，都摒挡已，钱光武等众员陪同马戛尔尼入京，回明了和中堂，商量觐见仪注。和珅自要马戛尔尼遵大清国朝见礼磕头。马戛尔尼只主张照本国皇帝朝见礼，屈一膝，拉手放在嘴边，似教徒礼拜一般。

众官都大骇道："岂有此理！御手如何可乱拉？况他是夷国陪臣，进贡天朝，务要三跪九叩礼才是。"

为此一事，闹了多日。马戛尔尼因受英皇意旨，特来请求通商传教及久驻使臣各节，生恐闹僵，都允许了。先拜见了和珅，到时觐见乾隆帝，乾隆帝温语抚慰，特赐御宴，收下贡物，回赠如意、荷包、玉器等物与英王乔治第三，并降一谕道：

> 咨尔国皇，远在重洋，倾心向化，特遣使荣赍表章，航海来廷，叩祝万寿，并备进方物，用将忱悃。披阅表文，词意肫恳，具见尔国王恭顺之诚，深为嘉许。所有赍到表贡之正副使臣，念其奉使远涉，推恩加礼，已令大臣带领瞻觐，赐予筵宴，迭加赏赍，用示怀柔。

至所请通商、传教、驻使各节，一概不准。马戛尔尼无奈，只得返国复命。临行之时，深感钱光武照料周到，又为和相国所派，便一力恭维，赠送钟表、哔叽等物，以为敬礼。钱光武因在北京，身边无物还敬，便着人去市上采办玉器古玩，欲拣顶细巧的送与贡使，一时玉器古玩店闻信都来兜售销。钱光武拣了几件得当的作为表赠，仍与众官伴送至天津。马戛尔尼自取道广东，回国去了。

钱光武返津以后，不多日，有天津古董铺掌柜的前来兜售一物。原来古董铺的人消息最灵，听得钱光武在北京购买玉器，只道是个收藏家，特拿这一件东西来供应。钱光武便叫取出来看时，不觉大笑起来，只见是一把短剑，两面都起了锈，毫无色泽，口虽不缺，钝得非凡，不过锈铁一条。

问："这有何用？"

那掌柜的道："大人不细瞧咧，这是秦汉之物，曾在古墓中发掘出来的，稀世之宝，可以避邪除妖。这个可不是血影？"

钱光武摇头笑道："到了你们的手，还有不好的吗？不说是周秦，便说是汉唐。咱原来不买什么古董，你要多少钱？"

掌柜的道："不瞒大人说，这一件东西还是小的师父从一个花子手里买下来的，买的时候，真本钱花一百三十六吊。师父看准是合用的东西，只是没有识货的。如今师父死了，益发没做理会，一向放在店里。前听得大人在京城里选买玉器古玩，玉器是有假的，这个可假不来。大人若要时，小的半文不赚，任凭大人赏几个钱。"

钱光武道："作怪，咱一向不喜古董，便只是前会子在北京，因要送人，买些古玩。你们竟这般神通广大。"

掌柜的道："大人放在这里，再瞧瞧好不好？任凭赏赐，小人不计。"说着，丢下这一件东西走了。

钱光武笑道："做买卖的人真好算计！"便吩咐收在书橱里，与左右道，"他再来时，与他一百吊钱是了，谅也值得。"

过了几日，掌柜的来取钱去了。

钱光武买了这烂剑，也不在意，早就忘了。过了一年，乾隆帝让位于嘉庆皇帝，称太上皇。

嘉庆帝登位四年，太上皇帝崩。和珅的劫数到了，相差不过三日，嘉庆帝便下旨捉拿和珅，收禁在牢。数和珅二十大罪，宣示天下。派绵恩与十一王查抄和珅花园住宅，抄得正屋十三进七十二间，东屋七进三十八间，西屋七进三十三间，东屋侧室五十二间，徽式屋六十二间，花园楼台四十二座，钦赐花园楼台六十四座，四角楼更楼十二座。外有质库七十五所，银号四十二所，古玩店十三所，玉器库二间，绸缎库二间，木器珍馐库二十二间，金元宝、银元宝各一千个，赤金五百八十万两，生沙金二百余万两，元宝银九百四十万两，洋钱五万八千元，制钱一千五十五串，人参六百八十余两，狐皮一千五百余张，貂皮八百余张，珍贵珠玉、珊瑚、玛瑙、鼎彝古器不知其数，到底有多少家财，难以算计。查抄罢，嘉庆帝亲自审讯，着和珅革去公爵，赐自尽，儿子丰绅殷德革去伯爵，停其世袭，赏给散秩大臣衔。

在朝众官见和珅势败，交章攻击。胡道初第一上奏，说和珅丧尽天良，非复人类，种种悖逆不臣，直同川楚贼匪，请依大逆律凌迟处死。此外在和珅门下日夜钻营的人无不痛斥和珅，请惩治和党。钱光武惊此晴天霹雳，寝食不安，几成柱病。一日夜深，踱来踱去呆想："万一旨下，全家难保，只有一条死路。不若早自决了，可保妻子。"想定，泪如雨下，把心一横，立即解带，悬在梁上。只听得书橱内嘤嘤怪响，钱光武寻思："原来数尽，鬼魅现形。"不待犹豫，把带结在梁上，套入项下，却待自缢，忽听得有人叫声住。窗户开时，一条黑影入来，钱光武吓得倒在地上，定睛看时，乃是一个黑面白须老和尚。

钱光武伏地拜道："高僧慈悲，却怎生解救下官？"

那老僧道："何苦如此？你有什么了不得？你那书橱内藏的什么？且取来看。"

钱光武不解其故。那老僧也不多言，自打开书橱，取出一物，却是数年前古董铺送来的那一把锈铁短剑。说也奇，尖锋已自有几分脱颖而出，光芒非常。

那老僧道："此物藏在你家无用，且交山僧带去。山僧俗家姓名王小明的便是。今日救你一命，休记前怨。"说罢，拂袖跃起，闪出窗外去了。

钱光武惊得目瞪口呆，半晌似梦初醒。叫起家人，具说此事，都大惊惶，涕泣劝住。不日旨下，钱光武、李潢等都革去功名，永不录用。且幸保了性命无恙，但房屋田产都已废尽，亲丁六七口嗷嗷待哺，在外不了，只得赶回扬州原籍去了。

且说那锈铁似的一把短剑，就是当年八大剑客并五湖四海英雄日夜焦急找寻不得的那精一大师毕生提炼的血昆仑，为何落在古董铺里？

原由癫光慈自从库伦一行，不久就死，将此剑传与徒弟。徒弟受用不得，被近身的人偷去卖了，历劫在无知小人之手，已糟得神光内敛，埃垢外蔽，不现色相，哪得有人知道？

　　再说王小明，自在北京客店破晓出行以后，直到山西母地，找寻故旧，都不得遇，心中懊丧，无计奈何，投至五台山清凉寺削发为僧，修行数年，云游名山，来到天津。早听得钱光武已是发迹，时在和珅门下。今见和珅事败，党类尽散，正值路过，看看钱光武却做什么。谁知因果不爽，造化弄人奇妙，正巧钱光武悬梁自戕。那血昆仑本是神物，一触杀气，便生感应，不由得嘤嘤低吟。王小明在瓦上暗中早见得有微光隐现，知此中必有异宝，以此闪入窗户，乘便救了钱光武。打开书橱，取来看时，却是如此一剑。

　　王小明这时功夫已深，便知是昆仑派中神异之物，当下袖了，闪出钱宅，当夜起行，投向保定府朝阳庄来。及到庄上问时，白望天、吕大器、万小化、甘凤池并黄燕臣、鲁良都先后逝世了，黄焕、尹超、王行健三人早已学剑成功，白浪生仍在庄院兼营买卖，孔元霸、阮小五、葛星儿也已龙钟老态，尚自在关上牧牛羊。此外，如吕大器的儿子吕铁雄、甘凤池的儿子甘狮儿，已是翩翩少年了。王小明问知各节，不胜感叹，取出血昆仑与众人看时，细细称奇，拜倒在地。便把剑归了白浪生，白浪生付与黄焕收了。

　　自此神剑有托，宗派不绝，中原而今只有三剑客。中间为癫光慈窃盗虚名，诈传江湖，生出许多假剑侠，闹得满地都是剑客，直到于今传难真。

　　　钱光武附和珅而显，因和珅而败，寻仇而遇仇不报，求剑而藏剑不知。极写秀才无一长，而仅有偷香窃玉之能，挟亲丁六七口以归，令人回忆当年秀才出门时也。

　　　血昆仑以假乱真，堕落风尘数十年，至今始得真主，而世俗之以假为真者，已比比皆是矣。人生出处，亦犹是也。

　　　全书一百回，以谈剑始，以归剑终，以王小明报仇始，以钱光武遇仇终。中间形形色色无数人物，要以大中至正为纲，事父母以孝，待朋友以忠，助患难以义，鸣天下之不平以侠，皆寓影于形，由显入微，是为有益于世道人心之文。

图书在版编目（CIP）数据

血昆仑·第二部／泗水渔隐著. — 北京：中国文

史出版社，2020.2

（民国武侠小说典藏文库·泗水渔隐卷）

ISBN 978 - 7 - 5205 - 1673 - 0

Ⅰ．①血… Ⅱ．①泗… Ⅲ．①侠义小说 - 中国 - 现代

Ⅳ．①I246.5

中国版本图书馆 CIP 数据核字（2019）第 261151 号

点　　校：清寒树　旷　野
责任编辑：牟国煜

出版发行：中国文史出版社
社　　址：北京市海淀区西八里庄 69 号院　邮编：100142
电　　话：010 - 81136606　81136602　81136603　81136605（发行部）
传　　真：010 - 81136655
印　　装：廊坊市海涛印刷有限公司
经　　销：全国新华书店
开　　本：720×1020　1/16
印　　张：22.75　　字数：332 千字
版　　次：2020 年 2 月第 1 版
印　　次：2020 年 2 月第 1 次印刷
定　　价：69.80 元